風继續吹

《季节风》三十周年纪念文集

江飞 主编

合肥工业大学出版社

【序】坚守文学阵地　推进文学教育

安庆师范大学校长　闵永新

文学是对时代的记录，是社会生活的一面镜子。回首 20 世纪 80 年代，那是一个文学思潮频仍、文学经典迭出的“黄金时代”，身处其中的每一个青年似乎都是怀揣作家梦想的文学青年，经历过那个时代的人似乎都有着自己说不完的文学故事。

正是在这样一种思想解放、文学至上的时代氛围影响之下，全国各地高校热爱文学的大学生们，自发地掀起创办文学刊物的热潮，坐落于长江之滨的高等学府安庆师范学院亦应时而动。30 年前的春天，一群有理想、有抱负、有才华的中文系学生，在班刊的基础上创办了《季节风》。

“季节风”，意味着那是一个充满梦想的季节，蓬勃向上，热烈滋润，就像扑面而来的季节之风。它的创办，不仅为师生们开辟了一个崭新的文学园地，提供了一份宝贵的精神食粮，更发挥了解放思想、启蒙精神、提高趣味、丰富生活的作用，既与那个时代的精神同频共振，又显示出学校文化建设的勃勃生机，产生了持久而深远的影响。

风起云涌，英才汇聚，暑往寒来，初心不改。无论是最初的手刻油印，还是如今的激光照排，无论是编辑部队伍的更新换代，还是学校发展的日新月异，《季节风》始终坚守着这块文学阵地，连续出刊 75 期，一脉相承，从未间断，迄今整整 30 年，这在全国高校实属罕见！

30 年来，《季节风》坚持以“青春、人文、先锋、原创”为宗旨，不仅及时推介了师生们的最新创作成果，切实提高了大学生的审美素养和写作能力，展现了中国语言文学的独特魅力，更引领了校园文学的精神，发扬了青春文学的风尚，培养了一批知名教授、诗人、文化艺术策划人、记者等。如今，《季节风》已成为安庆师范大学文化育人、专业育人、实践育人的一个重要平台，为繁荣校园文化、培养创新人才做出了自己的重要贡献。

遥想当年，《季节风》的创办者们迎着缪斯的召唤，挥洒着浪漫的激情，但因为各种因素的局限，《季节风》只能是作为校园文学而存在，无法把季节的风从校内吹向校外，从安庆吹向全国。30 年过去了，通过一代又一代“季节风人”的共同努力，这个梦想正在逐渐变成现实。2005 年以来，《季节风》增设了一个固定栏目——名家专栏，先后邀请北师大资深教授童庆炳、中国作协副主席李敬泽、茅盾文学奖获得者徐则臣、鲁迅文学奖获得者鲁敏等国内著名学者、作家入驻专栏。由此，《季节风》的文学质量和社会影响进一步提升，受到校内外广大文学爱好者的关注和好评，为安庆师范大学文学教育探索了一条名家示范的新路，为我校创新人才培养打开了一扇面向全国的窗口。

今年是《季节风》创刊30周年，出版这本纪念文集，既是一种回望和总结，也是一种致敬和怀念。30年后，当我们翻阅这其中的一篇篇原创作品时，能够强烈地感受到字里行间弥漫着浓郁的“理想”“激情”“诗意”与“情怀”。这些文字里蕴藏着一代又一代莘莘学子最美好的青春记忆和思想火光，也记录着这30年来的家国变迁和时代演进。我觉得，这正是这本文学刊物所承载的思想价值和社会价值所在，非常可贵。

《季节风》是安庆师范大学校园文化的重要品牌，也是学校文学育人的重要载体。特别是进入新世纪以来，随着学院的快速发展，文学院加大文化育人平台建设的力度，依托学科和专业建设，不断凝练方向，持续走内涵式发展道路，文化育人渠道和覆盖面不断拓展。“五月花”语言艺术晚会育语言艺术之美，话剧社育价值观念之正，《季节风》杂志育文学创作之才，红楼诗社育传统文化之魂，四大活动已经形成品牌，使学生在优厚的地方文化和校园文化的熏陶中成长成才。在繁荣校园文化、营造校园浓厚文化氛围的同时，直接作用于广大青年学子的专业塑造、价值培养和精神提振。

没有文学的青春是苍白的，没有文学的校园是枯燥的。新时代呼唤新文学，新文学反映新时代。让我们继续坚守文学阵地，继续推进文学教育，让季节的风继续吹！

是为序。

2019年12月

目　录

冬日断章

周玉钦

（一）

窗外的枫叶又红了。瓦楞上，草地里，是酽酽的霜。这个白纸写成黑字的季节，终于还是敞开着……

（二）

是的，暑热包裹得太久的日子，人总会感到困顿的。于是人们选择了天性，选择了自然。也许人类这种顺应的选择是一种宽容，而宽容恰恰也是一种生活方式，一种有别于逃避尘世的招数。

（三）

眼前的季节，严严实实地兀立着，它是冷峻的。凛冽的风，刺骨的寒，光秃秃的视野……这是一种面对面的正视，这是一次没有遮拦的冲撞。单薄和唐突都会使你战栗。这个时刻，这种境况，你心中的骚动也许更容易平静，更容易沉淀。皱起眉头看看天，看看落叶萧萧的大地，看着那渐渐封滞的江河，你会说，这是一种孕育，一种青春升华的孕育。

（四）

一个人走在裸露的视野里，脚步没有回音，眼睛十分酸涩，没有飞鸿，也没有大雁。但影子会更加自由，你仿佛摆脱了一切，是一个独立的无拘无束的本我。有人说："艺术要摆脱一切，然后才能获得一切。"我觉得生活也是如此。喧闹的簇拥，晴朗的颂词，固然养育了天性，但也扼杀了天性。

（五）

下雪的冬天，有一种实在的遗憾；不曾下雪的冬天，更是一种期待的遗憾。

晴朗也好，阴霾也罢，我们总是在承受着。既然不是悬空的，那何不走上前去，捧一捧雪，试试它的温度；或坦然站在风中，想想那柳絮轻飏的日子。

（选自第2期）

自己的路

丁巧红

你说过你爱海。我说海太深，只是，我记住了你是爱海的。

以后的岁月里，每一个从我身边旅行的川流、小溪、山泉、小河、大江甚至没有规则的细流，甚至凝固的井水，我都不会忘记，叠一艘纸船，摘一片枫叶、采一朵小花放在海的这些游子中，我知道它们在向海奔去，我知道它们会把我的心曲唱给大海听。但我也明白，我这份虔诚并不是为了你。

你说海是蔚蓝色的，海水是咸的，海边的贝壳五彩缤纷，你还说要去那儿拾一串五彩缤纷的贝壳串成五彩缤纷的项链。你说哪一天我们也撑起太阳伞躺在海滩上洒脱地看蓝天明媚。我也热烈地应和，我说海水中一定有座小岛，为我们而诞生的小岛；我说让我们把心中的橄榄都埋在那座小岛上，让海水漫进然后淹没那座种下了橄榄的小岛。我还说海也有风平浪静的日子，像那静静的顿河吧。我说我想让自己躺在一艘无舵的小舟中，随着海水漂泊流浪。那时，我们的笑是出自内心的，我并没有意识到你，也和我一样，是从没见过海的。

那一次我们在江边漫步，滔滔的长江气势磅礴，她母亲般宽阔的胸怀攒着一个民族不屈的魂灵。“哦”，我低叹一声，痴迷地执着地想看穿江的尽头，那遥远的尽头一定是海。你锁着眉头说江水太浑，你说你喜欢纯洁的东西，江水要是透明的该多好。我崇拜这雄浑的江，却又不自主地赞同你的观点，是呀，世界的污秽太多了，真该遁入佛门逃避这一切。奇怪的言论总让人难以忘怀。

春和夏就这么走过去了，不知不觉地。

秋天到了。

一分茫然，一丝麻木，秋风把什么都吹落了，连我心海中那个灿烂的梦。

从此，我只热爱那冬，只为那晶莹的雪和雪地上孤独的漫步。可是冬天，它不喜欢我，它冷酷地收起其懒洋洋的温暖，把如血的残阳高高挂在寂静的远山，挂在冷漠的枝条上。

寒风一阵阵，刀一般剜割我嫩弱的肌肤，针一样刺激我脆弱的神经，我仍然无望地挚爱着这冷酷、萧条的冬，只为那晶莹的雪和雪地上孤独的漫步。

你终于从我的脸上读出了悲哀，欣慰和感激汩汩流过我夜意的心田。毕竟你我之间的默契不是一朝一夕，毕竟那段交心的日子让你读懂了我。各人有各人的心事，各人有各人心中的目标，谁还能看一眼别人的负荷有多沉，谁又有暇去理解别人内心深处的思想？我以为这话对我差矣，想不到 does it to you。

没有了温暖的避风港，无舵的小舟在茫茫人海中东摇西晃，以一个少女二十四份虔诚的心，我苦苦寻觅，寻觅我曾有的那些细碎的憧憬和朦胧的渴望，寻觅真正的遥远的大海。在别人的欢笑声中，我出卖着自己的沉重和孤寂，在这个世界上，真的只有自己才能帮助自己？

地上本无路，青春却翻着日历，美丽的浪花笑望你冻结的眉头：走吧！不管怎么走，你和我，最终都会魂归大海——深沉博大。

（选自第 3 期）

生者与死者的一次对话

魏巨万

先生，坐在你的墓前，不，坐在你的身边，我能说什么呢？

这片松柏蓊郁的林间，清新的空气也透出阵阵历史积淀的霉腐味儿。这时，我想起历史与现实来。

沉沉的酣睡是你，郁郁的思想是我……

仰望林间一方天空，时时摇曳几丝线雨，长空雁阵嘎嘎而过，“衡阳雁去无留意”，怎知林中有你有我。

生者与死者寂坐，历史与现实交谈。

很多人来这里拜谒你作哲人沉思状，我也是。真正沉思如哲人的只有你头顶上那蓬纷披的毛发，沐风浴雨，岁岁枯荣，听山风阵阵，独守一方静寂的天地。有兴味的是谁？给你这个旧世界的叛逆者扎上了几十条大辫子。

那些慕名或不慕名而来的，站在你仅有名字与生卒年月的墓前，想着什么或不想什么。“XX到此一游”借你荒凉的墓碑留名后世，你对这又不知做何感想。很多人发着牢骚，为你鸣不平，这些都留在你身上愈来愈多。只有你不做任何表示，该做的事你已经做了对旧传统旧文化旧思想；该争辩的你已经辩驳了对反动统治阶级。然后你便隐姓埋名地去继续走自己的历程，你没有打算把自己塑造成一个“神”或“救世主”让众生匍匐于你高高殿堂之下战栗觳觫，你只让那行或有或无，或深或浅，或正或斜的足迹表明你是个人；

因为你是个人，我才敢坐在你身边与你谈心；对于“神”我只能敬而远之。

我希望得到你历史的启示——

你只是默默无语。

摇曳的雨丝会说什么？

呜咽的山风会说什么？

寂寞的衰草会说什么？

灿烂的小粉花诉说什么？

你只能默然无语。

我开始默默无语，我不是哲人，不是伟人，也非泥胎木偶；我是一个肉体凡胎，会喜怒哀乐，会嬉笑怒骂。

先生，我坐在你的墓前，很久很久；烟头的意火在幽暗的林间若隐若现，我把烟吸到很短很短，与生俱来的禀性使我与自然和谐，但我还没有到像你这样超脱的时候。我用力将烟蒂抛向远处，划一个酣畅淋漓的红鲜血的圆弧，在溺水的一刹那“滋”的一声冒出一缕青烟，生命的火花绝灭时的一种辉煌抑或忏悔。

我此行除了献上一支来自你身边的柏枝，什么也没有留下。机器在林外轰响，我想这世界没有世外桃源的。

毅然转身踏上我的行程时，你在后面注视着我。

先生，我们都无须说什么，你有了一块有字的墓碑，很多的人却没有呢！我也许没有，这又有什么关系呢，我从人世上走过一趟，总有人会记得这个事实，并为我的多愁善感、善良而又邪恶、要强却又怯懦地死去流泪哀伤……

（选自第3期）

今夜无梦

岑 玲

“你的舞跳得很漂亮。”男孩儿轻拂你的腰，从容地旋着，眼睛直视着你，半是赞叹，半是奉承。

你淡淡一笑，也是飘忽游移，似乎在款款挪动着的一对对舞伴中，那熟悉而又陌生的面庞正藏在那儿冲你哈哈大乐，忽然又愁眉苦脸地瞅着你，你幽幽暗叹一声。慢四的节奏很舒缓、很抒情，你梦一般轻盈地飘着，被男孩握住的手居然沁出了微汗。你或许有点紧张，或许有点愧疚，或许……你不知怎么忽然忆起那个月明之夜他曾紧紧地热烈地握住了你的手。你是那么紧张，心若鼓点怦怦敲击，你吓坏了不敢正视那深井一般的眼睛，只是侧首望远处的灯火，那灯火忽明忽暗恰似无数只媚眼在向你暗示什么。你心慌意乱想抽回手却软弱无力，手被更紧地握住，你只听见两个人的呼吸声若幽灵一般在夜空中轻轻游荡。你忽觉人生就是无奈。男孩讶然直愣愣地瞅着你像瞅着一个中国猿人：“你说什么?”你回过神来，撞见男孩睁着圆溜溜的小眼睛，这才发现已曲终人散。于是你逃也似的跑出舞场。

夜很美丽，却弥漫了一种无法排遣的愁郁。月色朦胧，淡淡的，如同你苍白的肤色。你知道自己长得不美但却有人欣赏你。被人欣赏是不是一种幸运？你低眉沉思，月光下你瘦弱的影子袅袅娜娜像块苦难的土地掩映在疏眉淡影之中。

一只手忽然轻柔地搭在你的肩头，你一阵战栗，神经质地逃了开去。你明知是谁可你懒得回头望他，你熟悉他的跫跫足音他的动作他的声音甚至他微重的呼吸……你并不欠他什么，而他也不欠你，可为什么上帝要如此仓促地草就这一份别扭。

“你站在这儿干什么?”他故作温柔地问你，一只手又不知不觉地抚在你的腰际。

你一下子闪开了。假惺惺地天真笑着，你说：“哎呀，你不去跳舞吗?”你的声音甜得发腻可你似乎毫无觉察依然一副娇憨可掬的模样。

“跟着感觉走。”苏芮轻轻佻佻地唱着，你的双腿不由随着节奏轻轻抖动起来渐渐滑成了舞步。“苏芮真他妈盖了!”忘形之中你居然哼出了一句粗话，可你的脸一点也未红，偶尔讲脏话你才会有发泄后的畅快淋漓。否则成天温文尔雅装模作样你想你一定会神经错乱。讲粗话无伤大雅它并不是男孩的专利你认为这是理所当然。

他久久地凝视着你，眼里似乎是泪光闪闪。男儿有泪不轻弹难道他哭了吗？你鄙夷地转过目光仰头望一望天空，弦月如钩你觉得它仿佛在一点点剐你的心，好疼呵你想张开大嘴哇哇地痛哭一场，然后纵一场冬天里的大火将你将苏芮还有这个舞场烧得净光。可嘴一咧你却格格地笑了笑很活泼很是无忧无虑。“我们好久未见面了。”你正儿八经地说。其实你们下午刚去了湖溜冰场。你溜冰溜得棒极了可他却常常摔跤，你说这是重心不稳的缘故，确实他又细又长像根电线杆你常常这么丑化他。

苏芮终于跟着感觉走了，他感动地望着你双臂交缠在胸前，身体略微前倾一副沉思状。那一头乌黑的乱发眩惑了你的眼睛你曾如此迷醉欣赏这份潇洒，可如今你是否还……你沉默了，嘴里流出一丝苦涩，你不再故作洒脱。你知道现实是一个怪圈，它先诱你钻入而后又将绳索勒紧让你窒息让你无法解脱。你轻轻摇了摇头使劲咽下一口唾沫你的喉咙好痛。

“去看电影好吗?”他捋了捋头发，你下意识地注意了他一眼觉得这一捋要漂亮舒顺多了。于是你长出一口气。

“恩？什么?”你觉察到在跟你说话。同他在一起你总是心不在焉。这是不是一场悲剧?

“今夜上映《错位》。”他忍气吞声，慢慢掏出一块洁白的手绢不紧不慢地擦了擦鼻子。“这两天有点感冒。”他皱着眉头弯下腰用力擤了两下。却什么也未擤出来于是又使劲擦了擦。终于将手缓揣回兜里。你看到他的鼻头红红的挺滑稽古怪地在月光下闪闪发亮。

“怪不得你说话声嗡嗡的。”你心不在焉地答了一句。其实你一点儿也不觉得今晚他的声音与平日里有什么不同。舞场里忽然砰砰的扔出硬邦邦的破酒瓶似的打击乐声，猛士已粉墨登场，你立即浑身发热满面绯红你想宣泄想狂跳，于是你自得其乐地扭摆起来你低头看自己的影子如小丑般歪曲，世界在你脚下东倒西歪透过窗户你瞥见舞场上乌烟瘴气群魔乱舞好像世界末日即将来临。一片树叶悠悠飘着撞在你的脸上你一把揪住紧紧捏在手里，将它揉成一团碎末然后恶作剧地撒在目瞪口呆的他的身上。你笑起来觉得很快慰，泪却流了出来音乐声戛然而止，猛士荷戟走了。你一下跌坐在石阶上久久未能站起来，你终于哭了泪水毫无顾忌地流着，伤感之潮侵蚀着你的心扉你一直在想世界末日该到了该到了。你将独自走到尽头谁也不要。

他吓坏了。俯身轻轻地扶住你想拉你站起来这次你没有逃开反而抱住他的手臂更加呜咽起来。“选择是一种痛苦，逃避在苹果枝头诞生出残酷的快乐。”你不知这是谁的连珠妙语可你深信不疑。他的手臂很温柔充满了一股烟味一股男孩身上特有的味儿。

“你怎么了？怎么了?”他惊恐万状地不停地问着，慌慌张张地掏出手绢欲擦你的眼泪。可你伸手挡开了。你不想擦只想以泪洗面你觉得自己很丑很丑。

你的泪流干了于是你将手松开，看到他的臂袖上湿漉漉的一片。你很不好意思地低头看自己的脚尖。

他忧郁地盯住你好久。世纪在这里倒流你想你宁愿逃回洪荒时代。

“能告诉我为什么吗?”他的声音虚无缥缈，似从幽谷里传出。问得很蠢。他自己也意识到了。于是脸红了红。你心酸如煮。你一直以为你和他之间缺乏的就是这么一种理解和默契。

“其实什么也不为正因为什么也不为才哭。”话一出口连自己也吓了一跳。你是在绕口令哩你不禁哑然失笑。

“今晚你像个神经病。”他第一次失去了耐心，扳正你的身子恶狠狠地瞪着你。你面对着他却将目光移向别处。

“告诉我我们之间到底是怎么回事?”语气很软，他的手在微微颤抖眼里却燃着一股说不清的渴望和炽烈。

你昂起头。目不斜视凶巴巴地瞪着他的鼻子：“见鬼！什么我们。我是我，你是你!”你挣脱他的手跑进舞场。

一曲伊始。一个文静秀丽戴金丝边眼镜的男孩来邀你，你微微一笑将手轻轻搭在他的肩头。舞场里轻歌曼舞，笼着一片淡淡的致瑰色彩。男孩舞姿很潇洒娴熟可不知为什么你觉得很别扭。忽然你看到他苍白着脸走了进来你的心陡然一沉。其实他没有什么不好他很好又风度又温柔而且很爱你。可你为什么难以忍受总想逃却时时又渴念相会呢?“也许你还未到爱的季节。”有人这么对你说。你觉得很荒唐可笑但你哑然。高中时你暗恋过一个男孩很气派让你吃了不少苦头可后来他让你失望了。昨天你收到信说他有女朋友了好漂亮可爱像个洋娃娃。你冷笑一声好玩地翻来覆去地去看信，你想他有Daring了这和你又有什么关系。这位老姐真是无聊透顶。

“你，一会儿看我/一会儿看云/你看我时很远，你看云时很近。”目光还在追逐你。顾城忽然跳到你面前冷冷地刻薄地大放厥词。你气急败坏却又觉得顾城说得倒也不赖。不过你辩白说顾兄这话应当对两个人说。可他却漠然一笑孤傲地走了。

神使鬼差你怎么居然又和他站在一起。方才那小子心怀鬼胎地冲你屈屈身笑道“谢谢”就溜走了。你愤慨却又无奈，忽然你发觉他摆开了要请你跳舞的架势，于是你立即故作多情地笑了笑温温柔柔地建议：“咱们还是出去溜达溜达吗?”于是你大摇大摆地走了出来。快三舞曲在脑后声嘶力竭。

你们来来回回地在寂寞的大街上神经病似的摇来荡去。昏黄的街灯照在他的脸上你发现他的脸色蜡黄像黄疸病人不禁吓了一跳。可你就继续喋喋不休。你说大学四年不能白混，你得学写作学绘画学声乐学打毛衣学……你太忙太累很烦恼，只想躺在床上其他什么也不干。他冷漠地点点头表示深切同情。你觉得寡然无味良久你才又兴奋起来在街上滑了两步快三：“我们是在舞场上认识的对吗?”你恍然大悟一般。他微笑地吹了一声口哨脸色霎时明朗而可爱：“不然我怎么会认识你这个小精灵?”你耸耸肩“嗯哼”一声没有再说什么。天很冷，寒风夹着枯叶不断落在你的身上。四周一片寂静只有你们俩默默并肩而行。该回去了你说今夜真是索然无味。

这一夜你做了许多梦你见他又哭又笑，一点儿风度也没有而且咬牙切齿地对你咆哮。你又梦见你死了你在自己的葬礼上呜呜地哭忽然发现棺材里躺的不是你，他正冲你温柔爱慕地笑着。于是你也甜甜地笑了你觉得自己很可爱他也赶紧这么说。

你又哭又笑地醒了，枕边湿乎乎的，看一看腕表才凌晨二点钟，你打了个长长的呵欠却再也没有睡意了。寝室里静悄悄的不知哪位姐们儿在发出轻轻的鼾声。“你真混”。床下的老姐翻了个身嘴里嘟哝了一句。窗外月色淡淡的抹在你苍白的脸上，你瞪大眼睛望着帐顶希望能想点什么可一点头绪也没有。

（选自第 4 期）

迷丽的季节——献给我至爱的妹妹

周 骎

你静静的，如一株墨梅么？濒湖而立，幽幽的，蓝蓝的；你深深的，如一潭春水么？和风轻畅，暖暖的，融融的；你酽酽的，如一个迷丽的季节，伴着牧童的短笛，款款地向我走来，我该用我二十个世纪的光华燃旺一轮丽日为你洗礼，是吗？我该拨动我整整二十个世纪没有声音的古筝为你鸣奏高山流水，是吗？妹妹。我该这样呼你，唤你。我该用那一份充实那一份愉悦那一份舒畅那一份至美至纯至善至真的心音来延请你，来祝福你。

一记起那回菱湖泛舟，我，就为你忧心。夕阳晚照，湖平如镜。小舟悠悠，叫人想象一帧天然的淡彩风景。而你却那般的拘漠，端坐舟中，一动不动，双臂交贴在胸口，两仁瞳孔透着惊惶，可怜巴巴地望着我，如墨梅上那颗晨露，似乎稍有不慎就会碰落。柔弱与生俱来就伴着你么？你说你怕风怕那噪声，你要去寻一爿避风港。哪怕是极微的风极弱的噪声，你都不能承受，是么？

在那个迷丽的季节，你爱做梦，你的梦很美，美得如墨梅上的一颗晨露。你拥有你那一圈小小的蚊帐那方小小的桃花源那一帧小小的秘密。我真为你忧心，怕某一天那个迷丽的季节消逝的日子，那圈蚊帐会积一层厚厚的垢，那方桃花源忽然间子虚乌有，那帧小小的秘密莫名其妙地诉说着凄凉。还有那颗墨梅上晶莹的晨露……那个时候，你该到哪里去寻你的避风港呢？你还会拥有你那个永恒的梦吗？

你还是个小孩子，（你不承认？不承认就是大人么？你这个小孩子！）你自然地哭自然地笑，你自然地爱，你没有过恨么？你只是用你那块十七岁圣洁的心地点播雨露阳光点播那株墨梅那个迷丽的季节，你就那么虔诚地那么纯情地点播，你只是点播，从来就没有想到过收获么？你还是个孩子。我真怕这块圣洁的心地会被世俗的噪声污染。我该亲手为你卸去那孑弱的蚊帐，用我这对文弱书生的臂膀为你肩起一方天空，掩护你接受风雷雨电的洗礼，我该为你鸣响第一声启航的汽笛，（这时，你是船长，我是舵手。）我以我震颤了二十个世纪的拳头向世界宣读一页豪壮的宣言：

起锚，驶向一个迷丽的季节！

（选自第 4 期）

走出眼睛中的世界——王琳的诗《眼睛》评析

汪卫东　魏巨万　吴　飞

读罢王琳的《眼睛》（刊于《季节风》创刊号），有这样一种感觉。诗作者是忧郁的，忧郁中透出一种迷茫惆怅。“那是一个长眼睛的时间/然而/终于也迷路了”。尚未告别童话世界，青春期来临，那个时间的“眼”默默羞怯地注视着、追逐着，充满迷蒙。

“你一扫黑夜的沉默/烛光下橘子似的微笑/灿烂了我整个视野”，也许有心，也许无意，“我”久久注视的异性，一个美好的动作便化作深刻的记忆。摇曳的“烛光”“橘子”的金黄色“微笑”构成一幅暖色调的画图，这一特定情境，最能触发一个少女心底的眷恋。

“那是一个长眼睛的时间/那个时间长着一双修长的眼睛”，“我”也有一双修长的眼睛，这是属于“我”的美丽，渴望着被发现。这个“美”的蕴含是宽泛的，“美”的诠释是多种的。

“你学着礼品的口吻对我微笑/风尘的嘲讽送我上路/而那依旧气喘的烛火/那依旧灿烂的微笑/却在雨中幻然隐去”。看来，好事多磨。内心的倾慕，由于性格，由于现实，一切的偶然机遇失之交臂。王琳运用的语言新鲜而奇特，她把你那种不敢越雷池一步的礼节性称作“学着礼品的口吻”，而这种世俗礼品本来是少女心中所厌弃的，不禁要问：你为什么没有勇气？为什么？雨是造成分别镜头的特定场景。

“那是一个长眼睛的时间/丝雨是那个时间林子的睫毛”，“丝雨”与“睫毛”连在一起，读者很容易联想到“泪”，也预示着一个故事的结束。比喻新颖贴切，那种伤感的意味并不让人沮丧，而是林中的“丝雨”，有股说不清的味儿，你得静静坐在林中体味。

“我便是从那双眼睛中走出来的/我便要在那片丛林中隐去/但是/如果有一天/是的，一定/我的生命会再次长出双眼”。“那双眼睛”抑或是那个人的，抑或是那个没有结尾的故事，那个忧伤的记忆。“我”从中走出，是哀伤还是庆幸？或者兼而有之，这里的“丛林”是否可以理解为作者整个的童话世界——内心世界，其中也包括这个故事，他们在这片丛林里陌默的发生，默默地消失。不管这片丛林包藏了多少忧伤或幸福，她愿在属于她自己的丛林中保持自我。

王琳前一阶段的诗作，基本上是童话故事的叙述和童话情绪的抒陈，当她构筑成她进步和谐的童话世界时。时间天使已着手来打破它，所以当她苟安于她的王国自我欣赏和陶醉的时候，同时开始惶恐地躲避世俗世界射入的强烈光芒。我们可以感到近期诗作更多的是追忆、反思和疑问。她有留念那只属于她自己的王国了！——这正是《眼睛》无意或有意表露的题旨之一。她痛苦地挽留和惶恐地苛安，这就预示了那过分清纯的世界行将结束，而且这是必然！在这转换的过程中，作为读者，我们惋惜一个清纯世界的失去，但我们一定会重新被一个再造的世界吸引——那里作者的本色和现实的光芒交相辉映，构成一个全新的所在同时也是更深的所在。——我们获得了以往所不见的那种痛苦，意识人生的思考。

她不可能永远是个孩子，不可能永远生活在童话的王国，我们应该庆幸。一个必然失去的世界的失去，然后是一个更真、更新、更美的世界的建成。因为她具备了一个真正本色诗人的“别才”，她要为成功去努力，去付出代价。

一个真正的诗人不是一个不食人间烟火者，王琳应该走出眼睛中的世界，唯其如此，她心灵的光泽才更耀目。

（选自第4期）

无意接受

常　河

有一种东西你必须接受
这东西在黄昏来临
有如走在街上
听到有人叫我常河
不管我是否答应
是否有人盗用了我的大名
那人喊的毕竟是常河
常河并不唯一
常河必须存在
存在了便有概念
就像树
结了果子就结了果子
结了果子就有馋嘴的人望着

在黄昏到来的东西
从夏威夷群岛
行星一样缠绕着你
而你必须接受
接受了便有了经验
这经验你在词典里是找不到的
找它的时候
自己开始驼背
其实驼背不为什么
但你注定要驼背
叶落时分
你拥有自己
梦里你开始做梦
做梦的季节
有一种东西确实到来

（选自第4期）

十八岁的随感

自　艾

窗外阴雨霏霏，薄薄的水烟随意缭绕着屋宇和绿树雨中的天地淡雅、洁无纤尘，雨的气息在胸中涤荡。心泉也为之澄澈。我喜欢雨天，喜欢让轻渺渺的思绪融合在飘忽的雨丝中任意悠游。

我的十八岁，就在这么一个湿漉漉的雨天和着那“嘀嗒、嘀嗒”的韵律翩然而至。无边丝雨细如愁，这是上苍有意给我缕缕愁绪呢？还是要激起我飞越的神思？

不知不觉中，星移斗转。我已是共和国拥有选举权的公民，拿着镜子仔细瞧瞧，似乎多少年来并没有变化。小时候，认为十八岁如何不可企及，该是有一番惊天动地业绩的年龄，而如今，我还觉得自己很小、很小，在父母的羽翼下悠然度日。十八岁到了，不令我欣喜，倒觉得惶恐，是的，如今我正值青春年少，如初升的太阳前面是望不尽的蔚蓝一片。但往后呢？“青春年复一年地老去。春天的日子捉摸不定，娇弱的花朵白白地凋落”。难道这便是人生的真谛？我愿永远在嬉戏玩笑中自由自在地生活，在古今诗文的美妙音律中潇洒地漫步；我不愿涉足那混杂的人生，在勾心斗角中苟且偷生；我真不愿再到达十八岁属于灰暗低吟的年华！可是！可是！可是……

窗外的雨淅淅沥沥地下着，琐碎缠绵，这永恒的天地的清音反复述说着什么样的秘密。去年大约也有这样的雨天，这样湿漉混沌的世界和静静坐在窗前的我，只是那时我十七岁！风物依稀如旧，而流年如水，怎样才能把有限的生命寄托在这无限的寰宇，而又不在这无限中隐没消失？

十八岁，这青春的岁月。也许，它该如雏鹰，望碧空而扶摇直上九万里；它该如阳光下的花朵，摇它美丽的身姿，散发醉人的芬芳；它该如肃杀的秋风，驱遣败叶，催促新的生命。但也许，它却如梦，缠绵迷茫，美而凄婉。我不知我的青春是什么，有时我慷慨激昂，有时却又愁楚黯然；有时我傲然不羁，而后往往又是在夕阳下低首徘徊。过去的岁月中几番超脱而又几番沉溺，自困自扰中迂回往返。如今的十八岁，又该怎样赋予它应有的光华？

岁月匆匆，如水易逝，前途渺渺如云如雾，我改择何道而前行呢？得失之间，总不能权衡把握，我得不出结论，甚至也怕得出结论。只是我还不自甘颓废沉沦，即使人生真如幻梦一场，我也不愿做柳絮随风，桃花逐水。只愿凭借青春的翼翅，遨游在迷雾的世界之上，寻觅那幻想的天空。

（选自第5期）

《诗经》情诗的纯美

凹 石

人世间有怨情万种，《诗经》中更有情美的纯朴，很奇怪，孔子删《诗》适其儒道，为何还保留了那么多与之思想根本不符的言情诗？也许有人会说那是刺“后妃之德”的，讽“纣桀之乱”的，何有情美之言？我说有，请看《卫风·木瓜》！

投我以木瓜，报之以琼琚。匪报也，永以为好也！
投我以木桃，报之以琼瑶。匪报也，永以为好也！
投我以木李，报之以琼玖。匪报也，永以为好也！

在这首诗里，我们就看到古风时期，男女之间纯真的表白：你投给我木瓜，我送给更值钱的美玉，我不是为了报答你呀！而是想和你结成永久的相好啊！毛旭序说此诗“美齐恒公也”。我想做事，后来的引申“比”义最原始的民间歌谣，一定是一首言男女情爱之诗。唱得何等的纯朴、直率！根本没有现代诗的含蓄。这种远古的纯情，何尝不是一种美呢？

《诗经》中描写男女刻骨相思之诗最多，《国风》之始《关雎》就是众所周知的一篇。而且这些诗对男女相思的心理刻画和现代诗相比，毫不逊色，甚至使我怀疑今人的所谓佳作是不是直接源于《诗经》。我们在琼瑶作品中，不就能看到《诗经》的影子吗？今诗可能有着古朴美的趋向。

这里不妨再选几首诗经中男女相思的恋情作品。

彼采葛兮，一日不见，如三月兮！
彼采萧兮，一日不见，如三秋兮！
彼采艾兮！一日不见，如三岁兮！

——《王风·采葛》

你采葛去了，我一天没有看到你了，这岁月真有三个月长啊！接下来，用“秋”“岁”一层进一层，把一个情人对自己所爱的人的刻骨相思刻画得多么玲珑剔透。现实的一天化为心理上的几个月、几年，时间上的短暂化为空间的遥渺，就是最先进的爱因斯坦相对时空观也未必能表达得这样的真朴美。著名的《郑风·子衿》诗这样唱道：

青青子衿，悠悠我心。纵我不往，子宁不嗣音？
青青子佩，悠悠我思。纵我不往，子宁不来？

挑兮达兮，在城阙兮。一日不见，如三月兮。

这首诗写的也是男女相思之情，它描写的是一个女子对自己情人的思念，但表达方式和上面那首诗有所不同，心理刻画更丰富，它由相思不得见，进而埋怨对方：即便我不到你那里去，你难道不能传话给我或到我这里来吗？接着用行动的描写，进一步刻画心理：我在城阙上踱来踱去，盼望你来，这日子难熬啊！

由“爱”到“思”，再由“思之不得”而生“怨”；由“盼之不来”到“左右徘徊”进而产生心理上的“度日如年”，更深刻地反映古风时期爱情的纯朴美。《诗经》中还有这样一首诗：

子惠思我，褰裳涉溱。子不我思，岂无他人？狂童之狂也且！
子惠思我，褰裳涉洧。子不我思，岂无他士？狂童之狂也且！

——《郑风·褰裳》

这首诗更直露地表达了一部分有率直心理的女子爱情心理；如果你真心爱我，我宁愿提着裙子，涉过溱河和你相见，如果你不爱我，难道就改其他的小伙子吗？你小子太狂了！这种爱情心理的表白，多么大胆，多么坦率，爱之深也就是恨之深。将真诚的情爱用一种毫无掩饰的言语唱出来，那么纯，也那么美！

《诗经》中的失恋诗，也很质朴，如《郑风·狡童》：

彼狡童兮，不与我言兮。维子之故，使我不能餐兮。
彼狡童兮，不与我食兮。维子之故，使我不能息兮。

意思是：那个英俊的小伙子啊，现在不理我了，因为你的缘故，我吃不下饭，睡不好觉啊！将一个女子失恋后的痛苦毫无保留地唱出来了，诗中流露的情绪和现在流行歌曲相似！但更朴素。

男女相约而嬉的描写《诗经》《召南·静女》就很有意思：

静女其姝，俟我于城隅。爱而不见，搔首踟蹰。

它将一个少女约小伙子在城角见面，而自己故意躲起来，使小伙子等得抓抓头来回走动的神情和小姑娘捉弄小伙子的场面，刻画得惟妙惟肖，从中也看到了男女恋人之间情感的纯朴、天真。

《诗经》中男女相爱场面的描写，细腻而毫无顾忌，如《召南·野有死麇》：

野有死麇，白茅包之；有女怀春，吉士诱之。
林有朴樕，野有死鹿；白茅纯束，有女如玉。

舒而脱脱兮，无感我帨兮，无使尨也吠。

意思是说：在长满白茅草的田野里，健壮的青年，猎获了獐子和鹿后，碰上了一个皮肤白嫩的姑娘，向他含情脉脉地张望，于是小青年上前表示爱慕。和她在白茅草丛中尽欢，姑娘娇滴滴地嗔怪青年，“动作轻点！别动我的兜兜——别惹得狗叫起来!”

这种爱情场面，可以说是比较典型的古风情。写得那样的大胆直率，男子的健康美和女子的纯洁美，在晴空原野之中，一切显得那样的和谐，本身就是一画纯美的原始情图，再加上姑娘的娇声轻气，更使我们体味出“静中有动、动中有静”。特别是那几句话，含蓄、生动，给人以无限想象，徐志摩的情诗也莫过如此。

（选自第6期）

归去来兮

钱续坤

题记：浪迹在外，思乡是一种心情，殷殷切切的。
刻骨铭心。

常常是在有斜雨轻飘的子夜，孑然一人静静伫立于他乡的一扇小木窗前，陪伴着淡黄的灯光，细细倾听盈耳的雨声淅沥。这时，内心便自然而然地荡漾着一种望断秋水的情绪，殷殷切切的。

我的故乡背倚猫山，面临皖河，四季景色宜人。故乡有回味无穷的乡俗，有梅子黄熟时节连绵的雨季。每至六月，浪迹在外求学的我唯一的希望就是在斜风细雨中，横披一身褐色蓑衣，独撑一叶轻舟，顺着皖河而下而飞而飘荡。那时的心境，犹如在仙府神游，要有几多宁静就有几多宁静。然而道路总是背叛我，归乡的渴望竟是那么遥远，那么渺茫，又那么期盼。

滞留于他乡异城。诚然不知在故乡舒适温暖。听不到父亲纵横的千叮万嘱，看不见母亲交错的针线，我必须孤身体验生活的滋味、历经人世的沧桑。尤其是一次又一次的空虚寂寞，一回又一回的人情冷暖，更使我感到生活的艰辛，人生的曲折。但一想起那且远且近的故乡，一股暖流便骤然从心头涌起，顿时激情复燃，眼前展现出空旷的风景一般。故乡总是这样以她遥遥的温柔，轻轻地拭去我心间的泪水，让我坎坷的思念演化成一条明澈的小溪，潺潺地流淌。

一个人离家远行，我在乡亲的目光和祝愿声中挥挥手而不说再见。其实是我不敢回首，我不能忘却乡亲父老的期望，不能让骄傲的故乡看见我潸然泪下。对于不安分的人，漂泊是一种本性，而我的浪迹则溶入了一个崇高的目的，我的足迹哪怕有了一点螺旋式的上升，都归功于故乡为我注入了营养，是故乡为我输送了新鲜的血液。这一辈子，我将注定在故乡的祝福声中漂泊。

人多称城市好，城市有车来人往的潮流，有错落有致的建筑。对于我来说，城市再好总归是他乡，我有我的根，我有我的源，我的故乡！背倚猫山，面临皖河！无论哪里，无论多么美丽的风景，都不能取代故乡在我心中所拥有的那个宽宽落落的位置。

天长日久，思乡渐渐成为一种习惯。独守空屋抑或步入人流，我都在痴痴地想。想故乡孩提时节的朋友，想皖河汩汩的流水，想梅子黄熟时节开放的雨季，想是否会有那么一天，我能用手指扳到我的归期，想……

林鸟掠过头顶而去，黑夜将我的身影放逐于深邃的夜路。踏着那一分分乡情，我感到对故乡的思念更是丝丝缕缕、缠缠绵绵……

（选自第7期）

卡拉 OK（外二首）

杨四平

蓝色的主题
温暖着冷漠的街
流浪的感觉带着脚步
跨入陌生的领地
这里舞台很小
人人都是主角
音乐涉水而来
你涉过音乐走进许多眼睛
读你时
麦克风调侃着你生疏的歌喉
光的十字路扫过的瞬间
你脸上掠过一丝悲哀
昙花般开过
又复于一种从容的衰情

不要因为
那些流行的粉饰
使你错过了原本的美丽
该唱的时候
要认真地成为一次自己
偶然的机会
你成了几分钟的歌星
掌声过后
你过客般又披起风衣
出门时
阳光有力地拍打着前额
给人一种
久违而亲切的感觉

季节差

当你最后一次扬起手帕
我已经什么也不想说

在那个若明若暗的早晨
我说得太多
炊烟早早地升起了
早得没有归宿

起风的时候，我醒了
奔跑着将炊烟重重摔落
你在午后醒来诧异
我走了，什么也没有说
重逢时，夕阳即将陨落
怅惘淡淡地从心上掠过
你依依回首初春的旅行
我默默走进了秋后的河

隔着整整一个季节
我们在各自的路上走着
当你最后一次扬起手帕告别
我已经什么也不想说

（选自第7期）

马关头的星星是蓝色的星星

汤德生

在我的家乡，有一条大河，它像白色的带子一样在崇山峻岭之间奔流不息。于是，大河有了一个好听的名字，叫练河。

听上辈人说，练河是从很远很远的山外流来的，那个地方叫马头关。

没有人去过那里，马头关因此美丽而又神秘。

（一）

有一年，练河的学校里来了几个年轻的教师，那里面有个人，叫大陆。

大陆是从马头关来的。

那时，我常想：马头关的星星一定是蓝色的，因为大陆的衣服总是蓝色的。他的裤子是蓝色的，帽子也是。那是一顶颇为别致的翻边圆领帽，帽顶上有一个圆圆的大铜纽扣。

在这几个从外地分配来的教师中，大陆曾经是有名的。关于他和虹的故事，曾经是他们这帮人中的一首绝唱。

那时，他们几乎全是光棍或待字闺中的淑女。大陆和虹的故事便散发出金光灿灿的气息来，温馨了许多个沉默的夜晚。

他俩常常在黄昏沿着练河散步，一起哼着那支古老的民歌：

练河水，长又长，
妹妹哟（哥哥哟）
我是你的哥哥（妹妹）
让我们快回家
……

歌声在练河的河谷里轻轻回荡。

然而，虹终于无法忍受乡村贫寒的生活，她要求调回城里；但大陆办不到，他离不开他的学生，离不开他的事业，离不开练河的人们。

于是，虹一个人走了。大陆在痛苦中继续着他的工作。他说：他的这一辈子就在练河了。

（二）

大陆是在三四月间来练河的，当时，满山满洼的杜鹃花开得正红。

他立即喜欢上了这里的一切。他爱畅游练河，爱钻练河旁那密密的林子。

金黄的太阳贴着练河西岸那棵歪脑袋老槐树的顶梢滑落着。淡淡的树影小心翼翼地漫过河东岸上稀疏的枯黄的杂草。

大陆在练河的河谷里来来往往，一住就是几年。

乡村的学校，学生不多，但小学和初中连在一起，却有几个年级。有时候，大陆既当中学教师，又当小学教师；既教语文、数学，还教音乐和绘画什么的。

后来，大陆突然感到有些力不从心了，于是，他报了名，参加了成人高考，并很快被录取到南方一所师范学院进修。

临走时，大陆说：他还会回来的。

大陆是在秋天里走的，正是候鸟归去的季节。

练河于是见不到他了，他是在春天来的，真的会在秋天里飞走吗？

三年过去了，练河孩子们的期许中，大陆真的又回来了。

是的，他又回来了，沿着练河那条开着马兰花的小路，那练河便流淌着闪闪的星星。

哦，练河，人们又看见了你满河的眼睛。

（三）

练河水轻轻地悄悄地流着。练河旁的芦花飘了一年又一年。

沿着练河旁那条小路，孩子们一批一批地走进了外面的大千世界。每每回首，他们都觉得身后有许多目光在注视着自己，他们知道，其中肯定有一双是大陆老师的。

日子与日子，随着月亮滑游，又跟着大阳东升，时间过得真是迅疾，一晃，十多年又过去了。

大陆已由一个青年人走向了不惑之年，他一直打着单身。有人说他还在记着虹，有人说大陆想找一个他喜欢的人。究竟为什么，大陆从来没有说过。

（四）

大陆仍然穿着那身蓝衣服。每天风来雨去，奔波不定。

他信心百倍，只知道一个劲地工作，却不知道，他的身体况状已在每况愈下。

终于，在一个春日的上午，大陆倒在了讲台上。诊断结果是晚期癌症。

大陆不想走。他要做的事情太多太多。他想扩大学校规模，他还想再创建几所学校，让练河的孩子们都能读书。

然而，大陆还是匆匆地走了。一个月之后，他永远地告别了练河和练河的人们。

他走的那天，有人看见，他办公室外的一排年轻的广玉兰开得正艳。阳光在广玉兰蜡质的叶片上跳动，似乎在娓娓叙说着一段漫长而又忧伤的往事。

于是，我又想起了大陆讲的故事：圣凯文将手臂伸出窗外，一只黑乙鸟落在他手臂上搭窝，停留两三个星期而他静止不动，耐心等待小鸟从蛋中孵化出来，竟至站立而死。

大陆说：我不是圣凯文，我的手臂注定要酸楚，但我的那份父爱不会稍有变易。

大陆走了，但他亲手孵出的小鸟已一批批成活，借它们的羽翼，大陆圣者的灵魂得以永恒的高扬。

呵，黑乙鸟，黑乙鸟！

我一直没有看见过马头关的星星。所以，直到现在，我还认为它们是蓝色的。

是的，马头关的星星是蓝色的星星。

（选自第8、9期）

忆昔童年在风湾

周劲风

我的家乡本不叫现在这个名字，它曾有一个中听而又响亮的称呼——张凤湾。咱们听听老一辈的掰着指头算算吧！话说民国年间，张凤湾可是一块风水宝地。街市繁华，人烟阜盛。张凤湾的妹子可真俊呢！那时候，靠近现在乡政府旁陈设着一幢玲珑剔透的绣球，每年夏秋之交许多毛头小伙子，都在那专心致志地等着呢！那年头姑娘小伙子谈对象可没咱们现在的“自由恋爱”先进。说谈就谈，激动起来还可以“甩甩老K”；说分就分，两袖一挥，不带走一丝忧愁。那时可就不一样了。姑娘在绣楼抛绣球，小伙子们则猴巴巴地干瞪溜圆溜圆的眼睛。若是哪位幸运的小伙子被绣球击中，得了!! 马上就会听到一阵鞭炮轰鸣。姑娘家的人欢天喜地地高呼“引乘龙快婿”。那时有一首歌谣唱的就是：

张凤湾的姐儿飘飘的
找寻后生稀昏的
要问妹子哪里找
不上苏杭上凤湾

那时候，靠近现在长江岸边还有一个大码头，每年夏秋商贾云集，贩粮食的、石料的，那简直是壮观呢！十几条大船一字排开，浩浩荡荡地从河港驶入长江。

那都是几十年前的事啰！如今，绣球没啦！给小鬼子轰了。小鬼子端着歪把子机枪叽里呱啦叽里呱啦就摸进了张凤湾，摸进了张凤湾就霹雳霹雳杀起人来，他们咧起大嘴，露出血红血红的牙齿真怕人。凤湾的妹子一个不剩全被赶到绣楼里，什么次郎的，或者什么本田的小鬼子，挥舞着战刀命令凤湾妹子从楼上抛绣球，下面的小鬼子们狂跳着。张凤湾的妹子威武，不屈地一个个从楼上跳下，气得小鬼子吹胡子瞪眼睛“八格要路”——轰轰，两炮。绣楼从此灰飞烟灭。

你给我拉倒吧！那都是啥年月的事了。码头如今也没了，大炼钢铁港口所有的铁家伙全拾去炼啦！

到我出世的时候，张凤湾已经衰败不堪，不见往日的繁华。我五岁的时候就开始干工作了——拾粪。从农村过来的人大概不少人干过这码事，现在想起来干那工作该是一番很奇妙的享受呢！你看那大肥猪摇摆着尾巴，突然站住，摆开了架势，你赶紧跑上前将粪筐一送。啪啦啪啦新鲜着呢！甚至还在冬日清冷的微光中散发着热气。我们的心因此也暖和着呢！捡粪前首先要有一个好的粪筐。按规则分，一般有大小之别，大的约一米高，那是给老家伙们预备的，一把耙子往肩头一掮，说走就走，多带劲。小的一尺多高，那是给小家伙们预备的，一手拿粪筐，一手提耙子，说跑就跑，多有味。那时候捡粪的小孩子不少，当然免不了要发生一些战斗。有时为争一摊猪屎该隶属谁，要大动干戈；有时看到对方的粪筐里挺丰盛，看不顺眼的也有。有一次我就同一个小家伙干了仗。我那时眼睛挺好使的，一眼就看见猪儿正“现在进行时”，赶紧奔过去。有一个小家伙也不甘示弱企图要和我“抢生意”。我们潇洒地将耙子一丢，互相扯住对方的头发，就这么的，就像阿 Q 和王胡哼哧哼哧地决斗一样，我们在地上翻滚，从猪屎上碾过。打得是死去活来。后来我想做正人君子，从那以后就没打过架！去年寒假在咱们村我还碰到过这小子一次，这小子讨了一个漂亮的老婆，老婆很争气养了一个漂亮的儿子，他见了我，还叫他小儿子亲热地喊我“叔叔”。我听后简直是昏昏然飘飘然不知其所以然了，我三步两步跨进商店，看吧！你拣过猪粪的叔叔给你买糖啦！

拣粪拣了两年，七岁我就上学了。那时学校还未完全脱离“文革”时那一套，半工半读。学校有实验田实验山，田里种水稻，山上种茶叶、蓖麻、芝麻。学校规定：每天上学前必须带一筐粪，否则不准入教室。这真是一大奇观！每天早上学生一手拿书包，一手提着粪筐，浩浩荡荡在大路上行走。到了学校，将粪筐一字排开在走廊内，然后我们才进教室读“我爱天安门”什么的，下午我们开始三三两两抬着粪到几里路远的实验田去。

许多人谈起他们的童年往往眉飞色舞，神采飞扬。他们童年的回忆中，有海滩，有电动马车，有各种的玩具。而我呢？只有猪粪。天天拾，月月拣，拾得越多越惬意。现在呢小伙子我都二十一啦，回忆起来还有滋有味。这些年张凤湾再也看不到有人拾粪了。也许这永远只是一种挥之不去的记忆。第一次进安庆菱湖公园的儿童乐园，看到可爱的孩子们坐电动马挺带劲，我就默默地坐在一旁，然后默默地回忆自己的童年。是啊！什么时候也能带自己的孩子，让他（她）也骑骑电马，坐坐小火车。但不是在安庆，而是在我的家乡——张凤湾。

张凤湾，我至亲至爱的故乡！

（选自第 10 期）

秋浦河的水，是你蓝色的被

徐伟中

（一）

秋浦镇卧在群山的坳里。远望去就像一张打鱼人的破网，随意失在岸上。镇很小，且陋，百十户人家，一条青石铺垫的小巷，被祖祖辈辈的大脚板磨得平滑如镜。

镇上的人除了种巴掌块大的地，就是捕鱼织网，可绝不出山外。偶尔有几条商船漂进来，运来乡亲们必需的布、盐、针线，运走成筐成筐的鲜鱼，就算是很大的风景了。

紧靠镇东南，有一条奇河，因镇而得名，就叫秋浦河。河水湛蓝湛蓝。老一辈们常说：河里存着怪呢，定要吸上九百九十九个魂才转世。后生仔谁也没信过，可每年涨水的时节，定要淹死个把汉子，这倒是真的。

于是，每临这个季节，就听到失了汉子的女人唱起那首传得很广的歌：

秋水长哟。妹呀。盼哥。
盼哥回家来，抱窝窝。
山呀。你就点个头！
河哟。你就回回首。
……
秋水蓝哟。妹呀。送哥。
送哥到山外筑个新窝。
水有多长哟。路就有多长；
水有多蓝哟，妹呀，就有多难。

（二）

镇虽小，却有一个很出名的学堂，太平年景，确是出过几茬秀才。可这几年，风水转了，除了一个叫文的，就没人光彩过。

就是这后生仔也不争气，出去做了五年的水兵，竟又转回来了。

那日里，天气很灰，整个儿如一大锅罩着。虚虚晃晃的雾气，迟迟不散。麻爷领着镇上的人同往渡口。文着一身素蓝的军服，宽宽的脊梁上驮着深蓝色的铺盖。最醒目的要算他顶上的那帽儿，脑后两条雪白的飘带随风摇曳，整个身子就笼在蓝色的光环里。

震天的鼓声在河上开了花，麻爷拽着文的衣襟，说：娃子，咋弄的，没混出名堂？说完就把嘴巴贴近散发着氤氲气息的竹筒。文阴沉着脸，蓝色的眸子里，像镶着两口深深的井。许是吸足了，麻爷把嘴移开，缓缓吐出几个字：还是回来好，蓝水可养人呢！

（三）

此后，镇上很是喧闹一阵。娘儿们端起碗，就拢在一起唠叨。有的说文恋上了舰长的千金，门没摸着，就被踹了，钱可没少花。有的说：文夜里起来，撞着“大夫”（副）与乡下做饭女人的“好事”，报了上级，反被处分回来了。有的说：媳妇跟公鸡拜堂都两年了，鸡都跳巢，人还不急吧。

个把月后，镇里开了三级会议。麻爷辈分高，又是学堂的督学，自然不请自到。麻爷说：别惜没了人才。经过慎重商讨，让文到学堂里做了伙夫。

文撇下鲜嫩的媳妇，把铺盖卷搬到了学堂。学生娃顶看重他。文在外呆了这么多年。见识自然不少，心眼儿更实。饭盛的满，不时格外给娃儿们加些菜汤水。文说：学生娃，苦呢。

工友们便在司务面前议论，说文太实在。亏了他自个不打紧，有他女人，别扼大家的饭碗。司务就扣了他一月工钱。文一声没吭。

一日里，文瞧着司务往稀得见影的粥里加水。丢下大勺骂道：甚世道，卷起铺盖。

（四）

文没回去。族爷格外照看。又荐他做了打铃人。间或刻几张卷子。一月下来，也挣上几张纸，文干得挺欢。

秋叶瑟瑟地落满园子。文觉得这日子绝不是长久之计，就四处搜罗旧课本，铃响完就钻进学堂背后。日子长了，先生见怪不怪，便授他一个座位。

文挺耐苦，没事儿就扎进书堆里。整日里眼睛红肿着，像蜂一般。同窗的一个女人叫山妮，瞧着心疼。她是麻爷的闺女，干事儿就如同她爹的竹筒子，直来直去。就告文说：悠着点，日子长着呢。文说：没啥，壮着呢。

腊月刚过，学堂里已传出文和山妮的故事，绘声绘色的。这当儿，镇上长嘴的婆姨又拢在一起，唠叨又一个新鲜事，说文的媳妇用麻爷的竹筒子倒尿尿来着。别人问起，文便骂道：畜生。

学生娃都处在归乡的骚动里，文却整日恹恹的。头低垂着，背上像驮着一层壳。那日，文正在堂上打瞌睡。一个鲜嫩的女人，挽着篮子进了学堂，说是来找文的。女人告文说：娘又犯病了卧在床上，屋里屋外就她一人，忙不过来。你回去一趟吧。文眉拧着，像一块翻卷的树皮摸索着从口袋里摸出一把毛票。塞给女人：拿回去，给娘抓药。

女人说：你就回去一趟吧，娘想你，俺……也想。

文瞅着她盈盛的眼睛半晌才说：等过了这个景吧，现在正忙着呢。

女人临走把篮子塞给文，说：家里就剩这么多鸡子，娘不舍得吃，说让我捎来给你补补身子。

文狠狠地一推：拿回去，换钱，过日子。

（五）

到了年关，文回去了；过了除夕，天明又回到学校。

开了学，文的话明显少了。连那个叫山妮的女人，整日里，就扑在桌上，像一张拉得很满的弓。眼睛那块儿，早就黑里透青了。

没过清明，他就倒下了，学生娃将他抬到镇上医院。医生诊断他是肝炎。文一听傻了，整天呆呆地坐在床上，这一呆就是一个月，家里所有值钱点儿的都拿去卖了，连同那只拜堂的公鸡。

一个月后，文转回来，人已瘦了一轮。可他还是那样，没日没夜。

（六）

梅雨过后，秋浦河的水涨了。离那个日子也屈指可数。低矮的教室里塞着九十多张烟囱，就像火炉子，烤着人，浑身滑腻腻的。巴不得一天洗上十个澡，才觉爽快。

秋浦河很近，翻过墙就是，可没人敢去。

一日里，文实在憋不住了，跨过去了。回来说：真痛快，像鱼一样。

此后，陆续有人过去了。还有几个女人，那中间就有山妮。

阴历初八，天朗朗的，无一丝儿云彩。晨里，气温就升到三十多度。

候到中午，人都烤熟了。几个人便跨过去了，文没去，他正病着。

山妮独个儿端着盆过去了，文拦没拦住，扯下澡巾，也跟着过去了，背后轩然大波，他都没顾上。

掌灯的当儿，山妮全身湿漉漉的赶回来，结巴巴说：快……去，文栽在水里了，半天没动静。学堂里赶紧找了打鱼人，捞了一夜，也没见尸首。渔人说：幸许掉进迷魂阵了。娃儿嫩着呢。

学生娃便收拾了文的蓝外装，在河边搭个棚，一同烧了，算是祭奠。

山妮扑在那堆灰烬里，一个劲说：是我害了他呀。这话谁也没记着，就那腆着肚子的女人，揩了揩眼睛，扑簌的泪顺着脸颊淌下来。

文的娘跪在岸边，向河里撒纸钱，一片片铅灰的纸，飘在蓝色的水波上，如同一面恐怖的脸。

（选自第 12 期）

命若琴弦

杨 靖

《命若琴弦》，这是史铁生一篇小说的名字，说不清为什么，第一眼见了这几个字便喜欢上了。今天，我暂时把它“窃为己有”，不为什么，只为自己喜欢。

——是为记

（一）

这样的雨夜，我还能做些什么呢？

——读雨。

你不知道的，就在今晚，我曾经神经质地冲进雨的世界。没有伞，可我很快活。我奔跑着，但没有忘记把眼睛擦得亮亮的，看雨，把耳朵洗得净净的，听雨。雨多可爱呀，用自己清灵灵的身子把平日里互相对峙的天与地紧紧地融在了一起。就只让你看见迷迷茫茫的一片。烟——雨——蒙——蒙。不经意间，四个美丽的字儿像四个蹦蹦跳跳的小雨点轻轻落在我心上。滴——嗒——滴——嗒，心，就这样开始被一点点淋湿，淋湿……

其实，你知道的，下雨的时候，不下雨的时候，我都会走上这条必经之路。总会有些什么想温柔而固执地把我的脚步牵引到思绪冻结的地方。是那束有着很温暖的家的颜色的光线吗？——“没有用的”，我听见自己的心温柔而固执地拒绝着。是的，即使闭上眼睛，我的双脚也会走我应该走的路，我们把它叫作——习惯。

（二）

这样的雨夜，我还能做些什么呢？

——想一些已经发生的事，想一些可能发生的事，想一些不可能发生的事。

今夜，雨声很轻很柔很好听，还记得吗？第一个夜晚没有雨——“起风了”，你说。

我坐在那里一动不动，安静而听话？这是一种似曾相识的声音，幽幽地从极远而又极近的地方飘来，就像今夜的雨，很轻很柔很好听，怎么？下雨了？两滴冰凉的雨珠落在脸上，而你竟没有发觉！我一面庆幸一面遗憾。渐渐地，我的眼前变幻出好多若隐若现的影子来；我的、你的、他的、她的。他们无规律地跳跃着、闪烁着，像在寻找属于自己的位置，却又总是错位，错位，错位……我无不忧伤地望着他们，想：无药可救。

后来，后来怎么了？

在一个阳光明媚的日子里，一切该发生的都发生了，我胜利了，如愿以偿了，我该高兴，是不是？可又有谁会知道，在另一个夜晚，一个孤独的孩子把一纸洁白的希望交给了一支流泪的蜡烛，一地灰烬，一地寂寞……

——“你高兴吗？”

——“还好。”

——“到底好还是不好？”

——“还好。”

你吝啬得不肯多说第三个字，我想我没有必要大方地再问第三遍。

（三）

这样的雨夜，我还能做些什么呢？

——唱支歌吧，我唱给你听（我还从来没听过你唱歌呢）。

别说什么，这是你无法预知的世界。
别说你不要说，你的眼睛已经告诉了我，
当春雨飘呀飘……请跟我来

是的，不要说你也不能说，一说便是错。

此刻秋雨正飘落在我滴也滴不完的发梢，带着我的水晶珠链，但我不会随你而去。因为对于彼此的世界，我们谁都无法预知……

（四）

这样的雨夜，我还能做些什么呢？——我睡着了，做了一个又一个可怕的梦，梦中，我变成了那个神话中的西西弗斯，一次次我倾尽全力把那块巨石推上山巅，却又眼睁睁地望着它一次次滑落下来，我累了，倦了，多想找个歇息的角落，哪怕只有一分钟！可是，我不能，我的神，你不允许。

于是我开始绝望，开始想到了死……

梦，醒了。

“哦，要是我死了……”完全无意识地，脱口而出的偏偏又是这句话。

“你怎么总说死？”你皱了皱眉头，不满。

为什么？为什么？

还记得我借给你的那本书吗？——《命若琴弦》

借给了你，我自己却没有看。可我喜欢这名字——《命若琴弦》！
这是我的命，那是你的琴。
琴弦是会被弹断的。
只要你愿意，只要你忍心。
命——若——琴——弦……

（选自第14期）

信

汪惠仁

又是一连好几天家里没有来信了。我终于体味到妈妈为什么责怪我给家里信太少的心情了。这似乎可以涉及我家的传统——不可动摇的向心力。因为这个向心力，我甚至从不羡慕拥有私房钱的伙伴，我觉得我一无所有，有的只是家里的东西，有的只是家。也因为这个缘故，我得时常寄出给家里的信，另外还在期盼着家书的到来。

平凡的人过着平凡的日子，把平凡的日子写到信笺上，寄给父母，告诉他们我并没有大红大紫或者黯然无光或者哑然无生气，我可以幻想到父亲收到信，把母家唤出厨房，念信给她听。她笑在脸上，边听边拍着围裙上的灰尘。平凡的父母过着平凡的日子，把平凡的日子写到信笺上寄给我，告诉我他们过得很好，没有生病没有生气，还有亲爱的弟弟又长高了。

二十年前，父母各在天涯，他们通信。

“我很好，真的，近来饭量口味不错。孩子们好吧，天冷了，替我亲他们。你的肠胃不好，要多多保重。”这是父亲最频繁的话语，母亲读给我听，我哭了。忽然有一天，父亲被带走了，尔后给母亲写信：

“……我没事，因为我是清清白白的，假的总也不会成真，你放心吧。”

当假的成了真的时候，也就是几个身强力壮的学生，怀着极其仇恨的心情，反挟着父亲的两臂，狠命地将父亲按倒在碎玻璃上的时候，父亲又给母亲写信：

“……近，你又听到什么没有？不要相信，我很好。”

母家读这样的信，我哭了。

后来，一个清晨，我走异地，行装在身，立母亲面前，风在吹。母亲整我衣扣，温和地看着我，“走吧”，她态度似乎坚决，“多给家里来信”。

家书抵万金。

（本文作者系南开大学中文系89级学生）

（选自第15期）

九华散记

许富宏

九华山是我国四大佛教名山之一。山中多溪流、瀑布、怪石、古洞、苍松、聚林，山光水色，独特别致；名胜古迹，遍布其间。宋王安石赞曰“楚越千万山，雄奇此山兼”，素有“东南第一山”之称。《太平御览》载：“此山奇秀，故名九子山。唐大诗人李白有‘昔在九江上，遥望九华峰。天河挂绿水，绣出全芙蓉’诗，从此更名九华山。”九华山自新罗国王近宗金乔觉辟地藏王道场以来，大规模建筑寺庙。经唐宋元明清各代，香火日旺，又有“佛国仙城”的美誉。慕名登九华，自是一番滋味。

化城寺

到九华山的人，没有人不到化城寺去。化城寺位于九华山中心，南对芙蓉峰，东有东崖，西为神光岭，北倚白云山，四山环绕如城。寺前一弯玉水抱过。过水上窄窄石板路，拾级而上，至一古拙殿前。寺前依山而卧，前后四进，级级抬高，气宇轩昂，庄严古朴。古人有“内外蜂围涌玉莲，过桥崖塔迥诸天”赞其幽雅。据《九华山志载》：“唐至德二年（公元757年），青阳人诸葛节等建寺，请地藏居之。”唐建中二年（公元781年）辟为地藏道场，皇帝额赐“化城寺”。化城寺就这样成了九华山的开山寺。明宣德、万历帝，清康熙、乾隆帝，均迭书匾额并赐金修葺。惜化城寺毁于战火。今日见到的化城寺是后来重建的，仍然保存了明皇谕旨、明藏经等珍贵文物。

步入化城寺，映入眼帘的是个多姿多彩的世界。最吸引人的当数壁画。九华山的壁画涂上了浓浓的宗教气氛。化城寺壁画记载的是在尘世犯错误或罪恶的人在阴间受到的惩罚。我在一幅画前停了下来，画里描绘了一个男子被铁钩钩住脊背吊在横梁上，原来他生前曾偷了人家一只鸡。面面上小偷眼睁得恁大，带有艺术夸张手法。整个画面色影淡雅，线条分明，形象逼真，充分显示了我国古代绘画艺术手法的高超。

晨　钟

在九华镇的好梦是被晨钟打碎的。原来我住的彩华旅社挂在半山坡上。披衣站在阳台上，只见半轮红日从东岸上探出头来，霞光弥漫了九华镇。雾带着几分显气在眼下的九华镇上徘徊，清一色带有江南风味的白墙红瓦的房子便一下子像少女般蝶动般蠕动起来了。“咣——”这一声仿佛从远远的天际，缓缓而来，在半山辗转了几圈后，才懒懒地送入耳际。“咣——”又一声，这一声重些，似乎从头顶上掉下来，待翘首欲寻，那音偏又远了，似从东南方山谷中悄销地走的。钟声过后，太阳已站在山头了，九华镇也梳洗好了，更明丽可掬。祇园寺飞檐，像只待命的信鸽，似乎展翅飞去，告诉远方的客人：九华山有美丽的风光，宁静的别墅，善良的人们，九华山正大力开发，欢迎您来做客。那一幢幢拔地而起的白楼，那一辆辆来往的车辆，是老和尚在数顿上的佛珠吗？看着这一切，我仿佛听到了这位慈祥的长者向我诵说经书，听着听着，我觉着自己飘飘欲仙了。

茶　姑

到了九华山，少不了泡杯九华山毛峰茶了。这味醇色绿的名茗，就出自灵巧的茶姑之手。在九华山，你时不时可以看到腰间围着天蓝色围兜的采茶姑娘，在蔚蓝色天空下，在陡峭的山坡上采茶。她们穿着鲜红的毛衣，远远地看去，疑是仙女落到了人间。在九华山任何一个险怪、荒僻的角落里，都可看到白色的蓬茅，里面有佛徒修炼，这白色的道场与这些红衣少女们构成了九华山双重的境界。如果你从佛堂出来，忽然看见山坡上三两个茶姑，你不觉心里一热，立刻从沉溺虚幻的境界中，回到眼前的现实生活中来。九华山茶姑或帮父母在田间耕作，或帮哥嫂在镇上做买卖。她们的父亲是老一代茶农，她们的母亲是上一代茶姑。正是这些勤劳的双手养活了九华山一千多年的岁月。彩华旅社老板方士满告诉我：自从茶田实行承包以来，九华山茶叶产量成倍增长，九华山人都走上了幸福生活之路。现在，他家已不承包大面积茶田了，改在镇上办旅社，但还留有一些茶田，每天春天，百忙中的妻子总要去采茶。他还自豪地说，每年都有好多姑娘请他妻子当师傅，学习保茶技术。是啊，祖祖辈辈生活地九华山的人，对茶叶有着深厚的感情。采茶不就是对九华山的一种依恋吗？采茶不就是九华山人的本色吗？

品着淡绿色的香茶，我坚信，九华山茶姑一定能绣出九华山美好的未来。

（选自第 15 期）

冬天，在德莱萨姆

何冰凌

好兄弟，散文里你的眼睛
让人难受
明丽处子的德莱萨姆也不会这么动人

而德莱萨姆，由黑森林而来
德国的一条河
它在春天会印上大教堂和它的尖顶
（春天里的一切都还好说）
只是十二月天
拐弯处的河水不及打住
流浪的奥托死了
饥饿和寒冷比衰老更值得仇视

有什么办法呢？
马车很久了没有从天上掉下来
这些子物总得有个结局
何况水跟着水走
有些贫瘠不能布旋
奥托到天堂去了
他断定不是这个冬天熄灭的
最后一个男人
好兄弟，我们还活着
我们是穷人中的两个
我们这辈子比梦还大的财富
就是还被穷人们爱着

（选自第21期）

粗　　糙

房改华

冬天的龙城山委实与春夏没有什么区别。远远望去仍然是满眼秃石。偶有野兔仓皇于中，禽鸟瑟瑟离去。夕阳斜挂山尖，也没有了那种神奇景况。远近村庄山民一下仿佛少了许多，尽是寂寂的。除非谁家外出挣钱的人回来，或送嫁迎娶，才慢吞吞地热闹起来，又急急地恢复冬天令人凄惶的宁静。

过了立冬，村办窑厂已决定封窑了。气温低，瓦坯、砖坯容易冻结，水有些滞涩，不容易烧。每年的这个时候都要放假，一直到来年的开冻。整整两个月，立海在家闷得慌，家中的书读了好几遍，已没了兴趣，有好多字已不认得了。娘趁时成天纺纱，年边拿到集上去卖也能买回一些年货，棉花是自己地里种的，自己拣的籽，很不好纺，有时纱粗细不一，断了自己眯着眼，接不上，便呼立海，接上再纺。立海也不走，听娘哼哼唧唧，一段接一段，立海的心也一起一伏，站了又蹲下，然后又坐了，前一搭后一搭地同娘闲扯。

“娘，纱多少钱一斤呢?”

“咱家只卖到五毛。”

“一斤五毛，十斤五块，娘，下冬能纺多少?”

“也只十来斤吧。你爸在的时候还能帮衬一下?”

“娘，爸怎么就死了，那么早。”

“饥年啥事都有。”女人定了定，纺车嗡嗡一片。

这日，立海接了纱头，又不走了，告诉娘小菊已好久没来了。娘停了手中的话。眨了眨眼，望着儿子说：“寒冬腊月的怕是忙，你咋不去看看——又没什么东西上手，空手，不像样呢。”

立海没有搭腔。迟疑了一会，红着脸，像是自言自语：“娘，书上讲春上结婚好咧。”

娘直起腰，抻了抻衣角说：

“把窑上的工资领了，再到你舅那儿借点，娘明后天替你去一趟，开春二十四了吧，还不知道人家什么想法。”

女人拿起针线活，串门去了，纺车丢在那里。

立海好后悔，替自己惭愧替娘为难。娘难免又要想到死去的丈夫……

至于“那年月”立海很模糊，仿佛很遥远。唯感那时人真怪。娘直到今天，油灯之下，提起这件事时，平平静静，仿佛死去的不是她的丈夫。

这是一段过去的历史，立海听过，都会涌起股冲动，不为什么。

腊月十八，立海娘先找媒人毛丫娘，然后是聘媒小菊的二叔大队会计方金山。小菊家也没怎么挑剔，将心比心，立海人壮实精明，识一些字，便择了日了，二月十八。然后便是扯布料，谢媒。立海娘合计，就过年的酒菜，两事一成，便把媒人提前谢了，只等大喜日子。立海不懂这些事儿，只知道低头做事儿，倒是娘指东指西，村中上上下下都夺她会应付，她逢着也会停下手中的活，叹着气说："水往下流，总不能不管。"话虽勉强，眼里都有了笑意。

筹办妥了，便让立海去请媒人，要客客气气。不要冲撞了长辈，让人说没教养。做娘的脸上无光。

立海自然是欢天喜地。先去请毛丫娘，不在，便去再庄请了方会计，方会计抽了立海的烟，也没留他座，问了吃饭的日子，便上大队去了。立海回头又找毛丫娘，毛丫娘正在用松柏枝清洗烟囱，打扫堂屋，先叫小儿子毛丫陪立海坐会儿。毛丫今年色二十了，跟亲戚在外修伞，刚回家不久，穿着一套崭新的运动服。

"立海哥，坐，好脏呢。"

"唉，坐，坐，啥时回来的?"

"没几天，立海哥，怎不发喜烟?"

立海不好意思地笑了。递上一根，问：

"搞了不少钱吧!"

"屁，糊糊口，反正在家也只闲着，几亩田，有我爸，大哥呢。"

"嘿嘿。"

"嘿嘿。"

毛丫娘走过来，拍拍身上的灰尘，笑着问立海：

"咋样？小菊答应了吧。"

"唉，多亏了你婶，我娘叫您后天去家里喝杯寡酒。"

"后天？二十六吧？不用去了，没什么大不了的，只要你俩中意就行，我们只是牵个头搭根线。不过为这事，我最近还特地跑到我二姑方会计家好多次，不是沾亲带故，这事也怕麻烦呢!"

"是啊，是哩。我娘特地叫我来请婶婶您。"

"哎呀，过情了。乡里乡亲的，我从小看你长大的，还不晓得，否则我也不会把表侄女介绍给你。"

"那婶婶，我就不跑二趟了。"

"你看人家多温实，指望你，还成，成，寒冬年关，都忙着呢，毛丫送通立海哥，你看人家都温实，指望你，还不知猴年马月？”

毛丫没理他娘，与立海勾肩而去。

吃过谢饭，立海娘又包了份谢礼。

晚间收拾碗筷，自言自语道：“钱真不经用，钱花了还不知人家中不中意。”

“差不去了，娘。娘亲嫁女，不都这个样。”

“娃儿，亲娘算是给你娶了，以后的日子可得靠你们俩，唉，我现在差多了，做点事就头晕眼花。只怕是你爸爸在想我呢？”

女人想想前前后后，竟抽泣起来。

立海也木讷起来。心沉沉地。哽咽着说：

“娘，小菊过来就好了，日子总是要过的。”

女人停住了，歇了一晌。叫儿子先去睡了，便思想着前半生，到冷月生辉，才迷糊睡去。

第二天，方金山叫人带信给立海去领了窑厂工资，叮嘱他不要乱说。大队上事也难办。他自己回头还要向书记交代下。立海千恩万谢。回到家，娘见了，也欢天喜地。告诉儿子，小菊的弟弟刚来过，叫他明天过去。他家的猪圈倒了，让他帮忙垒起来，猪也要房子。顺便带点砖瓦过去。

立海一口答应。回头又想砖瓦有些麻烦。厂上的砖瓦都是提前订的，现在的订单已到了明年，一个顺一个的，这时候去弄砖瓦，钱不讲，从哪家挖出来一些是难。便跟娘讲了。娘思忖道：“总归要办的，免不了要扯皮。”儿子不应，一边忙活去了。只觉有点头晕。立海娘也拿着捂脚水睡去了。坐在被窝里。很久没有躺下去。

冬夜太静。能听见龙城山野鸟凄惨的鸣叫。每年冬天，都有一群野鸟迁徙于此，冬天人迹罕至。野鸟不欺生，此鸟浑身花白，在雪地里或站或卧，不须隐蔽，无人能一眼看出。叫声越凄，天越冷。翌日开门，便是霜寒地冻。年老的人心如冻土，都不愿听它，小孩则怕听哪天若作业多，中途听见，便挪到父母身边，或慌忙吹熄油灯，钻进被窝，眼定定地瞅着黑漆漆的屋顶，双耳轰鸣，不敢大声出气。良久轻轻咽下口水，忍得不行了，咳一声，发觉没事，也就放心睡了。

立海一夜熟睡。霜落乌啼。直到天明，晨霜凄惨的白，挑水时，听见隔壁女人在骂小孩：“短命的，放假就不起来，都日晒屁股了，回头叫你爸打死你。”

声音抖索得很。滑稽。

娘催他赶快走，莫耽误了老丈人家的事，不好圆说。

立海应了，排了砖瓦，近再庄时，身上渐有些热了。大头眼尖，跑到小菊身边叫："姐夫来了。"

小菊先是张望，继而脸红了一下，匆匆收拾了几件脏衣脏裤洗去了。把留在午后的事提前做了。

一个男人向另一个男人招呼了一下。也干起活来，虽说冬天，久了，体力话也能流汗。

小菊回来，瞧着，硬邦邦一句：

"衣服借的呀？"

"那我脱了。"

"我管你？"小菊说着，却把手伸过去。被方金山瞧了正着。又缩回来。

"二爷，今天大队没事？"

"刚回来。老大，你也是，天清地朗不抓紧点儿，赶着天寒地冻来做。"年长的停下手中活儿，接过方金山的烟。

"在哪弄的砖瓦？"

"立海带的。"

"预报说明天有小到中雪。你要抓紧抓紧，我们家也有了纰漏。下起雪来就要作孽，又没来得及跟立海打招呼多弄一些。"

老大看了看门前的那栋高高大大的瓦房，正要继续干活，又停住了。

"立海，把这瓦送给你二爸家去。"

"老大，咋的，我随便说说，用心啦？"

"补屋事大。金山，来年立海恐怕还要在窑上干呢？大队研究时，你还要说两句。一结婚，没个活路，不行呢，年轻人在地里和泥巴都不匀呢。"

"差不多吧，胳膊肘往里拐，屋里屋外，总分得清。"

第二日，雪下了。大头照娘的吩咐，只好把猪拴在家里，猪不习惯，到处糟蹋，小菊爱干净，就训大头，大头又跑去跟娘饶舌。娘愁着眉，骂起男人。男人的脸似乎也要下雪。一家人絮絮叨叨。小菊和大头都只在娘面前鼓气昂昂，说话也冲天戗地。吃午饭时，做娘的把碗往桌上一推，自顾自地消气。

"都是我一个人的事，都是我不好，要养猪的是你们，做好事的也是你们。在家都把嘴架在我身上，你看看明年我还养不养，这么大的鬼了，一点也不体谅人，看看左邻右舍的，哪个不比你们强。非要我像后娘一样，整天狠巴巴的，才不跟我斗气。"数落完，又听见那头猪在一边叫唤，又过去喂食。回来正看见大头夹菜掉了一些在桌上，气不过，打了他，又骂起来：

"眼睛长哪去了？我们做牛做马，还不是为了你，一天到晚只晓得玩，齐天大圣，自放假也没见温过书，看你以后怎么搞，我们能跟你一生?”又要打，小菊过来把大头拉走了。自己反倒气得要命，泪水打转。饭也不吃，跑到厢房里“啪”地关起了房门，越想越气，却又不晓得气在哪里，等泪水干了，又出来，把衣服一件件晾了。见一家人都冷着脸，便叫过大头，问起来：

“大头，你前天去时，他在家干啥?”

“姐，你说谁?”大头没有醒悟过来。

小菊以为大头使坏，正要变脸，大头想起来了。“噢，姐夫不在家，干娘在家。”

“我知道她在家，她没说什么?”

“干娘说叫你去玩，她还喊多远叫你去呢。”

“噢。”抖了抖湿衣服。抖了大头一脸冷水，大头一脸不悦，直瞪眼睛。

小菊见了，有点好笑，竟也笑了。第一个露出了笑脸。

（选自第22期）

沙之书

士心

一

欢快的乳牛，赤身的小娃，赫黄的烟气……一切袅袅成一坛美酒的芬芳，这就是我渴望远足并在心中无数次抚爱的回族小村庄？阳光下我一阵太阳光芒般的炽热，一个遥远的记忆又浮上脑海。有一天河边漫步，母亲问我："毕业后你想干什么?"我没有回答，却在想"做一个流浪者"。

缄默的眼睛似一口深邃的泉，溶解着人生的苦与乐。老人们已经两天两夜未进滴米了，斋戒节对于他们既是为古老的民族"守顽地"，更是静寂中洞视浮生的艰难历程。村口老树下烧烤牛羊肉的火光染红了一张张年轻的脸。老树莫非真的老了？洪水即将漫过它的头顶。

面对阿訇，我感觉到雾中朦胧可见的影子。那喃喃的祷念中飞出一串串远古的天问，只有靠直觉，我才能感到刹那间接近他。是夜，老人以水代酒相待，却臻至终席，未动碗筷，我亦无语。博尔特斯早已去到了神圣的天国，他买过一本稀罕的书，一本"无限的书"，没有第一页，也没有末一页。它的页数是无限的。卖这本"书中之书"的印度"贱民"称之为"沙之书"。因为不论是书还是沙子，都没有开始或结束。

二

很轻的风吹过，阳光在树叶上迷人地闪着，如同怀春少女的眸子。被阳光雕刻出来的潭水依然宁静。一千多年前坛谭一纸短书使小潭大红大紫，从此"雷池"之名天下共仰。潭边浑如苍穹的彩坛上绘的九龙如同纯净琥珀中的化石蝇，看到的只是无法重现的过去的小小碎片，有着某一深不可测令人费解的宇宙秘密。传说古时雷池与大海相通，中有九蛟兴风作浪，一壮士为除之，奋刀入潭，杀八蛟，自己也被卷去头颅。这和麦尔维尔笔下亚哈船长出航三大洋追捕凶猛险恶的白鲸，最后同葬海底的壮景如此神似。我不知它在向我们叙说什么，"周围是水，我们是遇难船只的残骸"。心灵之水永远流动，航船匆匆而过。信仰的光明在何处闪光？我再一次体味世纪末生命的惶惑。

三

一条没有尽头的河流流到这个古渡口，绿树与一湾清水相合，外即滚滚长江。巨大褐黄的冰块雪崩般滑动是何等惊心动魄。一艘搁浅的木船至今依旧泪痕斑斑，任凭雨打风吹去。使人遥想，将近半个世纪前，数百男儿洒血滩头的悲壮和临别离时艄公与妻的缠绵。这些从远古而来的纤夫用生命背起江南半壁山河，在天空中映出血红的辉煌。江那边，一抹绿色的淡影绰约可见，头顶有云彩在飘荡。彼岸有风，芳草萋萋，桃花流水，那是生命的极致？

四

叶落归根，来自尘土，归于尘土。中外格言有关人的生死的，其意义相通着的不少。

博尔赫斯为了生命，弃沙之书而不读。我又是在寻找些什么呢？博尔赫斯说："我写作，是为了我自己和我的朋友；我为减轻时间消逝之苦而写作。"我也每天在读，在写。有时问自己，是不是每一个人都在不倦地寻找一本心中的"唯一的书"呢？我写这东西，是不是在向雷池投一粒沙子？

明天早上，我会醒来，枕头边将出现一本"沙之书"，我永远读它。

（选自第22期）

稻 草 人

吴守珍

手执木槌
敲打死亡的季节
在我的屋后
每个白天黑夜如此面壁

我总爱在庄稼寂寞生产之时
以叩打清风的方式
化为乌有
每一个声音的妙悟
都在暗示庄稼偷偷生长
响于七月，七月充满绿色的幻想
所有的清香只作为一种
一种成就的提示
于我深夜抛弃全部的思想

为一粒稻谷我守护了许久
久久地叩打泥土
使它们的幻想陷入金黄
而我与泥土混同或结为一体

（选自第22、23期）

和家较近的一首诗

邵　勇

风声不能进入，我四合院的张力是胡同，胡同的
一生，太阳越来越窄

炊烟正和火焰分居，屋顶上沐浴的一群女人，让
感恩裸体
从黄昏的经济里归来
我看到家人全都健康

我的大儿子电器调皮，喜欢短路
小儿子是庄稼，离我远一些，话也不多，却最体贴我
月亮东升，月亮，今天我只能把你当作客人
我交换价值的另一半才是时间，另一半有待实现

我四合院的张力是胡同，风声也不能进入
却可以把我唯一的盆花带走

（选自第22、23期）

面 五

张良金

面五在龙墩村是个可有可无的人物。

几十年前面五也曾在村里红极一时，掌握过百十人的生计大权，凭着一张很少开口但一开口就能叫人慑服的嘴。但自从田产承包，大儿子二儿子娶了媳妇分出去之后，众多人口的一家便作飞鸟四飞，家业中道崩落，左邻右舍家势几年一个样纷纷盖起了小洋楼，而他一家仍然局促在楼与楼之间的小草房里。草房，龙墩村仅此一家了，粉墙红瓦之间，很有点惹眼。门，经常性锁着。

面五本不是当地人，他老家原在龙墩村西边那座山里。一次上山，他不小心摔下来，跌断了腿，被家人送到邻村的一个老中医家中疗伤。一个月之后，伤好了，他却走不了，原来老中医发现女儿秀芝竟与这浑小子勾搭上了。老头一怒之余，便硬扣住面五要他“倒插门”做女婿。面五死活不肯，“倒插门”的汉子是最窝囊透顶的，更何况家里还有老父老母，还有一家人呢。寻个机会偷跑吧，又实在丢不下秀芝那双眼睛，数天过去了，面五一急，便在一夜用一截指头将秀芝骗了出来，血淋淋的指头放在老中医研药的钵里，钵里有一堆没有研碎的枸杞子。面五在外飘落了一年多，最后才落在龙墩村。“人勤地不懒”，面五里外一把手，加上秀芝的贤惠，不出几年便也兴旺旺地滋出一个家来，添就三儿。一转眼，十几年过去了，奇怪的是自从他俩私奔之后，家里似乎还没有人找来，而他自己竟然没有回家看看的念头，虽然有几次面五发现秀芝坐在后屋场基上对着村后的树梢上空山影出神，但他俩谁也没提起过回家的事。又过了几年，一切似乎都淡忘了，面五家里已经找不出一点山味。

几个儿子都紧连着长大了。又几年，大、二儿子相继成家，不久一户成三家，两个儿子耳朵根软，经不起媳妇的唠叨也渐渐顾不上老头了，而面五的干劲早已消耗在儿子身上。三儿子似乎也发现老头子真的没用了，他也已经到了娶妻生子的时候了，而如此家境谁愿到他家来？便时常与面五作对。终于一天，携同老娘与面五大干一场，搅得全村人都来劝架，最后调解的结果，秀芝带着小儿子与面五分居。一方矮墙三间房子一分为二，面五占南面一间、秀芝住北面两间。自此之后，面五便形单影只，小儿子见到他也不叫“大”，倒和秀芝一起叫“老不死的东西”，而面五偏偏一年到头无病无灾，夏天一块灰白的纱巾围在背上，冬天则成天背着一灰黄的大衣。如此忽一日，不知何处来一教士，也不知何故与面五搭到一块，两人在草房子里迷在一块。一个月之后，那教士走了，临走丢给面五两本厚厚的《圣经》。而又一月之后大字不识一个的面五居然能将《圣经》上的好些段落一字不差地“唱”出来，村人大为惊讶。而自此之后面五便成一方教士，成天背着一黄包，走村窜乡，似乎恢复了年轻时的干劲。开始只是偶有些孤身老头来和面五坐之，而后渐渐有了老妇人，而后又渐渐有了年轻人。

最后每逢星期二、四、日，面五家堂屋里便黑黑的一片，坐着站着跪着跟着面五祈祷，唱一些赞美诗，而乡人称之为“学好”教人如何处世：别人骂你时沉默，打你左脸你应将右脸伸去等等。龙墩村人先是漠视，而后便是好奇，最后竟有本村两个年轻人不顾家人反对跑了去。不管怎样，未来是上天堂还是下地狱，现在总归有个去处，或许倒也不坏。

花个时间哼着《圣经》的一些段落。只是有一次却出了大祸，一个基督徒死了，按照方式应有个教士去唱诗做祈祷。在面五的带动下呼啦一次去了四五十个老人，合脚在死者的家门口，为基督徒祈祷起来，引来众多的看热闹的人。死者亲属早已痛不欲生，却见如此一群人，立即气不打一处来，一声呐喊将众多的祈祷者都赶着鸟兽散，而作此次领头者的面五，头上挨了一砖头，要不是“观众”顿生怜悯之心恐早就上天堂去了。此事件之后面五竟无一点收敛的念头，只是头上多了一方头巾，仍挎那个小黄包。额上伤好之后竟生出一三角形眼样的白疤。面五除了每天干活咿咿呀呀地唱诗之外更少说话，枯坐着独对后堂墙上的红十字架。两本厚厚的《圣经》已被翻得破烂不堪。

秀芝与小儿子已经有好几天没见到面五了，虽然分居但毕竟做了几十年的夫妻。每次面五连续几天到晌午才开门或唱诗的嗓音不是很高时便叫小儿子选点粮食过去。

又是几天没看到面五了，前来聚会的圣徒看着门上的锁便默默画个十字而归。有人说面五回老家去了，但谁也不能肯定。只是秀芝一天夜里隐约听到有人哭过。

又是几天，小儿子找件什么东西翻进面五的屋里，见面五躺在床上，干枯了，桌前放着两本破烂的《圣经》，上面放着一把黑黑的枸杞子。

（选自第 26 期）

散步：叶

储重阳

落叶知秋，这话由来已久，说得似乎很有道理。以前我一直都不曾怀疑过。某年某月某日之后，我晓得了：落叶并不一定都在秋天。那还是去年高考前一段忙碌的日子，我还在那个眉清目秀而又小巧玲珑的山村中学。

模拟考试刚刚结束，高考迫在眉睫。我身边的“战友”们笔耕不倦，教室里那种紧张的气氛，让我压抑不堪。不过，很庆幸地，我坐在窗边，又是个忙里偷闲的好手，便能时常独享一窗好风景，而不去理会满桌的课本。

山里的盛夏凉爽宜人，还会隔三岔五地下场连阴雨。每逢雨天，窗外的株株梧桐就更显得墨绿欲滴，没风的时候显出丰满端庄的模样。轻轻的流风里，一片一片的叶子就活动起来，像一些丰姿绰约的少妇做着妩媚的笑。再向稍远处望，就是那绿草茸茸雨漉漉的小山脊和那挂在山腰白练似的小溪。这些简直就是一幅墨迹未干的水粉山水。

有时索性支起头，从窗子里恋恋地望天。缠绵的夏雨绝不会没完没了，但天仍是阴的，匀匀的灰白色，不是阳光，也不是云朵，像一匹淡灰的绢纱温柔地铺展开，不着痕迹，却温情脉脉。偶尔几只翅膀从眼前掠过，钻入绿树浓荫之间，不久就会传来清脆美妙的歌声。此时若是在上自习课，我便再也按捺不住一股莫名的冲动，去那个久违了的足球场看看。因为不忍心践踏那些正在疯长的绿草，我就走在一些梧桐树下。

又是一阵风，梧桐叶子上的水珠纷纷而下。在我转身的时候，眼角竟有一片叶子飘下。惊异之余，我抬起头一看，墨绿的叶片有手掌大，青绿的叶脉有些微红。我不禁有些惋惜起来：在它生命最美丽的时候，竟悄然离开了枝头。一股凉意从领口钻入我的胸膛。

当时我也没怎么去想这事。等我再次摆脱那些枯燥的书本，去享受一份大自然的美丽时，天已放晴了。雨后的阳光铺天盖地撑开，一如破泣的笑容，很灿烂很执着的。小小的校园因为充足的光线一下子显得胀鼓鼓的。

梧桐依然动人，漫在鲜亮的阳光中的叶子，像沏在杯中的绿茶一般诱人。这时我不禁想起了前些天那片早逝的叶，它要是挺过那几日，便也能享受今天这般灿烂的阳光了。等到了秋天，它就能带着一分沧桑和成熟，骄傲坦然地离开枝头，悠悠然然地投向大地母亲的怀抱，那样的死将会是生命的另一种再生。而它为了逃避抗拒些许风雨的使命，竟然选择了夭亡，多么卑怯而愚昧的选择呀！

我不禁十分地懊恼和愧疚起来：经常逃避课本的我，也将会是一片早逝的叶。

那天我一直郁郁寡言。夕阳向晚时，梧桐树下走过三三两两的少男少女，姑娘们裙袂飘飘，小伙子们说说笑笑，是这山村中学最动人的风景。要是在平常，我准会是他们当中普通的一个。

可是那天下午我没丢下课本去散步。因为我明白了：如果珍惜和热爱生命，就应让生命与使命同行。

（选自第29、30期）

中间地带

夜 珉

我不在乎在这里徜徉多久，心灵的流浪随白云远去已经是以前的事了。我在土地与城市中间，唯一的奢想就是：能一人立于荒野之上的草棚内，安然地接受黑暗，让它成我永久的思想集穴，然后在那里对贫穷与暴富、低贱与高贵进行称量。而自己以一个弃儿的身份，对世界之轻重作恶毒的挑剔与妒忌。

我有资格大放厥词，我与众不同的就是：我能从一切的时空中逃避，包括对阳光，对土地，对空气以及对城市的逃避。

阳光、空气、土地，我生存与成长的维生素。可我不敢在阳光下透视世界，呼吸空气。阳光永远把世界分割成光明与阴暗的两面，而人们总是在阳光的呵护下，做一些无聊或有趣的琐事，在那里举行盛大仪式的面具舞会。每一个人的笑比阳光都灿烂，我分不清哪里是猥琐，哪里有健康，可面具下燃烧着的贪婪与庸俗，虚伪与扭曲，使光亮下灰尘满天，使真实的人艰于呼吸，艰于寻觅。

我从来就对土地有一种畏惧，且并不随年龄的增长而产生对土地回归的念头。我忘不了父老乡亲们的艰辛是根植于其上的。那炎日下的干裂与贫瘠，有的是开水淌尽后的焦渴，有的是对生命与命运的抱怨。我也曾在原野间走过。除了沾在脚上的黄泥，我还感受到来自村庄的麻木的眼神，世俗的野蛮，以及外来恶劣文明冲击的沟沟坑坑。我悄然而退了，只留下一点泪在阡陌间，化成一枚清凉的晨露，在朝阳中颤颤巍巍。我将眼光投放到远山，这令人激动与壮烈的远山，神秘而又空蒙，或许我们能憧憬：在奇树怪石间，我们穿越一种满足；在秀谷清泉中，我们体悟一种净化。然而，当我涉足其间之时，我听到了隆隆的开山炮声，以及采石工佝偻负重的呻吟与号子。我还看见了樵夫们拾级而上的沉重，以及被汗水与脚板洗磨光滑的石阶。

城市，城市能给我带来什么呢，无非是一个个比天才还聪明的，独立生活的生命之群，在被钢筋水泥分割而成的区间内匆匆流动。是啊，那车流，人流以及弥漫其间的欲流，已使人们不堪忍受。机器的轰鸣可以充耳不闻，但被污染的风气与空气，已使人们窒息。人们活着，仅为活着而在一小片人工的公园里漫无目的地游荡，许多人的游荡，包括大脑，永不能独处和清静的游荡。

我拒绝土地与城市，我不在郊区流连。我只是在中间地带——心灵的中间地带生存着，我想我能属于我自己，我会读我生命的每一章节，并且做好最认真的注记。在每天早上太阳升起时，我大脑开始睡眠；而在夕阳西下时，我会热泪盈眶，以一个智者、哲人的眼光在黑暗里寻一些真实的东西，包括绊倒我的石头，我会紧紧搂定它，舍弃一切——生命与欲望。

真的，我感动于一种景象：一只无主的野狗，受伤后躲在垃圾的角落，呜咽着舔自己的伤口。

我也在舔我的伤，那伤口里已没有血，

我永远是在黑暗里窥探一切的弃儿。

（选自第29、30期）

庄　子

张天兵

不用站起来，躺在床上也可以从洞开的窗户中望见天空的一角。天空深蓝蓝的，有云还有我喜爱的小鸟、昆虫，拥有生命是多么的美丽和幸福啊！我不是害怕寂寞和死亡的人，有一次在野外，我枕着骷髅睡觉，白森森的骷髅也曾有过润滑的肌肤，奔腾的血液，摸上去还带着泥土的芳香与温热。面对鬼魂，我是那么从容与潇洒。我也已品尝过死亡的滋味，我那贤惠而寡言的妻子，总是认真地把我借回的黍米加进她采回的野菜熬成稀饭，自己盛走苦味的野菜，把较稠的默默端给我。她忍受着日子的寂寞和清苦，没有牢骚与埋怨。那年她因饥饿过早地离开了我，她的离开，使我进一步领悟了什么叫人生和苦难。

可笑的妻子问我为什么不流泪痛哭，我箕踞击缶，唱了那首有名的挽歌。我的泪水已随她全部带走，此后我要大声地欢笑歌唱，因为我与妻子是多么深刻地眷恋生活，热爱生命，我要让我洪亮的歌声驱走她身边的寒冷、饥饿与孤独。如今我也快要死了，生和死真的是统一的吗？其实我也不知道死之后究竟有没有灵魂，不知道生和死哪一种更快乐更逍遥，那边的世界里有没有我的大鹏，我的鹓雏？不过我倒愿意那样，那我很快就可以再见到她了，她仍像从前一样沉默与贤惠吗？

我要多给她一些温暖和爱护，以补偿此生的歉疚。

庄子慢慢爬起来，长期的贫寒生活夺走了他的健康和风度，破旧的麻衣如晾在枯树枝上，只有他那双深潭似的眼睛放射出更加聪慧灼人的光芒。西垂的夕阳像血一样滞留在对面的松岗上，染红了松岗，染红了他。

松岗的那头，一片硝烟。

宋一直处在秦、齐、魏、楚强国之间，随战局的变动不断改变策略，以图保全残身。近几年，战事更加频繁。公元前295年，齐韩魏联军攻入秦函谷关，宋因是秦的同盟，被迫割地求和。公元前288年，齐湣王采纳苏秦合纵的主张，倍约摒秦，以便乘机攻灭宋国。边境上，齐国的枪戟在阳光下反射着清冷的白光，剽悍的战马驰骋嘶鸣，激起的灰尘暗淡了宋国将士的铠甲和面容。宋国贵族在没落的夕阳里狂歌滥饮，拼命挥霍尽最后一点的生命。

生命是多么可贵！可在刀剑的屠戮下，生命又是多么空虚和脆弱！

我诅咒功名、荣华、战争，可我反抗的呼喊声听起来多么微弱、苍白，又充满着无奈。我总梦见死神狰狞的面孔一步步靠近我，甚至可以听得到他粗重的喘息声。我高抬的双眼只得默默转向自身。我主张修身养性，回归自然，以尽天年，我讨厌官场的欺诈和腐朽，反对表面仁义道德实则暗行娼盗。在这物欲的世界上我是孤独的，我憎恨白天贵族们放肆的荒淫，渴望那深沉而宁静的夜晚。在夜晚的梦境里，我就是国王，是不须御风而行的自由天神，与万物的性灵自由对话，与死亡的身躯热烈拥抱。以前我有个老朋友惠子常和我讨论一些我们共同感兴趣的问题。魏王给了他一个能装五石粮的大葫芦，可惜因为太大而无所用。我不无遗憾地说，老朋友啊，你实在是不善于利用大的东西了，为什么不把它放到大海上呢，这样你就可以在海洋里漂来漂去了，我指点了他一番。可惜惠子为人却非常小气，做了梁惠王的相后，听信小人之言，以为我将夺他的位，查我查了三天三夜。我就和他开玩笑，说你想学鸱以相国之位来吓唬我吗？惠子哑口无言了。不幸的是这样一位有意思的朋友也离去了。自夫子之死也，吾无以为质矣，吾无与言之矣！

归飞的野鸟聚集在树林里叽叽喳喳，从山涧里流淌出的小溪，一如既往地淙淙响着。庄子感到四周静极了，他闭上了眼睛。

门吱呀呀地开了，邻居樵夫端了碗鱼汤进来，先生喝口鱼汤吧。庄子从遐思中醒过来，感谢地看看樵夫，你觉得我快乐吗？今天我终于想通了一个问题：什么是快乐？快乐不在那天空中飞来飞去的小鸟，也不在那一飞万里的大鹏；快乐不在那闭门著书，也不在那乘车去野外自由旅行。快乐就在你我的心中，心中有乐自能排除功名富贵，自能驱走妖邪百病，心中有乐就能和我的妻子共饮清水而胜于醴泉，共居陋室而优于华夏，心中有乐就能任其自然，物我同一……

樵夫微笑着望着庄子。他喜欢这个曾当过漆园吏的邻人，敬佩他的学识却同情他的处境，喜欢听他的长篇宏论却又不能领会言外之意。他知道这个近似乞丐的邻人一定会是个影响非凡的人物，自己反能以微薄的力量助他一点粮食，帮他修修茅屋，却不能真正理解他的苦恼，理想与抱负。此刻他内心充满了悲伤，不断痛骂自己。又一位善良的人要离开自己，在今年的大灾中，他是第二十或第三十个了吧？饥饿、寒冷和疾病总是无情地夺走人的生命，昨天还在眼前欢明嬉笑的孩子，今天可能已成亡灵一个。我为什么不能在他临死前和他畅谈一次呢？让他无遗憾地走开，在生命的终点开心笑一次。

庄子累极了，歪在床上昏昏睡去。皎洁的月光下四周像下了一层雪，雪冷幽的，很静，又很轻。

（选自第 29、30 期）

悲悯的追寻

赵 千

在夜色里，总会有明了的昭示。

——题记

一直弄不清楚，哪里的天空不下雨，沿着脚印堆积的方向行走在黑夜与白天之间。毫无感觉里，岁月的轮回却从未停止，尽管飘摇的思想还在慢慢成长，因之而生的白发也日渐多了起来。

夜色随便地笼住了一切，只有异样灯光交织的难以琢磨的谜，在屈膝地存在。雨雾斜斜地穿行，固执的天空里没有妥协。走过灯光，伫立江边，不觉还在喧嚣之中，暂时的逃脱又划破心幕，袭过眼帘。也有人在江边怅望浩渺的江水，无语东流。白天来时，只见浊浪翻涌，高高低低地；逢到大雾弥漫，便看不见清晰的世界，只是一片茫茫无际了。而夜色淡淡地倾倒下来，宁静便是一切了，即使偶有人声和机器的喧闹，却永不能对她构成威胁。真正的江天一色。空中的点点灯火散布在远远的江面上，恍若夜色的灵魂，而在雨中，则更增添了几分寥廓和凄清。

只因为想要，我便在远离了同行的诸人之后，踏上了夜色苍茫中的客船。第一次置身于江水的歌声中，我只觉得生命被一点一滴地冲刷涤荡，仿佛已不在人间。同船的人都是陌生的，只不过因为偶然的机缘，同船而行。每到一个港口，有人上船，有人下船，却从未有谁刻意问询过谁。我并没有那种一个人焦灼难耐的感觉，一个人的孤旅、凄凉的无眠使人想起茫茫天际之内，生命来去的不由人，还有那些莫名的羁绊。

我想，拥有这种难得的宁静何其快意！众人早已入睡，我独立舷边，滔滔江水一刻也不曾停止，翻涌着向后了。船上的灯光映在江面上，只见昏黄，迎面驶过的船并不见相遇时所有的微妙感受，仿佛对方根本就不存在。

岸上的树林悄然无语，从生根的刹那起，便注定只能站成一种姿态。

永远面对着涛声连绵的江水，等待着死亡。我只觉得从来没有过的虚空攫住了心灵，千百年来隐藏在不知名的深处的孤独逐渐在夜色里弥散，溶入了江水之中，融入了夜色之中，更溶入了心中。望着这浓重的夜与灯光，真想纵身跳入江中，与她合而为一，从此天间地间人世间，不要再渴望阳光。

江上来往的船儿终有停靠的港湾，尽管需要经历许多的黑夜，却终要到达一个终点。而在夜色中的追问有没有设一个最终的昭示？

许久以来，无数个不安分的灵魂都在用不同的方式寻找着心灵的宁静，试图在喧嚣之外寻到可供一生一世栖息的某一种精神神祇的所在。也许在茫茫宇宙深处，真的有着一种亘古不变的神秘力量与我们的思绪相互连接着，静静地向人们发出永远无法破译的信号。

某一个秋天的清晨，也许只是为了求得一种心境，一种感受；或者更明确地说，是为了寄一封简单的信，使我的灵魂变得稳重，我单人独车，去了“文化之乡”——桐城。

那已成为人生中唯一的一次最令我心颤的感受，我没有如释重负的轻灵，反而愈加在心灵深处堆积起了苦涩的重负。

在省去了一切过程中的反复和艰辛之后，我还未来得及细想，却已被那独立于闹市之中的古香古色的殿堂所折服。即使文庙的自古而来的幽静早已被嘈杂和喧嚣破坏无余，但它仍让我深刻地感到心灵里有某一种东西与它相通着，这里的每一寸土地、每一个图案都勾起我对遥遥历史过滤下的无数颗呕心为文的灵魂的敬仰。

殿里的光线很暗，使人很容易想起连绵不绝的夜色时刻在若有若无地存在着，千百年来在以超越时空的姿态给各个不同时代的人们以心灵的慰藉。肃立于这一种庄严的氛围之中，无数的陌生又熟悉的名字及脸孔在脑海里一一浮现，又飘走。好似有无数个灵魂穿过了黑暗的层层包裹，越过斑驳历史的封尘和这时空的阻隔，在另一种存在的延续里与我的灵魂交汇着，让我从尘世的辛劳烦恼中解脱出来。在无数个夜色迷人的灯影幢幢里产生的悲悯的情怀，层层积淀在心底最隐秘的地方，霎时间全部因此而激荡起来，让我狂想不已。

夜色慢慢笼罩下来，永远不知道自身的疲倦。烟尘四起的氛围之中，土地正渐自失却其固有的本性，阳光也消失了。我只觉得一种巨大的孤独感一下子攫住了我的全部，我很愿意在这样的氛围里安然地独享这份心境。在文庙里激起的那份感动还在我的体内活跃着。如同登上一个高高的所在，一直有一种想法：我要跳下去，这就是一切。如果要去苛求，一切便没有了令人向往的真实。也许只有在这种自自然然的状态里才能真正体味到存在的悲悯。

多少年来，我一直固执地寻找着自己的精神之源，构筑着自己的精神殿堂。而这种构筑的本身也充满了许多无法言喻的思索和追问，也许穷尽一生，也达不到那样一种境界和心态，但我仍然深信，心灵之门永远不会锈死，在夜色里，总会有明了的昭示，也许会在永无止息的轮回之中得到，人生的存在不是为了活着，而是活着。

（选自第29、30期）

一片冰心在玉壶

王郁芬

作家郁达夫曾用雪莱的《咏云雀》诗句来赞美中国现代女作家冰心。“……是光天化日之下的星辰，是同月光一样来把歌声散溢于宇宙之中的使者，是虹霓的彩滴要自愧不如的雨师，是……”是的，郁达夫这样形容这冰清玉洁的女作家是再恰当不过的了！

在现代作家中，虽有现代文学之父鲁迅，还有许多拥有卓越成就的作家，如郭沫若、胡适、郁达夫、庐隐等人，但是在这些才华横溢的作家之中，我最最爱的还是冰心，最喜欢读她的清丽语句，最崇尚她的爱的哲学。

冰心这位冰清玉洁的现代女才子，是中国真正意义上的最早女作家。她用自己纤细的手指握紧了笔，向人们倾吐了她的每一份幽幽情丝，倾诉了她善良、微带忧愁的情怀。她在中国文坛上有举足轻重的位置。在诗歌、散文和小说的创作中都取得了较高成就。她的诗、散文清丽而典雅。如在《繁星》中，她写道：“大海啊，哪一颗星没有光，哪一朵花不香，哪一次我的思潮里，没有你波涛的清响……”还有《春水》中的诗句：“宇宙昏昏，表现在前，消灭在后，生命的小道曲折着……”这些诗句都是清新隽丽的，感情细腻、澄澈，显示了女作家较高的文学素养，更显示了女作家的独特风格。当你读她的每一个清丽的文字时，在冥冥恍惚之中，你好像看到一位清秀明丽的女子正站在你面前乙乙欲抽地向你诉说着她的心语。你看到了她“满蕴着温柔，微带着忧愁，欲语而又停留”的羞雅面容。可是啊，女作家的独特之处不仅仅在此，还有她那积极关注人生、关注社会的问题小说。她才思敏捷，一旦加上五四前后社会的催化剂，便诞生了一篇篇感情细腻、内涵丰富的小说，如《超人》《烦闷》《悟》《两个家庭》《斯人独憔悴》《云国》等这些脍炙人口、令人无法不一口气读下去的佳作。

然而，作为现代意义上的伟大作家，她不仅仅是送给了读者优雅的诗歌、散文与脍炙人口的小说，更深的意义在于：她向人们展示了一种伟大的人格，一个博爱的心灵——她的爱的哲学。她认为支配世界和人类的是爱而不是憎，爱是世界和人类的根本，是人类的希望。从她的这一表述里，我们看到了女作家是以怎样的心来看待人类和世界的呵！她的爱体现在三个方面：其一是母爱；其二是自然之爱；其三是童真（儿童）之爱。

作为一个涉世未深的学生，也许我并非未真正地体验到女作家爱的哲学真谛。但是，作为社会的人，家庭的成员，我生活的周围是充满爱的呀！我是在爱的甘露沐浴下长大的呀！从小在父母呵护下长大的我，睁大眼睛看着这世界：她是美丽的，人生也是美丽的。在《超人》中女作家这样写道："（世界上）母亲与母亲相爱，所以她们的子女也都相爱。"这正好就是我的想法。母爱，一般的说，是每个人都感受得到的。从每一个普通母亲注视子女的眼神中，我们可以感受到爱的温情，爱的力量。想起母亲送我走进每一道门槛的情形，我深深为之感动！天下的父母都满腔热情关注着子女的每一个成长足印！女作家的至爱不仅仅在这平常的母爱之中，而是把这母爱作为爱的种子，她就是"撒向人间都是爱"的女神呵！由母爱这颗种子，生长出童真和宇宙（自然）之爱。

毋庸置疑，作为这一爱之哲学有它的确立过程，也无须否定，她的哲学受基督教的影响，然而这种影响，在冰雪聪明的女才子身上是具有积极意义的。她并非没有对人生、对社会的种种困惑，而是在困惑不解中，寻找了一块美丽发光的玉石——这就是爱，它使人赏心悦目，使人为之陶醉，为之磨炼，为之奋斗！女作家寻找的爱超越历史的一切道。无论是儒家的"仁"，还是道家的"道"，都没有把人类作为一个整体达到超越，而只有这"爱"把全人类作为它的全部对象，它是全心全意地爱人类的，爱人类的一切，包括他所生存的空间——宇宙（大自然）。可见，我们的这位至爱女才子拥有一颗多么博爱的心呵！这也是我对她肃然起敬的原因。

总而言之，冰心的冰雪聪明和卓越功绩是有目共睹的，她的爱的体系是有价值的（无论是在她的个人生活层面，还是她个体在历史当下的层面都是有价值有意义的），而她的求道人生是永恒的成功。

她，"一片冰心在玉壶"。

（选自第31期）

洞穴之外——走出消极的深刻

周锦诗

我们曾经自以为是，是因为我们有过装腔作势的舶来的意识。对存在主义，现象说以及消解的意义，我们又知道多少呢。我们只是在一些外国人名以及时髦的术语上玩一些高深。“这就是终极意义上的关照”，我们如是说。其实，我们永远处在洞穴之外。

洞穴意识，是一种对世界起源，人类演化，以及对人生思考的一种终极的认知：宇宙存在黑洞，人类从洞穴走向文明，人生死之际有穿越洞穴之感，所有这一切，便真的使我们处于冥冥的洞穴之中了。然而，这洞穴的昏暗与混沌，即使是最为敏锐的眼光，也只能是透过迷幻的光晕，不能给人以真实与明晰。可是，正是这迷雾的魅力，使新生代们背着流派纷呈的哲学目录，总想置身于洞穴之中，为人类的苦难和黑暗作更深层的呻吟。这里，诗人们的敏感与脆弱，使得他们无与伦比地站在了前列。诗人是孤独的，他们冠之为心灵的流浪。可诗人的孤独，使他们手握自己的诗集，怀着悲天悯人的凄苦，放逐自己来到了极地。

这里没有阳光、野花，甚至没有温度。他们真的在那里迷狂了。他们大叫自我与燃烧。然而极地并没有给他们一点温情，一切将在黑暗里冻死过去。诗人写给自己的挽歌，也只能在坟场的边缘孤寂地哑默。上帝毕竟宽容，他接受了一个自我封闭的灵魂的忏悔。

海子的铁轨，顾城的斧头，是否开了一条通向洞穴的道路呢？我们不能揣度他们的深刻或者浮躁。可一摊血迹，已经幻化了一个黑色的句号，这是否就是洞穴的代码，我们不禁战栗了。一种极端的对内审视与极端的向外逃避，创造了一种对死亡的向往，这或许就是对洞穴的求知与求解的未果。他们看不到人对自然的主体性，也过分渲染了人与人的陌生；他们的未处洞穴之中而执着向往洞穴的意识，使他们在无能为力之时，不得不用生命当作祭品来叩响洞穴之门。可我们依然颂赞他们，因为他们是天才的诗人；但我们也痛惜，因为他们急切地把自己交付给了洞穴，完成了他们所谓的深刻。而我们却丝毫不能从中窥出生命之于洞穴的意义，却只看到了消极的承让与逃避。

扭曲、压抑、虚无乃至逃避，这一切带有洞穴意识的偏执，导致了人们眼光的昏暗、心情的消极以及对社会、人生的无望与歇斯底里。这是什么样的认知呢？这归咎于我们对洞穴意识的一知半解甚至远没有这种认知的能力。这属于哲学家们的事，他们对世界所做的虚设与推理，只能证明他们天才的逻辑思维或者莫名其妙的深刻。而作为不能，甚至本来就不想再深刻的人来说，处在洞穴之外，对世界做一些积极的言行，是最为真实与真诚的了。

是的，我们处在洞穴之外，我们的世界有阳光、空气、鲜花甚至罂粟，我们都看到了。可我们不会为罂粟的存在做虚张声势的惊讶，或者为罂粟的香艳之毒做美妙绝伦的描述。我们只是沐浴着阳光，呼吸着空气，站在大地上积极地看着一切，为崇高和美作真实的点缀。这不是平庸，这是生命为进入洞穴，最终又走出洞穴的最好注释。

（选自第 31 期）

秋雨：爱情与片段

毛念领

一

这里只剩下一排散乱的铁栅栏
倾斜的符号或古老的传说
静静地排着灯火的碎片
辉煌隐延　虚寒逼近
垂直的鱼钩与灰色的蓑笠　一个人
一尾鱼　一江
破碎的水珠　所有
混乱和调整的东西
都被浓墨抹去
边哭边笑　秋雨
无声无息地漂浮

二

我一直都是在雨中生存
但在雨和时间磨蚀的居所的飘动中
走开而又返回的羽翎色彩暗淡——
停止飞翔　雨零乱的线条
转瞬即逝

静物：选择一株阔叶树
在离开森林的地点
放出渴望的呼喊
暗示着什么？
雨中，重返照片的几年前的黑鸟
无法恢复离开时的那只

哭嚎：雨点的艺术

和它所躲避的虚寒将我包围
而我永远无法忘却
与你一生共有的那一点片段

三

马蹄如雷　雷暗示着雨
一路狂奔……
曾经令我留恋的飞翔
随着雨中断裂的惨叫
——我走了，音乐的光
召唤死亡的静寂
不用回头
堂轩中的雕像发着同一的蓝

树冠与树冠之上
我以流云的方式生活
你不会呼唤我　但我依然站在尖端
以潮湿的词语
完成我一生追逐的艺术

四

雨中的解剖和重生
很赤诚地　如鱼
盘腿而坐

午夜的钟声凸凸响起
铁轨上拥起流浪的光
看，鱼的眼睛瞪着抽象的水

寒山钟响
我躲在黑暗的角落
用空蒙的剑刻画着天空
长翼的马和六爪的雕同时掠过
雨水向远方延伸

心情缩成一点烟雾

五

雨的音符蕴含着硕大的力
在静寂里召唤着沉入湖底的鱼
蓝光熠熠的湖面无动于衷

光滑的屏风　坚固的隔音板
雨和爱已不在空中或水中
被拒绝在坚硬的表面
沉默的青纱帐里　白兔盘旋

夜风吹拂　网围我的
仍然是布满抽象与凌乱的锋刃
对一个人的词语断断续续
断裂的时钟宁静地垂直在雨的边缘
他缓缓低下久盼的头颅
一直沉入苍茫的梦境……

（选自第31期）

洼　　地

本树林

一

太阳静静地照着，很小。我分不清这是冬天，还是春天。

二

醒来的时候，他发觉自己是趴在一片洼地里，坑坑洼洼的地面像波浪一样抚摸着他的胸口。他感觉到自己的胸膛里很开阔、很清爽，呼吸是那样的畅快。血依然在他的身体里静静地流，像清澈的溪水涤荡着他的心胸。

他还能活着，这是自己所想象不到的。突然，他嘤嘤地哭起来，仿佛是一个被遗弃的儿童，蓬乱的头发下面的眼眶里噙满泪水。

腿部巨大的疼痛，使他确信自己确实还活着。这时，十个手指的指尖也钻心地痛起来，这使他记起来——曾经用手抠着地面上的泥土爬过一段漫长的时间。

三

战争结束了。同伴们都死了。他这样地想着，扭头望了望四周，周围的草地上，到处是横七竖八的尸体，零落的钢盔，废弃的枪支和其他一些东西。他不敢去搜索这些曾经是活蹦乱跳、有说有笑的身体。他艰难地闭上他的眼睛，任夕阳的一缕金黄血色的光侵蚀着他满是尘垢的面孔。

硝烟散去了，战火熄灭了。他感到格外的冷。几只孤独的蚂蚁在地面上慌忙地奔走，有的爬上他的脸庞，爬进他模糊的视网膜。

四

当一切冷凝下来，那剩下的只有痛苦，在战火中生存了下来，不是什么欣慰的事。

因为已经没有谁还能把他带回到从前。母亲的微笑，爱人的眼神……在这场硝烟中永远定格成一幅灰黄色的画面。但是，这夕阳的光却来唤醒他这些温馨的记忆，可是，这留给他的只是摧残。幸福，再也抚摸不到的幸福，为什么不随着我死去！他用手紧紧地揪着地面上矮短的草根。

他奇怪为什么首先想到的不是仇恨。那些兵进驻村子的第一天，傍晚的时候，在那条小河边他还和他心爱的姑娘交换了一个惊慌的眼神。可是，第二天的早晨，心爱的人却永远不会回来了。他的心随着她的死去也死了。起先，像是蒙上了一层厚重的油布，他的暴怒，是要剖开这麻木了的胸膛，切出一块还能感知和跳动的心来奉给他心爱的人。他记得他是怎样狂怒地在墙壁上撞击着他这麻木的胸膛。是他的母亲的眼泪暂时镇静了他，从此他就死了——母亲的眼泪已经不再完全是他心灵的源头。然而就是这最后一点安慰不久也熄灭了，在一次扫荡中，母亲被打死了。

可是今天他清楚地感觉到他的心胸像是一块解冻了的土地，他甚至能用它感觉到大地仿佛在蠕动。不是蠕动，而是地面在抚摸着他的胸膛了。他低下头奇怪地看着他的胸口，泥血的衣服随着喘息起伏。第二粒纽扣和第三粒纽扣失去了，从开口的地方露出灰黄的棉袄。

夕阳迟迟地落下去了。远处的短草，把那片红红的太阳，剪碎了，隐没了。

五

夜气像是一阵风从四面八方涌了上来，又像是从天上垂下来的帷帐，摇曳着，皱褶着，温暖地带着一阵微微的香味，这香味他是那样熟悉，他的心中还盛满着这种芬芳——他记得他第一次拥抱他心爱的人的时候，他在她的衣领里、秀发中和她的胸脯上闻到过。他陶醉在这种甜蜜和温柔之中，他试图用手去抚摸去拥抱。

时间缓缓地流着，周围的一切在视网膜上渐渐模糊——模糊了，然而一会儿又慢慢澄清而透明起来。这美丽的夜啊！他静静地趴在地上，他不想动一动（其实他也动不了）甚至不敢很大的喘息。他害怕这宁静的透明的夜会像玻璃一样应声而碎。他觉得他悬浮在这夜当中了，像是躺在一只柔软无比的摇篮里，他想睡觉了。但是猛然间他又张开了眼睛，他感觉到有一种异样，仿佛是一种召唤，不，不是召唤，而是一种眼神，他感觉到有一双眼睛在注视，是妈妈那温柔的目光，还是心爱的人那清澈的眼神……

这时遥远的天空已经出现了几颗明亮的星星，镶嵌在这透明的夜的边缘。

在广漠的天底下，在轻纱般的夜气中，远处的村庄——黑黝黝地流动着，静一点，再静一点，那是什么音响，仿佛是一支轻柔的摇篮曲，飘动着，震颤着，忽闪着，若隐若现，似有似无……他默默地倾听着，他听出是村边那条小河淌水的声音，那里有他的童年，有他的少年，有他的青年。那里有他的欢乐，有他的爱情，有他的憧憬，他感觉到了时间流动的忧伤和留恋。

那音响在盘旋，在低回，在婉转……

他抬起他明亮的眼睛，亮晶晶的，在闪动，在颤抖，在旋转，在飞升。

星光逃遁了，随着一声巨响，大地死寂。

六

那条村旁的小河边永远不会再有他的身影，他再也不能一个人默默怀念他过去曾有的爱，去完成一个能够流传下去的生死不渝的爱情故事。

他静静地趴在那里，一动不动，像一座山。

七

太阳升起来了，照着这片在血与火中挣扎过的土地，大地虚脱得像一张临死之人的变形的面庞。空气中飘浮着一种游离的振动。

你难道听到了歌声?

你难道听到的不是哭泣?

战争……

战争!

洼地上腾地燃起鲜红的火光。

（选自第32期）

浮　现

翔　子

在水边　老房子不动
绿苔飞过屋顶
月光击碎青瓦
这一切以及水边的影子
是唯一的光顾者

萤火虫飞越纱窗
镜子在灰尘里隐居

村姑和她的麻花辫徘徊在村外
散乱的是野猫的眼神

锁在画框里的孩子
数过椽瓦下无数的候鸟
不断以苍老的目光
想象着外部的飞翔

墓碑和雕刻的名字
最终只能守望着一片枯草
鸥鸟微笑着闪过山岗
碎裂声四处逃散

（选自第32期）

将 醒

卢 容

多年以前，水水说她喜欢蓝色时，或许就注定了她一生孤独。那时，她还是个小女孩，应该做着小粉红花的梦。可是，她没有。她爱上了蓝色，忧郁的蓝。无可救药，并且一发不可收。

水水最近很苦恼。她错失了两次灵感，在梦中。梦里，她想到了绝妙的文字，以为醒来时还能记得，就被瞌睡之神引诱去了。结果醒来时，她只能写下，“水水最近很苦恼，因为她错过了两次灵感，在虚无缥缈的梦里。没有人知道，或许更没人相信。”随后又划掉，然后再写上，“此刻，我多么希望/你是我的小小蛔虫/这样，你就可以知道/我的故事多么有趣/我写出来的/远还不及藏住的一角。”望着日历上，那个醒目的红圈圈，像个鸭蛋，像个鬼脸，也像她此刻脑子里的一片空白。

匆匆起床去上班，全勤奖是没着落了。只盼着早早结束今天，晚上回去能写个千把字就好了。挤北京的地铁，永远像站最严肃的军姿。她望着形形色色的人们，20 岁无资本无未来，她有些失落了。迟到被老板骂，工作也是频频出神。吃饭时，她想这样的生活真没意思。突然想起高考那段时间写作遇到瓶颈时，也会不自觉地就念出杜甫的几句诗，“名岂文章著，官应老病休。飘飘何所似，天地一沙鸥。”就像现在这样。坐在她对面的女孩子们都惊呆了，心想，这他妈什么怪胎。那一群女孩子偷偷看她，又转身过去发出一阵窃窃私笑。只不过那时，她的同桌王乐乐小姐，只是怪异地看了她一眼，然后笑笑问她怎么了。乐乐是个可爱的人，会傻乎乎地问她的作文里为什么称李清照为“先生”。她的数学很好，班主任把乐乐和水水安排在一起坐，以此期望她们可以互补。结果谁也没能影响到谁，高考时，乐乐的语文成绩和水水的数学分数一样，堪堪在及格线的上下尴尬徘徊。不过幸好，她们都考上了还算过得去的大学。不说这些陈年往事了。那一年她 17 岁，在她人生的黄金时代，她还有好多白日梦可以作。到她 25 岁这一年，她知道，田螺里并没有住着仙女，生活并没有电影里演得那么有趣，有志者事竟成只是个成语，希望也只是个希望而已……

隔壁座的小叶是个大美人，经常收到没有署名的礼物。堆了一桌子，带来无限烦恼。她是有男朋友的，荷兰空运过来的香槟玫瑰再珍贵也比不上他男友亲手种的小盆栽。墨绿的竹筒子里栽了胖嘟嘟的多肉。竹筒上题的是白居易的诗，“绿蚁新醅酒，红泥小火炉。晚来天欲雪，能饮一杯无?”小叶上学时没好好读书，偏偏恋爱时爱上她家书呆子的附庸风雅。

夜已经很深了，远处教堂的钟声早已敲过12点。灯光下的字也慢慢模糊起来，她温暖的被窝向她发来睡意的召唤。也许灵感在睡梦中又来了，这次爬起来记下就好，她这样安慰自己。入梦了，这次她没梦见未完成的文字，而是看见了孙悟空在地上画了个圈，是红色的，就像日历上的那个圈，一望无际的大圆圈。她被困在中央，茫然的，有些许无助和恐慌。然后落雪了，瞬间三尺深。也不冷，梦里是感觉不到冷的，哦，除非你踢了被子。白茫茫的世界没有其他人，红圈圈的界限消失了，她又被整个世界永远地困住……她没有醒来，而是一觉到天亮。愧疚感油然而生，在没有写文的时候，连睡个好觉都是有负罪感的。

然后她想，那哪是什么灵感。根据弗洛伊德的观点，你就能肯定你错过的一定是灵感而不只是白日里执念太深的臆症吗?或许你只是做了个你睡觉时梦见了灵感的梦呢?你难道不觉得梦只是梦?“不觉得。”明明另一个更加清晰的声音在她心底答道。

无可奈何，心魔挥之不去。她安慰自己，梦就是梦。于是写下一行字，在纸上没什么特别，却在心里闪着别样的光。那是一行古怪的文字，至少在她下笔前的一秒还让她难以接受——慢慢接受自己的平凡和死亡。那晚，她给妈妈发了个短信，“妈，我不考试了。回家考编。”英语学好真的是有用的，再不济，还可以去当个英语老师。她终于明白了，有时候职业真的不是选择出来的，而是一条又一条希望之路被堵死后泄露出来的。我们都想一帆风顺，最好生活能和A4纸上计划的蓝图一模一样。可是，如果不呢。就是因为诸多的不确定性，人生的诸多烦恼才纷至沓来。人生啊就像一部长篇小说，在作者没有收手之前，谁也不能预料到它最后的样子。

她写得不好，她知道，可，这是属于她的。

决定辞职的那个晚上，诸事不顺，她丢了钥匙，室友们也都出门去了。北京的“五指山”也仿佛向她竖了个中指，东风裹挟着巨大的无意义的时间将她包围。她挨个给室友们打电话，问她们什么时候回来。刚毕业的婷婷和同学聚餐去了，王姐和朋友在看电影。小花的闺蜜来北京玩，她们一起涮火锅去了。好像只有她的关系最经不起推敲，不是同学，不是朋友，不是闺蜜，只是“室友”罢了。她从来缺失拥有这些关系的能力。有时她也想加入她们的讨论。只是，百合花好看吧，冻顶乌龙好喝吗?她想说，种了百合花的地就不能再长其他植物。阿里山的高山冻土被开发破坏得不成样子，长江的江豚快要灭绝了。这些她都没能说出口，她知道对方不是可以听这些话的人。

人类的悲欢不仅不会相通，而且永远不会。你是水瓶座吗，你会莫名感伤吗。是的，可，谁让我们是水瓶座。所以，究竟该信仰哪种哲学才能不悲伤。

室友们都要很晚才回来，她找了房东，顺便准备退房。那晚，北京下了雨。因为在外面站了很久，她早上开始就有点低烧，现在淋雨好像又加重了病情。病来如山倒，这晚她早早地就睡下了。

雨水一直滴滴答答地落在屋檐上，她的嘴唇有点发麻，她觉得自己也变成了那片顶着青苔承重的瓦壳。

这让她想起从前高二的晚自习，也是这样下着雨。那时她盯着溅起在窗上的小水滴出神，夜色像是墨蓝的幕布，水滴就像无数颗天上的小星星。眼底有火红的岩浆升腾，然后遁入黑暗，归于沉寂。今夜，暂时忘记一切，只听雨。我仿佛是走在热带雨林中，适逢雨季。太阳是很高远的，也许有也许没有，这是我的幻觉，请不要管它。总之这不是一场昏天黑地的暴雨，天是白亮的。林子里却很是阴暗，高大的乔木遮天蔽日。从上到下，从里到外。从高大到低微，从正大光明到阴森恐怖狰狞扭曲。那时原始的原住民还没有伞。雨点就这样迎着风打在蕨类植物阔大的叶子上，再从树叶缝里溜出来，连续不断地在我的脸上、唇上蹦哒。咂摸咂摸，无色无味，却是生生不息生命的味道。雨滴在下落的过程中被折射分解成无数个定格的画面，你可以看见金刚鹦鹉挥动彩翼迁徙的喧闹，枯枝败叶丛中红蚁结成长长的队伍搬家筑巢，江南三月里野蚕弓屈的身体，撒哈拉落雪的神秘，北极破冰，黄河凌汛……就和今夜窗外的雨给人的感受一模一样，我的头皮开始痒了。也许是因为累积的油脂在潮湿的空气中发了酵和枕衾的螨虫起了化学反应，也许只是因为梦里在那片热带森林里淋了雨。

她又想起从前家乡三四月的夜晚，她也总爱这样躺在床上，听雨花落在屋檐上破碎的声音。江南多雨，可自从她家搬进高楼后就再没有听到过了。一起消失的还有蓝色的少云而高远的天空、枝繁叶茂的大桂花树，发现刺猬的稻草堆和可以放风筝的苞谷场……没想到在北京的最后一夜，还能听到阔别多年的夜雨声。

车站的灯光很温柔，就像耳机里粤语男声迷人的声线，像她前排那对恋人眼里的小星星。其实不过是历经苦楚，即将归来的心情太过温柔。刚上火车就又落雨了。雨水打在移动的车窗上，一叶，两叶，嗖嗖嗖，车窗外的雨下大了……列车从华北的雨季一直开到江南的雨季。到站是在夜里，路灯下的天空是墨蓝色的。是所有车站的夜里都寂寥吗？还是只有我的这一个城市的这个时间呢？真的是个小城市呢。小到黑暗里看不到任何可以承载文字的意象，天空也没有，大地也没有。就在这一瞬间她后悔待在这里了，不过也就只是一瞬罢了。

回来的这段时间，心里很平静。秋天的风，很温柔，但也不能多吹。她记得上次这么说的时候，第二天就感冒了。南方的风就像米酒一样，温婉缠绵，但喝多了容易上头。南方的风即使在冬天也是温柔的，带着湿润润的水汽，最多往你皮肤上刺。而北方不一样，北方的风可豪放了，就像北方的人一样，它直接往你胃里灌。水水刚到北京时，胃里就被这凛烈的风呛了个满。表弟阿丞来的时候，水水正在看李娟的《冬牧场》，好像是2012年出版的。阿丞那天来，只是为了向姐姐炫耀自己交到了女朋友。第一次恋爱的小伙子，总是难掩兴奋，帮舅妈干活的间隙还一直在说着他女朋友的事。

水水打断表弟的喋喋不休，忽然指向窗外。

“看什么?”阿丞一头雾水。

“秋天了”，她试着解释，“叶子黄了，但这并不应该是司空见惯的事。这样的机会，上帝只给了百分之四十七给地球而已。从回归线到极圈。从回归线到极圈。也就是说，地球上至少还有一半的地方是见不到黄叶的。我们何其幸运，可以拥有秋天。所以，它不值得被看吗?”

“天真”，他都懒得反驳自家姐姐，“显摆你地理学得好怎么的?你真以为温度带是用尺子量的，直线画的吗?再说，我们还有植物园，有温室，有花房。所以，这破叶子到底有这么好看的?”

她轻笑着摇摇头，“只是你不懂罢了。”她的地理一向不好，为了高考“默画”地图的日子实在是个折磨。但现在回想起来却又是那样的美好，那时，我们的心中还拥有全世界——的地图。我们记得每一条神奇的经纬度的意义，记得每一个山川湖海的名字，记得每一个地区的地形地貌，记得每个季节的阴晴寒暖。虽然我们被囿于高考的牢笼里，但我们其实却可以在世界的地图上信马由缰，不也很浪漫吗?只是当时感觉不到罢了。其实，她想说的是，在这样一个“向钱看，向厚赚”的商业社会里，在纯艺术被这个后现代工业文明统摄的全球化高科技社会所抛弃的时代里，还有一些树叶，是还金黄色的，还在缓缓坠落，还赠予我“惆怅”这样奢侈的东西，还让我注意季节，并通过季节注意到自己，真是令人感谢。

“悲伤春秋。姐呀——”阿丞停顿了一会，拍了拍姐姐的肩膀，“赶紧走出来吧，要是我女朋友天天跟你一样，我就得愁死!”水水觉得，她的青春，她的梦，就像冰块一样砸在院子的水泥地上，碎成一片，碎成渣滓，最后连个太阳光都反射不出来。

是啊，水水的梦该醒了。

几个月后，在水水任教的安庆二中校园杂志上，水水发表了这样一首诗，诗的名字叫做《梦》：

一小片风景溜进了梦里
陪来的　是字
身子一扭一扭的
没注意就爬满了发丝

总睡着
写字
雨下得房间到处都是
窗帘　被套
《南华经》　到处都湿

母亲从厨房走向卧室

一封春天的信

王晓菊

“丁零零……”一堂课又结束了。

灵平老师拖着懒洋洋的步子走进办公室，桌上躺着一封信，北师大寄来的，没有署名，右下角画着一朵小小的，红艳艳的玫瑰。北师大？玫瑰？哦，是那个小丫头。灵老师脑海里迅速闪过那张神采飞扬的笑脸，江小玫，去年夏天送走的一届学生，他的得意门生。大一第一学期没来一封信，现在怎么想起我来了？

林老师坐下来撕开信封，结果又抽出一个未封口的信封，贴了邮票，正中写着江小梅的地址。这个小丫头搞什么鬼？信封里还有一封信和一篇文章。

灵老师：

见信好！

这么久没给您写信可别以为我把您忘了。刚进大学，一切都陌生而新鲜，从未经历过的住宿生活弄得我手忙脚乱，与中学课本迥然不同的学习内容又让我目不暇接。节假日和同学在京城里东游西逛，体会京味文化，寻找古都遗风……一天天满满当当，哗哗哗，半年光阴就流走了。

一直想给您写信，却找不到那份心情，老是忙忙碌碌的，静不下来。这学期好些啦，慢慢进入正轨。

您呢，还是那样吗？上课，喝酒，抽烟，下棋。我劝您少喝点酒，我可还记得您那回上课胃痛得面色惨白。唉，劝了您也不听，从前不是没说过。闲暇时找点事情做不好吗？譬如写写东西，不要常常让自己那么醉着，好吗？我觉得您心底并不情愿这样，您给我们上课时的精神为什么生活里就没了呢？我真希望您整天精精神神的，快快乐乐的。其实我可是对自己食言了，记得吗？我从前跟您说过：“我毕业后绝不给您写信，抽屉里那么多学生的信、贺卡都积了一层灰！”您多懒散哟，这回我把您回信的信封都寄过去了，看您回不回！嘻嘻……

清宜姐姐叫我代她向您问好，她初到澳洲时想家想得厉害，现在学习工作忙急了，顾不上想，好多了……

……

附上散文一篇，请您看着玩儿吧。

遥祝

春日康怡

学生：江小玫

97.4.13

灵平拈着那个准备好的信封，啼笑皆非，这种把戏只有江小玫能做出来，那个女孩儿成天活泼得一阵风似的，嘴角一翘，一双眼睛，月牙般地弯下来，到处便飘着她清脆的笑声了。知道他跟学生不拘大小，不摆老师架子。有时候做威严状还是小孩子脾气跟他们闹着玩儿，学生们都不怕他，跟他很亲近。江小玫本来就喜欢玩闹，又恃着是他的课代表，更是没大没小，曾经在他的火柴盒上写戒烟的打油诗，在办公桌上留下画着玫瑰的匿名信，还从后面蒙过他的眼睛……这小丫头倒真关心他的。

让他惊奇的是，她居然能看懂他的生活，直看进内心深处去。曾经有一回，他收到大学同学的联谊卡，上面有的同学做了科长、处长，有的成了记者、编辑，有的考了硕士、博士……他边走边看，陷入回忆和沉思。江小玫从他身边走过，要去看了看，突然笑笑地问他："您后悔吗?"他明白她指什么，沉吟了片刻用少有的认真的态度回答："不后悔。"然后又恢复了惯常悠哉散漫的神情："我天天上上课，教教学生，搞二两酒喝喝，下下棋，多快活。""可是您总这么过不乏味吗？跟退休老师似的，您才多大啊!"不管他做恼怒状，她咯咯笑着跑开了，他望见不远处的一棵白杨树。树叶一半青翠茂盛，一半却已经枯死了。他初来这个学校时还是个年轻的小伙子。这树同他一样意气风发，生机勃勃，满树碧绿的叶子在阳光中闪烁着好像无数的微笑。如今他已人近中年，不知什么时候，这树也变成这副奇特的样子，难道它随着他的青春的梦想与活力，一起悄悄地枯萎了吗？他想起《世说新语》上"桓温见苛时种柳，皆已十围，慨然曰：树犹如此，人何以堪?"不觉有些落寞之感，如针尖般细细地刺在心上。

那天晚上他没有喝酒，想找点书看，才发现书柜里除了教科书基本没有可读的书。大学时代最爱看的外国小说《红与黑》已经多少年没碰过了，拿起来翻一翻。一年级的儿子把铜版画的于连涂得花花绿绿，小丑一般。他苦笑着摇摇头，把书扔回去，像平日里一样摸了本武侠小说。往床上一躺，漫不经心地翻着，不知什么时候睡着了。

第二天早晨起来，那一点落寞，仿佛融化在一夜的睡眠里，他照旧度着他拖拖沓沓的步子，喝酒、抽烟、下棋，日子就这么懒懒散散地消磨着。

如今那双慧黠的眼睛又来挑动他沉寂的心弦了。她爽利的而天真的信仿佛夹带着她明朗的笑声，一股子活泼的生气，直涌入他的心田。是啊，十多年前他不也曾这样年轻过？慷慨激昂，以天下为己任，怀着一腔热情，憧憬着美好的未来。出了校门，被分到这个陌生的城市，做了一所中学的语文老师，他觉得很是失意，但面对讲台下一张张认真专注的脸庞，一双双单纯清澈的眼睛，他很快从教师这平凡的岗位上获得了生活动力和内心的满足。他精心地备课，神采奕奕地站在讲台上，口若悬河又张弛有致，充分调动起同学们的积极性，课堂上常常笑声一片。工作之余抱着古今中外各式各类的书看，还像学生时代一样，有时看得入迷竟至于通宵，第二天去上课，还是精神抖擞。不时有些文章在地方报纸杂志上发表，不能说踌躇满志，反正心里挺得意。

那时候学校操场还是一片完整的绿茵，真是一个好球场。男同学下午放学跑得天透黑才回家，他和其他两个年轻老师也在其中，跟学生酣畅淋漓地打成一片。那草地软绵绵的，又含着股柔韧劲儿，奔跑跳跃着舒服极了。一个漂亮的“鱼跃冲顶”扑在地上，一点儿都不觉得痛，反而叫满怀幽幽的青草味醉得不想起来。索性仰面躺着看万里垂地的夕阳，看蓝的天空、白的云、西天燃烧的彩霞……

和灵平一块儿踢球的两个老师，一个叫程怀浩，教物理，一个叫李子聪，教化学。三个人中程怀浩块头最大，也是个急脾气，走路做事风风火火，说话嗓门儿最大，笑起来也豪爽。跟他高大魁梧的身材正相当。灵平大他一岁，爱激动却是个慢性子，不修边幅，胡子拉碴的，像个落拓不羁的游吟诗人。程怀浩跟他互补似的挺合得拢。李子聪年龄最小，19 岁就大学毕业了，也来当老师，精瘦精瘦的，头发支棱着跟小孩头似的，他不像程林二人那样话多，常常出神想着什么，倒比那两个成天嘻嘻哈哈的显得老成些，三个人因为常在一块儿，被称为“三剑客”。

这绰号若不是三年前李子聪南下，现在还会继续用着。虽然他们早已各自娶妻生子，虽然他们的酣战已从球场转向酒桌，虽然各自走进生活目的意义不同的道路上。

李子聪迟早会走的，多少年前他那沉思不安分的眼睛已透露出这一点。改革开放的浪潮掀起不久，他便下了海，当然并没有放弃铁饭碗，是第二职业，但他太过勇猛一点，把所有的积蓄都砸了进去，淹得半死上岸来。从此他的络腮胡子疯涨，剃剃不暇，两腮总是青须须的，衬着他苍白的皮肤竟有点悲凉之气，那眼神也变得凌厉起来，常常固执地盯着某一处，仿佛思索，又仿佛发狠。果然，三年前，他再度出海了，并且带走了他那美丽的妻子和女儿——他不会回来了，他应聘于海南一家私立中学，“那里机会多，我会伺机而动，一定要搏一搏，输了就再爬起来，我不信我赢不了。这白开水似的日子，十几年如一日的，我是过腻了，得换换环境。”他不喜欢喝酒，我们给他践行也没多喝。说这番话时，他很清醒，也很冷静，程怀浩朗声大笑：“好哇，祝你小子早日发财!”惯于调侃的灵平拍拍他的肩头说了句：“去吧！去吧!”干尽了一杯酒。

现在李子聪已不做老师了，建了一家小药厂，据说经营得不错，干得很辛苦，但有了自己的小轿车，他当日的话实现了吗？也许吧，他是在进行着与从前与他们不同的生活。

程怀浩跟灵平谈起李子聪总是夸他有头脑，有胆量，跟得上时代的节奏，说他自己不行，没那份心思，也没勇气。每个人或多或少都有活动的欲望，但真要他去开辟一条新航线，自由驰骋一番，他才割舍不下这份安定，他不想拿自己实实在在握在手里的还算舒心的小日子去赌不可知的将来。灵平知道他过得挺满意，妻子是市教委头头的女儿，他在学校颇受重视，已做了年级主任，还有升的趋势。他本来做事就积极热情，又懂尊重领导，兼之性格爽快，与同事关系还算可以，所以在这儿可谓如鱼得水，一天到晚忙忙碌碌，走路都带起一阵风。灵平能够理解他，生活总得寻找点意义作支撑才有过头，哪怕这意义并不高尚，甚至俗不可耐。

江小玫的散文这样写道：“人的出生无法选择，一无知觉地来到这个世界上，开始了汪洋大海里的航行。”如果说生活是大海，那么李子聪是踩着滑板踏在浪上的，程怀浩则划着小船荡在微波荡漾的港湾里。我呢？灵平端详自己，看到一个随波逐流的影子浮在茫茫的海面上，“生死涌止在中间的浮标上，等着死神把它像一截朽木似的拖走!”这是他的写照吗？“我们不要这样！我们航行，一直航行！自己走向死地，舞蹈着，欢笑着，庆祝这生生证明的大幸福，大光明!”她们年轻热烈的呼喊像火焰一样在他心中燃烧起来，引起他心头的一阵灼热，不是酒精作用似的混沌，而是一片清明。

是啊，无论怎样，生活总得把握住生命的主动性，有所求有所爱才能使生存有鲜明的人性的内容，坐待青春的激情消散，生活的理想淹没，实际上是对生命主动权的放弃。人会被生活所主宰成为它从身体到精神的玩偶，而在这随波逐流中一直麻木着。可一旦清醒就会感到生活的空虚与无聊，如同一条巨蟒悄无声息地缠绕上来。一点一点啮食着心脏，咬得莫名的苦痛，叫你空虚，然而挣脱不出。灵平正是这样。当广泛的阅读、热情的笔耕、认真的备课，不知不觉从他生活舞台上渐次淡出以后，便只剩下四季轮回的背景，引领着他做机械运动了，等他察觉到这一点时，他已被卷入一个暗暗的漩涡里，无力游出。

江小玫在她的文章里勾勒了一个理想人物——水手。“两个真正的水手却总是航行着，享受着狂风巨浪、漩涡暗礁战斗的快意；在战斗的间隙，享受灿烂透明的阳光，蓝的天、海，白的云和鸥鸟的爱情。航船在大海的波涛上起伏犹如心脏的跳动。水手站在生命之上，俯视下方，看到自己像醉酒一样跳着舞，生命是多么强健，多么优美，多么轻盈啊！”这是多么健康的生活，多么完美的生命。灵平忽然想起甄清宜，就是江小玫信提到的清宜姐姐。江小玫喜欢她到近乎崇拜，常在日记里写到她。她并不带她的课，可她们进亲密到甄清宜每年回国一次抽空也要和江小玫见上一面，而和她同一间办公室十余载，已成为不错朋友的三剑客，甚至不知道她回来的消息。她们之间有怎样的默契和沟通呢？

当年三剑客驰骋球场的时候，甄清宜常常也在操场上打球，跑步什么的。看着纤柔沉静的她运动起来活泼精神得很。她对工作态度非常认真，所有老师中她的讲义最厚，一堂课十几页纸，除了教学内容，还穿插历史、地理、民族风情等各种各样生动有趣的知识。但对于工作以外的事儿都很淡，尤其是老师之间的钩心斗角。最典型的一件事是：有一回她正在上课，一个中年妇女突然闯进教室，指着她破口大骂，说她抢占了分房名额，根本不够资格，一定暗地里搞鬼云云。全班都惊呆了，一片寂静。她冷冷地望着她，不说一句话。那女人兀自骂个不休，但在她清澈如水的眼睛的冷对下，气势竟渐弱下去。同学们忽然间回过神似的齐喊着叫那女人“滚出去”。那女人先还硬撑着，不一会儿便抱头鼠窜，甄清宜继续上课，好像什么都没发生过，一如素日里淡然超逸的神情，教室里响起热烈的掌声，经久不息。事后女人的丈夫，学校人称“老狐狸”的胡老师来向她赔礼道歉，她伏在桌上，头也不抬，只淡淡“嗯”了一声，直到出国，她也没有要过学校的房子。

早在10年前她就通过“托福”考试，但由于签证难办，学校又不放行，结果拖到孩子出世，于是赴澳求学的计划已延期搁置下来。19年的漫长岁月似乎并未改变她什么，她依然认真地教书，远离教书以外的事情，坚持看英文书报听英语广播，一些老师教训不好好学习的学生时常说：“你们看看你的甄老师多有志气！”

其实甄清宜不是简单的“有志气”可以概括了的。江小玫说她出国不是为了“镀金”，而是为了增长见识，开阔视野，是为了更多地接触这个广大的缤纷的世界。这种单纯美好的思想，说明甄清宜表层淡然的生活中，其实一直蕴藏着年轻的激情和理想，以此为深层底蕴，她才没有同许多人一样，为世俗生活所吞没，反而淡淡地焕发出生命的光彩。她的精神状态还处在十几年前操场上朝气蓬勃的运动的少女时代，所以十多年过去了，她的眼睛还是那澈明纯净，而他们已经开始暗淡浑浊。眼睛难道不是心灵的窗口吗？也许引起江小玫的敬爱之情的首先就是这双蕴含着永远年轻和理想的眼睛吧。

甄清宜一定是她在这城市中找到的心目中的水手。

月光透过蓝色窗玻璃照进来，隔了一层，迷蒙蒙的。灵平轻轻推开窗子，洁净的月光裹着深夜沁凉而清新的空气倾泻下来，浸湿了他的眼睛和呼吸。他觉得他的心轻盈了下来，轻盈得要飞出去了。

“春天来了，女神在月光下回旋着跳舞。”江小玫说她喜欢这诗，春多美啊。

灵平展开一叠信纸，拿起笔，春天真美，江小玫，老师感觉到了。

一轮明月当空照着，像一艘船，庄严地航行在大海里。

（选自第33期）

一个失眠者寻不到的白天

金松林

三点多钟时，我的慵懒的失眠又开始升腾在苍茫的夜色之中。我踩在白天的脚步上用十分惊慌的神情躲避四处飘飞的花絮。一朵不凋的玫瑰和那些跟我一样夜游的小东西。我害怕碰伤了它们的心事，并且害怕它们向我倾诉：失意、惆怅、痛苦和它们孤独的泪影。我多么想固守我宁静的寻觅。

在满野腐蚀皮肤的星辉里，我白天的脚步杂乱而赤裸地躺着，憔悴、枨触而荒寒。我想寻找到十点一刻的那串脚步，那堆积起波涛，我一百度以上的狂欢和冰点下的消沉的。它们是我生活的全部，我白天不可失去的，夜游中的目标。

这本来寂寥寂冷的原野，今晚却鬼使神差般地闪现着一个幽灵般的东西：穿着钝甲的女人，血丝布满的落叶，举着旗帜的蚯蚓。它们呐喊着狂呼着逼向深夜的城门，准备在这里，在这个广阔而神秘的原野展开一场奇异的厮杀！

我是一个胆小的人，害怕血、仇恨。

因而在今夜，在这突如其来即将成为战场的原野上，我胆怯地躲在一根枯草的根部，可怜巴巴地望着他们践踏我白天的脚步（我十点一刻的脚步呢）。

我开始失去记忆，失去我的睡眠，在用一种无法比拟的加速度滑向痛苦，一头撞向无边无际的深夜。

我分明看到了一扇门，一个铁皮的房子的，房子里传出揪心的嘶叫，一群发疯的苍蝇在拼命地想挣扎，颈上的铁链和脚下的镣铐。可是现在我再也记不清我是怎样到了那个地方，那个囚禁苍蝇的牢房，只感到神情恍惚。苍白与脆弱，我不敢再停留在那个原野上，即使只有万分之一秒的时间。

因而在这样的夜晚，我不得不使我的失眠变得空洞、虚无，等待着向又一个黎明交付我的白天。

（选自第 34 期）

心动如铃

谷 群

一

淅沥着春雨的操场。初春的季节，绿色尚被寒意冰封着，一片水汪汪的泥黄中，偌大的操场显得空旷而落寞。走至场外林荫道的尽头，猛然发现一个蹲身撑伞的孩子。一块圆形的凹地里蓄漾着连日来降积的雨水，孩子正用小手拨弄着一只在水面上被雨点坠得东倒西歪的纸船，雨伞虽是撑开的，却早已悄悄滑在他的身后……

看着他可爱而专注的神情，我怦然心动地坠入一种遥远的记忆之中。那里的蝉声、蛙鸣，那里的河水、雨滴通透着一种闪闪的绿，在我眼中幻成盛夏，在我心底轻轻流动。孩子身后滑落的雨伞上写着我不惧淋雨的童年，我怎么会读不懂？

二

灯光黯然的街道。我与朋友漫无目的地走着。车辆来来往往地奔窜，路人挂着奇怪的淡漠，我感到一丝丝的寒气幽幽袭来——夜，或许就是寒冷的。

忽然，我的手被轻轻一拉，转过头去，朋友冲我一笑："你在这儿别动。"便扭身跑了。我立在微凉的风中，有些倦惑，却发现凝视的路灯光中，朋友刚才那灿烂的笑容不断跳跃而出，让我顿时想起中学时有一次误入深巷而发现的那树盛绽的白梅，心灵豁然轻震。不一会儿，朋友跑了过来，递给我一样东西，"给，能吹泡泡的棒棒糖！"我愣着接过，在与朋友对视的刹那，我们同时爆发出了一阵欢快爽朗的笑声……

在那个被笑声温融的夜晚，我才发现，好多年没有尝过的棒棒糖依旧丝香缕甜，而且感觉仍旧那样快乐无比呵。

三

清晨，图书馆前。一个孩子拉着妈妈的手问："这些房子是给教授们住的，对吧？我是动脑筋想的。"孩子的话被过路的我不经意地拾来，却成了我立刻忆起一件往事的开启之钥。

小时候，我喜欢独自站在高处看远方起伏的山峦。有一段时间，经过很久的揣摩和思考，我断定假期里曾去过的大刚哥的家就在山的那一边。欣喜之余，我却没有把这“发现”告诉大人们。因为我一直盼望着长大的那一天，我一定要亲自走到那些山的后面，找到大刚哥，和他一起登上山顶远眺我的家，看看我经常站立的这个地方——它一定是个很可爱、很美丽的所在。然而还没等到长大成人，我便知道了我的错误：那些所谓的“山”仍旧是城郊的丘陵罢了；大刚哥的家很远很远，远不在我视力所及的地方。记得当初不得不承认这一事实时，我默泣了许久。这个庞大的世界残酷地消解了我眼里的“大”、延展了我心中的“远”，而且从那开始，慢慢摧毁了我幼时的一切想当然。

图书馆前的那个孩子稍微长大一些就会知道——或许他的妈妈当时就告诉了他：那些房子并不如他所想的那样是给教授们住的，只不过是图书馆罢了。

四

生日聚宴。酒过三巡，大家皆微有醉意。忽然。他缓缓道出对我的谢意，感谢我曾给他的帮助。我很是吃了一惊。早已习惯了他的沉默，这时才发现一个坦率真诚的他。“朋友是一辈子的事，对吧？”他说。我双手握住玻璃杯，发现杯中饮料如此纯白，令我想起飘回在白云间的一首歌：“朋友一生一起走……一句话，一辈子，一生情，一杯酒……”

一束心动，一串铃响，心动刹那，铃声袅袅。孩童稚语，朋友真情，一花一草，一木一石，看世间万物无不生情——只要保持一颗宽容善感的心。

（选自第 35 期）

童年的四月

陈　东

三月一天一天地过去了，四月“唰”地一下子便到来了。远方送来四月的风，拂过嫩的树叶，拂过绿的麦苗，那麦苗便向一边倾荡过来。风儿拂在脸上，很柔和，很惬意。这样的天，实在是好天。即使是正午的阳光，也不觉得热。阳光透过树叶在地上，洒上几点光斑，衬了出块块斑驳的影子。只消有微风，那树叶便会“沙沙”地响动，就连地上的影子也变幻起来。倘若往这影子中一站，便会感到无边的凉意。

这一天是突然到来的。仿佛昨日的树头还都只是一些嫩芽，忽然间便满目是春了。我等这一天实在等了很久。那种心情好像等了几万年终于盼来了解放似的。身上的衣服已成了压迫。于是便躲到房中，踢去脚上的鞋，除去线衣、长裤，只落了个小背心和裤衩了。我蹑手蹑脚地要出门，偏偏还是让妈妈看见了，一声叱喊。这一声却并不能把我镇住，却反而惊得我一下子便跳出了门，没影了。

村东头的小河是我的乐园。我和伙伴们赤着脚顺着河边走、一脚一脚地抬起然后向水面踏下去，看着溅起的水花，快乐而不厌倦。那水虽然凉，却一点儿也不寒。仿佛一上岸就失去了凉爽的快意。我们一边在河里走，一边注意岸边有没有洞穴，倘若有，便立即都停下来，聚上去，用手中的铲子三下两下便清理好了洞口。然后便可以去洞里深入了。往往不消几下，便可以看见洞里的螃蟹。一路捉下去，可以捉上十好几只。然后大家便上岸，挖上一些洞穴，上下两层、中间挖通。把螃蟹放到这中层的洞口上，在洞口下，则点起寻来的干柴火，一只只地把它们烤熟。不用多久，我们便能吃上焦黄焦黄的螃蟹了。然而那些肥大的钳子我们是不敢吃的。大人们总是告诫那是吃不得的。倘若吃了，以后写字也会像螃蟹爬路一样歪歪扭扭。

河的岸上有许多灌木，这时也都茂盛了起来。有一种灌木，这时正长着许多嫩嫩的枝条，乡下称作“刺木苔”，那是可吃的。一众人在灌木丛里寻来寻去。见了嫩的，便从根部折断；若已长得很长了，便从上端折去——下面的部分已经很老，完全长成了枝条，嚼不动。不一会儿便折了一大把。然后依旧坐到河边去。把刺木苔的皮撕去，放入口中，又嫩又甜。这时族中的祖母见了，便会吓唬道：那草丛里是去不得的；并活灵活现地说有个小孩在折刺木苔时，被一只蛇咬了手，结果死了。祖母的话是吓人的，我们的心里都疙疙瘩瘩起来。甚至疑心手中的刺木苔就曾经给蛇盘绕过，也没胃口再去吃了。第二天便不敢再去。然而过了两三日，便又都忘了。

正午的时候会铺一张席子放到地上，对着后门。风从后院穿过，然后再穿过门，这时躺在席子上是最惬意的。后院是个果园，五棵梨树、五棵柿树，还有几棵桃树、杏树和樱桃树。桃树和樱桃已开过花，长着小的果子了。柿树却还未开花。几株梨树正开着花，一树树雪白的。蜜蜂“嗡嗡”地上下飞舞。这时，我便起了身，拿起苍蝇拍奔进后院中。见了蜜蜂伏在花上，便会“呼”地一下子拍下去。在落下的花瓣中可以寻见一只蜜蜂的。然后拾起，把尾部一捏，那锥子便出来了。在锥子的底部有一团黏状物，送入口中，很甜的。

四月的乡村经常传来“咚咚咚”的声音，几声之后，稍停一下，便会又再起。那是一种手摇鼓的声音。一听到这声音，我便知道是货郎挑来了。那是一个流动的小杂货店。货分在两个深的箩筐里，上面再放上大的扁平的木盒子，里面也盛有货。盒子的表层通常是纱网或玻璃。从外面可以看见里面的东西，只需用手指点一下自己的所需，那人便会立即取出来。卖了东西之后，那人便会再挑起他的货担，继续摇起他的拨浪鼓，向村的另一头去了。货郎的到来我是很高兴的。围观上去，可以看见许多喜欢的东西，终了会买上一只鱼钩，那只消一分钱。然后奔进房中，把妈妈的针线篮翻出来，寻出缝衣所用的线来，扯上一大段。再找来一根竹竿，把鱼钩系到竹竿上。这便成了我钓鱼的器具。然后是寻蚯蚓。奔到后院，只需掀开地上的石头就可以看见了。这时快速地用手一捏，它再想缩回土里已来不及了。

同伙伴们穿过绿油油的麦田，穿过黄灿灿的油菜田，便来到了池塘边。把蚯蚓断成几截，然后取一截穿到鱼钩上，再放到水中，便煞有介事地钓鱼了。塘埂的下面是一些育秧苗。我们的钓鱼往往是毫无收获的。即使最小的鱼，也很少钓到。然而我们很有耐心，能钓上整整一个下午。当四下洋溢着薄暮的气息时，我们才收拾器具归去。

到了四月底，洋槐花开了。如同一树树的梨花。村中，河岸上、田野里，所有洋槐花仿佛是一下子开放的，到处都飘逸着一种芬芬，淡淡的，时远时近，时有时无。这时爸爸便会把一把镰刀缚在一根粗的长竹竿上。我也得去劳动了。我拿着爸爸制的工具，再挎着一只篮子，来到开满洋槐花的树下。举起竹竿，使镰刀勾住开满花的枝子，只需向下一用力，那树枝便落到了地上。拾了起，把花打到篮中，便可以拿回去喂猪了。花很多，不消多久便可以打上一篮。常常地自己忍不住一头扎到篮中，鼻子贴到花上，嗅个够！那实在太香了！再抬起头时，嘴里已含着几朵了。品尝起来，甜甜的。

这个时候院中的樱桃快熟了，我每天都会仰着头在树下转来转去。倘见了半熟的，便会立即晃动手中的竹竿，把它敲下来。这时如有伙伴在场，我便俨然是个首领，他们都会围着我转，当然，这是樱桃的缘故。

四月的天，实在是好天。太阳落山好久了，天空还湛蓝湛蓝的。即使只有一缕白云，也能看得清清楚楚。过了许久，那蓝色才会渐变深蓝，渐变深灰，最后才会变黑，什么也看不见了。夜来了。池塘里的青蛙蛤蟆们这时也都敲锣打鼓起来，偶尔会有几只蛐蛐在一边弹琴伴奏。

我不大喜欢夜，因为我不能见到白的花，绿的草。然而想到明日的枝头或许就有了熟的樱桃，便立刻入了梦。

（选自第36期）

海的情结

程　玲

在绮文来到这里之前，她并不知道自己将要去往何方；那时，她的眼中，脑中都没有方向。

海上又起风了，风里带着苦咸味。仿佛一下子冷了许多，绮文不住地用手掌摩挲者双臂，力图挽留住身上仅存的来自室内的余温。海浪拍打着岸上的礁石，白沫飞花碎玉，在朦胧的月光下，格外晶莹清纯。她抬头望了望天，月晕已经把皎洁的月亮包裹得昏黄暗淡，发出幽幽的光辉；天空墨蓝如璧，星星很少。好多天了，她总是被失眠困扰，只好起来听海声，看海涛。没有海的生命仿佛就是沙漠，这是绮文这两年的生活所教授给她的。

她在一块平坦的礁石上坐了下来，回头凝望着身后的小木屋。一所很简单的海边的小木屋，算不上简陋也算不上奢华。木的栅栏，木的凉棚，裹挟着木的生命。她望了望海，又望了望木屋，体会到一种莫名的两难处境。当任何人面对海的广阔与博大而无言以对时，绮文的心却已满是话语，而当这话语力图冲破了心灵的屏障夺口而出时，却顷刻间化成一种含泪的轻盈。

从前的绮文和现在的绮文判若两人，那是由于时间的不同，环境的不同，心境的不同，导致了不同的生命呈现形式。五年前，她是一个叛逆不羁的城市少女。不夜城的霓虹灯下，有着许多像她这样热闹而孤独的身影，可是她仍然形单影只。她逃学，她整日不回家，甚至彻夜游荡在外，因为她脑中没有家的概念、父母的概念；她认为无视生命的虚度是一种“酷”。绮文的父母很早就离异了，留给她一所不大但装饰豪华的居室，然后各奔东西，奔向他们所谓的幸福。她从没打算跟他们中的任何一个离开，在他们对她的漠视中，她发现她只属于自己。她并不懂得如何照料自己，但她知道如何打发日子，如何让时间的脚步迷迷糊糊地从自己身上踏过，把青苹果似的年华搁置在背后。绚烂的光影是一种刺激，浓烈的酒味是一种发泄，她的词典中没有“颓废”这两个字。“做我想做的一切事情。”这是绮文的年轻宣言。

绮文曾有过一段“莫须有”的恋情。爸妈走后的那年春天，她空出楼下的两间房，准备租给别人。这样，她可以多一些经济来源，因为他们汇给她的钱越来越不够了。一个周末的上午，阳光明媚得出奇，一个单薄的身影出现在清新的空气里。她叫小瑞，是绮文的第一个房客。小瑞的行李很简单：一个手提箱，几件衣服，一台电脑，这些足够了。他说，剩下的等赚了钱再买。绮文对她的到来很感兴趣，还有那台电脑。小瑞的家在外地，大学毕业不久，最近刚到这里的一所电脑公司上班，薪水蛮高。初来乍到，人生地不熟，她很需要人帮助她了解这座城市的方方面面。于是，她和绮文的交往日益加深。绮文当然也从小瑞那里学会了很多东西，譬如一些普通的电脑知识，以及如何上网。绮文的那个“莫须有”的男友就是从网上认识的。她称他是自己的“网络情人”。她并不知道对方是什么人，只是无意间得到了他的网址。按照那个网址发了电子邮件以后，她很快便收到了回音。他侃侃而谈，细腻的话语点拨着绮文的神经。少女们总是倾向于“浪漫一族”所虚构的神话故事，所以她毫不犹豫地给自己下了赌注。绮文已经是高三的学生了，功课日益繁重，虽然她答应过小瑞再也不逃学，可下了课逛完超市她便直奔那台让她时刻挂记的电脑，看看是否有他的来信。她相信科技，相信网络情缘的可能性，就像她相信小瑞一样。每当她孤寂的时候，想到远方有个人正在通过电脑网络不断地向她传输着关心与问候，心里便涌起丝丝的暖意。

半年后，小瑞搬走了，她的电脑也不再给绮文提供方便。虽然难以割舍，绮文也只好在小瑞临走的前一天告诉她的“网上男友”，以后他们不再能再经常联系了，但她坚信那根联系着他们的情感纽带不会因此而受损或断裂。然而，对方的回答却着实令她惊讶，他表示能够这么长时间和她在网上聊天，感到很愉快；接着“他”说“他”只是开了个无心的玩笑，因为“他”不是“他”，而是“她”。用这种方式聊天很刺激，她说，在表示抱歉的同时，她要附送一句话：现在的时代，不要顾虑太多，该享受的就去享受吧，快乐无罪！

绮文再也无法忍受这种不真诚和愚弄，虽然她不能够对一位“网上朋友”要求太多。她“啪”地按下按键，屏幕闪烁了一下，一切归于安静。绮文失望了，原来自己的初恋竟这样顷刻间变得索然无趣；可她也在一刹那的失望中懂得：原来自己所依恋的只是那份来自精神世界的关爱，是“爱”的本身，而不是“爱”的载体。这个夜里，她又开始了她的闲逛，好像一切又回复到了小瑞没来的样子。

走在霓虹闪烁的街道上，电车在她身后的背景上来来往往。望着一张张陌生的面孔擦肩而过，她开始想念小瑞；她并不明白小瑞曾带给她什么，只知道她们在一起度过的日子很充实，她不再因为日子过得慢而一遍一遍地数日历，而是确确实实体验到了时光的飞速流转。她常会在朝阳和落日的替转间感到仓促，这在小瑞没来之前是从未有过的感觉。当电脑和小瑞同时离去的时候，她看到了一幅风景画的消失。

绮文有些醉了，她沿着街边数那些色彩斑斓的广告牌。广告牌不断变换着颜色，在她的眼里渐渐失却了明显的轮廓，成为一些斑斑驳驳的视觉区。绮文跟自己打了个赌：从第一个路牌开始往前数十步，一定会有奇迹出现！她开始大声地数："一、二……""十！"她立定了，向前方看了看，什么也没发生。绮文大失所望，她近乎开始质疑一切。可就在转身的当口，一起车祸在她眼前活生生地发生了。一辆超速行驶的轿车从她身旁急驰而过，就在她身后几十米开外的地方撞倒了一个穿街而过的行人。那景象太突兀了，绮文紧紧地闭上了眼睛。在脑中呈现一片空白之后，她渐渐听到嘈杂的人声，忽大忽小的警笛声。后来，她在第二天的早报上看到了一条关于车祸的消息：伤者是个三十岁左右的男人，从一个遥远的海滨城市来到这里工作；他现在已度过危险期，但可能会永远失去双腿。失去双腿对一个人意味着什么？绮文不敢想，她扭过头，轻轻地合上报纸。

在这起意外事故上，绮文不能说她从中获得了什么，但她确实真正地感受到了死亡的威慑力。不管那种生命有多么美好，不管那种性格有多么坚强，面对强大的死亡之神，依然无能为力。生命的脆弱和无奈隐藏在欢声笑语的背后，在意识的某个角落隐隐作痛。绮文在默默地受着影响，她开始珍视生命，开始将信念放入心灵底层。当一个人懂得了如何支撑思想时，他就懂得了如何支撑生命——有爱，他可以很好地活下去；没有爱，他依然可以活得了无牵挂，只要活着，一切都好。

绮文毕业了。她参加了一所医科学校的护理培训班。只是本能地感到每个人都多少需要一份对于生命的呵护，于是她选择了这样一份职业，一份能给别人带来快乐也使自己快乐的工作。从无视生活到正视生活，绮文明白那次车祸在她的内心残留的影响。那是一种很明显的震撼力。

第一天上班，风和日丽。这所疗养院地理位置很好，在城郊，依山傍水，远离城市的嘈杂和喧嚣。她看到的是一种安宁、和平而琐碎的生活。她喜欢人们在树下的长凳上、在林荫道旁、在水池边聊天所发出的欢快的声音。她对生活的感觉再也不像从前那样迟钝了，一种深刻炽烈的燃烧的力量附着在她的皮肤上。绮文身着白衣白裙，戴着白色的头巾，脚下的白皮鞋一尘不染，踩在洁净而宽阔的通向院长办公室的路面上，绮文感到轻快如飞。她走进有着大理石地面的明亮的大厅，鞋和地板发出咚咚的有节奏的碰撞声。在她的身边来往着和她穿着同样服饰的女孩子，但绮文知道此刻自己和他们是不同的，因为她马上要见到自己所护理的第一个病人。走上楼梯，再穿过稍微显得狭窄和郁闷的走廊，她敲开了院长的门。女院长和蔼慈祥的面容立刻打消了她的不适感。院长从一大堆资料中翻出一张病人简历交给她，她用眼睛扫了一下名字：张宏天。据院长说，他在两年前遇到一起车祸，送进医院手术，被锯去轧断的双腿，醒来后，他发现自己无法面对这样的现实，痛不欲生。康复之后，他被送上轮椅，从此便学会用双拐和轮子帮助自己挪动身体，去自己想去的地方。然而，一个人经历了生活的残酷之后，或变得更为脆弱，更不易受到伤害；或变得更为坚强，更容易接受困难，要做到后一种，必须彻底摒弃脆弱，以及比脆弱更深刻的东西。张宏天后来几度欲自杀，都被救了，精神上却受到不小的创伤。远在澳洲的姐姐得知后，将他送到这里，希望做长期的疗养，以舒缓心境。院长告诫说，这个病人较为特殊，作为绮文接手的第一项工作，困难和挑战是少不了的，尤其是面对一个心灵和身体都有伤痕的人。绮文点点头，她还不敢妄下承诺。

院长将她带下楼。远远地她便望见后花园中的一株绿树下，一个坐在轮椅上的背影，一动不动地盯着池塘中的倒影发呆。他就是张宏天，院长说。绮文径直走了过去。张宏天已经从水面看到了身后慢慢向他靠近的轻巧身形，仿佛一种清新的感觉向他逼来。这是他们第一次接触。绮文后来知道了他就是自己亲眼看见的那场事故的受害者。

在张宏天的目光里，绮文始终是在河的彼岸行走的天使；而他，永远停驻在河的此岸。无法跨越的，不仅是距离。

张宏天的性格里曾经有一种桀骜，一种不易弯曲的东西。可现在，当他与那种强大的摄人心魄的力量——死亡的力量失之交臂后，他懂得了将自己折叠起来，包裹起来，仿佛一只扇贝。扇贝在海水里便会张开贝壳，自由地吐纳呼吸，因为在海的怀抱中它很安全，它可以懒洋洋，不必思索，不必担忧。所以，张宏天便想到了自己的家乡——那座傍海的城市，他想起了童年时与海有关的日子。那时他可以整天沿着海滩去追赶海潮，追赶那种象征生命与动感的力。每当海浪轻柔地拍打他的脚踝时，那样一种被包容被抚慰的感觉，使他认为海已成了自己生命中的一部分。

每天夕阳快落山之前，张宏天都会让绮文推着他到外面去透透气。现在轮椅已成了支撑他的另一副骨架，而这副骨架又只能依靠绮文的手才能起到作用。原来身体的自立和一个人性格的自立乃至人格的自立有着一脉相承的关系，张宏天想，他不得不走向越来越依赖绮文的境地，这种依赖可以使他不必有所顾虑。

这一天，她推着他在同样一条铺着鹅卵石的弯弯曲曲的小径上行走。湖水的波澜反映出秋风中存有的萧瑟。一行白鸽从头顶上空飞过，鸽哨声仿佛从遥远的天际传来，好高的声音！人类久远的飞翔的梦想被一种具有流线外形的轻巧的动物率先实现，而在它之下的人，号称万能的人，只能无奈地仰望。

他和绮文同时抬头仰视，天空比大地更广阔。天的蓝如同海的蓝。忽然，绮文发现岸边的长椅下，一只折翅的鸽子正在徘徊，翅尖上有滴滴血迹。它瞪圆了双眼，不停地求援似的朝左右看，并发出咕咕的悲鸣声。不知为什么，看到它，张宏天立刻想到了自己。绮文悄悄地向它走去，它艰难地挪动脚步想避开她，终于没能成功。绮文伸出手，将它揽入掌中。

绮文把鸽子捧到张宏天的面前。张宏天叹息它的命运，仿佛叹息自己。不过，他也注意到了绮文的手。绮文的双手上有一圈淡淡的光辉，和夕阳的余光交相映衬。那光辉里包含着既可以熄灭又可以燃烧的热情，正是这一点，吸引住了张宏天。一个孤身闯荡的人，一个遇到了不幸的人。如果可以从一种偶然性的感觉里获得一种激越的情绪，那这种感觉必然是触动了他心底最深层最敏感的部位。“绮文，陪我到海边去吧！我听到海在呼唤，她要我回去！”张宏天终于说出了这句话。绮文放下手中的鸽子，在某个短暂的时刻，她脸上曾布满惊讶。

天际渐渐出现了鱼肚白。小木屋的轮廓愈加清晰起来。晨曦将绮文的面容打理得十分柔和，但她眼眶中的疲倦与稍显凌乱的头发足以昭示昨夜的无眠。现在真的与海在一起了，绮文的嘴角浮着笑意，她为自己曾义无反顾地答应跟张宏天来到这里的决心所感动。她也想到了初来时的尴尬与艰辛，想到她如何费尽口舌地恳求那对长期居住在海边的夫妇，希望他们将这间空余而地理位置优越的小屋租赁给他们，如何竭尽心思地布置这间小屋，如何苦心经营他们的生活。可是现在，一切都惯了，当她静下心来时，就意识到了自己和海是融为一体的。她从海那里得到了自然的宏大的美和无尽的力量。她想张宏天肯定不知道她一夜未睡，否则他肯定会在窗口挂起一盏明灯，以此作为一种无声的召唤。灯光对靠海的人们来说具有非同寻常的意义。

从物质文明充裕而人性扭曲的城市，到简单朴素却浪漫宁静的海滨，绮文选择了后者，但她从不想要鄙夷或摒弃前者，她也常常忆起小瑞，以及和小瑞同在的电脑，甚至更远地怀念过有父母笑容相伴的无拘无束的童年生活，可是她没有发现更多值得留恋的东西，尽管这些都深深铭刻在她的大脑里。倒是这海，如此陌生，却又一见如故。她的面前是海，身后是小木屋，而小木屋的后面，更远一点，是人们不断创造着的物质世界。绮文担心，总有一天那喧嚣会侵袭到这一片地方，再次让她陷入忙碌、茫然和被动。她甚至也看到张宏天充满焦虑的双眼。

其实，一切的一切，都在走着既定的路线。一次赶路的过程，就是一次人生的历程。绮文没有考虑过将来，她认为人生的很多东西，拥有一次就已经足够了。如果自己可以将生命归还于海，可以让张宏天在她的爱里燃烧起希望，那么区分现在和未来的界线，将是毫无意义的。

海上又起风了，海水哗哗作响，向绮文述说着属于海的故事，而绮文也在尽力地编织着她与海的情结。

（选自第37期）

塔的影子

牛慧祥

比如你一抬头望见了振风塔，它是那样高，以至于你确信它和你毫无联系。那塔在一座叫作迎江寺的寺内，寺不大，寺门口却横过一条大江，宽阔得让人茫然。但这是一个很平常的下午，阳光灰灰的铺在寺前的台阶上，寺门口很热闹，一个人完全可以一边欣赏地摊上的小玩意一边若无其事地走过去。

我并未打算今天登塔。匆匆走过寺门口时，眼瞥见一段浑浊的江水，不觉发愣。塔上传来叫喊声，而且是少女的声音，从朴拙的、落满灰尘的砖石垒起来的塔上传来。再抬头看塔，蓝天下仿佛一道灰色的鞭影。那女孩的喊声却一再传来，原来是喊我的名字，再看塔上，一个衣着鲜亮的女孩正隐隐招手。这真是一个意外，就像我第一次听到的振风塔被一个小男孩打断。在来安庆的火车上，问一个安庆人："安庆有什么古迹?""振风塔。""振风塔是?""外面下雨了——"那人的小儿子尖叫起米，并拖长了稚嫩的声音。那人只得去敷衍小孩子："外面下的毛毛雨。""什么是'毛毛'雨啊?""毛毛雨就是像头发那样细。""为什么像头发那么细就叫'毛毛'雨啊?"那人觉得这是一个难回答的问题，暂时沉默了。塔，毛毛雨。毛毛雨中塔岩隐若现。毛毛雨中登塔，或者像现在，虽不登塔也下起了毛毛雨。我觉得。

但今天并未下雨，天晴得只剩一片云，而且塔上传来少女的声音。这塔有几百年了吧，无数文人骚客凭一时游兴或一阵毛毛雨一阵手忙脚乱地登上塔顶，来不及平息一下粗气，就吟出一首或一首以上的歪诗。那时的女子呢?只在闺房里，她们听过这塔，或者有幸，这塔的影子缓缓移过他们闺房的窗纸。今天的女孩已在塔顶，他唤着一个自以为文人的人，这双重的迷惑使我不知所措，我一会儿看塔，一会儿看江，再看一眼那个为一毛钱和小贩争执的妇人。

我还是决定上去。我几乎手脚并用地爬上了那塔。我并未仔细看一眼塔，我的目标只是塔上的女孩，塔成为梯子或者其他可以攀缘向上的工具。爬到第四层，我也喘着粗气，扶着塔壁站定。塔内有一些雕塑的佛像，悲天悯人的表情中却掺杂了一种窥见别人隐秘时的不怀好意，他们鲜红的口红使我更加确信这一点。白色的塔壁上涂满了乱七八糟的字。一些人从五层下来，一些人从三层上来，在塔内走动，再望望塔外，又不动声色地离开。我有些后悔上来。

到第六层时，我开始寻找那女孩，但是没有。塔的最高层是第七层，我确信她在那里，正凭栏俯视长江，因为等一个正在上来的人，眉头微颦，显出不易觉察的不安和孤独。迅速爬到第七层，还是没有。只有一个小胡子男人正佛一样地打坐，旁边放着一个公文包。身上已经汗湿，高处的风吹过塔的门，转进塔内，鼓进衣襟，感到明显的寒意。塔外是一片灰蒙蒙的模样，街道上隐约有俏女子走过，转过一条街道，又从视野里消失。“这塔真高。”那男子忽然开口说话。

此后再没有去登塔。有一次和朋友去江边买东西，饭时在江边小饭店小酌，猛见酒杯中有模糊的影子，抬头望时，塔正在斜上方。

（选自第38期）

老　井

徐　兵

小时候，我在农村的姥姥家住过一段日子，那里是中国千千万万村庄中的一个。碧绿的田野，弯弯的长满青苔的石桥，桥下流淌的潺潺的溪水，还有那不知经历了多少年的老井。

老井在村子中央，石桥的旁边，是人家经常照面的地方。女的来这里汲水，男的在这里煮工夫茶。

听老辈人讲，这是一口极好的井。有这个村落时，便有了这口井。它哺育了这个村庄的一代又一代人。男女老少已经习惯了吃它的水，即便是现代，有了电动的抽水机，也愿意打老井的水。他们认为老井的水是美的，有灵性。“那井灵水呀……”我第一次听见把井水叫井灵水，觉得的确美极了，真的充满了十足的灵性。好像那不是井水，而是哺育人们灵魂的圣水。

村里的人相信老井里的水有灵性，十分地珍惜它，一点都不浪费。老年人坚持认为，用老井的水洗衣裳是暴殄天物，是糟蹋好东西，是在作孽！好像污秽的东西玷污了那圣灵的水，根本就不配用这老井的水。真正配用井灵水的，首先是煮工夫茶；其次是做饭烧菜，村里的人认为这样用井灵水，自己的灵魂才得以安稳。春节的时候，人们还到老井旁去祭奠，让这灵性的老井保佑全村人平平安安。

那时候我还小，偶尔起了好奇心，到井边舒心探脑。老井很平常，与其他的井没有什么不一样之处：井台已磨得很光滑，井的内壁长着厚厚的青苔。伸进脖子喊一声。便会发出嗡嗡的混响。偷偷地扔进一粒石子，水面上自己的倒影碎了，没了，泛过几圈，不久又恢复平静，透亮依旧。

有一年夏天，暴雨连天，村子的壕壕沟沟涨满了水，黄的，浑的，翻滚着向远方逝去，偶尔出现漩涡，把水里的残枝败叶卷得团团乱转，直到把它们卷入水底，沉没了。老井旁边小溪的水早已快涨到井沿了，然而终究没有再往上涨。人们说老井是有灵性的，淹不了它，也脏不了它。果然，打上来的水仍旧那样清澈，那样透亮，没有半点浑浊。

不浑，一点都不浑，这就是井灵水的灵性吧？老辈们摇摇头说，不，不止，不止呢！你们小孩子不晓得，这井里的水冬暖夏凉。一个大夏天，我喝了老井的水，果然又凉、又爽、又略带些甘甜。老辈们又说，这老井的水有药性，一半开水，一半井灵水，能治肚子疼。老辈们还说，这老井的水浸石榴枝，可以避邪……我似乎琢磨出点名堂了，老辈们所赞赏的井灵水，不仅是因为它有灵性，还闪为它有实际用途，没错吧？

不知道是哪一天了，忽然间，全村的，人都不来老井打水了。往日井沿边那络绎不绝的打水人现在竟一个也见不到了，冷清了许多，寂寞了许多，凄楚了许多。远远望见井，它像一位失宠的妃子，井里的晶莹水花，似是它的泪珠。怎么了？我不知道。于是我又好奇地到那儿看了看，依旧是小井台，内壁长满着青苔，伸脖子喊一下仍旧嗡嗡响，晶莹透亮的水还是很多，很多。我正要向里面扔石子，恰好被姥姥看见，不由分说，一把拉着我真往家里奔。怎么啦？姥姥不说话，掐下石榴枝，蘸着水，就往我身上洒。我被这一切弄得莫名其妙，焦急不安而又好奇地问，怎么啦？姥姥说，晦气！村里的一家女人投井死了，就死在那口老井里。灵性的水染上了晦气，也就在这村里人的心目中失去了灵性，失去了它那神圣的地位。井灵水从此不复存在了。

以后，我长大了，再次去姥姥那儿，发现那口老井还在，只是周围多了一层护栏。走近一看，呀，枯了！没有了灵性水的老井，没有以前那样清秀、优雅了。似乎苍老了，拙朴了。姥姥说，现在村里都用上自来水了，没有人再理会那口老井了。随着时间的流逝，很少再会有人知道井灵水的故事了。将来，在村人眼里，那只不过是一个古老而无用的枯井罢了。

（选自第38期）

期　待

朱新华

刚刚伸出右手
犹豫便在指间徘徊
在宜城的人行道上
我的影子如一个流浪的音符
我的每一种感受
都是我自缚自织的岁月的蹉跎
时间的荒芜此刻也变得
异常的坚定与无情
带着在梦的季节里酝酿的风
把自己满屋的心事吹散
任意碰撞每一个生命的码头
为寻找一个
实实在在的答案

（选自第 38 期）

沿途光影

范诚君

我们的中巴在一串路灯中穿行，大团大团的橘黄相互洇着，在窗外迅速流转。车窗下总有两个追逐的车影，一辆才驰到半腰，另一辆就以更深的灰色在车尾出现，仿佛正围着这实体公转，做小猫追尾巴的游戏。车厢里缀着两个奇小的灯泡，吐着两把灰扑扑毛刺刺的黄叶，比完全的黑暗宁静更令人昏昏欲睡。我们像乌鸦一样把头埋进翅膀里，睡了。

几次非正式的醒来，只看见窗外渐渐明了，没有太阳，只是空气冷冷地清晰着，好，不反光，不闪烁，分辨率1024×768，正适合观赏。观赏到半天的云柔明，珍珠丝白，有着新棉絮才能撕得出的长纤维毛边。

见到阳光已是在林荫石阶上，透明闪亮的光线好像蜘蛛精肚脐眼里喷出来的丝。把大家披披挂挂缠了一身，大家就边爬边把它从肩上往下撕。

爬到天蛙峰顶，山峰萦绕群岭激荡而来，我们的头发猎猎翻卷，腾起蓬蓬乌黑火焰，在风中怒燃。天上艳阳高悬，勉励将脸迎着它，“一、二、三，茄子——”，咔嚓，脑后狂野黑火围定一个微微整眉、眯缝眼睛、仿佛无可奈何的笑容。背面迎风，就是一张发丝飞扬的剪影，这张剪影用闪耀变幻的光来镀边。

爬进神秘谷的洞子里，一道又一道石库门，突然熠熠一只三棱柱斜插到面前，在前后左右的清冷苔味儿里散发着刚出炉面包的暖香。根根日光在三棱柱内缓缓旋转，搅动点点亮尘也跟着从容浮现。外面的阳光从看不见的高空射来，根根绷得紧紧，而洞中的光弦款款。

拉在那里，扣起中指弹一弹，它们就发出久久颤动的优雅低音。

坐在这方三角地里，你低头都看不见自己，只有大片辉煌之色浮在眼底，那是你的衣服被阳光激出了潜力。别人看你，也将是光艳一团，只知面孔灿烂，发质极亮。

湖上的水光是把镜子打碎再打碎，炼丹湖的水光是镜子打碎再打碎，极细的鳞波。湖水清浅，砂石干净，波圆和温润，在圆和温润之下，洁净砂石之上，蠕动着群群银光闪耀的阿米巴，应着荡漾随机变幻，它们是日光浸透27层水膜留下的小影。许多许多鱼苗儿在这些银光中穿梭，水中的明亮和岸上的应该是不一样的感受吧。

远处几叶小舟，闭上眼睛，银光跃动，顿时遍地攀菱，一曲可爱的小诗摇曳而出："波动湖光潋滟秋，贪看年少信船游。无端隔水抛莲子，遥被人知半日羞。"

走在山谷里是清凉的，一整堵的山保证清凉，似乎回到早上那个冷冷的清晰，不反光，不刺眼。冲着对面大吼一声，它把声音的影子掷还给我，是个怯怯的稀薄的小回声。于是开始在下坡的土路上跳跃奔驰，感受自己的迅猛，和所谓的"半箭儿山风"。

我们的中巴第二次在路灯中穿行，本影相逐，我们像乌鸦一样，把头埋进翅膀里，睡了。

（选自第39期）

握住生命的心跳

宋　莹

表带断了，一时懒得去表店修理，便把表揣在衣袋里随身带着。每次看时间时，我总喜欢把表攥得紧紧的，拿出来放到面前，再张开五指。手表静静地躺在掌心，还略带着些体温。滴答滴答的秒针，震颤着周围的空气，泛起一圈圈无形的涟漪。这时，我总会有一种冲动，我会把张开的手指复又握紧，似乎这样便能握住时间，握住永恒。

秒针在紧握的掌心里跳动着，我能感到自己心跳的声音……

在进入大学后的第三个秋天里，在漫天飞舞的黄叶中，在与那一个个稚气未脱，却极富朝气的年轻身影擦肩而过时，我忽然看到岁月沧桑的容颜。

曾经数着落叶，在林间信步的心情，如今已积满厚厚的灰尘；很早就被写入计划的出游，也被一系列所谓更重要的事再三耽搁，看到大一新生略带稚气的脸庞，我有时会有一种恍若隔世的感觉，曾经的年少轻狂已成了遥远的记忆。是的，我们已经大三了。记得大学校园里曾经盛行过一句套用鲁迅先生四部作品名的“名言”：大一《彷徨》，大二《呐喊》，大三《伤逝》，大四《朝花夕拾》。或许，这确是一个伤逝的季节。

刚进大学时，年轻的心里盛满了五颜六色，有欣喜，有好奇，有期待，更有大显身手、一展风采的凌云壮志。各种各样的颜色被我们涂于画布，挨挨挤挤，热热闹闹。我们不知道该如何才能画出心中的图景，如何选择最佳的色彩。就像春天一样，一切都是新的，一切都是懵懵懂懂的，满眼是鲜嫩的绿色，到处是争艳的百花。到了大二，最初的那抹青涩开始慢慢淡去，取而代之的是火红的骄傲和初涉世事，不谙深浅，桀骜不驯。“仰天大笑出门去，我辈岂是蓬蒿人”，画笔笔走龙蛇，挥洒出一种狂放，一份锐气。夏的热情在这里淋漓尽致地释放，激情是我们唯一的语言。

终于到秋天了。经历了单纯与浮躁之后心灵逐渐变得睿智而理性。洗去铅华，我们可以从容地在画布上勾勒出梦想，并选择最合适的色彩。红色火热，紫色神秘，橙色明亮，蓝色宁静……每种颜色都是一根魔杖，幻化间点染出不同的生命色彩。我们用心绘出的也许不是最好，但却是最适合我们自己的。

秋天是收获的季节，正如大三一样，笑过、哭过、成功过、失败过之后，我们的心灵会收获一种阅历，这是随着心跳一同成长起来的成熟。我以为，伤逝是不必的。无论过去怎样，它都只是“过去”，作为一种经历贮存在记忆中，我们可以时常温习，重新品味昔日的温馨甜美，甚至打开旧日的伤口，再次体会那骨裂的痛感，但为什么要伤感呢？正是因为经历了那些刻骨铭心的往事，我们才能拥有今天的成熟，正如没有春夏的孕育，哪来秋天的硕果！

把表握在掌心，我能强烈地感觉到秒针和脉搏一同跳动的节奏。当电池耗尽时，手表会停止转动；当生命消逝后，心跳会静止。生命的有限，不容我们有太多的时间追忆过往，重要的是往前看。把心跳融入时间，沸腾的血液在血管中奔涌，生命总是在成长，阅历会成为一种财富。

在读秒声中，我听到了生命的心跳！

（选自第40期）

江湖太平

杜良灿

杏花谷两山夹峙，因谷中遍植杏花而得名。谷中广袤迷蒙的水田里白鹭翩翩飞翔，浓艳蓊蔚的杏花丛中黄鹂声声啼啭。许多年来，镰的目光从这所财主式的宅子里飘出去，常常就不自觉地以为眼前的杏花谷就是陶翁笔下的桃花源。

久雨之后，多日宁静的谷中显现出一种难得的繁忙。早炊的烟雾从散在谷中的处处烟囱里袅袅升起，还不到吃早饭的时候，衣着简朴的村人正在把积攒了一年的粪水运到田里，远远地飘来一股荞麦花开的香味。

多年来，镰就喜欢这样坐在庭前的太师椅上，静坐养性观看院中那棵十年前亲手栽植的木槿花，再把眼光从阶下的围墙上荡过去。他只是偶尔出去走走，这样使得村人们一直以为他是一位告老归乡闲居的官员。此时，镰正半眯着眼，一只手慵懒地枕着旁边的茶几，一手托着支长长的烟枪。陪坐的琴侍不紧不慢地拨弄着琴弦，奏的是吴文英的《八声甘州》：

渺空烟四远，是何年，青天坠长星？幻苍崖云树，名娃金屋，残霸宫城。箭径酸风射眼，腻水染花腥。时靸双鸳响，廊叶秋声。

宫里吴王沉醉，倩五湖倦客，独钓醒醒。问苍波无语，华发奈山青！水涵空，阑干高处，送乱鸦、斜日落渔汀。连呼酒，上琴台去，秋与云平。

一曲终了，镰深深叹了口气，在此谷中桃李春风一杯酒尽，不觉间却已江湖十年。

二十年前，镰与把兄弟锅丢掉了砍柴卖柴的生意，杀入江湖，凭着两把鬼头刀十年冲杀，终于取代了江湖霸主。可就在这时候，镰突然决定封刀。镰说，我倦了。锅说，大哥，我们拼杀了这么多年，我们容易吗，杀了我再封刀吧。于是镰和锅打了起来。最后，镰用内力震断了锅的刀，把刀架在了锅的脖子上，说，你走吧。锅咬了咬牙，挥泪而去。

此后，镰挺拔的身躯，随风荡起的大麾，直插在地上的鬼头刀和那天黄昏满天的烧霞成了江湖人对镰最后的记忆。镰在江湖上像一阵风一样无影无踪之后，势单力薄的锅不断遭人追杀，不久也在江湖上销声匿迹了。

镰抚着早已斑白的胡须。管家提着一把砂壶从偏门走进来，施了一礼说，主人，您的茶到了，是几天前的雨前采的，成色很好，共有两箩，留在社日用。

镰挥手让琴侍下去，慢啜了一口茶问，监视江湖的各路兄弟口信如何？

管家忙打手躬身道，江湖最近太平。

镰放下茶壶，若有所思地对管家说，我们不能不防啊，以前杀的人太多了，总会有人要复仇的。

各路兄弟绝对忠心，江湖太平。管家又道。

太平就好。镰的目光越过管家，飘向远处的青山，片片的油菜花地。近处，杏花从中时有黄鹂啭弄一声，飘下落花几瓣。

镰突然对管家说，去，把铲找来。

铲在夜半时分雨敲芭蕉的响声中醒来。

铲肯定丫鬟瓶已将院子里晾着的衣服收进了屋里。他推开雕花窗扇，在芭蕉丛下，瓶昨天傍晚冒雨洗衣服的木盆和搓板还在，在这急促的雨声中蒙着一层黝黑的色调。

瓶不知何时已来到身后，将一件长袍披在了铲的肩上。

公子，小心着凉。

瓶在很熟练地拨油灯，整个房间一下子变得雪亮。多少个不眠之夜，瓶都会很及时地出现，给铲拨油灯，陪着铲。瓶也仅仅只穿着夹衣，云缳半掩，玉臂隐现。铲能感受到她雨夜睡梦中起来身上温暖的气息。

瓶姐姐，我不冷，你回去吧。

铲把瓶送到房门时，外面雨声已稀疏，夜更深沉了。铲想，我要报完了仇，我不会亏待瓶姐姐的，她像姐姐，像母亲。

北面的正房里，依然灯火通明。铲奇怪自己的义父，这位昔日的江湖霸主没有了常常在夜半时那种急躁地走动。

夜风涌入，一灯如豆。铲想起了母亲勺，勺是一个使剑的美丽妇人。丈夫死后，勺常对铲说，铲，你父亲也使剑，一把秀气和杀气都十足的剑。但他被两把鬼头刀给杀死了。本来，我们是去看你外婆，路过那片柳林，熏风阵阵，你父亲就想，给你折些柳枝，编个柳帽。他被埋伏在其中的两把鬼头刀割掉了头。

勺的死似乎是早有预谋的。丈夫死后，勺的精神一直恍惚，常常在丈夫的坟前哭得眼睛肿成了两颗烂桃。她受不住了。一天，她把铲叫到眼前，抚摩着铲的头说，娘要走了，有人会带你去个叫杏花谷的地方。你要找到那两把鬼头刀，你一定替爹娘报仇。记住，你爹娘都是使剑的，要用剑杀死他们。勺摸进了丈夫遇害的那片柳林，接着勺的头带着微笑从颈子上落到草丛里。

随后出现的一个男人把铲带到了杏花谷。

多少年来，铲都没有离开过杏花谷。每日练剑，常常使铲觉得随着时光这样地流逝，复仇的梦越来越缥缈了。多少次在梦中，荒原上父母颓败的坟墓因雨水充足草木长得嫩绿繁茂，晚上狐兔睡眠在坟墓上。

铲突然想，多少年了，我甚至没有去看一下他们。听瓶讲，今年的寒食与清明是前后两天，雨水会很大。父母的坟墓经得住雨水冲刷吗？

雨声嘀嘀嗒嗒，铲房里的灯一夜未灭。

镰郑重地告诉铲，我昨晚收到一封密信，说最近有个神秘的人物要进谷，可能会给我们带来意想不到的麻烦。你今天练剑不要在院子里，到谷口吧。

铲提着一把剑走在通向谷口的路上。在铲的记忆中，义父从来不练功，也没有什么固定的武器，但就是一根朽枯的树枝，在他手里也能变成杀人的利器。当初，义父曾让他练刀，铲练刀很笨拙，有时候差点就砍伤了自己。后来，铲练起了剑，铲对剑有一种与生俱来的领悟力。

铲在谷中找到了一块开阔的空地，远远可以看到瓶正在野地里采摘一些时鲜的野菜。杏花谷内遍植杏花，谷口却全是桃花。桃花开，杏花败。此时，杏花开得很艳，正是桃花满树骨朵的时候。铲就在花丛中练剑，他用剑气收集起地上的片片落花，然后让它们像一枚枚飞镖一样射向怒放的杏树，又震落许多花瓣，然后再收集，循环往复。铲把花瓣弄成了一个巨大的漩涡在天上飞舞。铲觉得很好玩。这就是江湖上早已失传的“落花剑法”。

几只叽叽喳喳的燕子飞过来，追逐漫天飞舞，散落一地花雨。这时候，铲看见一个美丽的女人正从谷外的桃林里走来。她穿着几乎透明的桃花颜色的衣裙，腰肢轻扭。粉红色的抹胸很低，裸露着脖颈下一段迷人的雪白。桃花，被人称为天下第一淫花。从桃林中走出的女人，使铲觉得好像谷口的桃花一下子全开了。

一阵香风夹杂着裙裾佩环的叮咱清音从面前飘过，铲有一刻甚至忘了要伸手阻拦。女人突然转过身来，笑成了一朵桃花。

我叫盆，我找瓢。

莫非这个美丽而又淫荡的女人就是义父所讲的那个神秘的人物。

铲把盆领到了镰面前。站在阶前的地上望着镰，突然就羞涩地说，公公，我是瓢的妻子。

盆就这样住进了这所宅子。

盆每天趁着早晨露水没落尽的时候，走进谷中的野林，采上一大把花草，无非是杏花、凤仙花、石竹、狗尾草之类。然后把它们仔细地分开，细细地捣碎，制胭脂膏子。

在谷中每日回荡着盆敲击石缶的响声，让镰产生了无数关于未来的奇怪的联想。

社日是镰的六十寿辰，镰一早就让管家沏好了茶，然后站在了门外。不久，谷中的农家百姓带着腊酒、咸肉之类的东西上门了。镰兴致很高，和他们谈一些春耕的农事和关于收成的预测。然后，村人们因为地里有农活便陆续离开了。

不久，瓢骑着马带着一队护兵回来了。瓢在岌岌可危的大明朝廷里做着个小官。瓢带来了很多礼物，让管家很是忙活了一阵。

镰把瓢带出了宅子，来到谷坡边的谷坷下。春阴垂野，野草青青，时有幽花一树。镰定定地望着瓢。

盆是谁？

盆，你见过盆？她不过是个妓女，一个婊子。

她不是，镰不屑，甚至震怒地对瓢说，你惹的好事，滚回去吧，我不想让平静的杏花谷生出任何的乱子。

瓢又骑着马带着一队护兵走出了杏花谷。

燕子来时新社，梨花落后清明。谷中的小池里飘满降下的柳叶。在院子里看着铲练完了几套剑法，镰禁不住叹息，还是没有杀气，我早就说过，是剑太秀气了。

铲散去了飘在空中的落花，对镰说，义父，我这一段时间常做噩梦，我想在清明节娘的坟墓。

镰微微一愣。

镰觉得铲真的大了。十年避世也许没有什么，但这个少年却已经如一棵小树样茁壮了。

去吧，路上小心点。谷外不远，朝廷和满人的几支人马正在混战。记住，你的剑充满杀气。

铲的背影在谷中成了一个黑点的时候，镰开始为一件事情的真相而怀揣不安。镰想，也许从收留铲的那一刻起，他的生命就已经进入倒计时。

转眼半月余。铲又在谷中练剑。

铲练“枯竹剑法”，他时而把丛丛的竹叶变成片片的利刃笼罩住自己，时而让片片的竹叶带者一股腥风直射向天空偶尔飞过的燕子，撞向草丛的野兔。燕子、野兔的尸体使竹叶染成了杏花一样的颜色。

铲练“粉蝶剑法”，谷中飞来了五彩缤纷的蝴蝶，随着铲的剑在空中舞蹈。忽然，铲的剑影掠过空中，满谷的蝴蝶就像落花一样飘落，布满了谷中的草地。

铲练“梅雨剑法”，谷中愁云顿生，一时满谷风雨。谷中男人流泪似洗，女人镜暗妆残，痛不欲生。

镰明显地苍老了，问询似的望着铲，哪来的杀气？

铲收住剑势。我见到锅了，他使的是一把鬼头刀，他成了满人的走狗，我把他杀了。临死时，他把真相告诉了我。在他的叙述里，你正是杀我父母的人。

镰如释重负地叹了口气，不错，你在谷中呆了十年，我何尝不知道你的仇人是我。只是我早已厌倦了江湖的生活，我不想杀你。我这一生最大的失败就是不该成为一个刀客，因为我根本不想做刀客，我要的只是一种平淡的生活。做上江湖霸主，我知道我这一生离不开打打杀杀了。避世的日子也同样是痛苦的，我只好彻夜难眠焦躁地走动。我等了十年，终于来了第一个复仇的人。只是没有想到会是你。你很像你父亲，一个用剑秀气和杀气都十足的剑客。动手吧，我不会还手的。

镰闭上了眼。铲握剑的手松了。镰老了，两颗泪珠正从他的面颊上滚落。铲知道他刺不出这一剑。

铲平静地说，我和你来一场决斗，生死决斗。

不用了，十年前，我杀了太多的人，你不杀我还会有人杀我的。

铲长啸一声，奔向谷口。一个下午，铲的剑风把谷口的桃林弄得黑雾笼罩。

盆就是在这个夜晚再次成为小说的主角的。半夜时分，桃树残红初尽，新鲜桃叶的气息顺着夜风不断从谷口飘来。大批的黑衣人涌进了杏花谷，他们不动声色地解决了散住在谷中的农户，很快包围了这所显眼的宅子。

这些黑衣人明显都是高手。他们直接用轻功跳进院子。他们用手向空中一抓，手中就多了一只火把。一霎间，院子里被火光照得雪亮。

镰在房里叹息，曾经以为人生就这样了，平静的心拒绝再有浪潮。没想到，终于还是有人追来了。江湖太平，江湖太平，可笑的十年江湖太平啊，到头来也只是如一层薄冰。

镰长啸一声挥掌劈开石壁，露出一把刀盒。镰小心地打开盒盖，十年前独步江湖的鬼头刀依然森森闪亮，发出一种只有镰才能感受到的杀气。镰缓缓地将刀提起。

镰披着大氅走出房门时，铲、管家、瓶、琴侍都已经站在院子里。他们惊讶地望着镰。黑衣人的头目在缓缓地踱步。

镰沉声问，你们是什么人？黑衣人的头目并不理睬镰，只是低吟一声：人家在何处。

盆突然就笑得花枝乱颤，成了黑夜里的桃花。然后用不容置疑的语气吐出了下半句：云外一声鸡。

所有的黑衣人都后退一步，拱手，用非常洪亮的声音齐声叫：向格格请安！

盆的浪笑再次在小院里响起。

镰环视了盆和院中的黑衣人说，你们是满人，原来不是来寻仇的。

都一样，今晚这里，除了铲，所有的人都得死。盆的一张笑脸突然定格，挂上了一层冷霜，声音冷漠而阴狠。告诉你，镰，没有什么能挡住我们满人的铁骑。不久，我们满人的疆土就会扩展到中原，小朝廷和一些土匪是顶不住的。我们不会容忍你们这些多事的江湖人物存在。所有的江湖人物都会死无葬身之地，除非为我卖命。

找到你，其实仅仅是一个误会。自从你像一滴清水一样蒸发以后，锅疯一样地找你。找到你之后，锅就投靠了我们。他告诉我们你当年夺得一块破绢，上面记载了东方最大的宝藏。你知道我们在关内作战，需要大批的粮饷。这些天来，我查过了，锅骗了我们，他原来只想借刀杀人。没想到，这么多年后，锅还对你当年的一意孤行兄弟反目耿耿于怀。

你们这些边奴，我不会为你们卖命的，铲看着盆。

我们为你报仇，如果你不归顺我们，那你也要死，盆阴毒地说。

镰的鬼头刀翻起了血影，数名黑衣人立刻身首异处。一轮弯月挂在谷侧黝黑的山头。更多的黑衣人从屋檐上、墙头上跃下。

更多的黑衣人倒下，更多的黑衣人涌上。

镰把鬼头刀舞得成了一道森森的墙，远远看去像一个移动的巨大的骷髅。却有两根绣花针透过镰的护体罡风，镰一下子在黑衣人的刀下成了肉泥。

盆冷笑，我们满人只会用谷中的草医人，中原人才会拿它来杀人，我用的正是你们中原的毒术。

铲突然看见瓶满脸血污倒在地上，手里攥着还未绣完的鞋垫。上面绣的鸳鸯和每次的一样，都那么鲜亮。这样的鞋垫铲从现在起每天穿一双永远也穿不完，但瓶仍然每天都在绣。

铲抱着瓶，把她脸上的血污揩净，铲用剑割下了自己的衣襟，细细地擦拭着瓶的身体，让瓶的每一寸衣服都不沾染血污和泥土。铲小心地擦拭着。

这是一次来自天国的洁净的洗礼。忽然刮起的半夜的谷风是奇妙的音乐。铲正在俯视的目光，突然变得像这午夜的风声，清澄而又宁静。

这是一个如婴儿一样干净的躯体，铲吻了她。铲抱着瓶慢慢地站起，目光越过盆，迷茫地飘向远方已修葺一新的父母的坟茔。那里又将多出一座新坟。

盆在一旁突然狂笑，铲，你还真懂得怜香惜玉啊。我们正需要你这样的中原高手。我再给你最后一次机会，归顺——

铲把剑向空中一划，正在狂笑的盆和宅子内外的黑衣人的各式的头颅都随着午夜的谷风轻轻地飘到了地上。

铲抱着瓶的身体走在通向谷口的小路上。

这天夜里，星星居然密布了天空，整个天空显得沉甸甸的。谷内火光冲天，一具具的尸体在烈火中融化。一种烤肉的香味逆风也能撕扯住铲的嗅觉。

谷口。突然从草丛里、树杈间射来许多的箭矢。箭矢嘶嘶的破空声，让铲觉得它们就像旱灾区的蝗虫一样铺天盖地地向他袭来。

（选自第41期）

午夜：一个虚构的孩子想看昙花

刘平凡

一个任性的孩子，突然想看
一朵昙花。在一个未眠的午夜
面对一朵昙花以及世界；以孩子的名义
这是理由。满脸认真

我陪你沉默
不说一句话就不会失语
安静亮丽的期待悬挂在脸上
瞬间的美丽
只换取你的一声轻唉

我多想用一颗糖果交换你的理由
你举起的食指，向我证明一些什么
孩子。不要升华，对于这个世界
也不要叹息

谁听到你的唉
谁肯定已白发苍苍

（选自第 41 期）

与今天相似的昨天

李 进

一把蓝色的木梳
在水中轻摇
游离的头屑
点出了水面的脸庞
浮出一张脸
与今天的脸相似
与昨天的相似

相似的昨天是什么天
是蚂蚁的天
是青蛙的天
是杨树林中一只蜗牛的天
但不是我的

我的昨天不是我的
与今天相似的昨天
是的，今天
也不是我的
是啊，那么
我的天在哪

在风的口袋
盲目的摸索
若隐若现的迷茫
脸盆中的脸
不断往复放映
昨天的可乐瓶
在今天倒了一片

（选自第 41 期）

乘着狮子奔向你——献给一位姑娘

潮家东

孤单的你，在那有点远的
城市，你的思绪像鸽子在蓝色的天中
飞翔，我看到了那只乳白色的飞鸽，与思念有关：
轻盈飞舞的鸽儿，用清幽的目光在花的城市里追忆——
那个你我曾经虚拟的背叛过程，让你黯然神伤。
我们分离，有那我在你面前呼喊过的晨雾作证。
你在你的路上，我用我的目光清扫你前程的屏障，
也许，我是多余的，但我爱你的眼光是真挚的，
途中的你，是腾跃在鸽翼上的精灵，是那清幽之神的光彩；

奔跑的狮子啊，向你所在城市飞驰，迎着火红的太阳，
我是狮子驮负的战士、勇者、头领，我的狮子驮着主人去找那块圣地，
鸽子啊，我爱的恋人啊，你在那有点遥远的城市里看到了吗，
我和我的狮子在奔赴你的途中——奔向那份圣地：
有你在的爱的地方，鲜花怒放，百鸟歌唱。
（在那真诚的爱的面前：
鸽子将在憨傻狮王的卷鬃上，莹歌欢语，万千喜悦，
我的爱人和你的爱人，相拥在田园的风中，心悦神畅，
看着太阳之王朝升晚落，看着我们满鬓盈霜。）

我记着你在那分离的晨雾中说：“你要是爱我的男子，就要乘着狮子来迎我！”

孤单的我，想念着孤单的你，在路途上，
我会来着我的狮子去迎你，在那有你的真诚的爱的地方，
去拥抱我的姑娘，
天霞放出七彩的光辉，神灵在唱颂两句圣歌：
“你要是爱我的男子，就要乘着狮子来迎我！”
“我是爱你的男子，就要去驮负我的白鸽！”

（选自第42期）

石头说话

杨萌星

多少年了，和你一起上山下山，我已不再记得。我看到过你的眼神，诉说着愤怒的力量；我听到过你的叹息，在安然睡去的人们的夜里；我感受过你的汗珠，它们浸透我冰冷的肌肤……

我们没有时间，我们没有话语，我们没有意义。诸神欣赏你的荒谬，人类赞美你的尊严。他们的声音总在你耳边回响：

“西绪福斯，你将为你的狂妄付出代价。作为惩罚，你的一切行为都将毫无价值，荒谬的阴影永远伴随着你。”

“桀骜不驯的、伟大的西绪福斯，你是多么悲壮地把苦难踩在脚下，让他跟随你永远前行，只要想起你，我们便获得了力量和勇气。”

但是我知道，你也知道，他们是都会有报偿的，诸神的神圣从这欣赏中得到捍卫，人类的骄傲从这赞美中得到满足。他们都需要你，他们都拥有你。

可是，我呢？西绪福斯，你听见我在说话吗？每天，你推着我攀登；每天，我带着你滚落。这山上的青草以叫我们踏平，这天上的星星以叫我们数清。日复一日，年复一年，我们却没有建立半点友情。你总说你孤独，没有任何陪伴，独自尝受艰辛和痛苦。而且你还很怨恨我，认为我是你荒谬的见证，我是你拂不去的耻辱。你为我想过吗？西绪福斯，是的，我只是块石头，可是石头也应该有石头的命运。是你欺骗了神，不是我，可是我却和你一起受惩罚。是你搅乱了我原本宁静的心情，从此我不能享受天荒地老、无忧无虑的梦境；不能亲吻大地母亲温暖的气息。我的生命从那一刻起就进入了一个遥远的旅行，不知道为什么会有起点，也不知道哪里是终点。一切事物都和我无关了，除了这惩罚。

你是荒谬的，可我比你更加荒谬，你的荒谬还有我和你一起承担，而我的荒谬却没有任何人的同情，甚至包括你——西绪福斯。

我是神要求献祭的祭坛上最微不足道的牺牲，我不会流血，也不会流泪，我现在说出全部的真相，但它很快就要被风吹散，如果能被你的语言铭记。

那将流下最深的疼痛。

（选自第43期）

守望孤独

马亚军

有谁像我这样作为一个旁观者形象木偶似的日夜穿梭于冷冷清清的乡野或者熙熙攘攘的闹市任意灵魂流浪在文明的时尚和古朴的冲突中而不感到彷徨不安沮丧悲切的吗？当静寂的土地从没有名字诗人的手里传递给另一个农民儿子的心里并夹杂着无限的悲凉与精神的唾弃甚至固守的信仰也消失殆尽时，我的哭泣爬上了树朝着遥远的家园叹息。

一长串冰糖葫芦般轿车满载着长满头发的人群疾速驶向他们各自的奔波的所在因此而飞扬起的一叠厚厚尘埃随即淹没人群的背影和川流不息的劳作者的眼睛和掘煤工乌黑的手。

文明像一个已婚的女子美丽却负担了太多的操劳和贞洁，不惜把所有的年华青春都付之于她的爱情和饥渴的孩子换来布满疲惫的衰亡——人类对文明的争论不休如一把生锈的钥匙永远打不开人性阳光的天路。

（一）雪

儿时记忆中故乡土地的冬天是下雪的而且很白很大很亲，不像城市的雪小家碧玉似的单落下，一些吝啬的不等天晴便大半融掉了。

原先我是很爱冬雪的。松鼠都冬眠去老鼠也少见，更不屑说蝉以及蝈蝈，只剩下几只蚂蚁像醉酒的老爷爷似的，在墙角慢慢吞吞地爬着。

打雪仗虽然快乐，但不免将枯枝烂藤上小憩的麻雀惊得四散飞开，小雪人堆好了，还找到了一只小红帽给它戴上，我们高兴得团团转……

这些都是从前的事，那时以为雪是一位可爱美丽的公主而自己俨然一个俊朗的王子。不幸后来上了学读了书，教师讲了一堆又一堆真理和研究，最终说到了雪以及与雪有关的东西。于是我彻底明白所谓的雪也不过只是母亲淘过米后剩下的泛白的水，只是父亲泛黄的搪瓷缸里未喝完的茶，只是荷叶下冻得小船精瘦的青色的霜。

从此我对雪的感情无端寂寞起来。这也许是长大的缘故：雪真的不再稀奇了。不过心里隐隐约约有些颤抖，为逝去的童年还是逝去的童心又或是逝去的岁月？我总不能回答清楚，倒是有一点很明确，就是我比起先前要略显得懂事了。

在传统中我变成一个对雪寡言的人，这终于让我的父亲放了心且高兴起来。他笑时满脸沧桑的皱纹宛如一朵秋菊，而邻里也对我大加赞赏起来，不再责怪我的木讷，说我是一块上好的读书料。

雪自始至终还是沉默，就好像从来不认识我这么一个孩子或男人。然而本身我们就是陌生的朋友。

（二）城市

一个乡村的野毛小子进城求学就好比一只大轮胎碾碎一粒纤尘，而我对城市至终还是隔膜起来，不觉沉默不觉叹息不觉打着背包寻觅。

从乡下僻静的田野到无雪的 C 城再到 S 城的繁华的寂寞，最后又回到心灵堆满尘埃的 W 城。我扛着自己只剩灵魂的躯体，绕着所谓文明的边缘汗流浃背地跑了一圈，结果无论是我还是我的灵魂都被折磨得所剩无几。

一群潦倒落魄的流浪人默默走过又一个文明的城市，仿佛风吹进了无边的沙漠。我欣赏名画佳作一般看着他们疯疯癫癫的笑容听着他们呆呆痴痴的言语，并从中窥视只属于自己的流浪的影子和生命苦难的奇迹。

C 城虽小却鬼大，竟也布满了小巧的卑鄙和黑暗，况且 C 城的夜总显得格外地漫长格外地孤独；D 城算得上完美可终究少了点诗人的气质，霓虹灯脆弱地不如一个病人；再说 Y 城的确美丽，偏偏金钱胜过了人情，冬夜在车站门口过夜的风与在车站门口过夜的人背靠着背；而 S 城的 Taxi 最多，多得像鸡屁股上的绒毛，甚至是绒毛上的 DNA 分子。原先的古城风貌早已泯灭，连古色的老街也花容尽失，精雕细琢的古花窗木楼下一派被玷污的气味。

在这之中，L 城也许是最特殊的一个。这里两层小楼往下面是门口悬挂女明星海报且室内装饰一新的内衣精品店，而上层却是清一色的古朴的老楼，这仿佛一个卸妆只卸了一半的戏子，我不曾知道这是否是历史的一种逻辑抑或文明者有意创作的真理，却总感到传统的文明遭到野蛮的蹂躏与寓言般的嘲讽。

……城市像火像烤熟的牛肉，而沉默的我口袋只有三毛六，这点钱还不够买一个馒头。

（三）小镇

T 城的小镇是寂静的温驯的，一如藕池里纯洁的白莲花。

我从 L 城的渡口摇过浩浩汤汤的长江，一转身便看见了巴掌大的 T 城小镇蜷缩在江边平沃的土地上。晃晃荡荡的船本就很破且又小又脏不足以给我灵魂的慰藉，即使是浩浩荡荡的长江也显得无奈和渺茫，而且我的诗终不能由此得到起笔的灵感，倒是平凡的朴实的小镇让我未眠的文明和魂灵重新获得了生的希望。

小镇铺满青砖的碎路，掉牙的老狗倒在贴着“福”字的木门踏平的门槛，比较于彼岸L城的高楼大厦竟是另一番灵魂的阵地了。

看惯城市的空虚卑伪甚至凡庸，偶尔一瞥悠然自得的小镇又格外地亲切啊！

T城小镇让我回想起十年前的故乡。熟悉的故乡小镇原先也是这般寂寞冷清，并且义无反顾地承担了我童年时代所有的幸福；我的父亲便是在那里为我购得梦想的变形金刚并借此塑造了他的威严和慈爱。

然而如今无论是故乡的小镇又或T城的小镇都不过有意无意间做了现代文明新娘的嫁妆。我从L城高耸的古塔中隐约感觉到历史的悲切以及文明的颤抖。汽笛声此起彼伏，划过寂静的天空，就好像划破雪嫩的肌肤。残忍的，颠沛流离的，城市里所谓的希望的夜。

我漫步于城小镇江边落叶的树林间，同新识的几位文友一起感叹生命的脆弱。眼前那退潮时留下的田螺的壳被人拔掉的幼小的树苗杂生着开着小白花的野草——土地的娇柔在秋的离愁中更加陌生更加纤瘦。

也许，在文明的角逐中，小镇是唯一是守望者。

（选自第44期）

行走的深处（二章）

许　超

在城市

时间在城市的上空行走，这个时候，我们属于同一个种类。只是我无法确定她和我的位置，我一直固定地认为：我们是两条重合的平行线，不需要排序。可现在，这种信念开始在我的心里动摇，这座城市，存在着许多奔跑或旋转的事物，我跟不上它们的节奏，我觉得我已经远远地落在它们的后面。

城市里，有形或无形的门呈现着关闭的状态，无数双眼睛在门的背面守候着，它们像埋伏起来的猎手，等候着猎物的出现。总之，我感觉到不舒服，我渴望雨水，我渴望一碗弥漫热气的荷包蛋来填充饥饿的胃，迷乱它们的视线，可此时此刻，雨只是无数个胚胎。

我现在正处在公园的中心——两条坐标轴的交点上。其实，这只是我的一种臆想，但我知道这是一件极有可能的事情，我们都有可能成为其他事物的中心，自己却未必知道。公园里，春天的气息很浓，像无孔不入的风穿透无数的障碍物，如果风在不停地移动，公园里的坐标轴会不会发生改变，向左或者向右？或许这一切都很自然，没有谁能够永远停歇在同一个点上，在不同的地方，我们得不断地变换角色，使尘埃成为尘埃，成为历史之中的过去。我站身起来，开始往回走。我愿意在路灯下行走，不断地寻找自己。

天正在淅淅沥沥，此时的雨，对我来说，已经无关紧要。

一辆黑色的轿车，从我的身旁驶过，我认出了一个很久以前的那个人，可车一如既往，像夜一样行驶，这个时候我得感谢雨水和泥土，它们溅起来的时候，是不是获得了第二次生命。我不知道，但我必须保留，这些附着在身上的混合物。她走的时候，带走了我唯一的一张白纸。

今晚，我得再次感谢雨水和泥土。

掘土机

伫立，如同一位季节的沉思者。他正在思考着春天，或者是春天以外的事情。

泥土里混杂着零零星星的碎砖烂瓦和一些褐色的石子，我看着他细致地把它们从泥土的下层翻到上层，摆放到阳光的面前，我不知道那些究竟是泥土的灵感还是他自己的灵感。我现在只是在思考：它们暴露了身份，会不会带来某种始料不及的影响？如果一直隐藏在泥土里，就不会有被重新命名的机会。我想这一点不会有错——家乡的那片黄土地，每年都有那么多刨食的人永远的安息，而且，最终成为泥土的一部分，没有谁能够例外。

他已经迈开自己的步伐，在天空的对立面上行进、拓展。他没有雨水走得快，这一点我得承认，可是他仍然在不停地挖掘，像牛在山坡上不停地吃草，不停地反刍。当然，我也是在不断地挖掘着自己，并且不断地往体内填充和反刍着某些物质。

我看到每一个从他身旁经过的人，都会将身体不由自主地倾斜、偏离一定的角度，他们是不是怕自身被挖掘，从而丢失一些什么？我不知道，我只是在想。

（选自第45期）

我是一条受伤的鱼

杨秀英

我是一条受伤的鱼，孤独在浩渺的深海。

悠然而过的同伴行如陌路，在幽蓝的深海，水草是我的唯一。我的生命紧紧抓住漂浮的水草，在清冷里一点一点消耗，谁能看见，一条感伤的鱼呜咽着荡人心肠的歌谣？

海如绵，无声无息缚住我的手脚；海如丝，缠缠绕绕锁住我的心跳。既然海如此甜蜜地攫取我的内质，我为何要苦苦煎熬？

一尾青鱼招摇而过，摇曳着颇为自豪的肢腰。它从不知道它扭动的肢腰何其令人发笑。它更不知道那一抹抹“媚眼”是对它恶意的讽刺。它活在虚假的真实里，它因为不知道惬意逍遥。这样活着有意义吗？如果它知道内幕所以消沉不起，那将是它一直的悲剧。如果它不知道而依旧潇洒孤傲，那未免不是一件好事。世间从来都没有十全十美的故事。而我又有什么权利去评说别人的是非呢？

海底的音乐是浪的低吟。美丽的珊瑚尽情倾听着沉醉的声调。缝缝隙隙里塞进我莫名的心跳。我渴望着大海的拥抱，给我一份苍茫渺远的感动与灵魂的熏陶。然而，我始终生活在大海的幽深平淡里。这种荡去一切杂绪的奢望最终成为心灵的一幕夭折之景。没有太多的哭诉。泪已悬水，水已将我深深埋没。

隔壁的乌贼懒懒地打着哈欠，绵软的躯体看起来丑陋无比。那是个心宽体胖的家伙，没有过多地思考生活的深奥，肥硕的脂肪阻碍它思想的飞跃。我讨厌它的丑陋，但我欣赏那丑陋里一颗简单的心。

游来游去，我的伤口已经灼烈地痛。咸苦的海水折磨着我肉体的同时仍不忘在心上撒一把盐。我苦笑着，蔚蓝的海呵，你到底有多深？

一条受伤的鱼，在春天的海里哭泣。

（选自第45期）

康河·柔波·水草

陈　锐

瑰丽的春天在奔放，有一种天然的妩媚与娇柔。一双似水的眼睛使人原本无常的生命变得有序；使一颗闪烁的诗星在迷惘后定位，与其达到了自然灵性和谐统一。

——题记

在中国现代新诗坛上，在康河的柔波里，有一位热衷追逐“爱”“自由”和“美”的诗人，他就是徐志摩。有人曾说，徐志摩有天生的诗人气质。诚然，三分天注定。然而激发他的浪漫情调的、给他诗泉带来不竭泉源的，却是上帝派来的缪斯——林徽因。

说起林徽因，作为父亲林宗孟当竖拇指，他曾毫不掩饰地说：“论品貌，论中国文学，当世女子舍我徽徽莫属。”其实在林徽因身上也有一种特殊的气质：东方的婉约美与西方的豪爽美的完全结合。

世上有谁相信一见钟情的爱情，不过对徐志摩来说，第一次在异国伦敦与林徽因的晤面，就被她那特殊的气质所深深打动。在弹完一支心灵交响曲后，使身受传统婚姻之苦的徐志摩点燃了一盏不灭的爱情明灯。他第一次听到了心灵的对话，第一次感受到爱情的魅力，而这些在张幼仪身上是不曾体味过的。为了这灵魂深处的爱情，他不顾一切艰难和险阻，毅然地背上希望和憧憬，扬起他那情感的风帆。

徐志摩接受过康桥文化的洗礼，曾忘情于康桥的自然美景，在大自然的美中发现了人的性灵。“在康河的柔波里，我甘心做一条水草。”爱情对诗人来说似乎是一个永恒的话题，诗人对爱情也确实有他独到的见解。徐志摩在日记中写道：“世上并不是没有爱，但大多数不是纯粹的，有漏洞的，那就不值钱，平常，浅薄。”他又在散文诗《印度洋上的秋思》里写道：“那温柔婉恋的烟蕴，沉馥香浓的热气，便是他们爱情的象征。”这也许是诗人理想中的爱情吧！

“世界上哪里找到这样一对形合神似、天造地设的情侣，喜欢看白云在明净的蓝天浮游变幻，喜欢仰望灿烂的星空，喜欢穿雨衣不戴帽子在蒙蒙细雨中散步……”这是徐志摩写给林徽因的情书里的一段话，在徐志摩看来真正的爱情是两颗自由的心灵的自由的结合，把大自然的优美、宁静协调在星光与波光的默契中，让一切去淹没那不期然的性灵。

然而梦总有醒来的时候，时间老人再也挽留不住在那康桥的美好的岁月。不管徐志摩和张幼仪的结合是否出自对其父母的尊重，是否出自对传统伦理道德的妥协，但可以肯定一点，徐志摩已是有妇之夫，已是两个孩子的父亲。他虽然可以爱自己之所爱，但对于他的物质伴侣张幼仪和精神伴侣林徽因来说都是一种异样的伤害。别无选择的徐志摩只好高唱“做中国离婚男人第一人”，似乎是对封建社会“休妻制”的一种崭新的诠释。痴情的鸟儿只会重复单调的歌曲。徐志摩对林徽因是那样倾心的投入，然而他所面对的却是残酷的现实。当他得知林徽因与自己恩师梁启超的儿子梁思成订婚的消息后，他陷入了更大更深沉的痛苦中。看着昔日恋人离去的背影，他写下了《希望的埋葬》：“我又舍不得将你埋葬/希望/我的生命与光明……”

站在高高的山岗上，遥想起那康河柔波的蜜意，琐忆起那花前月下的爱抚，殊不知人生已走向一个宁静而幽僻的深谷，或是独自徘徊在一个悠长而又寂寞的雨巷。眼前的一切仿佛像那纸叠的船儿慢慢地消失在视野。“金童玉女”只能像《齐德拉》演得一样美好，但徐志摩对林徽因的爱却是矢志不渝的。为了能看上心爱的人在北京主讲的一个中国建筑艺术报告会，他已等不及张学良将军的座机，踏上了免费邮政班机“济南号”，就这样匆匆地踏上了不知归途的路。

“人间四月天”就这样消失在茫茫人海中，如昙花一现，不过却留下了一个耐人寻味的话题，一个永恒不倦的话题。一切正像徐志摩所说：“我将于茫茫人海访我唯一灵魂之伴侣，得之，我幸；不得，我命。如此而已。”也正像他所说：“我这一辈子就只那一春，说也可怜，算是不曾虚度。就只那一春，我的生活是自然的，是愉快的！”

而在他的老戈爹泰戈尔看来，一切都像给林徽因的赠诗中所写的一样：“蔚蓝的天空/俯瞰苍翠的森林/它们中间吹过一阵喟叹的清风。”

（选自第46期）

逃　亡

王春玲

有人说过，在一个陌生的城市里行走，望着玫瑰从身边擦过的流动物体，都有一种自己在前进的感觉，追逐一个如蛇的幻想。它没有确切的轮廓，色泽不分明，在还没有弄清楚之前，它会猛地咬你一口。

我就是那个中毒很深的人。立在一堆钢筋水泥堆砌的艺术群体里，浑身都有一种如履薄冰的感觉。在切割完整的街道上，我踩着一群鸟的影子，而他们的身体却在我头顶上飞行。

70年代，我出生在一个叫下湾的小村庄里，与其相对的，便是上湾村。村庄的名字据说和它们中间贯穿的那条河有关。这条“S”形的河把两个村子包裹其中，远处望去，如同古代的阴阳八卦图一样蜷伏在这典型的丘陵地带。而河的名字，顾名思义，叫湾河。我已经开始习惯，奔跑着，在城市这近乎挤破的风景里。看着车窗的身影，一个叠着一个，黑乎得像是一个长满绿苔的古井。自己整个陷进去，不断下落，下落，哗的一声跌入井底，再也无法攀爬出来。我已经习惯，生活在这样的空间里——端着一杯卡布基诺，吞咽泡沫漫延的苦味，将干枯的黄玫瑰丢入垃圾桶，换上新鲜的马蹄莲，等待花的再一次凋谢。

祖父总是对人亮出背上一道长长的疤痕，说那是上湾村造的孽。很多年前两村之间有一场血战，毁了湾河上唯一的一座桥，至今没有修复，只在岸上留有残迹，让人相信这里曾经血迹斑斑。战争来自风水师的一句话：河与村的形状酷似八卦，预示着人祸天灾，必须迁移一村方可破解。第二年发生了洪涝，两村人便深信不疑，反目成仇，于是湾河又经历了一场人祸。仇恨就这样随着湾河包裹着两村，我最终无法忍受熟悉之余的战栗，决心逃亡，去了一个陌生的城市。

穿越一条条繁华的街道，夕阳把我的影子拉得老长老长后，扔在了地上。无数流动的物体碾过，荡起了一阵灰尘。自己像是一座颓废的塔，忘了城市上空的颜色。突然觉得在一排排的水泥柱中穿梭的人流弯弯扭扭得像极了家乡的湾河，冷凝、枯涩、寂寞。于是，我开始想家。

离家的那天，是在一个雨后的黄昏，湾河上有着几缕薄雾。天依旧阴沉的厉害，偶尔伴有几声雷吼，河水涨了很多，淹没了断桥仅有的几块石头。河里有着两三头牛，不停地反刍着。整个雨后的景色，像是一幅很粗糙的水墨画。

我几乎是逃亡似的从一个地方到另一个地方。周围是一张张陌生、没任何表情的脸。倒是一双双匆匆的眼神，像春天里的蔷薇，灿烂地只稍稍一眼，就有一种刺的感觉。于是，我开始在回忆中搜索完美填补现实的沟壑。最终满满的一汪泪水淹没了自己心中的漂泊而归于平静。我想回家，即便依旧是那种仇恨的氛围，却熟悉得令我感动。我在去车站的路上给家里挂了一个电话，问这几年来家乡的变化，母亲的回答是让人出乎意料的，由于两村这特殊的地形，被开发为度假胜地，现在是别墅丛生，马路如蛛网。整个“八卦图”已经热起来，唯一冷却的依旧是断桥的几块石头——桥依旧是断的。开发商说修桥影响总体布局。我问两个村子的关系如何，母亲说，几辈子的事了。

我仿佛从一个陌生却熟悉跌入到一个熟悉但却陌生的空间里，同样的一块地，有着仇恨，有着利益。湾河，是我下一个逃离的驿站？

（选自第47期）

月　　台

柳庆峰

月台的存在规定了一定区域。它毫不隐蔽，就这样赤条条地在面前铺陈，裸露着自己。显然它是公开的，它不会拒绝任何事物的进入。但它并不等于一个地理的位置，它始终都在拓展，是某种方向的延伸，一旦踏入它，就意味着踏往另一个地方。因此，月台处于一种“在”与“不在”的游离状态。

在传统意义上，月台是与别离、伤愁和孤单等语义连在一起的，它似乎成了一个容易感伤的名词。月台总是被反复地经过或抛弃。对于一个人来说，从一个地方到另一个地方，他们往往关注更多的是该地方，而非月台。

但我无法忘记第一次站在月台时的情景。那是十年前，我将要去离家近两百华里的县城念高中，天还没有亮，月仍挂在枝头，我便和母亲匆匆赶到镇上的月台。空荡荡的月台仅只有我和母亲二人。母亲在一旁则一个劲地说到那儿要好好地学习、凡事谦让点诸类，而我对异地的向往已早将它们排斥在耳外。母亲说着说着，泪打不住滑了下来，母亲哭的时候，皱纹和白发就显得愈多。列车缓缓驶动，不断缩小的母亲仍站在那儿张望，如同一尊雕塑……

这或许就是月台能打动我的一个重要原因。

一个人在月台的停留，注定是短暂的。月台的意义在于它的传接与消逝。月台托起来来往往的脚步、梦想以及不停地抵达或者离开。

月台是相同的，又是不同的。每一个月台都对应着它们各自的住址。此刻，我就站在这个我已经生活了四年而即将离开的城市的月台上。我的行囊装满着失落和无助。而这个城市正在酣睡。四周阒寂无声，只有不远处几许柔和的灯光依旧在摇曳着，低语着，偶尔也会从车站外飘来一两声汽车匆忙奔驰过时压抑着的鸣叫。风一丝丝地向我挤来，风很凉，我静静地伫立在月台，目光呆滞得像两条平行的轨道。我究竟要走向哪里？这么多年来，我总是在扮演着一个行者的角色，从此地赶到彼地，从彼地换到此地……

我的一生仿佛都在路上。

而月台紧紧地把我的青春和未来缠绕。我一张健康红润充满憧憬的脸已变成如今这张流淌着哀伤凋败的脸。在月台上，我始终是过客，陌生的外来人。我不知道要在哪儿停下来，也不知道要走向何方。对于我，他乡永远是属于他乡人的。

夜渐渐就要被黎明拱破了。

我仍一个人站在清醒而又茫然的路上。

（选自第 49 期）

相似的葵花

李大鹏

在五月的潮湿中
疯长的草　年华虚度
五月的葵花
紧随阳光　颗粒饱满

静止却不停旋转的
头部沉重
那不可见的金黄色
刺中自己
也零碎地刺痛我

被五月的阳光
牵动的葵花
如同被相似的夜浸染
不约而同的暗色文字

（选自第49期）

失　　踪

江　飞

A. 博尔赫斯失踪了

博尔赫斯在半夜时撞开我的门。他经常这么干。这次他进来告诉我，他的一只袜子不见了。你的袜子和我有什么关系，我用背对着他。我忘了思考，这三更半夜他找另一只袜子干什么。这很令人怀疑。等我早上醒来，进入隔壁他的房间。床空着，一只黑色的袜子挂在台灯上，孤零零的。

博尔赫斯失踪了。他经常无缘无故地失踪。我们已经习以为常了。

早上我一般吃方便面，生吃。我很少打开水。上午有我的两节课。我教语文。语文现在很难教，凡是语文老师都这么说。我的学生不多，一个班60人，40个男的，20个女的。比例有些失调。

我的那个朋友博尔赫斯，他教美术。他的画我看不懂。这就对了，他说，你的小说我也看不懂。所以我们谁也不懂谁。但有一点很清楚：我们是真正的朋友。

B. 小说者言

我静下心来写小说已有些日子了。

静心需要付出代价，譬如运动，情欲和对美的不屑一顾。我想在同样年龄的苏童那里，会找到我的影子。在他的枫杨树村香椿树街上，人们经常看到两个身材相仿的背影：一个是苏童，另一个就是我。我们会在井边或者麦地里停下来，为一些抽象的问题争论不休，争论是从来不会有结果的，先锋最终还是走向了写实。我们只是习惯于大声说话，并力图以自己的声音湮没对方的声音。这是乐趣的来源。

有时我也会随意地拿把刀子，朝一大堆欧美作家里一捅，就发现了福克纳的身躯。他躺在老爷椅上，召唤我过去。八月之光多么明亮，他却陷在阴影里。他在玩弄着他的烟斗，借以掩饰内心的喧哗与骚动。我并不熟悉这个老头，但我崇拜他。对像我父亲一样大的老头，我都满怀崇敬。他再一次召唤我过去，用一种低沉阴郁的声调，“他像他使用的文字一样老!”我把背转向他，乘机偷走了他书桌上的一件大衣。我把他披在身上，于是，瞬间我就老了几十岁。

我像其他小说家一样，心安理得地写起了小说。最先碰到的麻烦是，我跌进了水的领域，凡是与水有关的事物都让我无休止地冲动。我被自己吓坏了。我怕自己会淹死。我不会游泳。幸好我抓住了一件木制的东西，那是一个有志青年的腰鼓，我随他到了X市，他卖唱，我替他收钱，然后一起到地下舞厅喝酒，那段日子很好。可惜的是他后来坐在了轮椅上，所以，在他的那场演唱会之后，我就偷偷地溜了：他出了名，而我依然默默无闻地写小说。我知道我不是上帝，我很自私。

城市是龌龊的诞生地。我厌恶却又趋之若鹜。我总是很矛盾，但我这次决定了，我要在乡下住一段日子。天堂街上有我的家。我和我的好友，一个叫“疯子”的少年住在一起，我们看同一本书《打死父亲》，我们甚至恶作剧地把一只死老鼠扔进他家的酒缸里。我们做事一向不需要什么理由，只是凭着冲动，冲动是年轻人的资本。

1999年5月13日我很平静地度过了我18周岁的生日，也许是啤酒的冲动和刺激，我决定该写点像样的东西了。我的“老师朋友”苏童建议我写小说，我就写了。结果我写的小说和我这个人一样狂妄，没有多少人能坚持读到最后一句（博尔赫斯是个例外），他们无不产生一种不祥的感觉：寒冷和恐惧。对此，我无能为力。

有一天，我正躺在床上听迪克老爹的歌，一个自称是我爷爷的人坐到我的床上。你知道，我讨厌别人坐在我的床上，所以我没理他。你该给我写点什么了，我是你爷爷，他说。我犹豫着答应了。我犹豫是因为他比福克纳更老，我可以偷一件福克纳的上衣，却不敢偷我爷爷的一块饼干。他已经80岁了，但他的嗓音和饭量比我还大。我担心我会比他更快地走向衰老。

第二天他又来问我，写了吗。“我正在折磨自己”，我大声说。

我欺骗了他。

C. 博尔赫斯来访

我不希望你读我的小说，我不是担心你读不懂，而是担心你根本就没勇气读完。读半截小说的感受，跟吃苹果时看到苹果里有半截蛀虫差不多。所以我劝你，把我的小说丢在一边。

和许多小说家一样，我在夜晚写作（这是大学时代留下的毛病），夜晚适合于写作，这是公认的。我不喜欢别人在我写作时打扰我，那会让我迁怒于人，我这人脾气不好。所以，我劝你，晚上赶紧睡觉。

并不是所有的人一到晚上就赶紧睡觉的。譬如说，我正一只手拿笔，一只手撑着头，半歪在椅子上，这是我一贯的写作姿势。我正在写一篇试验性的小说。突然有人敲门，敲了三下。敲我门的人不多。这是一个暗示，来人一定是个男的，而且很有耐心和勇气，女人是不会有耐心敲第三下的，她会以大叫宣告她的身份。一般的，我对男人反应比较迟钝。所以我门开得也很迟钝。果然是个男人，身材高大，他径直走到我的桌前，拿起我的小说文稿看了起来。我并没有阻止他，因为他走路时肩膀一高一低的姿势，撇嘴的样子，和博尔赫斯简直一模一样。

幸好他说话了："这个博尔赫斯真够蠢的！"

我不能容忍一个陌生人讽刺我的朋友，尽管他们俩很相像。你到底是谁，三更半夜的进来，就是要告诉我，我的朋友是个蠢货？

他的脾气倒是很好，撇撇嘴，笑了一下。我叫斯赫尔博，曾经是博尔赫斯的模特。你知道博尔赫斯去哪了吗？他为什么半夜三更找他的另一只袜子？

这两个问题难住了我。我刚才正在想这个问题呢。就是眼前这个家伙突然敲门，而且还敲了三下。

那个自称斯赫尔博的家伙好像很得意，又撇了撇嘴。我最讨厌别人向我撇嘴，那意味着对我人格的蔑视和嘲讽。为此，我曾很不客气地把博尔赫斯的腮帮子打肿了，也为此。我第一次写了份检讨。我把拳头放在背后，等着他说下去。

或许我可以帮你，帮你续完这篇试验小说。

我得承认，这是个不错的主意。

D. 上课

那个自称斯赫尔博的家伙就住在了我的房里。两个男人睡同一张床，不是同性恋，也是很危险的。

我还教我的语文。我教不好语文。我能写诗歌、散文和小说，但我不能说。我曾强烈要求校长让我教写作课，但他说那是他的饭碗。他只会写些公文。

教室在五楼。上楼时，我一般不发出任何声音。我并不是想突然吓唬一下前面的那个人。况且前面那人是个女的，从后面看还很漂亮。我不至于蠢到去吓唬一个手无寸铁且从背后看还让人有犯罪冲动的女人。我还没有女朋友。我只能用左手紧紧握住自己的右手。

我和同学们的关系很不好。我管不了他们。当然，他们也管不了我。但我得教他们，因为我是他们的老师，

"这节课我们上《荷塘月色》，朱自清的，朱自清是个作家，一个大作家。他好像已经死了，嗯，死了很久了。他写了这篇《荷塘月色》，嗯，这篇《荷

塘月色》是他写的……”

我知道，下面那些站起来个子比我还高的学生们，没几个在听，那个叫什么菲的女孩，捂着耳朵，我敢打赌，她在听伍佰的单身情歌。时间很慢，当我觉得它很慢时，它仿佛更慢了。我的心思全在那两个问题上，我有时懒得思考，有时却对值得探究的问题很感兴趣。所以，我突然就这样说了：

嗯，博尔赫斯是个作家，哲学家，拉美的，好像也已经死了。他的小说像迷宫。他总是制造迷宫，让读者都陷进去。他更像个魔术师。他的小说很多，《交叉小径的花园》《沙之书》……

老师，那个美术老师不是失踪了吗？一个男生突然大声叫道。

E. 陷入恐慌

斯赫尔博终于给了我重要的启示，我得感谢他，不然，我肯定会陷入博尔赫斯的迷宫中去的。

斯赫尔博要喝杯酒，我只剩下两瓶啤酒，一人一瓶。我们选择坐在博尔赫斯的房里。他的房间很乱，画笔到处都是，我在他的一只拖鞋里发现一只沾满绿颜料的画笔，那只黑色的袜子还挂在台灯上，像两只交媾的蝙蝠。几张完成或未完成的画，就扔在地板上。他习惯于趴在地板上作画。

博尔赫斯失踪已经有四十八小时了吧？他喝了口酒。

我想是的。在此之前，他也失踪过好几次。最长的有半年。每次，他又自己回来了，我们从不去找他。也没人知道他去了哪里。

那天晚上你为什么不问问他，他找另一只袜子干什么？

我突然想起台灯上悬挂的那只黑色的袜子，我不知道它是丢失的那只，还是剩下的那只。他和我一样，都只有一双袜子。无论如何，他都赤脚出了门。我有些惊讶，他的失踪好像和我的漠然有点关系。我喝口酒，压压惊。

你是他唯一的朋友？

嗯。当然，他不是我唯一的朋友，我的朋友很多，像阿英、疯子、苏童、福克纳等等。他太敏感了，对艺术太执着了。我真担心他会像那个姓凡的老头一样，割下自己的耳朵。你知道吗，他有把老式剃须刀，那刀片锋利无比。

那是德国产的，还有锯齿。你经常打击他。

我脸红了。那不叫打击，那叫激励，我是说过，他的画我看不懂，色彩太浓烈，线条太单调，构图太抽象，而且人物的眼睛一律瞪得吓人，像是要吃人的野兽。其实他也攻击我，说我的小说太阴暗，老是模仿先锋派，这跟他失踪有什么关系？

有很大关系。是你赶走了他！斯赫尔博一口喝完了全部。

我陷入恐慌。

F. 逻辑严密的女人

在博尔赫斯失踪五十四个小时之后，他的房间被一个陌生女人占领了。我说过，我对男人的反应比较迟钝，换句话说，我对女人的反应非常灵敏。她是在第三天早上六点钟搬进去的，仿佛有点迫不及待。早上六点钟我有小便的习惯，所以我看见她提着一只黑色大皮箱跨了进去。紧接着，听到“砰”的一声，我想那是皮箱扔在了地上，要么就是她把自己扔在了床上。

作为一个男人，接近一位漂亮女人的方法总是很多。我采用的是“苦肉计”：替她整理房间，顺便保管我朋友博尔赫斯的东西。

我们在灰尘中开始第一次谈话。她看起来很健康，也很健谈，而且逻辑严密。这对像我这样的一个经常犯逻辑错误的男人来说，无疑是一个考验。

这房间原先是一个画家的，他叫博尔赫斯，我的朋友。现在他失踪了。没人知道他去了哪。

她好像对此不感兴趣。男人永远不知道女人到底在想什么。她盯着地板上那些画像。意味深长地笑了笑。我从那叠画上跨了过去，拉开窗帘。博尔赫斯经常在黑暗的氛围里作画。他说，许多艺术家都是这么干的。阳光像烤面包的香味。

她说，她是从九中调来的，教数学，和我带同一个班。这证明我的判断不错。让我高兴的是，这么漂亮的女人是教二次函数的，她不会和我争论《荷塘月色》的主旨到底是什么。

后来。我们共同想到的话题是吃饭。民以食为天，这是没的说的。学校的食堂又小又破，几千个学生像沙丁鱼一样，你挤我撞，人人都像张超薄相片。我们决定出去解决饥饿问题。当然是她请客，我的“苦肉计”应该说成功了。

“老地方”餐馆的一间包厢很好，我们一起走了进去。我吃饭时不喜欢别人在旁边，她说她也是。这是好的开始。有人说了，良好的开始是成功的一半。我想，那另一半会在这顿饭过后解决吧。

那顿饭吃得极为漫长。糟糕的是，具体细节我全忘了。但我允许你想象。

G. 审问

出乎我的意料之外，派出所特意为博尔赫斯立了案，我怀疑是斯赫尔博报的案。失踪一个画家在这个城市算不得什么大事，人们更关心国际著名影星张曼玉的哈巴狗找到没有。

麻烦的是，他们来找我问话。我很了解他们的办事步骤。问话在我的房间里进行。时间是全国天气预报后的广告时间。

他失踪多长时间了？

大概两三天，或者四五天吧。他总是莫名其妙地失踪。我怀疑他有“失踪癖”。

据说你是他唯一的朋友？

我很荣幸。所以你们审问了我。他很少和别人交往。他只欣赏他自己。我怀疑他有自恋倾向。

你的怀疑很多嘛。最后一次见到他是什么时候，发生什么事。

那天晚上他撞开我的门他常这么干他告诉我他的另一只袜子不见了我正在做梦我经常做梦我说你的袜子和我有什么关系我不再理他然后他就失踪了就这么简单。

那个负责记录的姑娘肯定是个实习生。她对我的话无从把握。她的脸很红。我感到高兴。很显然，他们对我的回答感到不满。这并不是我的过错，上帝知道，我说的全是事实。照例，他们问了一些无聊的私人问题，幸好我没什么隐私。那位姑娘临走的时候不忘问我一句，“你说的都是真的？”她很幼稚。

他们拿走了博尔赫斯的几张画像。他们不知道它们的价值。我问他的袜子你们要不要。扔垃圾箱吧，他们说。我毫不怀疑他们的办事效率。

我不怕被人监视。我要去看我的新邻居。我带过去我的小说文稿。男人喜欢在女人面前炫耀。我没有施瓦辛格那样强壮的胸大肌，我只有薄薄的一篇未完的小说。我觉得自己太俗。

她对我的再次到来显然做好了心理准备。似乎茶几上那个新鲜的苹果正是为我而削的。男人常这么想象。看到女人舔舔嘴唇，就以为她要吻自己或者等待被吻，其实她只是想喝点白开水。

她对“逻辑严密的女人”很感兴趣，并纠正了其中的一个错误。“砰”的一声响是我自己摔倒了，她说，就摔在那堆画上。没关系，我说，这只是细节的问题。随后她对“审问”也提出了质疑，“你说的都是真的？”这次我无话可说。

可能后来我们还谈到别的什么东西。譬如说二次函数的单调区间，卫慧《上海宝贝》中的性描写问题等等。我记得当时＊＊卫视好像正在播放一部无聊的都市言情片：一个男人向穿着睡裙的女人慢慢靠过去。女人没有拒绝。他们正要接吻。“前列腺”的广告准时出现。哦，对不起，我记错了，好像是那个穿睡裙的女人慢慢倒在男人的怀里。男人看起来很紧张，跳起来，惊慌失措地打翻了茶几上的玻璃杯。然后，落荒而逃。

一切归于平静。

H. 斯赫尔博失踪

斯赫尔博在我的房间里走来走去，看上去他比我更像是这间房的主人。他经常不脱鞋，半躺在我的床上，看一本杂志。封面是人体艺术。对此，我保持沉默。自从我觉得是自己赶走了博尔赫斯后，我就容忍了这个斯赫尔博的所作所为。他和博尔赫斯到底什么关系？

他会在晚上七点钟准时离开。他说他在A大学当人体模特。人体模特是项诱人的职业，不是身上有几块肌肉就可以胜任的。据我观察，斯赫尔博不光有几块肌肉，还有比肌肉更发达的大脑。难怪博尔赫斯会选他做模特。博尔赫斯对女模特不感兴趣。他画的人物都是男的。我曾为了证实斯赫尔博的身份，特意在那堆画像中寻找。果然有几幅和斯赫尔博相像的，甚至都无一例外地撇着嘴，半裸着身子抽烟。但同时我又怀疑，这画的究竟是斯赫尔博还是镜中的博尔赫斯自己。

我决定跟踪斯赫尔博。这家伙太可疑了。跟踪不是我的专业。我的专业是中国语言文字。这两者毫无关系。他在7点出门，我尾随其后。这看起来很滑稽：一个身材瘦小的黑衣黑裤的男人，在一个身材高大的穿风衣的男人身后，东张西望。当然，跟踪会产生乐趣，好比写小说，顺着一件事我就能一丝不苟地编下去，一个故事套着一个故事，一个场景接着一个场景，变换不止。

穿过人民街的时候，我一度打算放弃我的跟踪计划。他的目标好像很明确。我知道，再穿过一条马路，走过五家超市，四家书店，三间网吧，两间性保健用品店，一家工商银行，他就能到达A大学了。我正在犹豫。突然，是的，突然，他消失了。我是说斯赫尔博，那个穿风衣的家伙在过马路时消失了！

我非常吃惊。刚才是红灯。他没有理由置交通法规于不顾，虽然这座城市的交通状况实在让人担忧。犹豫再三，我决定进入A大学。它的校门看起来挺雄伟。

进入是个过程。我花了两年的时间才由学校进入了社会，由学生到老师这是一个过程。学生进入的是学校，老师进入的就是社会。比如现在我能进入A大学校园，却再也不能进入学生世界。

整个校园看起来很小。每一条小道上都标着什么路什么路的，以防盲人迷路。我看起来还像个大三的学生。没有人怀疑我的身份。自然地我回忆起大三那年我的生活：小说，音乐，啤酒，姑娘，网吧，香烟，运动，这好像是全部。记忆深刻的莫过于看完了先锋作家潘军的六本小说文本，然后写了一篇试验小说，讲的是一个画家和一个小说者的故事，这好像和我要寻找的一个叫斯赫尔博的人没有关系。我觉察到了。

我没有问路的嗜好。我拦住一个长头发的家伙。不要以为搞艺术的家伙就必须留长头发，在我看来，真正搞艺术的家伙根本就没头发。但我还是以为他是学艺术的，这说明这里的艺术也比较落后。

斯赫尔博来了吗？斯赫尔博是谁？他是模特。我们这儿从来不请模特。我们就画自己的同学或员工。

这没让我感到惊奇。他也可以像我一样冒充大三学生，专业是美术，我请他带我去他们的画室，我递给他一根“玉溪”，他答应了。

画室在七楼。画室比博尔赫斯的房间更乱。灯光下，十多个人在作画，前面摆了一个仿制的雕塑，好像缺了胳膊。

他拿给我他的一叠作品。我不懂欣赏，但我还是一眼看出有张斯赫尔博的画像，几乎全裸着身子。他是谁？他是校警，刚才在楼下你没看见？

我一口气冲到楼下。“斯赫尔博”大步朝我走过来，他什么时候穿上制服了。

你是哪个系哪个班的，叫什么名字？

九八中文一班，江飞。我很流利地答道。

我的天，斯赫尔博也失踪了！

I. 寻人启事

这是个难题。

自从博尔赫斯失踪以后，我总是面对许多难题。一只丢失的袜子。一个酷似博尔赫斯的人体模特。一个逻辑严密的女数学老师。一所小得可怜的大学。一个问我身份的校警。围绕我的一切仿佛都是一个圈套，他们串通好了欺骗一个学中文的年轻老师。但是，他们的目的何在呢？

我不擅长逻辑推理。我的头不容许我再疑神疑鬼了。夜晚的城市看起来更加繁荣。但我知道：一个乞丐蜷缩在角落里，他将很快死去。妓女的存在也早已不是城市的秘密。人们更乐意谈论克林顿与莱温斯基的绯闻。最近又在流行一个词语“发人瘟”，后来我搞清楚了，是“法轮功”。这是他们的生活。风有点黏。谁会在这风里迷路？

我仍然在写我的小说。我遇到一个棘手的问题。我的两个主人公都失踪了。我不知道他们去了哪里。他们和我一样，从不和别人打招呼。他们是它们的，与我仿佛无关。我在寻找他们。

寻人启事

现丢失试验小说《失踪》主人公两名：博尔赫斯和斯赫尔博，他们的共同特征是：走路时从不看地面。喜欢撇嘴。敏感多疑。冲动。擅长绘画或被人画。若有知其下落者，请与小说作者联系。

联系地址：XX 中学老师临时住宅区，联系人：江飞。电话　5500185

我显得不慌不忙，这和我的写作风格是类似的。我向路边的报刊亭要了最近一期的《中国美术》，随便翻翻。美国著名“野兽派”画家斯蒂马应邀来华。他的个人画展同期将在北京工人文化宫举行，我预感到我的主人公要出现了。博尔赫斯曾不止一次地向我提起野兽派。我原以为他们是靠走私兽皮兽骨而出名的。

我决定去北京。北京是个好地方。

J. 旅行

旅行是一件让人愉快的事。我选择乘火车。我喜欢听汽笛呼啸的声音。我的对面是个戴墨镜的男人，看不清他的脸。我很失望，他看起来比我还要失望。

有女服务员过来倒水。现在的客运服务让我满意。如果她要告诉我厕所在那里，那就更好了。我活了二十多年，至今还没有出过安徽省，我的四分之一的生命都耗在南方的一座小城，这让我伤心。我不知道剩下的四分之三会耗在何处，这更让我伤心。

我得自己寻找厕所。我现在非常讨厌“寻找”这个词。我的寻找好像在博尔赫斯失踪以前就已经开始了。

我很快就解决了这个问题。我发现对面的墨镜已经消失了，现在坐着的是一个剔指甲的女人。她的那把小锉刀好像很锋利。我酝酿着第一句话。这又是个难题。

你是作家？她昂着头问。我不知道女人的观察有这么敏锐，还能透视：我的文稿还揣在包里呢。我是写小说的，我正在写到你。我把 J 节“旅行”文稿拿给她。

我的这把锉刀是进口的，进口的要比国产的锋利，她笑着说。我同意你的看法。我看过美国的一部大片，里面的男 1 号就是用这样的锉刀，连杀了五个女人。那是恐怖片。

我喜欢夜晚，夜晚是写作和干坏事的最佳时间。有个漂亮的女人在身边是很危险的。我还是个处男，这也让我担心。她还在锉她的指甲。她的指甲到底有多长？我发现我没有醒着的必要了。睡觉是最大的奢侈，这是我在开往北京的火车上对一位总是锉指甲的女人说的。那时，她已离开。

那个野兽派画家的旅行应该比我的更有意义。我是在黄昏时分到达北京的，你也可以认为是在黎明：黎明和黄昏没有什么区。出口处有个独眼的歌手在弹吉他。在曾经的一篇小说里，我这样写道，这个城市里多的是这样的小角色，他们会告诉你，他们是为了理想而来的。谁知道呢？

北京，我很陌生。但我上学第一天就会说“我爱北京天安门”，这和说“我爱你”是两种截然不同的心态。博尔赫斯曾对着镜中的裸体说过这三个字。

他也来了吗？

K. 与“野兽”打交道

我住在王府井大街一所即将拆迁的民房里。我没打算在北京定居。我的户口还在桐城。

第二天，我徘徊在文化宫大门外。斯蒂马的画展如期举行。门票是五十元人民币一张。

喧闹的北京街头。人们的脸一闪而过，让我想起庞德有名的诗句：人群中这些面孔幽灵一般的显现，湿漉漉黑色枝条上的许多花瓣。我像个猎人。那个走动在人群中的便衣，是个真正的“猎人”，他在伺机抓捕贩卖“毛片”的外地人。我母亲曾是这外地人中的一员，她为了我的大学学费而去骗人。她感到内疚，我更感到内疚。这是过去。现在她在乡下卖鱼。告诉你这些，我并不觉得丢脸。有人过来低声问我“要不要毛片”。我很同情她。

我决定进入“野兽”当中。不入虎穴，焉得虎子？

我希望斯蒂马先生能给我签个名，证明我的来过。我也希望博尔赫斯能看见我，我会告诉他另一只袜子的下落。支持艺术事业的人很多。我在人群中穿梭。

猛然。我只能用这个词，我发现一个人的脑袋非常奇特。他的头发好像从未理过，他半裸着身子抽烟，他在一幅画里，背景是海边的崖石。他绝对是博尔赫斯或斯赫尔博！我得找斯蒂马先生谈谈，管他是驯兽师还是什么狗屁画家。

和外国人打交道是很费力的。我的英语只有四级水平，这让我为难，但这并不影响我听懂斯蒂马的美式发音。我们约在一家餐厅见面。事前我随便冒充了一下港商。我要购买他的那副半裸男子抽烟的画。他说了“OK”。

按照约定，我拿了本《中国美术》提前到达。在等候的时间里，有个女人坐在了我的邻桌。我想我见过你，我说。其实每个男人见到美丽的女人都会这么说。她笑了笑，你好像认错人了。她款步而去。她的手上什么东西闪闪发亮，那是一枚钻石戒指或者一把锋利的锉刀。我没时间去思考。斯蒂马在向我“哈罗”了。

他很讲信用，带了那幅画来。这让我感动。我再一次仔细地看了看，没错，绝对是博尔赫斯或斯赫尔博的翻版。用中指和无名指夹烟是他们的共同姿势。我直截了当地问，你认识他?

是的，一个流浪汉。我在海边遇到他。当时他坐在崖石上抽烟，就是这幅画。他好像是个专业的模特，或者画家。我感到兴奋。

我也感到兴奋，压抑着急切问，你在哪里的海边见到他的。

嗯，我忘了，这重要吗？一个月来。我一直沿着中国的海行走，边观赏边作画。你知道吗，大海像头野兽。

他还没忘记他的专业。我感到失望。我想，博尔赫斯或者斯赫尔博还在海边。他们都很有耐心。然而，我没有。

找了个合适的理由，我就溜了。其时，斯蒂马先生正往一杯黑乎乎的咖啡里加糖。我听见糖块坠落的声音。

L. 噩梦

在我离开王府井大街的那天，民房轰然倒下。我捡了一条命。

我只向学校请了五天假。我得回去教书。我不知道是不是因为想念那群可爱又可恨的学生，虽然他们从未认真听过我的课。

回来的火车上，我没有再次遇到那个剔指甲的女人。我很失望。不过正好，我有足够的时间思考这次漏洞百出的旅行。我只是受了报亭的那个老太太的劝诱，买了第三期的《中国美术》。那期的封面是人体艺术，我只对人体艺术感兴趣，我也只是偶然翻到“野兽画家”那一页。因为偶然，所以我更加怀疑。

车窗外，乌云向天空的一侧倒塌，天空阴郁无比。列车穿过一片荒芜之地。列车穿过一望无际的麦地。在车厢与车厢之间，我点燃一支烟。我不是装酷，我只在思考时抽烟。于是，我发现了以下惊人的事实：

第一，那个总是锉指甲的女人，无疑是在跟踪我。劫财不太可能，劫色似乎也不可能。她是博尔赫斯的女朋友？她也在寻找失踪的博尔赫斯?

第二，那个斯蒂马更奇怪了：从头到尾他都没有向我要钱，这应该不是美国人的作风。

第三，博尔赫斯或斯赫尔博在崖石上摆好姿势，等待斯蒂马，是偶然还是故意？

米兰·昆德拉说过，人类一思考，上帝就发笑。此刻他应该笑破肚皮才是。列车穿过城市。列车穿过乡村。我的思考没有结果。

斯赫尔博躺在我的床上，好像已经很久了。再见到他，我并没有太大惊奇。我太累了。

出去旅行也不打声招呼。他在人体艺术的封面背后发出声音。我注意到那是第三期《中国美术》。

我在半夜醒来听见有人呼唤我的名字江飞江飞仿佛很遥远湿淋淋的像是从海底钻出来我赤裸着朝太阳走去黑暗越来越逼近一头犄角的牛疯狂的牛向我猛冲我尖叫我被掀起抛向空中像一枚纸币东摇西荡魂不附体鲜血撒落一地……

这是一个噩梦！

M. 回家

我并没有告诉过你，我养了一只猫。它全身通黑。我叫它“芝麻”，它会用前爪洗脸和开门。“芝麻开门”不是什么奇事。斯赫尔博讨厌猫，尤其讨厌一天之内两次看见一只全身通黑的猫。那预示着噩梦，他说。我不同意。逻辑严密的女人肯定也不同意。她一有空就跑过来玩弄我的“芝麻”。我以为这是借口。女人总是有很多借口。

当然，我也找了个借口回家。我的家在农村，我说过，我住在罗岭街上。罗岭街是我小说的核心意象，和福克纳的约克纳帕塔法县，苏童的枫杨树村香椿树街类似。我必须承认：我是一个虚伪的剽窃者。我有父亲，母亲和哥哥，他们都是平凡的人。我很少去看他们。但是，我爱他们。

我回家整理我的东西。我的东西很多：获奖证书，小说的底稿，报刊上发表的诗歌、散文，发黄的照片，九根黑色的发卡。我拒绝透露我的爱情，但你们可以在我的几篇小说中找到她的影子。

父亲对我的行为表示理解。他并不知道我要去哪。他是个好父亲。你要出去结婚？母亲小声地问，她总是这样瞎操心。但我还是点点头，并递给她一张女孩的照片。她是我唯一的女朋友，她和你同一天生日。母亲坚信不疑。我很难过。

如果拍成电影，现在我应该扮成游子的模样，走两步退三步。背景是一轮圆月，像剪贴画。音乐响起，是萨克斯独奏。我的神情被月光掩盖。其实我在想：我为什么回来，又为什么离开呢？

我在半夜醒来听见有人呼唤我的名字江飞江飞仿佛很遥远湿淋淋的像是

从海底钻出来我赤裸着朝太阳走去黑暗越来越逼近一头犄角的牛疯狂的牛向我猛冲我尖叫我被掀起抛向空中像一枚纸币东摇西荡魂不附体鲜血撒落一地……

你哭什么。黑暗中，斯赫尔博狠狠踹了我一脚。

N. 小说者言 2

夜晚。我进入前所未有的困境。突然有人拍门，重重拍了三下。这是个暗示，来人是个男的，而且很狂妄。我跳起来一把拉开门。冲进来的果然是个男人。他径自走到我的桌边，拿起我的小说文稿，煞有其事地读起来。我并没有拦住他，因为他走路时目中无人的神情，撇嘴的样子。简直和我一模一样。

幸好，他说话了，“我叫江飞，就住在你隔壁。你的小说我看过，阴暗，冷峻，走的是先锋派的路子。”

我感动不已。对给我小说提意见的人我都会感动。“那么，江飞”，叫自己的名字的确别扭，“请你具体说说，”我有点喜欢这小子了。

你喜欢苏童?

是的。他是我的老师和朋友。我不止一次去过他的枫杨树村和香椿树街。

你也喜欢福克纳?

他是个有趣的老头，总爱玩弄他的烟斗。但我只拿了他的一件大衣，其他的与我无关。

我简直崇拜和畏惧这个矮瘦的家伙了。

他突然严肃地对我说，趁早收手吧，先锋不适合你。我以前也干过这样的蠢事，现在不了

我脸红了。被人预见自己无望的前途，多少是件丢脸的事。我沉默不语。

他好像很得意，撇了撇嘴，说，这篇试验文本别人看得懂吗？我没有理他，对打击我的人我一般都不理不睬。他又撇了撇嘴，这让我愤怒，我好像看到了自己的丑陋。所以我突然绕到他的背后，一使劲，就把他扔出了窗外。他竟像纸币一样轻。

又有人敲门，这次进来的是那个自称我爷爷的人，没等他开口，我就说了，您别催了，我正在写。

他看起来很伤心。我都八十岁了，半截身子都入土了，没多少日子了。我没看他，这话早在我十岁时就说了，现在他照样能一口痰吐到屋顶上去。但我得安慰他，因为我是他孙子。

就快写到你了，现在是写你父亲。

他又高兴起来，“给我看看，给我看看。”八十岁的老人竟像个八岁的孩子。

我知道他不识字，我把那叠文稿递了过去。

好，好，像我孙子！

我不知道如何回答。我开始认真地想：什么时候写我的爷爷呢？也许很快，也许很遥远吧。

O. 纯属虚构

“O”有象征意义，它表示我该画个句号了，或者该GO（走）了，我清楚现在的问题是编的故事越来越像一个叫“潘军”的怀宁作家的翻版。我决定暂且放置一段日子。出去走走，晒晒太阳。

我最后留恋万分地打量我的小屋。留恋细节是一个写作者必备的技能。我最后喝了一杯白开水（斯赫尔博喝光了我两箱的“零点”）。斯赫尔博去当他的人体模特去了，他还是这么对我说的。七点三十分我收拾好我的行李。七点三十三分我发现我的一只袜子不见了。我简单回忆了一下昨天穿袜子的经历。昨天晚上我洗完脚后拎着袜子去了隔壁。我问她，那天晚饭时我们到底说了什么。你疯了，我们根本就没一起吃过饭。或许是我记错了，但我肯定这与另一只袜子的失踪有关。七点三十五分，我撞开隔壁的门。她已经躺在了床上。我的一只袜子不见了，我说。你的袜子和我有什么关系，她拿后脑勺对着我。我只好赤脚穿着皮鞋出了门。在关门的刹那，我想到：在我失踪五十四个小时之后，一个自称叫斯赫尔博的人会光明正大地搬进去。他是个人体模特。

我最终没有和隔壁那个逻辑严密的女人打招呼。她房里的灯已经熄了。

我们把没有目的的旅行叫作流浪。那时候，博尔赫斯已失踪两个多月了，或者说在外流浪两个多月了。这并不重要。

四月二十一日，在我二十周岁生日这一天，我虚构了以上的故事，我的朋友们很赏脸，陪我喝了酒，并对我的虚构提出了批评。我的一位朋友在编一本文学刊物，叫《季节风》，现在搞这玩意的人不多了。我给了他这篇小说，相信你们会在这本杂志上找到，它的版权是属于一个叫“江飞”的桐城人的。据说，他正在外流浪，寻找一个叫博尔赫斯的画家。

（选自15周年纪念刊）

挽　　歌

邵　勇

失火的那个夜，我和王子正绝望地目送着我们的诗歌走向穷途末路。在结局里渐至高潮的这个世纪，我们简直找不到第二种能够宽容我们理解我们接受我们的精神。王子的脸比夜的沉默还黑，问我："心中有座山?"我说："昨日是山，今天已成碑——碑文：让所有的死亡和苦难都到这首挽歌为止吧。"

于是，如我们所期待刀剑加身的那种痛快，一道电破空劈砸而来。

接着，我和王子从彼此的眸子里发现一片火海。

我不得不承认，虽然我表面循规蹈矩，但自从十六岁开始，人欲就一直在我的内心里横流泛滥。

那年夏季的黄昏，我第一次约静，就把她别有用心地带到了村后人迹罕至的黄土岗。我佯作无意识地在两块隐蔽的土丘之间坐下来，然后又花言巧语千方百计地促使静和我像一对情人似的交谈和接触。静伏在我膝间，为我的誓言一边流泪，一边语无伦次地呢喃着。金色的夕阳饱满而又温柔的光泽在静的肌肤上流动，我像驾驭一匹俘虏的猎物一样地幸福和从容。我的目的就是把静想象成一最澄澈的泉水，任凭自己的污浊被她灌洗。

后来，当我找到了诗歌这种至高无上的净化方式，就毫不犹豫地以"花朵是春天的谎言，一切是时间的谎言"这个理由拒绝了静。那时诗歌已经让我和王子迅速地认识并亲近。王子假惺惺地说焚焚你不必牺牲爱情来升华诗歌。我指着门前阳光下几只笨拙的鸡问王子，我说王子你知道这个种族为何从天空掉到了地下吗？我告诉你那是因为它们过分地沉沦于地下的巢贪婪于在巢里通奸和乱伦，我说王子我给你读一句卡尔·马克思的挽词吧：

我们的事业并非显赫一时，而将永远存在，而对于我们的骨灰，高尚的人们将洒下热泪。

失火的那个夜，我和王子忙于率领众生灵撤退，但是火头依然沿着一根洁白的蛛丝前进，烧死了蜘蛛。这头最小的食肉动物最终死于自身。

某一年代，空荡荡的大地上，一只游弋的野狗饿了七天七夜，终于捕捉到一只筋疲力尽的麻雀，一个三十多岁的黄脸汉子恰好遭逢这个场景，于是决心要不惜生命的代价从野狗的嘴里抢夺这点食物。经过一场逐杀搏斗，两败俱伤。汉子把血淋淋的麻雀送给个女人，闭着眼睛交代了遗言："兰，一定要让我们的儿子活下去!”任重道远的兰就支撑了好几十年，直至看到孙子又有了儿子。

兰是我的奶奶。我这一生做得最没有良心最不像人的一件事就是奶奶去世的那天我竟然流不出一滴眼泪。我常在心里骂自己，焚焚你这个蛇一样的动物，没有奶奶巨大的历史性的阵痛，会有你顶礼膜拜的偶像——你的父亲吗?

去年三十，我和儿子去祭奠奶奶。坟上的荒草像奶奶病发时的花发，儿子点燃纸钱，边烘着手边哼着歌，他的表情很是严肃：

娘，娘，上天堂，
风的大车云的衣裳；
娘，娘，上天堂，
鬼送的粮食神献的琼浆
飞啊，飘啊，你是统治的王……

我猛地搂住儿子跪下，我在心里喊着：
儿子啊，除了诗，只有你才能把我拯救；
儿子啊，你就是我写给死亡和苦难的一首挽歌……

（选自第50期）

走过的日子

汪　薇

忘记了哪一天，一个大女孩粗鲁地掀开我的头发，在我后脖腰上发现了一个深坑，她立即幸灾乐祸地宣布："她很馋!"这是孩子社会的法则，大家都认为后脖腰有坑的小孩很馋。

那以后我一直不能忘记羞愧难当的心情。小时候我一点都不馋，却很小家子气。秋天的橘子又新鲜又漂亮，每每吃完之后都会被我天天翻动着小心晒干，然后拿旧信封装好变硬的橘子皮捧上，一路闻着从袋子里逃逸出来的芳香，到中药店。

中药店是间又大、又暗、又高、又旧的中式房子，一走进去，就落到各种各样中药混在一块的辛辣干燥但是很香的气味里，很多的甜、酸、苦、辣混在一起，房子深处，竟演绎出那样的一种清香。有许多精巧不过的抽屉，上面贴着红纸，红纸上用正楷写着药名。柜台旁有张太师椅，坐在上面，感觉就像财主。越过柜台，能看到抽屉上的黄铜把手黯淡的闪光，时常我会觉得那里面有许多熟悉但又莫名的旧秘密，似乎只要轻轻一拉，就会惊异地叫："原来是你啊!"但那又隔得那样遥远。

店里只有一扇窗，不知多少年的风吹日晒，木窗变得很白，在凹陷下去的地方却留着很好的桐漆。在太师椅上仰望天空，心重重地沉下去，那样的一种说不出没有怨的忧愁。太师椅很旧了，异常光滑细腻，抚摸它时，总惊讶于木头会这样老，这样硬，却很豪华，充满了破落陈旧的哀愁和沉默的记忆。

中药店的老头捧着我的橘子皮到后台去，垂着肩往前快走的样子，实在像极了童话中的灰衣人，他的身上渗出了中药一样干燥的芳香和一种死了之后才有的神秘。我跟在他身后，真想轻轻摸一下他的后背，就像摸我家的一位亲人。柜台后的旧地板，发出吱吱的声响，仔细闻闻，果然在中药的清香里还有那股住熟了的老房子才有的混合气味。

出了中药店，街上太阳灿烂依旧。我把装橘子皮的旧信封做成一个纸球，然后放在地上猛踩一脚，它"砰"的一声爆开，散出一点橘子皮的香味来。

那股清新的橘子皮香味至今仍弥漫在空气中，经过岁月的洗涤，竟同样渗出了中药般干燥的芳香和一种死亡的神秘，使我对于死亡不但不害怕，竟然演绎成一种亲切甚至怀念的情感，一如外公的死亡。

对于外公的死，我仿佛陷于梦境般的画面组合。陪着母亲守夜的那些晚上，我甚至感觉不到死亡的气息，只惊叹于如此熟悉的场景的发生。一个小细节，一个眼神，一句不经意的话语，如电影闪回般在脑海中掠过，我不禁脱口而出："妈，外公是不是已经死过一次了？"如此大不敬的话不可避免地招来了妈妈的一顿痛骂，但她只当是童言无忌而不再放在心上。然而疑问一直存在心底，不曾离去，也无人解答，因为外公一直未入我的梦境。到现在，我也毫无悲伤之情可言。外公带着小时候的我去山上捡松果，我挣脱了外公的手，一个人快乐地找松果，不亦乐乎，只是遗忘了时间。而我知道外公就在周围看着我，只要我愿意回头找上一找，我就能看到他。只是我一直没有回头找，只是那个遗忘了时间的小女孩一直快乐在她的记忆里。清明时节，每每站在外公家后山的黄土岗上，就想起了史铁生，他这样说道："宇宙以其不息的欲望将一个歌舞炼成永恒。"

夜深人静时，当夜的芬芳伴着老房子的气味向我袭来时，一些零散的片段就会在眼前滑过，一如蜻蜓点水，风吹过，无迹无痕。有池塘石阶上小孩戏水的影子，有垂柳下鱼儿游玩的影子，有远外走来死去亲人的影子，有个穿着碎花棉袄的小女孩正抱着手炉站在门口看雪，那个小女孩就是我。

记得是哪一年，雪下得正大，待到向晚时分，积雪已经很厚了，我只和阿娘待在家里。悄然的北风，黯然的彤云，炉火还温着，灯却没有上来。大门关着，只开一扇侧门，整个大堂都静悄悄的，除了木炭被炉火烤得"噼噼啪啪"响。我穿着厚棉袄，手里捧着小手炉，看看哧哧冒火的炉火，又望望灰蒙蒙的天。

在这样的冬日黄昏，可勾惹人的迟暮之感，也可引发人的纯净之思。在那时，老房子前面是一大片田野，斜斜地横躺在小河的一侧，显得很空旷。当雪还不是很厚，只铺了薄薄一层时，和着那棕榈色的泥土，显得更加成熟。北风时不时吹下一阵雪珠，笼罩那一切，正如疏朗迷蒙的银雾，清旷滢明的田野。小河的另一侧是树林，是那种不高不矮、不疏不密的黄土岗，被素雪装成册页，累累的坟，弯弯的路，枝枝丫丫的树，高高低低的灌木丛。远处的群山被笼罩在雪珠纷飞的银雾里，早已朦朦胧胧……

真是好一幅水墨山水：微雪寒村里的冬霖，再洒上一层细得如粉一般的白雪，加上一层淡得几乎不成墨的背景……

每每回想起这些片段，心地会自然沉淀下去，一瞬间，四夜无声，犬吠微闻，寒风隐去，只剩下沙沙作响的黄叶。抬眼极望，是那无止境的天空，一色的子夜蓝。

我们的生活中有许多是我们无能为力，无法把握的，生老病死，悲欢离合，我们经历，是不幸也是幸运。我们只是偶然出现在我们注定要消失的地方，或许，我们只是偶然消失在我们注定要出现的地方。只要依然呼吸，我仍然会怀念一切逝去的美好，在每一个心灵不设防的夜晚。

（选自第50期）

村庄·黄

赵 驰

他走出那矮矮的房，他是这样认为的：

“这是一个纯真的年代，

这是一片无染的土地……”

夜空，以无比博大的姿态俯望这世界，乃至他足下的大地。

他仰着头，不自觉很感动。

他曾走过江南，那雾色朦胧的水乡，少女呢喃细语地轻笑，似乎都蒙着一层浅浅的蓝；也曾在喧闹繁华的大都市停留过，而犹如贵重的锦缎，刺绣着耀眼的炫红；或是乘着微风旭日，登上那一座座气势浩瀚或娟秀灵动的山，都能感受到一种明亮的翠绿；或者只是停驻在某个不知名的角落里，看着那苔藓潮湿，石阶灰暗，形形色色的人，从他面前路过，留下他画布上一片色彩，那些静止在瞬间的人、事、物或者自嘲。

关于他过去的记忆像洪水泛滥一样淹没他的呼吸，他想念他的亲人。

他的记忆里有着年少无知的强大，意气用事的流浪，那一路的成长，笑着流泪，哭着唱歌……没有任何一个时刻可以比得上现在的寂寞。他趴在大地上，并将身体尽可能地舒展开，好让肌肤的每一寸都能真实地感受到这大地的真……

他静静地听，整个世界空无一人，只有这宁静，这超越时间概念的思念。

不知过了多长时间之后，他站起身。

他是喜欢画画的，他想画一幅临别的告礼。

他拼命地奔进他的画室，搬出所有的画，堆积到一起。

起初是点点的光，最后燃起冲天的焰。

像凰最后的涅槃。

他燃着的是他所有自负的过去，他站在火堆边，带着宁和的笑。

这片黄中突地绚烂起一朵红。

人生，往往只需要一个顿悟，只可遇见，不可预见。

依旧是蓝天之下，他收拾起的行囊依旧堆积在墙角。

他手持粉笔，在村口的老树下，在那小小的黑板之上，有力地写下一个字，家！

下面是一张张稚幼的脸，瞳色漆黑，异常明亮。

他的命运似乎与这片土色的黄结为一体，要像那胡杨一样在这干燥的大地上扎根生长，活出自己的真。

思家的心像风筝一样飞的好高好远。

这是来自心灵深处的呼唤：远方的家人呵，原谅我的不归，我决定留下的原因，是这大地上需要更多的色彩。

我不奢望让这变成那七彩虹，也不敢许诺让她开满鲜艳的花，只求慢慢让她长成一片绿洲，让有些人走进来，让有些人走进来……

（选自第50期）

七 色 光

叶 玲

青·绿

我的右臂上有一道青色的瘀痕，弯弯曲曲的模样煞是好看。当然，我只是在如今才会试着运用这种审美的眼光，倘若在当时，我是恨不得一把掐死那个叫宇的男孩的。

宇是我的初中同学。个子很小，却是最顽劣的一个。他经常把前排女生的长辫子绑在一起，用弹弓击碎语文老师的茶杯，还曾捉了一只肥嘟嘟的大青虫，偷偷放在菲的铅笔盒里。他有一双清亮水灵的大眼睛，竟鬼使神差地令老师们对于他的种种“恶行”，只报以无奈而慈爱的一笑，接着是低低的一通训斥，然后一切便如同什么都未发生过一样了。我至今仍对此百思不解，于是我常常幻想着，自己有朝一日也能够拥有那样一双诡谲神奇、逢凶化吉的眼睛。

我手臂上的那道青痕，自然也是拜他所赐。

他晃荡着胳膊走过来，弯腰靠近我的餐桌，露出一丝邪笑，幽幽地说，不错不错，到时候别忘了请客啊！我瞟了他一眼，冷冷地说，不懂你的意思，今天可别又捣乱。他涎着脸说，别装啦，有护花使者在，我还敢惹你吗？哈哈……接着又扭过头冲坐在我旁边的天说道，嘿嘿，老兄，看不出来嘛！天的脸一下子红了，认真地说，宇，你别胡闹。我解释道，不过是没位子，就凑巧坐在一块罢了，你没必要这么八卦吧？他眨了眨眼睛，故意摆出一副很无辜的表情，终于爆发出一阵大笑。有人渐渐聚了过来。

突然，他伸手抓过我的饭碗，嘴里胡乱叫着，是情侣餐嘛？是情……我终于忍无可忍，抬臂狠狠地推向他的手，不料这家伙眼疾手快，迅速缩了回去，我却由于惯性，未能及时收住，手落碗碎，雪白光滑的碎瓷片上顿时鲜血淋漓……

于是，在青春期刚刚开始之际，我的手臂落下了一道疤痕。青色的，细长、醒目。

后来，就在我们的青春岁月即将落下帷幕时，关于宇的流言蜚语几乎在一夜之间纷纷涌入校园，钻进我们的耳朵。就像春天里的蚊子，争先恐后地从各个角落冒出头来，东蛰一下，西叮一口，却又瘦得让人遍寻不到它的踪迹。被叮咬处越挠越痒，扰得人不得安生。

有人说，在领导们富丽堂皇的大厅里，宇的爸爸像极了一只急于逢迎讨好的巴儿狗。

有人说，在洗头房透明闪光的玻璃门外，宇的妈妈成天摆出各种风骚的姿态。

有人说……

我从不把这些传闻放在心上，因为历史老师教过我们，要学会运用唯物主义的眼光看待问题。没有亲眼所见，亲耳所闻的事情，无论传言具有怎样的煽动力和感染力，其真实性还是要大打折扣的。即使确有其事，我仍然愿意相信：人世间许多美好的东西似乎更值得探索或咀嚼，而不想让流言蜚语遍布我生命的那片天。

多年以后，再见到宇时，我很夸张地张大嘴巴，揉了揉双眼：他是穿着一身绿色的军装参加那年的同学聚会的。

眼前这个高大结实、绿装笔挺的军人，简直与记忆中的他判若两人。他那翕动的喉结上下跃动着，用一种稳重温存的语气向我们敞开心扉。原来初中毕业后他就去当了兵，吃了不少的苦，后来有一年正好赶上部队赴京演练，他因表现突出，便留在了首都北京，现在已是北京某驻军部队的连长……他很平静地诉说着这一切，时而露出一个久违的笑容。举手投足间隐隐夹杂着时光的风尘。那双眼睛依然明净清亮，惹人喜爱，只是多了几分男人特有的成熟和刚毅。我们的目光也都由惊诧慢慢变得平静下来，微笑着望着他的眼睛。人群中不知是谁深深地叹了口气。

耐人寻味的是，这个长着一双漂亮眼睛的小男孩，在嬉笑怒骂中平安度过了他的青色年华，而不是像我的手臂一样，留下伤痕，或者印记。单是为了这一点，我想我会感激并且敬畏命运之神。

在现实生活中，我一直难以区分青与浅绿这两种颜色。我想，或许，纯粹的青本身就是一种淡淡的绿吧。

抬眼望向窗外，春光明朗，一群孩子正欢快地放飞风筝。这个春天是风筝的春天，五颜六色的风筝在天空中东奔西跑，好不开心。恍饱中觉得自己已然明飘似仙，脑海中萌生出一个奇怪的短语：再做一次春天里的风筝。

橙·红

听到菲出了车祸的那一刻，我的大脑一片空白。很久，很久，才回过神来。奇怪的是，首先浮上眼帘的，竟是一阵又一阵的橙色，真正的橙子的颜色，而不是由这个消息而联想到，那种血红的颜色。

心，在一点点地疼痛。烟水迷蒙的瞳孔里，仿佛又隐隐约约地看见，那个漂亮女孩握着金黄的橙子，微笑着向我走来。

菲的确属于那种难得一见的美五官精致，肌肤雪白，身材玲珑。不论是长发飘飘、衣着素雅的古典式造型，还是清爽短发、奇装异服的另类式打扮，都绝对会让你过目不忘，百般感叹。

原本，她喜欢的是青色，可自从被宇放在她铅笔盒里的那只大青虫吓过后，她便莫名其妙地爱上了橙色。这一次，她爱得勇敢而义无反顾，竟没有丝毫的犹豫和退却。至于后来的一切，我愿意用“缘分”去解释。

记得当时，她曾逢人便说，她钟爱橙色。也许出于这个原因，许多同学就“顺便”给她起了个小名，叫橙子。我用的是“小名”一词，表示的是与学名相对立的一个概念，而不是“雅号”或者“绰号”这样褒贬分明的词语。因为，在菲的想象中，这多半是个雅致的名字，而我实在不敢排除这样的可能：菲始终在一厢情愿地陶醉着。当我有时不小心捕捉到有的女生眼中那缕无奈的妒意，或者触碰到她们嘴角浮出的不屑的笑，和几滴酸溜溜的话语时，我敢打赌，至少有一部分人是把这个称呼当作一种消解自卑和发泄不满的工具的，事情当然不会是菲想象中的那么简单或美好的。

不过，事后我渐渐发现，菲似乎也并非只是在一厢情愿地陶醉着。当“橙子”一词逐渐成为菲的象征性专有名词，并且许多女生也纷纷开始为自己的千姿百态寻找合适的象征性事物时，我仿佛也恍然大悟了。或许，菲一直都明白那些女生们的别有用意，她正是这样佯装无知，狡黠地发挥着自己小小的智慧，一方面默默以这样的方式反抗和回击着她们恶意的表现，另一方面也为自己争取和确立了一个不错的指称，并聚集了更多女生的羡慕神情以及它所带来的骄傲。不然，她何苦到处宣扬她的新称谓？这其中经受了多少鄙夷、非议和委屈啊！当然，这样的想法多半也只是我的猜测，而无太多依据。然而，不管这件事的过程与原因简单与否，它的结果却是准确无误地证实了：橙子一词，果然是非常适合菲的。

真正的橙子，轻轻一握，手中便留有那独特的橙香了。橙皮有细小斑点和坑坑洼洼，但诱人的香味就是从这些可爱的小洞溢出来的。剥开橙皮，里面的世界依然是桃源可寻的，只有撕去那一层白白的薄皮儿，生命的本色才会真正向你展示。那是天地间纯粹的、唯一的一种颜色，芬芳也在顷刻间盈满整个宇宙。橙色的橙肉，橙色的橙汁，橙色的橙香，橙色的橙的世界。晶莹剔透，芳香四溢，果真无可挑剔。

把菲比喻成橙子是再合适不过的了。可以说，她拥有橙子的一切特质，包括微小然而可爱的缺陷，包括不轻易敞怀的性格，甚至包括那颗剔透晶莹的橙之心。可是，无论我再怎么努力地去联想和想象，对于近乎完美的橙色与恐怖绝望的血红之间究竟有着怎样的联系，我始终一无所获。

她说，你肤色晒黑啦，免费传授你橙子面膜的制作秘诀，不可外传哦！

她说，用粉红色信纸写情书太落伍了啦，用橙色信纸写会很管用！

她说，大口大口地吃橙子才痛快嘛！要那么淑女干嘛？

她说，这是我有生以来第一次写歌哎，拜托你配合一下嘛！

她说，……

至今，我仍然会偶尔自制橙子面膜，仍然会听从你的劝告用橙色信纸写情书，仍然会大口大口地吃橙子，仍然会在无眠的黑夜里，一遍一遍地哼唱你的《橙子的快乐》……

菲，你听到了吗？

在我的理解中，橙色就是橙子的颜色，来不得半点其他颜色的掺杂和含混。正如菲那不容置疑的美，正如我和菲之间那橙子一样的往事和橙色的快乐，正如我心中那种永远只属于菲的颜色。

而血的红色，却是所有生命的颜色。

黄·紫

是的，她叫贵娣。我很平静地回答道。

面前的妇人“噗”的一声笑起来，可能又立马意识到了自己的失态，于是勉强忍住，说，哦，她家就在那边。说着伸出手指指不远处的一座平房，叹道，唉！苦命的人哟！

循着那妇人指点的方向，我远远望见那座低矮的平房，连同屋前那棵枯叶纷飞的枣树，似乎都已被秋风吹斜了身子。天色阴沉沉的，让人心里骤然涌起一种说不清的滋味。我眯起双眼，仿佛又看见了十几年前那碗暗黄暗黄的咸菜……

几乎所有人听到她的名字时，都会“噗”一声笑起来，除我之外。她名字中的“贵”与“娣”的组合过于恰巧，容易让人听成了“跪地”。

在我们那里，许多女孩子的名字后面，总会带上个“娣”字，有的则干脆没有“女”字旁。原因是父母们重男轻女，都很渴望自己生的是儿子。倘若生的是女儿，他们便给女儿起个带“娣”或“弟”字的名字，比如招娣、留弟、来弟等等，以求下一胎能够心想事成。而有的夫妻如果连生了几个都是女儿的话，自然现在这几个女儿的名字都会无一例外地与“弟”相关联。

那样的名字是很壮观的，而拥有那些名字的孩子们，她们的境遇大多也就真的会像各自的名字一样，几乎把所有的幸福都统统留给了未来的弟弟。

父亲们当然不会怀疑问题就出在自己的身上，他们甚至毫无例外地，把女孩和晦气紧紧联系在一起。

贵娣也许就是这样。

刚认识不久，贵娣跟我说，我是唯一听到她名字时没有发笑的人，她很高兴。她说她决定要和我做一辈子的朋友。望着她那张黄瘦的面孔，我欣然答应。

第二天，她带我去了她的寝室，说那里很安静，还有她们寝室的同学都挺友善的。不过我在看到她的寝室以及内部环境后，却因为过于惊讶而忘了补充：那是幢危楼，而且条件实在太差。

可以说，除了人的面孔，到处都是陈年的痕迹。两层的大通铺摇摇欲坠，棕褐的木板，上刻着分界线、文字和一些看不懂的符号，凹凸有致，有的地方甚至冒出几个生锈的小铁钉。一张满是霉点的木桌上，乱七八糟地挤满了牙刷、玻璃瓶、肥皂、塑料杯、瓷碗……

记得当时坐了一会儿，她突然像想起了什么似的，站起身从桌上那堆玻璃瓶中抽出一个大瓷缸子，递给我。我正纳闷地捧着重重的瓷缸，她又不知从哪里摸出来一柄小勺，也递给我，笑着说了声，尝尝吧！没关系的。

我狐疑着掀开瓶盖，一股咸气直冲我的口鼻。原来是自家腌制的咸菜。暗黄暗黄的白菜杆，中间竟有些透明，依稀可见茎梗的脉络条纹，有几处还立着几颗白花花的小盐粒。有的白菜叶子没有完全切除干净，便滞留在了一大片黄黄的白菜杆里，成为暗黄世界里嫩绿鲜亮的点缀。

我笑着说原来你还有这样的零食啊！她黄黄的小脸掠过一丝绯红，轻声说，不是零食，是下饭的菜……我愕然，许久才道：只有这个？她没回答，像做错事一样低下了头。

我低头去看手中的瓷缸，看见的仿佛不是黄黄的咸菜，而是她那张黄黄的脸。我轻轻从她手中抽出那柄小勺，舀了几根咸菜杆，放进嘴里嚼起来。我笑着说，嗯，味道不错，下次多带点来，我也喜欢吃。她抬起头笑望着我，眼睛里亮亮地闪着光，像极了两颗白花花的小盐粒……

眼前。“这天像是要落雨，俺得赶紧回去了。”妇人拎起竹篮，往肩头一挎，笑着说道。

噢！不好意思，谢谢你了！我回过神来，赶紧向她道谢。

妇人没再说什么，只是拍拍衣襟上的尘土，转身走了。我立在原地，迟疑着向周围望望，还是抬脚向那座平房走去。

我是流着眼泪离开的。

我实在琢磨不透贵娣何至沦落到这般境地。只因为女儿的降临，她的跛脚丈夫便常常彻夜不归，理由却是孩子总在半夜哭闹，让人心烦意乱。后来，她竟意外患上了肺结核。听说那是一种富贵病，病人累不得苦不得，需在家静心休养。她说这病真令她哭笑不得，左右尴尬。养病期间，她那读大学的弟弟也只来过一次，左手提着几斤苹果，右手拎着一包中老年麦片，只简单问候了几句，连小外甥女都没抱一下，就皱着眉头出了门，似乎已全然忘记当初是谁甘愿辍学打工，含泪出嫁，只为弟弟有朝一日学业有成。

如今，贵娣仍蜡黄着一张脸，却早已没了当年那亮闪闪的眼神，只剩下一汪浑浊的泪，盈在眼眶里，动不动就从眼角缓缓溢了出来。她半躺在破棉絮上，微微侧着身子，靠在床头，像一片蜷缩着的枣树叶。孩子正一个人蹲在墙角玩泥巴。

到了喝药的时候，她用力撑着床沿想站起来，我忙说让我来吧。便低头走进厨房，寻一块抹布裹住沾满煤灰的铁壶，从煤炉上小心翼翼地取下来，抬起壶柄，一股紫中带红的液体缓缓流出，一滴一滴落进碗底。水面漂起一层淡淡的油花和琐碎的药渣粒儿，竟袅袅腾起一阵紫色的水雾，连同周围的空气都被染上了一抹薄薄的紫色。

捧着那碗药时，我感到一阵心悸。那药液的紫中带红的颜色，让我猛然忆起了菲。是的，也许那血一样的红色，应该是所有生命的颜色吧。也许贵娣的生命中原本只有一种黄色，现在也不过是多加了一味紫色，如此而已。

蓝

既然写到了蓝色，天便成了不可回避的主角。其实，之前那次食堂风波中，若完全认为是宇在制造谣言、无事生非，似乎有些底气不足，或者说是有失公允的。

一直以来，天空的蓝是我最珍爱的颜色，蓝色也是我笔下使用最频繁的意象。或许正是因为这种固执和由之而来的所谓“清高”，我拒绝了许多自己的优秀追求者。然而，天的出现，居然成功聚焦了我的涣散淡漠的目光，我感到眼前一亮。

天永远给人一种感觉：无懈可击的完美。英俊温雅，品学兼优。这是别人在给天做评价时最先脱口而出的词语。我也认可这样的评价，不过我会在最前面加上几个字：同样的珍爱蓝色。

说他珍爱蓝色，倒不只是因为他常穿的蓝色衬衫，也包括他在不经意间所表现出来的对于蓝色的挚爱，比如他对于蓝天的驻足长望，他的纯净如蓝的微笑，他对我文字中的蓝色的赞赏……

一切都来得很微妙。在那段青春懵懂的时光里，我们都辨识不清对方和自己。在内心的最深处，总有一个柔软的地方，当四目相触时，就会迅速溶化，或者翻腾，久久不能平息。我甚至和菲偷偷给了他一个专有称谓，叫蓝天。

小小的操场边上，有一棵大树。春天，一种白色的小花便绽放得肆意而且热烈，枝丫里，叶片间，树梢上，到处都缀坠着只属于春天的幻想。

后来怎样？后来起风了。

日子里渐渐有了闲言碎语。在那个时候，“好感”一词是非常慎重的，因为在我们的眼中，它与“喜欢”相关联，甚至与我们口中所谓的“爱”具有相近的意义。而在老师们的意识里，问题油然而生：这分明是早恋嘛！在那个稚嫩的季节里，人们对此几乎谈虎色变。于是老师们开始分别找我们谈话，以他们认为的委婉含蓄的方式，开导我们，以免我们陷入早恋的泥潭。现在想想，那些老师们真可谓苦口婆心，可是，他们万万想不到的是，这留给我们的，不是觉醒之后的振奋与感激，而是深深的羞愧与畏惧。就像两个偷吃的孩子。

从此，日子如水流逝。我们之间没有了任何交往，甚至连合法的友情也一并被这场风吹走。

后来，我们分别考入两所相距甚远的高中。再后来，我们又分别考入了两所相距更远的大学。直至今日，都再也没有了联系。

一个平常的春日，蓝天上浮云朵朵。我独自回到位于徽州的母校，人坐在曾经的那个靠窗的位子，出神地，向外望着，若有所思。

风乍起，一地落蕊。

徽州。我的老家是一座有着天井的旧房子。周围的木壁早已被烟熏得乌黑发亮，脚下的土地幽幽散出泥土的芳香。几簇不知名的野草，慵懒地趴在屋檐上，微风一吹，便左右摇晃，倒还真有一副墙头草的模样。

一束暖暖的阳光透过古旧的天井，斜斜地射在屋子的中央。在这根柔韧神奇的光柱里，赤、橙、黄、绿、青、蓝、紫七种颜色，连同无数粒灰尘正翩跹起舞，似有若无。所有这一切，正沿着时间的顺序，缓缓浮上那蔚蓝的天空。

（选自第51期）

泅

范家盛

与城市相遇

多日以后，回想起那晚的风，斜斜地走过江堤。临江而立的柳条被夕阳镀层金辉，平静地摆着。偶尔一丝云缝里的光影，抛出几丝柔媚，拉长江边的影子。浑浊奔腾的长江横向扫过来，携着轮船的嘶鸣撞入眼帘。一层薄纱似的暮霭罩着对岸几处轮渡，静立在洪流中，浊流涌进，眼球有点眩晕。血管里的血液也在咯咯地响，曾经的我也想一口气泅过长江，在江心体验一下渺小与宏大对抗的落差美。一群赤膊大肚子的男人晃晃肉，在水里游起来，顺着水流斜插对岸。

风起，云合，日没，江边一片宁静。

电流点燃城市熔丝，一座城池就是一个大蒸屉，高层的总比贴地面的优越，墙里伸出的软管排出一串串晶莹的水珠，洇成一条细细的湿，惹得一撮苔藓敢在烈日下怒放。

与汽车擦肩而过，腥热的气浪，橡胶分子，钻进头颅，刺得心也痛。屏住呼吸，满面通红。落日的黄昏，却找不到一个可以休憩的屋檐，昏的灯光浓得一堵墙似的，拒绝汗湿的衣衫。

校园里的古松直直地刺着天空，穿透锅盖似空气，清凉潜逃人间，树下的石桌、石几、石凳上，几片枯叶错落地排放。无月的天空无法泅渡双脚，灵魂却可以游离在大漠荒原。

夜晚无月时林荫道显得幽暗。刚从教室出来，眼睛干涩模糊，视野里一片晦涩的影子随风而动。我不知道这是假期里的第几个晚自习，或许每天都去的，就像夜鸣钟一样，无论阴晴雨雪都会按时定点地宣布时间的断点。直直的水杉旁，一根灯柱长着四五个发光的脑袋，个个显得灰暗，若隐若现地藏着，清淡的碎影撒了一地，再缜密的思绪也难能捡起。风吹干了咸涩的汗水，衬衫领子硬硬的，硌得脖子像毛虫刺的一样。当一对女生挽手与我擦肩而过后，猛然发现自己的窘迫，不远处的宿舍楼里的洗衣间里，水哗哗地流着，我也该彻彻底底地洗洗自己了。

夜幕渐落，薄霭绕树，空气也惬意很多，忍受了一天的暑热，恰为此刻的瞬间清逸。白天的时间紧，赶在日出之间起床，却又走在白花花的日光里，穿街走巷。一溜烟地奔跑去做份家教补贴生活，骑着单车，跑起来时无风也凉，就像蒙古马一样躲避黄蚊的抽血而顶风狂奔，自行车停下来，日影里汗雨滂沱，每天一个来回，路面高低坑洼拐弯岔道几乎成为条件反射，无论出发还是返回都要经过一片公园，每次经过时，我都会多瞟它几眼，水淹池沿的荷塘，回环的水榭柳桥，精美雅致的酒馆，从入到出，不足一分钟，我的生物胶片储满了那水、那天。

日子平淡而匆忙地过着，视野的滤网收集的画片与言语，排成一线，点点延伸。

路边灶台

当日子晾干，卷起来的时候，才感觉到时间的脆弱。柳荫下的摇扇者大概还不能体会马路的滚烫，一把汗渍斑斑的蒲扇把容颜吹得褪色。城市的屏幕上，夏日风景被分割成不等的碎块，凹凸的犄角深深地刺痛搜寻的视线，有人沿着没有尽头的道路，一把一把地生吞活剥岁月。

将近正午，风不紧不慢地吹着，阳光穿过树荫的碎影依然明亮刺眼，横贯的马路是一条热障，行人车辆稀稀疏疏地闪过，要不是夹道而立的高楼和绿萍地，荒漠戈壁，足可以拖垮思绪。

公园的入口处，树影稍浓，几辆农用三轮车一路缘而停，占据盲道一角，车旁的影子里，一张破旧的草席上并排着赤膊的肉体，微鼾渐起，也许在另一个空间里，他们正在穿街走巷，吆喝着“修屋补顶”。荫翳渐浓，树下的人也多了起来，又一个路口，也是在路缘的角落，赫然印着一个家庭的吃饭场景，一辆农用三轮车旁，一瓶液化气，两个大人，两个孩子。男人正用锅铲把鲜亮的土豆丝铲进碗里，女人躬身倒碗热水，灰白的瓷碗就势放在方块砖上，倾斜的坡度把白瓷碗推了个趔趄，洒出细细的一绺，煮熟的白水沿着城市的毛细血管慢慢地洇成一朵潮湿的野花，瘦弱的一丝溜进方块砖的缝隙里，暂且残喘。碗里的水纹微漾，一圈一圈把日光反射到我的眼里，涩涩的难受。两个孩子面对面而坐，头几乎顶着头，用手撮捏土豆条，偶尔吮吸几下濡湿的手指，他们绒黄的细发里微亮的汗珠隐现。灰黑的铁锅残留着油腥，和着铁锈浮在正午的空气中，行人车辆卷起的尘埃让我的视线变得模糊，游离的眼神一如我匆忙的脚步，照个面，闪开了。

湖边的柳荫下，一对情人正在吃水果，风吹来他们的欢笑，疲于城市边缘的“灶台”正升起一股炊烟，撞入鼻息，酸酸的难受。恍惚中我看见我的先祖似乎也曾在时空的某个角落就着空气，嚼食生活。我也在某个不知名的夜晚捧起一碗水月亮。

千百度地追寻，灯火阑珊处的惊叹，很多陌生的印象都从熟悉中求得依据，一个人行走的夜晚，速度与时间赛跑，求证关于明天的太阳，我经常于墙角燃一堆火，填饱空虚的肠胃。

八年前的晚上，一袭烟火照出我单薄的身影，跳动的火苗轻舔着锅底，积存的灰垢在明火的引燃下，余烬闪亮，锅沿处喷出一丝热气，锅盖倏地跳起，轻微焦煳的饭香，让饥饿为之一振，满满的一大碗饭，就着屋檐下的灯光，不到几分钟就吃个底朝天，当月亮出来的时候，连锅带碗地一块端到井台边，取一锅沁凉的水哗哗地洗着，洗刷的工具很简单，只有双手，清淡的面食速溶于水，轻轻一拨，再舀上一碗冷水，就可以把天上的月亮摘下来放到碗里，然后把影子也投进去，让红热的两腮触碰碗中的水月亮。

当我路过一片没有树荫的地方时，那晚的水月亮和一池清水缓缓萦绕在头上，汗水干涸在脸上，皱巴巴的难受，无法舒展的神经只有在月夜里搜寻有关清凉的回忆，回忆的印迹消逝在荒凉的戈壁。

荒漠尽头还是荒漠，我是一条旱地飞来的鱼，从一个地方到另一个地方，从夜里泅到天明，就像灶台放置的路边的流浪鱼，游过白天，在黑夜里寻一份栖身之所。

鱼

夏日菱湖是个消暑的好地方，曲折回环的石道，柳荫垂倒。两岸湖水充盈，欲浸出岸，走在临水的石沿上，倒影晰然可见，一湖荷花挤在一处，偶尔有草鱼戏顶荷叶，水珠来回滚动，若是在早上，热气还未觉醒时，湖面上的饲养机旁黑稠稠地浮着一片，每有人过，便轰然下沉。掬一捧清凉，慢慢地敷在脸上，倚石而坐，遥看远处湖面还残有几缕未散的水雾。

农村的夏季，简单得人只剩下一个小花裤头，无论风雨都赤脚来回。热了就势钻进水里，索性在沟边的土洞里掏几只白亮亮的虾；有时还可以碰到鸭子遗忘在水里的鸭蛋，双手攥着，扎猛似的回跑，像要被夺去似的，午饭时，碗里就会飘着几朵蛋花，格外香甜。

六月多雨，七月旱。隔不几天一场雨，稍大一些就会沟满潮平，泥水卷着草木转了几圈就流向远方，还可以看见小鱼跳出水面。水退后，沟池的轮廓清晰起来，无论大小池洼都可以找到鱼的踪迹。到七月时，稍大的浅沟、野沟水面萎缩，已经长大的鱼不安分了，行走的浊浪正暴露它们的行踪。几个人一起下手，一身泥浆，一条条裹着淤泥的鱼被抛上岸，打几个滚儿就不动了，那天我浑身沾满塘泥，在一汪稀泥里抓一条筷子长的青鱼。

死死地把鱼抱到家，心还扑腾扑腾地跳，妈妈在砖窑上还没回来。

父亲在外打工，母亲一人拾掇几亩地。每年一口肥猪在年关能解一时之急，农闲时节里，母亲和村里的几个妇女一块去砖窑上打工，一天去三次，回家吃完饭，拌好猪食，又顶着午后的日光，走向那片破碎的黄土。夜晚，月光越过窗台，泻在桌头，空气里弥漫着汁液丰足的叶的青苦味。母亲的鼾声微响，给沉寂的夜注入几丝鲜活，听着这温暖的眠曲，微冷月色才不侵人，借着月光把开水瓶放在母亲的床头，先倒小半杯冷着，母亲醒来时再加一点热的就可以喝了，不用担心水太热或太冷。

农村的生活清淡得索然无味，平常的饭食多半会散着嫩树叶般的清苦，油腻则是一种遥不可及的奢望。

青鱼在被太阳灼热的水里，喝着泥浆，一会工夫就翻了白肚。当太阳落在正前面的屋顶上时，我把鱼切成块，弟弟生火，略调面粉，一锅黄澄澄、香喷喷的煎鱼，闪在眼前。妈妈干活很累，煮汤时，我多放了一碗水，这样就可以多喝点汤。

去年春节回家时，母亲买了两条鱼，在烧鱼时，她还笑着念叨那天的鱼汤。看着母亲些许迟滞的动作，我的鼻子有点酸，笑意还未在脸上散尽，便僵住了，视线里炊烟模糊一片。

在这个城市里，硕大的江鱼奄奄地躺在卖台上的水槽里，电制充氧机沙沙地让生命苟延残喘，被水轮网住的那一时刻，就注定破碎，除了续一时之生命外，别无选择地湮没在某次炊烟的升腾中。

我是一条鱼，也曾屡次被网住，只是侥幸撕破一层又一层的网，才游到这里。从田野到城市，沿着乡村土路，在有雾的某个夜晚，我偷渡入城，日夜不停地泅渡。或许在某个早上醒来，发现干瘪的天空下一只猫正虎视眈眈，或许在某个夜晚，我泅到一片深海，与海水消融于天际的某个契点。

（选自第52期）

凯撒的归凯撒，天主的归天主

——读凯斯·唐纳胡《失窃的孩子》

谷 卿

小时候，总听大人告诫：不要去水边玩，那里有水鬼。水鬼是淹死的人变的，等你一到水边，就被它拉下去顶替它，然后水鬼就又能做回人了。

这个充斥着自私、卑鄙的阴暗心理的传说让我一直不敢对湖沼江河有任何亲近的感觉和举动。

不同地域和国家的文化也自会有它的相似性。在爱尔兰的民间传说中，中国的水鬼改版成森林里的仙灵。这些坏仙灵们时常会趁夜偷走人类的小孩，再把自己伪装成这个孩子的模样，居住在人类的世界里，享受着本不属于他的人间的温情，并且将会像正常普通的人们一样，成长、工作、恋爱、结婚、生子、老去直至死亡；另一面，人类的孩子将会逐渐失去人类的特征，享有仙灵所有的魔力和特质，而其外在的形态，就永远是像童话里蓝精灵那样的孩童模样。

相同的故事被爱尔兰裔的美国作家凯斯·唐纳胡搬移到了宾夕法尼亚，出现在这位文学博士的处女作《失窃的孩子》中。

“造文”应当“为情”。在家里七个孩子中排行老四的唐纳胡，从小就觉得自己可能就是一个“换生灵”。我们会在阅读中发现，唐纳胡已经将自己过去和现在的不论合理与否的所有想法镕铸到他的文字中，他就是在描述自己痛苦的成长经历，以至于他的文字有时候显得相当的情绪化，但我们却又常常感觉不到，那是因为在作者情绪化的同时，我们也刚好或者惊喜或者颓唐，或者抱怨或者激奋起来。就像《出版人周刊》评论的那样：“对局外人来说，这成就了一本深刻的小说，因为那感情再自然不过了。”

但所有事情终归是“凯撒的归凯撒，天主的归天主”，这是《圣经》为我们作出的庄严而郑重的描述和预言。伴随着生命而来的，有许多固有的本质和特性，它们像一块块塑模，在对生命的外在形貌进行塑造的同时，还影响了生命的心灵和思想。缤纷而繁盛的生命世界因为这些塑模的不同而精彩。所以，当捣蛋的仙灵成为人类以后，他面临的是孤独，面临着身份的丢失和新一轮以及一轮又一轮的尝试与适应。铁凝女士在她那篇优美的散文《我有过一只小蟹》的最后写道：“远处是车的洪流，人的洪流。我忽然觉得小蟹就在其中。我甚至知道它在朝着哪个方向不停地奔走，那是一个美丽、迷人的地方。可是，你能闯过那车的洪流人的洪流吗？你走得那样急忙；你懂得去看那不停变幻的红灯绿灯吗？你的眼睛又是那样痴呆；你能逃过那些调皮孩子之手吗？也许一只小鸡、一只小鸟都能使你粉身碎骨……”就生命的历程而言，最大的困难就是“不了解”和“不适应”，而一旦克服了这两样最大的困难，生命的力量才会彰显，生命的光芒才会迸发。当然，远离人类文明而变成仙灵的孩子同样遇到了痛苦，像小说中的安尼戴，他已经忘却了自己的名字、家庭、身世，忘记了过去的所有，但潜隐在他生命最深处的零散琐碎的记忆，却日常敲击着他的心灵，并借助梦境重新向他靠近。在现实生活中，仙灵的世界也不是万象太平，不但环境是复杂的，形势是严苛的，他们还要为生存担忧和奔波，还要想尽办法来消耗那些消耗不掉的无聊光明。从“有意义”到“无价值”的沦落，是每一个有着文明背景的社会人所不能容忍的，都必须为恢复自身在社会和文化方面本身就具有的功能性而奋斗和努力。终于，安尼戴掌握了阅读的方法，他常常和斯帕克泡在图书馆，去汲取人类文明的精华。由于精神中的文化参与，安尼戴的思想发生了很多改变，包括他对斯帕克的感情。他试图回到家人的身边，但当他找到家人以后，莫名的距离和陌生让他再度陷入悲哀困苦的境地。

也许互换角色成为亨利和安尼戴人生的转折点。这令人想到卡夫卡的《变形记》。两个人的道路本来依循着自然的自我，现在却要努力地追寻对方的影子，去扮演一个扮演者的角色。特别是亨利，他渐渐发现自己有着演奏钢琴的奇异禀赋，这也是一直伪装着自己的他唯一伪装和掩蔽不了的。到后来，他历经艰辛苦难，寻找到一个德国少年钢琴家，却又惊奇地发现那其实就是自己：一百年前，一个钢琴神童被偷换到使他失去记忆的森林里。这个离奇的结果其实并不离奇，对钢琴的特殊感觉已经成为亨利身上流淌着的血液了。这证实了那句话：人呵，唯一骗不了的是自己。

大多数人照镜子的时候总会有一种怪异感，那是两个世界的影像，相似而对立。面对着自己，似乎心中还是会有一些紧张。所有人的人格都是双重的，一方面对自己有着经验性的认识，另一方面要接受来自不同方向的角色确证。双重人格决定了我们的矛盾。我们常常考虑一件事情的真实与否，可一旦涉及自己，这些发问最终都不了了之。毋庸置疑，一切人格地位和社会角色都是由相应的文化背景支撑的，也是由文化综合力所产生的。人、文化与社会在心灵的世界中，或许可以用“群体”来代替“社会”这个称谓，它们之间的关系，或者说互动性，正提示了人们认识自我的重要性。对于“自我”的找寻与确证，是人生最为重大的课题。从小到大，我们历经了那么多的角色转变，受到了那么多不同的评价，是否会有助于增强自我认知的可信度呢？结果恰恰相反。因为这些使我们社会化的形式把过去所有对它的具体化发挥过促进作用的东西都包含在自身之中。当越发迷惑的我们读到亨利和安尼戴的故事时，真的会有一种似曾相识更或似曾遭逢的“触电般”的感觉。这部“写给大人的奇幻童话”埋藏着我们所有人曾经有过的失落与彷徨。

人生是一场漫长的旅行，就像安尼戴的寻找属于自己的过去、寻找他认为应该属于他的爱情而进行的征途。一个又一个的目标让我们不断鼓起勇气，但这些勇气的背后，还是有着很多的愧疚和无奈，因为我们扮演了很多不属于我们的不该扮演的角色。当所有得到最终的归结后，人格的精神还是化为本原。

“不背起自己的十字架而跟在我后面的，谁也不能成为我的门徒。”谢谢凯斯·唐纳胡，谢谢他提示起了我们那曾经的忘怀。

（选自第52期）

黑色战役

葛启文

那些隐秘的悄无声息的黑暗，在记忆场景中，循着时光所散发出的气味，逐渐向我袭来。我无法躲避，试图用力尖叫，哭喊，以戳穿这天罗地网般的黑暗，但它异常厚重，深邃，黏稠，呈现出几何图像，让人感到巨大的恐慌。黑暗是虚幻的迷宫，多么触目惊心。长期以来，我不断在迷宫里游走，分明看见了自己曾经遭受的喜怒哀乐，久违的面孔，一只酸涩的眼睛，还有瞳孔深处的忧伤。

黑暗充满了神圣的秘密，它是坚忍的，魅惑的，细碎的，铭心刻骨，构成磁力超强的生命场。黑暗王国，一个特殊群体，其成员的视觉、情感、气质，不能逾越，完全被禁锢起来。比如盲人，他们冷漠而愁苦，桀骜不驯，精神系统如此的压抑，遍布一种枯窘的宿命意味，每张脸上的神情都代表了黑暗的威慑力量。

我对黑暗的理解，是从医院开始的，并以盲人角色对抗疾病，进行了一场关于黑暗的战役。医院坐落在一个半山腰，俯瞰长江，临街，繁华的商务地段。整个医院气势非凡，有几幢急救中心、病房和行政综合楼，从我住院部的窗口望出去，可以看见宽阔的停车场，修剪得很简洁的草坪，还有印有“芜湖市弋矶山医院”字样的铁栅门（南来北往的人，鱼贯而入）。当时，我的病房在住院部三楼，五人间的，干净，深藏不露，风云诡谲，气象万千，我躺在布满消毒水味道的病床上，痒，锐利的痒，沿着眼睛扩散，直钻入肉体，骨骼。双眼绷着白色纱布，纱布上湿透了来历不明的污秽物。从早到晚，黑暗的潮汐迎面扑来，沮丧与焦虑，绝望与隐痛，使我难以摆脱眼睛失明的阴影，格外脆弱。我毫无心理准备，手足无措，一切来得太突然了！由于我健壮的身体，花瓣一样年龄，纯真自然的稚气。不久前，某一天，郊外，大地肃穆，尘埃相互跳荡，风将几粒飞舞着的沙尘吹进了我的眼里，结膜浮肿，黑暗伴随恐惧瞬间降临了。

眼疾在我的眼睛上栖息，遭受异物袭击的结膜无法抗拒幽灵伸出的巨大魔爪。当我被父亲送入医院后，眼球模糊干涩，分泌物多，容易流泪，翻开睫毛可以看到内表面粗糙不平，有颗粒状小疙瘩。眼科门诊室。穿白大褂的医生，面无表情，很忙，衣袋上插着温度计，来回穿梭。一把手电筒般的器具，放出光源，反复检查我眼睛内部的症状，小心翼翼。结膜感染了“严重性沙眼病原体"（一类微生物），必须要住院治疗，医生说。医生的话音刚落，父亲在旁边焦急万分，连忙拽住我的手腕，说道，"儿子啊，别怕，很快会好起来！"我内心里清楚，医院，是抵抗疾病的堡垒，它让一个遭遇黑暗的人茫然不知所措，逐渐被卷入超乎想象的漩涡。

通常情况下，医院是灵魂的集散地，充盈着无数的光明和黑暗。尤其住院部大楼。住院部大楼相当素雅，在眼科门诊室的正西面。墙壁略微泛黄，暗淡，天花板上没有镶石膏线，孤零零的样子，折射出时光复杂纷乱的影像。在住院部大楼的病房里，护士们轮流值班，穿梭于男的、女的、老的、少的病患者之间，发药，打针，递过血、尿、唾液化验单，或者测量脉搏、体温、血压。人体者，宏观之细胞；细胞者，微观之人体。我躺在病床上。痒，痛，紧张不安，太脆弱了。医生在我的手背埋下一根橡皮管，输入多种药液，滴答，滴答，足足两千毫升！尔后，用一次性针管吸足双氧水，冲洗患处的病菌，并且各式各样的仪器，反复检查了眼睛状况。很快，医生调制一包药膏，银黄色，糨糊状的，敷于双眼，外加纱布绷紧，在公共视野里，被标识为禁区。刹那间，漫无边际的黑暗和锐利的碎影接踵涌来，一些忽大忽小的穿透力是如此陌生，跟猛兽一样，行色匆匆。疾病，梦想，噪音，气流，恐慌，使我貌似强健而内心怯弱，变得不堪一击，准确地说，由于病魔的侵害，我已成为一名间歇性盲人，或黑暗见证者。眼疾，既是黑暗的制造者，又是黑暗的掩体。整个黑暗现场之中，气氛比较宁静，任何响动都纤毫毕现，我一般会屏住呼吸，调稳心跳率，寻找生命所孕育的理想、愤怒、信仰、幸福、欢乐，以及心灵慰藉。黑暗世界，或坚硬，或密集，或疏松，经常化作了千军万马之势，其体积、重量、容积、色彩、纹理，坚定不移，要给生命在医院留下一个特殊的空间。倘若一阵微风吹来，住院大楼附近，草木飘零，气息交错，那张薄薄的病历卡会被卷起一角，绝大部分的黑暗便躲藏起来，在目力不及的地方，甚至在我们的范围内，了无踪迹。黑暗世界因为缺少光线，花蕊，河流，树林，青苹果，雨露，飞鸟……它们迅速走向萎缩，陷入了衰老的困境，看起来比盲人更接近黑暗的内核。一个星期以后，我的左眼慢慢恢复了视力，重见光明，迎来一种金碧辉煌的畅快，而右眼依旧跟病菌纠缠，蛰伏于黑暗阴影。魔障从左眼上消失，转危为安，仿佛远古混沌之后的开天辟地，也仿佛凤凰在火中脱胎换骨，我感觉黏晦的心情豁然开朗，浮想联翩，更全面更透彻地领悟了人生苦难的真谛。

透过住院大楼浅绿色的塑钢窗户，几株粗细均匀的泡桐树，藤萝，和密匝匝的乌鸦，既似曾相识，又彼此陌生，加剧了医院的诸多神秘色彩。很多夜晚的时候，黑暗如水，静悄悄，在天穹还原成游离状态，群聚散游，撩人心魄。多少次，我梦见，一个穿着刺猬甲的命运之神，趋于夜幕中心，不断发射鱼鳞片状的飞镖，向地面铺展开来。醒来的黑夜，我大汗淋漓，打了个寒噤，内心略显迟疑，眩晕，战栗，郁郁寡欢。我坐在结构简易的病床上，皱起眉头，静默，禁不住伸手去抚摸伤口，然而，右眼无辜地发愁，越发变得干涩，手落上去，就看见一些细微的泪液四散逃去，留下的，是饱受酸痛煎熬的伤口，承接手的抚慰。来自山谷和江面上的风，此起彼伏，由于习惯滑行飞翔，以致穿入医院后肆无忌惮，不时向病房扑了过来。在住院部病房里，我似乎莫名隐忧，像一叶泅于苦海之上的小舟，辗转反侧，有一种说不清的孤寂。

住院部病房曾经被我想作阴森诡异的牢笼。病患者们会聚拢了神经，不堪肉体和精神上的双重压力，苦闷，焦虑，随时都有叛逆的危险。但事实并非如此，我所看到的，是各个陌生的生命保持缄默，没有过分激动，坦然地与病魔搏斗。原本叫作眼科观察室的病房，是用纤维胶凝板隔出的，约七平方米，中间摆放着六张铁床，床上铺着白布单，上面各叠放一条印有红十字样的枕巾。病房门上，安装有铜锁扣，悬挂着半截珠线帘，略显得几分残缺之美。通过病房内贴在墙壁上的一张彩色人体解剖图（类似于一幅现代拜占庭派绘画），我终于发现了眼睛的构造，它分为虹膜、眼球壁、房水、晶状体、玻璃体、视网膜、睫毛等，这些扑朔迷离的部件潜伏在我们的眼睛里面，休养生息，或慢慢走向衰竭。人之肉体，在医院的神灵面前，要经历多少磨砺，恐怕谁也无法测量。我的病床，第三号，在房间中央。同一个病房内，周围的病友们经常倾诉着与黑暗有关的故事，一种凝聚力将我们快速淹没了，我们专注于黑暗的流水线，心潮起伏，想说出一些怎么也驱逐不去的忧虑。

黑暗和一个人到底有多少联系？我的左边是一位来自贵州的打工者，男的，五十出头，典型的南方汉子。很长时间里，他一直紧皱着眉头，辗转反侧，大声地惨叫，呻吟，太令人揪心了。据我粗略的判断，他的双眼刚动了手术，麻醉药失去效力，外面两三米长的纱布上沁着血迹，那些剧烈的疼痛感向全身蔓延，直入躯体和灵魂的深处，折磨得痛苦不堪。医生走了过来，吊水，换药，检查被缝合的切口，机械地做完了这一切，又走出去了。几缕荧光线从监护仪的孔里偷跑出来，光芒四射，一时间，他的脸因为不停冒出的汗珠发着浊黄、斑驳的光亮。这个陌生的男人，脸色惨白，不苟言笑，暗红的T恤衫粘稠地贴在松弛、微凸的肚皮上，两个大脚趾互相摩擦，像擅长浴血奋战的野兽。他是地地道道的中国底层农民的缩影，简单而渺小，在庄严的医院里，就这样一不小心成为不速之客，成为黑暗王国里一片醒目的风景。

我的左边是一位年仅 5 岁的小男孩，安徽陶辛人，长得清瘦，姓程，他有个普通的名字——海峰，在此之前，即将跨入小学的他无缘无故地眼睛生了肿瘤，什么药也不起作用，后来被送到这所医院，很快就查清了病因：晶状体癌症，需要手术切除。他的母亲同我一样束手无策，拼命压抑着泪水，全身也随之条件反射地颤抖，其满口浓重的方言显示出，他们是物质上的贫穷者，生于偏僻农村，等待上帝赐予的一些奇迹。周围众多的病友们被深深地震撼，纷纷慷慨解囊，发起了一次自愿性的募捐，我也捐了 60 元，稍感安慰，至少能让一个微弱的生命之火暂时摆脱熄灭的危险。很快，这个小男孩被推进了手术室，阻止癌细胞在眼部肆意扩散，但因为严重的器官衰竭，医治无效，夭折了。一个受了伤害的孩子，一个处在花季雨季的儿童，一个茕茕孑立的人，就这样成为黑暗势力和病魔相互纠集的无辜的牺牲者，短促地走完了人生之旅程。

与此同时，我的对面是个漂亮的少妇，很年轻，穿质地上等的丝绸装，烫了褐黄色卷发，说话软绵绵的，格外惹人艳羡。她已做了双眼皮切割手术，戴上涂满草药膏的眼罩，不能动弹，但性感而妩媚的身体，摇曳多姿，看起来妩媚得动人。她活泼，开朗，热力四射，喜欢微翘起臀部，将杨柳一样柔软的腰肢露出来，白皙，美丽，充满了脂粉气。由于偌大的病房一尘不染，我的内心清晰地铭记了她的样子——清秀的面庞，标致高挺的鼻子，克制但仍然流动着某种情欲的眼神——我怀疑，她在某种情况下成了我心仪已久的暗恋对象。监护仪。淋巴腺素。输液器。墙壁告示：“医院禁区，闲人免进”。其实，医院所渗透出的压抑氛围，使外表坚强的她（包括其他一些伤者）变得越来越脆弱——她经常喊痛，不分白天或夜晚，以至影响了邻床的病友们休息，但我们一直忍着，没吭声，面面相觑。她的床头摆放着青色竹篮，里面插满了各种鲜花，比如玫瑰。玫瑰自始至终是含苞欲放的，棱齿状，紫红和乳白色，如果我们注意过布满叶柄的刺，一定会惊讶！那是箭镞一般的冷兵器，锋利无比。哦，我们无形地被一种莫名的力量裹挟、逼迫，多么希望获救，而我们无法抵御……

可以想象，无论城市或乡村，所有的黑暗在同一瞬间，经历了一场没有硝烟的战役。而这样的黑色战役，毫无遮掩，有的已经结束，有的尚未发生。对于每个正常人来说，一旦因眼睛受伤而进入医院，就像扎身进入深不可测的黑暗王国中，带着未卜的命运，开启了一场战役的序幕。眼睛失明的病患者，是一个弱者、一个残疾人、一个黑暗现场的受害者、一个小人物，露出了羔羊一样任人宰割的驯良。惶恐和黑暗，一次次地把他们的内心占满，搏斗抗争的精神，一次次在他们的内心复活，并且构成心中的碉堡，和他们更深处的思想部分。作为黑色战役的发生地，医院，容纳了我的肉体和灵魂的无数次蜕变，准确地说，我是在一所医院里，由一个病人变成了黑色战役的见证者。

只要我们看到了医院，就应该永远铭记一些黑色战役！

（选自第53期）

霜花满地

方盼亮

山路曲折着在车轮下蜿蜒，灰蒙蒙的云雾虚幻般地包裹着隆隆的车声。昏黄的车灯虚弱得只能照见车窗。司机不断地去擦玻璃上的水雾，以便能分清行驶的方向。虽然只是辆小三轮，车上却挤满了人，与大包小包拥挤着，连空气都觉得紧张了。云雾依然缭绕着，伴着人们口中呼出的雾气，车上的人几乎看不清对面人的脸，没有谈笑，没有私语，只有相同的表情写在不同的脸上。

女人把头埋进怀里的包中，身体随着地面的坑洼起伏不定。女人想着，此时的宏儿肯定还在睡梦中，鼻翼一张一翕发出均匀的微酣。一侧身，小手一阵乱摸，却抓了个空。猛地惊醒，哭喊着冲出门要妈妈，一路狂奔。单薄的睡衣飘忽着。女人不顾一切地跳下车来，紧紧地抱住孩子。可一睁眼，怀中依旧是那个沉重的背包。

女人知道，孩子不愿她离开。昨天收拾行李时，孩子就一直偎在她身边，看着她把衣服折好，一件一件放进行李箱。小伙伴喊他出去玩也不搭理。女人收拾停当就打开电视陪着孩子看动画片，可孩子似乎对跳跃的画面并不感兴趣，头扭在一边。半天终于冒出一句低低的声音，“能不能不走啊?”女人心头微微一颤，一把抱过孩子，轻轻地抚着他的头，“宏儿乖。爸爸还在厂里等妈妈呢。等那不忙了，爸爸妈妈一定好好陪你，好不好?”孩子抬头望了一眼又迅速地低下头去，一副做错事的样子。

一天的时间很快就过去了，天空开始昏暗下来，似乎要吞噬了整个村庄。女人在厨房忙碌着，砧板切得“啪啪”响。锅里的油滋滋地翻着浪儿，老远就闻得到香。

这天的晚饭异常丰盛，如年夜饭般。

女人给每个人都倒了满满的一杯葡萄酒，连一直不让沾酒的孩子也意外地分到了一杯。老人抿了一小口问道，“东西收拾好了?”“嗯，也没什么好收的，就几件衣服。”“别落了什么。唉，你看这年过的，去年你没回来，今年家辉又没回来，村里就剩下些老的老小的小了。”在一旁的老奶奶摇了摇头，叹息着说。“孩子还小，不怎么懂事，该骂的时候还得骂，该打的时候还得打，别太惯着他了。”女人放下筷子，看着身边的孩子，目光轻柔地拂过，伸手摸摸孩子的头。老人夹了口菜，起身拿了瓶白酒过来，那是他喝惯了的老光明。“家里的事你就别管了，你们在那头自己要好好的。得空就回来看看孩子，怪可怜的……”

晚饭吃了很长时间，桌上的菜大半没有动过。女人收拾好碗筷也不急着洗刷，跟孩子玩起了打手的游戏。这次孩子显得很乐意，那是他最擅长的。娘俩玩得正欢的时候电话响了。“是爸爸！”孩子猛地一起身，抢过电话就喊爸爸。果然是家辉打来的。女人赶紧叫来两位老人，想让他们也听听他们儿子的声音。老人一个劲摆手，说耳朵不好，听不清，让家辉少说些，长途，贵！身子却使劲往孙子那边靠去。只听那头叫宏儿要好好听话，没事时帮忙浇浇水，择择菜，要好好念书。孩子这会却一个字也不说，只是一个劲地点头，然后望了望妈妈，迟疑着把听筒递了过去，“爸爸让你听。”女人一边说着爹妈都很好，宏儿开学还有十几天，让家辉不要操心，一边招呼着让老人接电话。老人赶紧摆手向后退去，示意着耳朵不好。女人也不便多说什么，只说让记得到时去接她，便也匆匆地挂了电话。

明天要赶车，自然要早睡的。女人坐在床沿，故意逗孩子，“宏儿，妈妈明天走你哭不哭啊？”孩子一下子坐了起来，“我才不呢，不然小军他们又要羞我了。”女人笑了笑，捏捏他的鼻子，“谁哭谁小狗哦。”“好，谁哭谁小狗！拉钩！”孩子伸出小手指，认真地拉了拉钩便安心地睡下了，

挂钟敲了十一下，孩子早已睡熟，在枕侧发出甜甜地呼吸声。女人却还在清醒着，窗外的月光朦朦胧胧的透过玻璃洒进来，像霜一般铺了满地。女人伸出手，感觉冷冷的，却迟迟不愿缩回被窝，只是静静地看着窗外，似乎要穿透那浓浓的霜雾。

女人一晚没睡好，加上三轮一路颠簸，恍惚中有些困意。突然被一声的尖利的喇叭声惊醒到县城的车站了。人们拖着各自或大或小的行李箱，寻找着各自的去向。女人瘦小的身影在人群中穿行着，寻找开往 Z 城的列车。候车厅里的座位坐满了人，送行的比临行的还要多。女人从口袋里掏出预购的票看了看，时间还早。便挤到一根柱子旁，放下背包，一抬头，看见大厅的上方悬挂着一幅巨大的条幅，金色的大字写在红布上，分外地显眼。“祝广大乘客新春愉快，合家欢乐！”女人心想，元宵还没过，现在还算是春节吧。看着身边拥挤的人群，或挥手告别或相拥而泣，女人突然想到自己，男人在厂里，孩子在家里，能给自己送行的只有那沉甸甸的行李和一双双陌生游离的目光。这些，似乎与自己毫不相干，却又似乎息息相关。

汽笛鸣响了，女人靠着车窗，两眼无神地望着窗外。繁华的大街依旧繁华，喧闹的人群依然喧闹，各种条幅，彩旗在萧风中瑟瑟发抖，仿佛向行人诉说着什么。女人的前排是一对年轻的夫妇，是出来走亲戚的吧。满脸洋溢

着幸福的笑。也许是刚结婚不久，要不怎么没带上他们的孩子？女人抱了抱微冷的肩头，任凭散乱的发丝遮挡住双眼，看不清自己疲惫的脸。列车还在行驶着，一颗同样散乱的心随着车轮散落铁轨。

孩子像往常一样自己穿好衣服，小手揉着惺忪的双眼来到房门喊妈妈。可传来的却是奶奶的应答声。他突然意识到，妈妈走了！眼泪大颗大颗地往下掉。或许，他忘了晚上与妈妈的约定了。老奶奶一看急了，急忙解下围裙上前抱住孩子，哄着让他别哭。可孩子使劲挣开来，便猛地冲出门外，大声哭喊着“我要妈妈！妈妈……”寒风冷冷地吹着，直往脖子里钻。被霜染白的村庄还在沉睡，空荡荡的，回响着孩子的哭喊，一声声被拉得老长。两位老人顾不得满路结冰的碎石，相搀着紧追。孩子一直跑，在村前的分叉口一不小心，“嗵”地摔倒在地。小脸通红的，挂满了泪痕。“妈妈，妈妈……”孩子哽咽着，沙哑的声音被风淹没，两位老人终于赶上来，一把扶起他们的孙儿，大口地喘着粗气。老奶奶早已累得直不起腰，一手扶着孙子，一手使劲按着腰侧。岁月爬过的痕迹深深地印在老人的额头，满脸的疼惜使他们显得更加沧桑。

远处的草垛，树丛，房屋上落满了厚厚的一层霜花，天空也是白茫茫的，一片混沌。而孩子还在抽泣，两位老人不知所措地劝慰着，满头的银发在风中凌乱地飞舞。

空气中，似乎又飘洒起晶莹的霜花……

（选自第54期）

雪影花殇

张 祎

题记：冬天，一个举重若轻的季节里许多思索应运而生。当岁月凝固成图腾，回首，不过是寻找晶莹琥珀里生命最后搏击的痕迹。正如我们所目睹与经历过的那样，许多生命曾经煊赫如夏花，可依然逃不过殇的结局。

一、花的心事

如花越发出落成大姑娘了。那双黑眸幽潭一样深邃却不平静，时常涌动着澎湃但不汹涌的潮水，眨扑眨扑眼，那潮水就俨然一副涌出来的样子。再加上粉嫩嫩的脸蛋，甚是惹人怜爱。透过轻薄的衣衫，隐约可以窥见下面黝黑并不光滑的皮肤。偶然打你身边经过可以嗅到一股淡淡的清香，是衣服上残留的肥皂水味儿？还是脸上没涂匀的雪花膏味儿？抑或是未发育成熟的少女的体香？或许是又或许都不是。总之，如花不再是那个穿着开裆裤，鼻涕邋遢，追着吹糖人满街跑的小屁孩儿了，也不再是那个扎着羊角辫，系着红头绳，偷偷暗恋着架金边眼镜白皮肤国字脸的语文老师的黄毛丫头了。她长大了，穿过弄堂时能够吸引几双目光了，能够放慢几双脚步了。狭窄的弄堂歪歪扭扭骑过一辆自行车时，会有人打出一阵刺耳的铃声了，伴随着的是一群小男生的起哄坏笑。每到这时，如花就低着头飞一样跑回家。

长大了，女孩的心事就多了。总是莫名其妙地烦恼，又突如其来地高兴，多情的风此时也爱作怪，吹拂着如花垂到眼帘的细细软软的刘海，像要吹开她内心紧扣的窗扉似的，心事越积越多，仿佛飘浮不定的云在收获的麦色时节里匆匆留下的积垢，散不开，飘不去。积多了，就郁闷了，郁闷了，就要编个理由发泄。发泄的理由当然不是那些团团云雾般的少女心事了，倘若说给糊涂迟钝的外婆听，还不如讲给邻居上师专的大姐姐听。况且那少女的二三事就像阴晴不定的月亮，释然了，圆盘一般皎洁得刺眼，却又恨不得撕下一片夜云把羞赧悄悄盖上。于是，她狡黠地把情绪的沼泽避开了，寻找另一个突围的场地。她向外婆抱怨当初为什么叫她如花，听起来既不诗意也不雅趣倒含着几分恶搞。全名柳如花，更是颇有几分旧时低俗风尘女子的花名味道。比起同学们那源自《诗经》《唐诗》的名字，她的名字似乎并没有承载父母太多的宠溺与关爱。如花嘟起并不薄的小嘴，眼前开始出现一团白蒙蒙的雾气，那雾气也许并不全为这怪名升腾而起，也许那只是一个轻重皆宜的场面上的名义。少女啊，有了心事，心也就像小葱豆腐一样越发玲珑纯明了。

外婆说："你啊，福多着呢！生在桂花飘香的季节。"是啊，如花出生的时候，满院都是花的韵味，响亮的哭声让人家误认为是谁家有出息的男娃生了，那哭声划破乡村的宁静，刺穿弄堂的深处，混杂进城市的喧嚣中。如花笑了，也许名字俗气，不过想到她出生的场景蛮诗意的，也不再与外婆纠缠父母是怎么死的，为什么家里只有她与外婆相依为命，便怀着几分阿Q的精神，衔着未干的咸泪在均匀的呼吸中睡去了。少女总是这样的，傻想的思绪一旦在风中纠结成网，就只有越结越密、越织越厚的道理了。这种傻想因为连主人公自己都觉太过荒谬，于是，无法附丽于现实，只能眼巴巴托付给梦境了……

二、京都的花

那时的北京天空，没有此时奥运过后这么蓝。再加上不太令人舒畅的天气，有种颓败潮湿的味道，让人感觉闷闷的，急待着某种发泄。北京不像上海那样纯粹的、一如既往的浮华与喧嚣。她本身就是一个复杂的混合体，驮着沉重的历史，曾经的古老与厚重还残存，又不断涌现着现代的光怪陆离。两者单薄地维系着，前者是天生的，摆脱不掉；后者是时代的印记，深深的烙印。又不能像伦敦巴黎那样，成熟地融合，从容地应对。于是就有些乱有些杂，就像某些人，某些人的想法，明明是一团乱麻却偏不听命运的使然，要在混沌中学盘古辟出清浊来，在杂乱中理出章程来，不谙世间俗物的潜规则。

如花顶着一头蓬松柔软的卷发斜靠在地铁另一侧不开的门上，精致的烟熏妆衬托下的眼睛像夜行的猫，妖媚而狰狞，戏谑中略带嘲解。她随意翻着刚买的《瑞丽服饰》，心不在焉地不时瞅瞅头顶上闪烁的红色标识灯，苹果园、玉泉路、西直门、东直门、四惠桥东、国子监路，如花的猫眼在国子监路上停留了一秒钟，嘴角上扬了一下。的确，在现代化的地铁站里，国子监路这个独特的标识完美地呈现出北京独有的风格。如花不禁想到，摇头晃脑背经书的大学生走进北京地铁里，会是怎样一番有情趣的画面，想着想着又上来一批人。一个农民工模样的人站在了如花身旁，如花本能地往后靠了靠。就像大多数的所谓城里人一样，她讨厌乡村，虽然几乎没在乡下生活过，但仿佛前世的孽缘一般，如花的梦境中总是一闪而过一些支离破碎的片段，低矮的女墙，泥泞的土路，似乎永远跨不过的山。与乡村有关的一切都似乎有触碰她脆弱神经的潜质，即使她知道，她自己生在父亲那贫瘠的小山村，只是没多久被母亲带到了北京。每当想到这里，她不禁感谢命运的某种玄妙，松一口长长的气。对于这个城市，如花是又爱又恨的，她讨厌人人都戴一张华丽的假面熟稔地穿梭于人情世故中，睁着血色的充斥着欲望的双眼，沉醉于白天的彼此倾轧和夜晚的彻底放纵。但她又不得不承认，她迷恋只有这里才拥有的精致甚至奢华的小资生活，或许她本身是一个矛盾体，又或许她一直在寻找适合自己的假面。总之，隐忍了那份厌恶，她尝试从骨子里融入这个并不十分适合她的地方，她感到某种裂变的疼痛。

终于出了令人窒息的地铁，迎面来了个韩国人问路，如花告诉他从 D 口出去转乘 654 公交，或打的过去并告诉他大约需要多少钱。小伙子脸笑成金丝菊，连说着生硬的汉语“谢谢”。她自己向 C 口刷卡处走去。邦得美容院还是一如既往的人多。老板娘是一个很有风韵的四十上下的台湾女人，不是每天都在，大多数时候都交给一个长相白净的年轻男经理打理。他俩的说话语气和眼神交流中，如花读出了暧昧。来多了就和店员们混熟了，听她们讲，老板娘的老公总在国外工作，两个男孩在台湾省读书，她常年三地跑，是个地道的女强人，而那男经理据说是北京某名牌高校的高才生。碰巧今天那老板娘在，如花看到她又换了一款披肩，她似乎对披肩情有独钟，一年四季除了夏天最热那几天，都会披不同的披肩，单如花见过的就有黑白斑马条纹的、小碎花的、斑点的、圆圈的、苏格兰格子的，就是如花眼中貌似桌布的那种，上次她披的是波希米亚风格大花的。如花之所以那么留意她的披肩，一方面是因为它们的确是做工考究的上乘货，一方面是她让她想到了披沙发巾的张爱玲——中学一度疯狂迷恋过的作家。老板娘的皮肤偏黑，因而可以看出擦了许多粉，做了许多护理，虽然做得很成功，一般人是看不出来的，但如花的猫眼还是能窥见一二。先天与后天，任你怎么掩饰总会有那么些细小的区别。如花为成功窥探到她的秘密而有小小的窃喜，她想到了赵树理笔下的三仙姑的脸，十分经典的描写，“像羊粪蛋上下了霜。”虽然三仙姑比起女老板技艺是拙劣多了，可她们本质的目的是一样的。细想想，天下的女人不都承受着这永恒的悲哀！如花不禁冷笑。老板娘很热情地招呼着如花，如花开玩笑说她的披肩可以搞个博览会了，心里却在想着一本女性杂志曾经写着：爱披肩的女性，心里多半没安全感，只有包裹住自己以求得心灵的安慰。如花伸手摸了摸那面料，纯羊毛的，很厚的那种，披在身上一定很沉吧！

如花此时已不叫柳如花了，叫柳琦瑶，改名的原因是她喜欢王安忆的《长恨歌》，喜欢平安里弄堂中的王琦瑶。她不喜欢郑秀文版的王琦瑶，觉得不入心，也不喜欢黄奕版的王琦瑶，觉得太死板。她有自己心中的王琦瑶。她把网名叫做如花，于是，生活中她是柳琦瑶，QQ 国内网上是如花，MSN 国际网上是如花。如花已经大四了，谈了几个男朋友。现任的是一个音乐学院科班出身的，现在在地铁里当流浪歌手的阿杰。如花的工作不用愁，她妈打在卡里的钱什么都能解决。如花对爱情没什么特别的感觉，只是觉得那是人类必然要经历的一种形式，仿佛没在世间谈过恋爱的人到上帝那儿报到时天使都会嘲笑你，希腊神话里的宙斯和赫拉都有七情六欲，连众神也都乱搞一气，何况肉眼凡胎的人类？如花喜欢萨特那个存在主义的怪胎，但她信上帝，所以只能说她部分信萨特。如花坚信爱情虽然是形式，不过还是要走过场的。那天在桃花源咖啡厅幽暗的灯光下，如花看见一个女生将刀插入一个德国佬的后背。德国佬旁边的金发美女吓得花容失色，那女生却笑了，鲜血滴在她染了猩红指甲油的脚趾上，融为一体，应该有微热的感觉。她认识那女生，她们系的系花。大一那年运动会的广播间里，她对如花讲："你的烟熏化的很个性，来我们女生部吧！"如花想起那血腥的一幕，不禁感叹，形式就是形式，走过头了也就无趣了。

初春的北京微凉，如花紧了紧衣领，穿过劳动人民文化宫后的一条窄巷抄近路向王府井大街走去。阿杰发短信讲他哥们今天请他们吃火锅。如花喜欢火锅，特别是鸳鸯锅，把东西统统倒进去，海鲜、家禽、肉蛋、蔬菜混杂在一起，彼此不排斥。沸腾热闹地在里面欢聚，吃着心里暖和，胃里舒服。火锅的世界如花心向往之。

那天以后如花和阿杰分手了，原因是早上起床后如花迷迷糊糊地看到了陌生的黝黑的脊背。如花疯了似的向那个餐桌上频频向她敬酒的阿杰"哥们"狂吼，那人不屑地穿好衣服扔下一句"你家阿杰赌输了，你她妈是他的筹码"，如花很伤心地哭了，她曾经以为阿杰是一片美丽的枫叶，即使飘忽不定，但那天真而纯粹的美丽让人有放下一切随他而飘的冲动。她错了，爱情的游戏中，她还是动了情，枫叶理所当然变成了罂粟花，让她措手不及。只因为她期待那一种完美的形式，即使没有内核。再后来，母亲接到了法院的一纸传票，进去那里之前，她无限怜悯与悲哀地回看了一眼面无表情的如花，仿佛说，无论我多么努力，从过去到现在再到将来，我终究无法给你我想给你的生活。那次，如花心很痛，但她没流泪。

没多久，每当夜幕降临，这个城市便卸下白天的一本正经，转入激情欢腾的夜生活，在阴暗的一隅，一个披着大红披肩浓妆艳抹的瘦弱女子在风中小心翼翼地对路人低语："先生，需要服务吗？"那抹狰狞的猩红在风中逐渐变淡，模糊，终于聚集成一个红点，消失于风尘之中……

三、柳庄的花

柳庄坐落在北方古老的三晋大地上。明清时期，叱咤风云的晋商已经偃旗息鼓近一个世纪了。清初时乔家大院里的小姐就开始和王家大院的小姐比谁用的是最新上市的巴黎香水了，这恐怕是当时龙榻旁的温柔佳丽们都望尘莫及的吧。谁让人家把买卖做到巴黎去了呢？可到了他们这一代估计连正宗的香水都少见了，别提巴黎米兰伦敦的了。且说这教科书上说历史的车轮永远是向前走的，看来还有待考证，柳庄就是这特例中的特例。曾经建立起汇通天下宏图伟业的晋商祖宗们可曾想到，他们一蹬腿驾鹤西去没多久，这繁华大厦就呼啦啦倒塌了，倒得连繁华的废墟都没留，只剩下贫瘠的荒地了。如今的柳庄满目凄凉：废弃的砖窑、低矮的女墙、熏黑的窑洞还有那久旱的干瘪土地。年轻力壮的都去“走西口”“闯关东”了，加入南移东迁的打工大军，剩下带不走的鳏寡孤独也是在这实在没什么趣味的山旮旯里混日子。不曾想，没多久来了个如花，像名字一样的姑娘。忽闪忽闪的大眼黑得像玛瑙，麦色的健康皮肤，不小心从布缝里泄出的少女的丰满，又黑又粗的麻花辫垂在屁股后，走起路来一甩一甩的。人们都说狗娃的命好，傻人有傻福，娶到如花这样好的闺女，羡煞村里的小伙儿了。狗娃只是憨憨地笑，然后吞吞吐吐出那个亘古不变的理由：“如花她爹说我老实靠得住。”众人就骂他呆。如花很快乐，每天早起喝一大碗放盐的热腾腾的冲鸡蛋，看着徐徐散开的美丽蛋花，如花美美地一饮而尽。然后喂猪喂鸡上山锄地，开始一天的农活。晚上回来左邻右舍的大娘大婶们放下手里的活儿，伺候大老爷们小孩们吃完晚饭，就和如花一道剪窗花、刺绣、打毛线衣。如花的窗花剪得很好，尤其是鸳鸯，那个逼真哟，像从水里游出来似的。过年了，出去的人都回来了，欢聚在如花家，当然不是冲狗娃来的。他们给如花讲外面的世界，如花的心也随故事飘向山那边了。如花偶然会记起很小的时候听父亲讲过，她母亲跟野男人跑了，就跑到山那边去了。因此，山那边对如花来讲，有一种隐秘的诱惑。如花劝狗娃出去闯，结果狗娃去了两次又都回来了，说他想老婆，人家嫌他傻。如花没办法，只能看着人家打工回来的，揣着一叠不厚也不薄的票子，正月里鸡鸭鱼肉吃着，新衣新帽穿戴着，嘴上不说，心里不是味儿。暗怨他爹把她配给了蠢材，不禁当风落了几滴宿命泪，可转念一想嫁鸡随鸡嫁狗随狗，人生也就是这么个理儿，便又欢天喜地招呼大娘姑娘们绣花去了。

谁能想到这本已惨淡的小日子却偏像背了衰神似的，晦气如背阴屋里的霉菌不散反而开出毒蘑菇了。狗娃雪天里上茅厕滑到粪池里去了，如花喊了老半天，人倒是越聚越多，但都只是看热闹的。又嫌臭，讥笑着，只是嘴里讲的救人，个个狗熊似的往后缩。鲁迅这位旷野里孤独战士的“看客论”在二十一世纪柳庄的实践效果，似乎丝毫不比二十世纪的未庄差。终于，一个暗恋如花好久的小青年邮递员大概是看不得自己的心头肉在冰天雪地里哭红冻肿的双眼，让如花捏着他的鼻子把狗娃拎了上来。好在如花爱干净，粪池不深，才掏过，没淹死，但到了村卫生所，那戴了厚厚酒瓶底的县城兽医瞧了半天，告诉如花好像瘫了，还满脸同情地讲了声“节哀”，看样子还准备讲“顺便”的时候，可能意识到场合不太对，一口唾沫也就咽下去了。如花吓傻了，又和小青年用板车把狗娃拉到县里，这回白大褂的天使确认狗娃是瘫了。如花一屁股坐到地上哇哇大哭，也不管周围人鄙夷的眼神和邮递员红着脸使的眼色。她想她的命怎么就这么贱，也不去想嫁鸡随鸡嫁狗随狗了，只是哭累了，想想日子还得照常过。

如花的负担更重了，起早贪黑赚的钱仅够简单糊口，好不容易节余了点和人摊份子烧砖却被骗了。如花不戴花了，不绣花了，不剪花了，窗花破了，掉色了，也懒得再重糊。面容也憔悴了，怎么看也没有以前水灵，漂亮了。大婶姑娘们也不来了，偶尔有几个念旧的小青年也是看看就匆匆走了。狗娃大小便都在床上，狭小的屋里自然浊臭不堪，留不住人。如花每天像牛马一样工作，晚上坐在床沿睁着空洞洞的大眼望窗外。狗娃心里明白如花的痛。在北方一个冰冷刺骨的冬天夜晚，一连下了几天的雪。如花一大早去县城里卖鸡蛋，傍晚回来，看到狗娃歪躺在床上，一手鲜血，那鲜血仿佛冒着冷气，满地碎粗瓷碗片，绽放成红白玫瑰，白得刺眼，红得灼人。如花摸摸腕上的血已经凝固了，一声尖锐的女声划破山村黑幕般的夜晚，穿越山林，混入尘世的喧嚣。

从此村里又多了一个废弃的破屋，黑洞洞的窗像嗜血的天眼，风吹动门板发出吱呀吱呀的响声，在柳庄上空回荡纠缠。

如花满脸污垢地在垃圾堆里捡东西吃，有人说她疯了，有人说她没疯，只是不想活了。后来如花不见了，人们说她被人贩子卖到河南了。多年后，当初和如花绣花的大婶向小辈们讲起如花时，眼里噙着泪感叹道：“多好的姑娘啊，刚来时浓眉大眼的，红扑扑的脸蛋。命啊，老天不开眼哪！”

四、那时花开

如花最近总爱犯困，迷迷糊糊地，自己仿佛在一座贫瘠的小山村，忽而又来到了繁体的都市。梦醒后，心情很沉重，仿佛经历了许多事……

如花曾多次问外婆关于她父母的事情，外婆总是含糊其词地搪塞过去，后来从外婆的只言片语中如花还是知道了一些当年的情形。终于，有一天，如花再触及外婆的禁区时，外婆叹了口气，颓然地下了床又像是自语又像是对如花讲道：“如花长大了，也是时候了。”

如花母亲本是南方一座秀丽小城里一个老裁缝家的独生女儿，家境不是十分富裕但也算得上殷实。一次偶然邂逅了北方打工而来的父亲，双双坠入爱河。父亲看上了母亲南方女人的小家碧玉温柔如水，母亲喜欢父亲这个北方男人的粗犷豪爽憨厚体贴。于是母亲不顾家人的阻拦在一个月夜从家里逃出来和父亲回到了北方的农村。起初，日子过得还算凑合，虽然贫穷但很快乐，于是在丹桂飘香的季节里诞下了他们南北结合的精华如花。可哪知父亲越来越不长进，只是安于现状，抱着老婆孩子“温”炕头的想法，扎在地里，一年到头没赚几个钱。从小娇惯的母亲终于忍受不了贫穷，狠心扔下如花，和从前的相好一起到了浙江义乌做起了服装拉链的生意。两人都聪明勤勉，哪承想生意越做越大，没多久就在北京石景山一带买了房子。母亲到北京后惦记着如花，就和他相好开了七八个小时的奔驰来到了父亲家，说要带如花到北京接受良好的教育。父亲舍不得如花，又在赌气，硬是不让带走。三人开车准备到乡镇府讨个说法，那天下了好大的雪，去的路上，车子打滑翻到沟里去了，如花的父母再也没回来。如花听着故事，它仿佛来自另一个遥远的世界，既熟悉又陌生。她仔细消化着，回味着每个字，对于她这个年纪来说，这已然能够透彻理解了，她长大了。如花忽然觉得先前的许多心事可以释然了，又或者反而更添了几团云雾，如花困惑了，望着窗外的雪。

如花在想，如果那天她坐上了奔驰跟母亲走了，她现在会在记忆中那个遥远的北京吗？她是干什么的呢？如果父亲留下了她，在那贫瘠的北方村庄她又会怎么样？而现在她与外婆在这弄堂里快乐而忧伤地生活着。如花更爱照镜子了，站在镜前出神地望着越发高挑的自己，渐渐有了满足感，她看到她坚挺的鼻子时忽然想起外婆讲的话，说如花从头到脚只有一处鼻子像父亲。于是如花想到了她几乎没什么印象的父亲，想到了遥远的北方农村。还有那个同在北方的都市北京，那里曾经有过母亲的气息。

生活本来有万般可能，只是我们匆忙地与宿命邂逅，来不及选择，或是无权选择。在守望与期待，迷茫与踟蹰中，不经意间已然还原了一份真实，收获了些许释然。

又下雪了，天地间白茫茫的一片，掩盖了一些，又清晰了一些，如花仿佛听到花开的声音，很轻很轻……

（选自第54期）

净　土

宋家彬

一只倒置的瓷制大碗
盛满生锈的海水
一条鱼游过千年
苍老了又年轻
我轻轻地揭开
夜神秘的面纱
像解剖了整碗宇宙
分不清
哪是鱼鳞，哪是星星

（选自第54期）

水仙彼岸

刘　芳

我站在阴历七月的清水河边，河水透亮、清澈。映过缓缓流动的温润，可以看见大片大片的红色花朵，远远看上去就像是血铺成的地毯，触目惊心的赤红绽放出妖异浓艳，如火，如血，如荼。

这就是彼岸花，“花开彼岸时，只一团红火，花开无叶，叶生无花，相念相惜却不得相见，独自彼岸路。”我是喜欢它的，喜欢那赤红近似妖般诡异的色彩，传说它是开在黄泉之路的花朵，指引通向幽冥之狱。

这些年一直在寻找一种花朵，可以象征死亡或是千百回相错不得一见的惋惜，是个精神寄托吧，又有些迂腐的味道。我设想过这种花朵的颜色和个头，应该是纯洁的白，开着密密的细小花朵，粉嫩而脆弱。当我真正知道这种花朵就是彼岸花时，不由得为之震惊，铺天盖地的赤红让我随即联想到了疯狂和血腥。

我是疯狂地迷恋上了彼岸花，这种情形并不比凤仙差，她的执着曾令我不齿和怀疑，可是现在我才发现原来这是身不由己，是深陷其中不得自拔的诡异。我永远记得凤仙和我的最后一次谈话，她说，百叶你要相信，我们女人就是花朵，我们要找到属于自己的花朵才能更好地了解自己。你看，我的一生都给了水仙，水仙在不知不觉中就是我的整个生命了。有一天，你也会发现属于你的花朵，那时候你就会明白和原谅我的苦衷了。

一

凤仙的最后一段时间是在精神病院度过的，那时候她总是说着一些奇妙的话语，她告诉我她的纳西塞斯在湖边凝视着他，和她微笑，交谈。她说他已经等了她一整天了，她要去找他，问我为什么绑着她不让她去。她时而痛苦地呢喃，像是和他在交谈，时而眼里放出兴奋的光彩，旁若无人地大笑，高歌。她的病房里有几盆水仙，是她刚进去时我带进去的，如今还依然茂盛地生长着。凤仙整天地侍弄着水仙，偶尔看她小心翼翼地给水仙换水时，我竟一度错觉奔过去抱住她的腰使劲地摇晃说，凤仙你好了是吗？可是她每次都是转过头，把手指放在唇边小声地说，嘘，他在睡觉呢或是他在和我说话呢。我一次又一次地失望，其实是不甘心，她娴静的面庞看不出一点疯的迹象，可是她又确实是疯了。

凤仙说的那个男子并不是希腊神话里的美少年纳西塞斯，凤仙迷恋水仙也不是疯狂的自恋，她曾告诉我说她和水仙有个战争，一个女人和一种花朵的战争。她梦想有一天能赤足在摆满水仙花的红地毯上跳舞，要用最妖娆、最轻艳的舞姿和水仙花一决高低。什么力量，究竟是什么力量让她如此迷恋这种花朵——一种极其平常的植物？

她低头在凝思。夜，已至。今晚的月光格外地皎洁，莹莹的光辉斜射过来，笼罩住她整个面庞，朦朦胧胧地，恍如仙子的她像是要飞去。“嫦娥应悔偷灵药，碧海青天夜夜心。”她不是嫦娥，也不想要什么长生不老的灵药，她想要的只不过是能有个欣赏者，她不甘心败给水仙花。是的，她这样想着，人怎么可以败给植物呢？

所以，她养了很多水仙，具体有多少连她自己也不知道。她只知道那么多还不够，还不足以打败它们。她的敌人和她不是同类，她是人，可它们是花是植物。她的悲哀也正在于此，她是坚忍的女子，即便在面对敌人的时候，她还是要面带微笑，细致地修剪水仙花根。要把它们养得很壮，很美，那样的话打败它们才有意义。

他是希腊神话中的美少年纳西塞斯，迷恋着水仙，总有一天会以一株水仙的形象而结束。他是这么告诉她的，没有丝毫可以商榷的余地。决绝得覆水难收，六月飞雪，夏水成冰。可是，她不相信，固执地认为一切的残忍不是报复，而是更加坚不可摧的力量。那是源泉，是沙漠里的绿洲，荒洲之上的片片原野。笃定，绝不放弃，她对自己说。

现实中的纳西塞斯，没有人知道他是谁，带着一种猜测和好奇我翻遍了凤仙的所有相册、书籍和一切有关她的东西。结果是一无所获，她一定不知道她自己有多么残忍，一个人活在自己的世界里，不容任何人插入，外边的所有与她似乎是没有关联了。她把我丢在白色的楼外，朝我挥挥手说，你该去寻找属于自己的花朵。我想没有人能比凤仙更懂得自私和生活了，她的前半生给了事业，现在心里只有水仙，那么我，我应该是在什么位置呢？一直以来凤仙爱水仙甚于我，那种狂热有甚于基督徒的虔诚。凤仙一定不会知道，她在我心中一直以一个花妖的形象存在，她的疯狂顷刻间把母爱的伟大摒弃得一文不值。

不知道从什么时候起，我开始喜欢揣摩花妖的心思，她的一举一动被我尽收眼底。我把这样视为兴趣，这是一个谜，我发誓有一天我一定要解开它。我一直被我的梦困扰着，那个关于纳西塞斯的梦，可惜解梦的书上没有说，如此我只有通过自己的努力才能知道那个梦、那个谜究竟意味着什么。

二

金羽在凤仙住进精神病院的一段时间里几乎每天都来，他并不打扰她，只是带来食物和凤仙干净的换洗衣物。我对金羽的态度一向不冷不热，他就像是我的家人，自我出生起就一直在照顾着我们。这个男人是花妖所有客人中最具亲和力的，他曾不厌其烦地教我怎样做好一条辅助线，解讨厌的几何题。每次来都会带给我一两个小礼物，每一次的都不尽相同，我的年龄在变化，他的礼物也不断在变。在我上初中时，他开始给我买一些女孩子最爱的饰物了，每一件都很精致，价格一定是不菲的。花妖对金羽的态度似乎一直不大热情，像是一棵冬日里的大白菜，萎靡不振，没有一丝喜气。金羽却并不在乎，一如既往地来，帮忙打扫卫生和修剪水仙花根。他喜欢戴着白色手套，轻轻地摩挲花根，那种专注的神情让我想起了花妖，是的，我惊异于他们如此一致的动作。难道他也是一只花妖，我无论如何也无法把一个男人和花妖扯上关系，我觉得花妖只可能是女人，也只有女人和花有着天然的联系。

凤仙的精神几乎全被水仙占据，整天呼唤着那个只有她自己才知道的名字。人也显得越来越混沌，最后她连我都认不出来了。她不吃饭，只是依靠点滴来维持生命，虚脱地躺在床上，一双眼睛却是死死盯住墙角的水仙。一天金羽在走出院长室后对我说，百叶，你要做好准备，凤仙会随时离开，她太累了。凤仙迟早有一天会去寻找她的纳西塞斯，这一点我早就想到了，只是真的要走时我竟全没了面对的勇气。

凤仙是妖，妖又怎么会如此轻易地死去呢？我不敢想，凤仙真的要撇下我一个人去寻找幸福，她所谓的幸福难道就是生生不息却难以触及的远吗？我依稀记得她曾笑嘻嘻地对我说，百叶，别老是哭丧着脸，你应该去寻找你的幸福。她所谓的幸福就是找到属于自己的花朵，像她一样，把自己的整个生命附着在水仙上。可是我坚信我没有，我永远也不会找到属于自己的花朵。

凤仙走的时候很安详，嘴角还挂着一丝微笑，金羽说她一定是见到他了，说完就用手蒙住脸，身体不停地颤抖。我第一次见到一个男人哭得这么伤心——当着我的面丝毫没有陪哭的做作。凤仙走的时候正好是阴历七月，我想把福建的漳州作为她的最后归宿。据说，漳州早晨的太阳正好照在山脚下的花田上，下午的斜阳被圆山挡住射线，向阳、遮阴兼而有之，是个冬暖夏凉的天然屏障。山下，九龙江支流和山谷泉涧纵横交织，水源充足；花田土壤松软，系砂质壤土；地质有温泉经过，即使天寒地冻的季节，也能保持适宜的地温。水仙花就是生长在这样优越的环境下的，因而品性十分优异。我相信凤仙如果地下有知的话肯定会十分高兴——生前是敌人，死后陪伴在身边至少不会寂寞。

三

十月的一天，金羽带我去了他的家乡清水，那是个很悠远的小镇，还有着原始的土坯建筑。有很多座石桥稀稀散散地分布在清水河的上方，桥的两边都有着大片大片的红色花朵，花色鲜艳赤红，有如血浸养过一般的绚烂。我问金羽这是什么花，开得如此热烈，惊心动魄？他说这花叫作彼岸花，春分前后三天叫春彼岸，秋分前后三天叫秋彼岸。是上坟的日子。彼岸花开在秋彼岸期间，非常准时，所以才叫彼岸花。相传此花只开于黄泉，一般认为是只开在冥界三途河边、忘川彼岸的接引之花。花如血一样绚烂鲜红，铺满通向地狱的路，且有花无叶，是冥界唯一的花。传说花香有魔力，能唤起死者生前的记忆。在黄泉路上大批大批地开着这花，远远看上去就像是血所铺成的地毯，又因其红得似火而被喻为“火照之路”，也是这长长黄泉路上唯一的风景与色彩。当灵魂渡过忘川，便忘却生前的种种，曾经的一切都留在了彼岸，往生者就沿着这花的指引通向幽冥之狱。我说金羽，你怎么会知道得这么多？可这彼岸花这么火红热烈，其实并不适宜作引魂之花。金羽说我们这里流传着一个很久远的故事，你要听吗？我微微点头。

从前，一个长相奇丑无比的鬼爱上了一个美丽的姑娘，因为他丑，姑娘并不爱他。出于爱恋，他只有把姑娘囚禁起来。后来，来了一个武士，他救出了姑娘并与她相爱，而同时，武士用剑斩杀了鬼。鬼的血溅在乱草丛中，一种红黑相间的花从此便在那里绚丽地绽放开来，这种花的名字就叫作“彼岸花”。从那以后，彼岸花便开在了地狱中叫“忘川”的地方，那里是死去的人忘却今生情缘，转身投胎来世的地方……爱情，大概也是如此，只因为彼此爱得不同，就要葬送很多很多，也要忘却很多很多。于是，彼岸花成了来自黑暗的爱情使者，因为它见证了一段黑色的死亡。

站在清水桥上，看见彼岸花倒映在水中，岸上的大片血红变成一潭幽深的黑色，有如鬼魅，有如死亡。我忽然想起了风仙，她在往生的路上是否也看见了这样的彼岸花，是否知道她的女儿在看见彼岸花时就立刻想到这是属于自己的花？这一刻，内心的痛楚和后悔如潮水般向我袭来，久远的思绪一点一点地扯近，纠缠，在黑暗的无垠中沉没，漂浮……

四

佛家语，荼蘼是花季最后盛开的花，开到荼蘼花事了，只剩下开在遗忘前生的彼岸的花。

“彼岸花，开一千年，落一千年，花叶永不相见。情不为因果，缘注定生死。”

有时候，我惊诧于我和凤仙某些惊人的相似，我一度不相信自己有一天也会如凤仙所言，会有属于自己的花朵。凤仙的花朵是水仙，而我的是彼岸花，水仙和彼岸花同属石蒜科，鳞茎有毒。我和凤仙是有着这样的预示的，当我真正找到自己的花朵时，凤仙却撇下我独自走掉了。这么说，我是没有真正地理解过她的。她的追求，她的纳西塞斯，她和水仙之间的战争好像是永永久久、世世年年地被停滞下来了。那些水仙随着凤仙的离去而有所衰败，于是我想水仙是否也是感到这场战争的无趣了呢，究竟谁胜谁败？我想她的纳西塞斯会给一个公正的答案。

世上很多事情不用那么仔细地去想，做了不用后悔，爱了也没有必要非得有所承诺。真的要做的只有随意，顺天而行，去珍惜身边拥有的，在乎每一个阳光明媚的清晨。有些事情的结局并不重要，重要的是一种追求的过程，愉快的过往。就像凤仙，那疯狂的虔诚，在她生命的最后几年里给了她活下去的信心。

五

水仙花有单双瓣之分，单瓣水仙中心有一金黄色环状副冠，多称“金盏银台”；重瓣水仙花被卷成一簇，称为“百叶水仙”，是水仙的变种。有人说水仙里的金盏百叶是一对夫妻，金盏是夫，百叶是妻。我不知道当初凤仙给我百叶这个名字的用意，她一定不知道我和水仙永远没有交集，过去没有，现在仍然是。我的一生中，属于我的花朵只能是彼岸花了，从一开始就已经注定。

凤仙长眠在漳州的园山麓，那儿是最美的水仙的集聚地。我似乎能看见凤仙光裸着脚踩在那片花海中翩翩起舞，她就是个仙子，着羽衣就要飞去。又看见一个相貌俊秀的男子手里捧着一株水仙，将鳞茎外表干枯的鳞片剥掉并刮去老根，然后雕刻。这些娴熟的姿势是我见惯了的，而此刻在他做来却别是一番惊心动魄的华美。我想，他就是凤仙的纳西塞斯吧。

百叶，回去吧，再过半个小时车子就要来接我们了。金盏不知是什么时候站在我的身后，我对他说我刚刚看见了凤仙和她的纳西塞斯，她在跳舞，最后还是她赢了呢。我看见金盏迷惑的表情，残阳照在他的脸上刻出温柔的弧线，一把挽住他的胳膊说我们回去吧，要不然今晚就吃不到湖南的辣味了呢。

我们走出园子的时候，金羽已经在车边等我们了，金盏叫了声爸爸就领着我过去。我看见他们父子的脸上洋溢着幸福的微笑，心里想这是我梦想了多年的生活，可是现在我不觉得温馨感动了。这时候，金盏小声地问我，百叶，我们是同一种花朵，注定今生一起花开花落。我朝他微笑。他握紧我的手，幸福地看向远方。

我没有告诉金盏，其实我们不能，我命里注定是一株彼岸花，生生相念相惜却不能相恋。他不知道，我早就买好了去往台南的机票，那里有我的外婆，有凤仙童年的记忆。你不知道吗，彼岸花香的魔力，可以唤起死者生前的记忆。

（选自第55期）

意　境

王亚飞

一

白雪皑皑。雪光将天空洇染得明亮澄澈。

雪花一直在不断地从天空上飘落下来。一片，两片，无数片，落在地面上。

地上的积雪在不断地变厚。变厚，很容易使人想起春天的时候。那个梨花飘落的季节，地上的梨花如雪铺落。梨花的花瓣落满一地，洁白似雪。

在弥漫的大雪中远望，远处的山峦仿佛静立的白色屏风。雪花静静地飘落，似乎在为群山无声地着妆并隆重地加冕，以一种十分优雅娴静的姿态。偶尔有雪花落在脸颊上，掉进眼睛里，于是双眼开始变得迷迷蒙蒙起来。雪花随即化为冰凉而澄洁的水滴，仿若晶莹透彻的泪水。雪后的大地，一直苍茫辽阔、静默无言。从很久前开始，每当天空有雪花飘落的时候，在我的心中总是有着极真切的一种企盼。与雪花有关，与苍茫澄洁的雪后大地有关，与幻想与描绘有关。我渴望自己的双眼在睁开的刹那间，可以看到雪莲在雪地上盈盈开放，笑意嫣然，闪动着圣洁无瑕的光芒。次第盛开的声息隐隐传来，天地间轻轻地回响，化作缥缈遥远的歌声。一切，纯美至极。

大雪铺天盖地，弥漫双眼。雪的清冽寒澈，洗涤着心底深处藏匿着抑或是蠢蠢欲动的喧哗浮躁。于是，以一种极其静谧极其虔诚的心态去捧读《史记》。触及那些古老遥远的文字，感受着历史的浩瀚漫长。心在这部浩瀚的“史家之绝唱，无韵之《离骚》”的巨著中自由自在地翱翔，无边无涯。

二

秋天的天空高远而寂寥。飞鸟苍白的身影悬浮在头顶的天空。飞鸟已经渐渐远去，可是它们的鸣叫声仍然徘徊萦绕在秋天天帘的云际之中，久久不肯散去。我听见了秋风萧瑟的声音，沙沙入耳。树上的黄叶开始在萧瑟的秋风中飘落。随风各自飘零。在纷纷飘落的黄叶中，我听见了幽远而深沉的箫声。箫声有着丰富沉郁的情感。不知道从何时起，忧伤的情绪像沉睡了良久的种子在无知无觉中被唤醒。然后，发芽。生长。扩张。忧伤是属于这个独特季节的忧伤，也有隐匿在心底最深处而不会轻易被触摸的情绪。忧伤在心底荡漾起优美而迷蒙的涟漪。

无边落木萧萧而下。在萧瑟的秋风中，在沉郁幽远的箫声中，仿佛有人正在踏着落叶而来。落木弥漫了他的眼睛。

三

老人在黄昏中静静地垂钓。黄昏美好得让人无法忽略。天边的云霞仿佛绚丽的彩衣一样飘浮在天际。岸边水草的香味弥漫在黄昏的微风中。水流优美的声音像是从小提琴上滑落的音符。老人微闭着双眼，面前长长而薄如蝉翼的丝线没入水中，许多游鱼开始小心翼翼地试探，水面漾起细小不易察觉的水花。老人神情安详，似乎在静静等待，似乎一切早已了然于胸。老人脸上的皱纹像是沟壑一样深刻分明。他脸上的神情愉悦而满足。一种超然物外，钓胜于鱼的深切意境。

四

夜色朦胧。夜的帷幕巨大而深邃。星辰的光芒闪烁不定。

湖面平静无波，好像有水汽氤氲于湖面上。月光如水，笔直地倾泻湖中。

月亮皎洁明亮的光辉肆意地浸染着一湖碧水。一块碎石投入湖中，划破了静谧的湖面，粉碎了满湖宁静的月光。月光变得细碎而朦胧，涟漪泛着迷蒙的月光，一圈圈地向远方荡漾开来。夜空浩瀚辽阔。月亮轻盈而优雅地在云层间穿行，步履仿若蹒跹而绝美的舞步。星辰展露着神秘而迷离的笑容，始终让人捉摸不透。月亮清冷的光辉洒落了一地。岸边的沙石在越来越深重的夜色逐渐冷去。

五

许许多多的东西，属于生命的，渐渐地在时光的水流中远逝。在逝去的同时也有许多东西沉淀下来，从而变成生命里深沉而不可遗落的部分，经得起洗涤，经得起回味。它们再次出现的时候，是以无声的画面的形式重现的。背景黯淡，没有鲜艳的色彩，像极了无声的黑白电影。

意境，有的或许是曾经的过往在心灵的沉淀偶尔地重现，有加于渲染的意味：而有的只是在一瞬间的所见，沾染上了幻想与描绘的色彩，存在于有无与虚实之间。许多东西只有在意境中存在着，才是最美的，最让人感动的。

（选自第55期）

夜雨潇潇

王光龙

一

雨，随时都会来临。

夜像一座鼓满风的城堡，被雨一次次地攻破。你坐在一张枣木书桌旁，倾听着雨在窗外的骚乱。关上窗户，插上铁销，伏在台灯下看一会儿书或者躺在床上休息一会儿，这是你早已习惯的生活方式。而今夜，你却打开窗户，静坐在窗前，和这场夜雨一同陷入了深度沉默。

就这样坐着，通过淋雨来和雨接触，是你曾经的方式。自从你离开这个小镇，你就被一些梦魇纠缠，经常带着一身冷汗醒来，却不知身在何处。现在，你和这夜这雨近在咫尺，仿佛是见到了朝思暮想的恋人，纵有千言万语，却停滞在唇边。

隔窗相望的那扇窗户里曾住着一个和你年龄相仿的女孩，多少个夜里，她背着书包从你的窗前经过。你总会不自觉地抬起头，静静地倾听着如小鹿踩过落叶上的声响。不过那是很早以前的事情了。自从她嫁人以后，那扇窗户里的灯光就再也没有亮过。你并不想深究那个寡言少语的女孩去了哪里。她逃离式的婚姻对她来说，或许是种解脱。那扇窗户存在这样的夜里，和当初她的主人撩开窗帘时一样地向你张开幽暗的口，让你一次次地去填充自己的想象。如今，你和窗户的再次相遇，反而显得平静了许多。不过，你的心中还是侥幸地想那束灯光会突然亮起来，照出雨的原形来，好证明你并不是孤独的存在。

不过，这仅仅是你的偶然幻想而已，如同这场雨来得如此偶然一样。

在雨和你之间，隔着一块玻璃，这是镶嵌在窗户上的透明玻璃，此时，夜成为衬托的底色，让这块毛玻璃也变成了一面澄清的镜子。夜里照镜子是弥足恐怖的，倒不是因为在黑暗中难以面对影像中异样的自己，而是没有勇气看清在镜子中那份被反射出来的一些记忆片段。

二

同样是雨夜，你已记不清具体是哪一个夜晚，只知道自己跌跌撞撞地拐出巷子，踏上一条破碎的石子路上，把同伴丢在屋子里继续着生日晚会的狂欢。前面的她走得很孤单，伞握在你的手中，没有打开，这是你离开屋子时同伴塞给你的。一场雨刚刚经过，空气清新，不过你并没有注意到这些。你的视线落在了她的鞋跟上，雨水湿了她的鞋，走路时来溅起一缕缕的雨珠。你没有欠着脚像天鹅舞步般跳过一个个被雨水积满的泥坑，而是静静地走在她的身后，没有话语，听着雨一阵阵地穿过耳际。

雨又下了，需要打伞吗？你上前，伞紧紧握在手心。

不要了，这样不是更浪漫吗？

你们相视而笑，并肩走在雨中。雨水斜斜地飘下来，在这个静谧的夜晚，饱含无尽的柔情，向着你们轻轻地洒下一层薄薄的雨雾。身上，脸上，眉梢都湿润地闪着水淋淋的光泽。风从小镇一角顺着街道的走向轻轻地吹来，散在彼此的身上，有股丝丝的凉意。路两旁的人家一色地紧关着门，像一座座阴森的堡垒伫立在夜雨中。

拐过街角，你们依旧无语。路灯零零散散地忽闪在小镇的闹市区。你们从一两个还未收摊的水果摊旁经过。他们撑着一柄破旧的黄色油毡大伞，和一堆水果挤在下面。这里是他们在城镇中唯一的避雨处。你们没有停下脚步，一条幽远而又渐显宽阔的水泥路从夜和雨的交汇处延伸到你们的脚下。

回去吧，我就要到了。

伞，需要吗？

她摇摇头，笑着向你挥挥手，转身走进一处更浓的夜色里。你站在雨中，默然地望着灯火阑珊处隐隐远去的身影，直至融入夜的怀抱里。

路旁，橘黄色的灯光把这夜雨衬托的无比柔和。你抬起头，雨从夜与灯光的相接处如长长的连环针，不断地坠下。你浑身已经湿透，雨还在似蚕食桑叶般沙沙地下着，而你的伞却一直都没有撑开。

三

那一年，你背着行囊从小镇的边缘离开，没有惊动任何人，包括正在梦中的她。站在村头的那一刻，你才深深地明白：自己像一条平行线从小镇离开，却再也没有重合的那一天。你拉紧了肩上的背带，最终还是选择离开，离开这个下着雨的小镇，赶往南方以南的江南。

南方的雨滋润着你生长在乡土里的青春岁月，也一再模糊着你当初那个烟雨蒙蒙的小镇。雨在缠绕着你，如夜的梦魇一般，开始惶惶于当时的逃离和在雨中一再重演的身影。你走在夜雨中，在另一个城市里，对着自己和一对对行人苦笑。多少个夜里，记忆的回声在雨中越加缠绵，慢慢露出你原本打算遗忘的片段，无所顾忌。你还是在一个有雨的夜晚彻底地溃败了，像一株傲立的翠竹，面对风雨的袭临，不动声色，却在风雨过后，把深埋在心底的郁结化作颗颗晶莹的水珠，静静地滴在夜里，听着它滑过自己骨节时的声响，节节破碎。

你打算回到那个小镇，在一场雨过后，带着湿润的心情去寻找被遗忘的青涩年华。原本看似整齐的物什，在雨和风中露出它们凌乱的本质，即使再一次地去拾遗，也掩盖不了已经曝光的本相。风景依旧，通往小镇的石子路更加破碎，在刚刚过后不久的雨中更显泥泞。你坐在窗前，足不出户。螺旋花纹的钢筋直愣愣地绞进窗栓里，锈迹斑斑，轻轻一吹，铁屑纷纷撒落在灰尘满布的玻璃上。你的目光落在窗外，树木绿稠，剥落泥土的篱笆上花朵嫣然，那个女孩的窗户被塑料膜钉上，密不通风。你轻声地叹了口气，在俯仰之际，夜已悄然尾随其后，准备吞没这裸露的一切，而雨则潜伏在夜的缝隙中，等待着在你的回忆沾满泪水之前，把这一切淋湿。

走吧，你知道她已经在那个地方等你，像两年前在雨中撑着伞等你一样，神秘莫测。轻轻地关上窗户，把夜雨关在窗外，你就走进更大的夜和更大的雨中。

四

午夜，小镇街角，男女。

寂静的夜如同漫漫的长卷把你们包裹在里面，呼吸困难。她的脸庞挂着笑容，齐耳的短发把她从你的记忆里突然拉了回来。你沉默不语，低头望着清冷的夜街和散落泥土的路面。

回去吧，祝你幸福。她抬起头，眼睛如沉在深潭里一颗湿漉漉的卵石。

我的心就像这被雨水打湿的路面一样，总会有干涸的一天，只时间的长短问题罢了。你没有抬头，喃喃自语。

一辆晚归的汽车载着沉重的声响从你们身边经过，打着刺眼的灯光。你站在她的前面，如一个满身罪恶的囚徒，准备让灯光把你的身体射空。你自己深深地明白，雨后的路，即使会干涸，也永远地烙下了泥泞不堪的伤疤。

夜依旧宁静，雨后的空气洁净而稀薄。整个小镇在昏昏欲睡，遥远的巷口犬吠此起彼伏，路人稀稀疏疏，漫不经心地从你们身旁走过。在你离开房间之时，你看了一下今天的日历：2 月 14 日。此时，你感觉夜像一座塌陷的坟墓，向你张着幽暗的深穴，在你准备走进之时，却担心没有人会记起今天是什么日子。

你回头走了，把她留在了街角。古老的风刮干了千年来的离人的泪水，拐过一个个街角，惊动了多少个情人的美梦，又在路上和你不期而遇，奏着低怨的情歌。古往的片段在这条熟悉的路上渐渐地清晰，又忽悠而逝，清淡淡的。你抬起头，深深吸了口气，望着深邃的夜空，不寒而栗。整个世界如一只被掏空的海螺，风轻轻吹着，回荡大海的滋味，冷冷的，涩涩的。

五

今夜，雨又再次来到你的窗外，被风吹斜，恰似穿过黑色秀发的梭子，散着幽幽的暗香。

许多年过去了，你的面容和记忆已不再显得稚嫩。在异乡辗转的日子里，陪伴你走过多少个夜里的，是对前尘往事相似的哀叹，而故乡的夜雨还在一遍遍地纠结在小镇的上空。也许，这场夜雨在你走后，也曾打湿了多少离人的眼眸，见证了那些渐渐挥手离别的青春岁月，有一种泪水是从心底流出来的，滚烫而心酸。故事终究需要有个结尾，即使是最残忍的。作为故事的主人公固然美丽，而站在巷口，看别人的悲欢离合又需要多么大的勇气。

风在窗外刮过，掀动着对面的窗户上塑料膜残破的边角，呼呼作响。偶尔的一片落叶，被雨水击中，滑落在夜里。你听见它根蒂断裂和陨落的声音，却无法看清它承载了太多雨水，从心中缓缓流过时的疼痛。

远去的车灯，带着湿暗的光柱，从小镇的边缘经过。这是否会惊动那些躲在夜里的男女们，露出惊慌而羞涩的面庞来？夜深了，一切的事物都应该重新再睡去，走进另一个属于自己的青春梦乡。

你轻轻地关上窗户，把梦折叠在小镇的夜里。

窗外，雨，潇潇地落着。

阳光下的 Do Re Mi

王隐玉

【高音 Do】

那些神采飞扬的日子里，她的笑，如阳光般，无邪。

她喜欢阳光，暖暖的。很美好。教室里，她总是坐在靠窗的位子，晒着午后的阳光，睡觉，或看书。她爱笑，像阳光一样，就连她脸上两个浅浅的酒窝里都溢满了温暖，折射到每一个角落。她也喜欢奔跑，在悠长的小巷子里，飞快地往家跑，她想要追赶阳光的脚步，把满满的阳光带回家。

阳台上，摆满了花盆，种满了她喜欢的花。她喜欢红色和黄色的花。因为她说，红色和黄色在阳光下会散发出一种很美的光晕。其实，阳光下，她的笑容，更美。

她每天都会经过一条安静的街，一条阳光充足的街。只有这时，她才觉得自己也是能静静享受安静的，可以痛快呼吸阳光的味道。

在街角的一扇窗子下，她总会停住脚步，多看几眼。因为那是整条街上最独特的窗子。干净的玻璃窗，窗台上摆满了小花盆，盆中全是翠绿的叶子，没有一朵花。她想，还是红的黄的花比较好看。窗子上挂着厚厚的绒布窗帘，露不出一点儿缝，把所有的阳光都阻挡在窗外。只有在傍晚时窗帘才会被拉开小小的一角，窗帘背后露出一张苍白的脸。年轻，干净，没有一丝情绪的波动。除了每天傍晚她经过时。

她每次总会不经意对着他浅浅一笑，露出两排洁白的牙齿。

他也想回她一个笑，但是太久没笑了，他忘记了该怎么笑。

【低音 Re】

有太阳的地方使人瞌睡，阴暗的地方有古墓的阴凉。

他不喜欢阳光，从来都不喜欢。他喜欢把自己关在阴暗的小屋里，拉上厚厚的窗帘，不让一丁点儿阳光透进来。他总觉得，阳光太过于残酷，在阳光下，一切都会暴露在外，美好的，丑陋的，完整的，残缺的，都会在阳光的炙烤下慢慢熔化。他害怕，阳光会把他最后的自尊和希望也烤焦了，熔化掉。所以，他从不愿出去，不愿让别人看到自己。

他一个人在屋里，只喜欢弹琴。一遍又一遍，重复同样的音符，同样的音乐。就像他的心，每天，重复着同样的悲伤。他不想停下来，只想一直一直弹下去，他怕下一秒，哪怕停留一秒，自己就会再也没有勇气继续。

房间里很昏暗，书桌上摆着一本摊开的笔记本，上面只有一句话：有太阳的地方使人瞌睡，阴暗的地方有古墓的阴凉。他不是怕瞌睡，只是他想早些适应阴凉或者说，适应墓。他怕自己习惯阳光之后，会害怕阴暗，害怕墓里的凄凉。

他不喜欢花，只喜欢看盆中青青的绿叶，他窗户上摆的都是一些只有叶而不开花的植物。他害怕花枯萎，像自己一样枯萎。

只有在傍晚，太阳下山，他才会把窗帘轻轻掀开一些，默默注视窗外的世界。

直到她蹦蹦跳跳地经过。他才会慢慢拉上窗帘，继续弹那首每天重复弹奏的曲子。乐符上飘的，全是她笑若阳光的脸。

只有这时，他的房间里才是有阳光的。

【低音 Do】

面对阳光，阴影在背后，疯狂生长。

她依旧喜欢阳光，只是，夏季渐渐近了的时候，阳光越发强烈，她感觉到阳光似乎不再是她的阳光了。她最爱的那几盆花，竟然在阳光下也不知不觉枯萎了。本该茂盛的季节，却在阳光最灿烂的时刻宣告终结。如一首歌，唱到最高潮时却戛然而止，让人无法接受突然间的静默。她面对阳光，依然摆出笑的姿态，却怎么也找不回以前那些和阳光一样形状的笑脸。她把手抬起来遮在额前，摆出各种形状，可是再也找不到以前的印记。每一种姿势都被捏成忧伤，在阳光下慢慢蒸腾。她第一次觉得阳光不美丽，反而，很刺眼。刺得她睁不开眼睛，模糊，模糊一片。忘记了痛。

她转过身，背对阳光，看着前方的阴影。她不想说话，静静地推开门，看着空荡荡的房间。母亲走了，家里的花没人浇了，枯萎了，散落满地。父亲在客厅里，一言不发。法院的人已经搬走了所有的家具，阳光下，屋里的狼藉被无限放大，毫无遮掩地袒露在视线下，她第一次觉得，她讨厌家里的这束阳光。可是，家，她还有吗？

她每天不再奔跑，也不再追赶太阳，她害怕，害怕阳光会熔化所有凝固于心的记忆。那些痕迹，在阳光下渐渐被抹平。深的，浅的，在她的心上蔓延开去。

她依旧会在那扇窗前停留，只是不再笑。在他眼前，她真实得有些透明。

【高音 Re】

你知道吗？阳光下会瞌睡，是因为会突然在某一瞬间陶醉。

他开始慢慢接受阳光，甚至会偷偷对着镜子练习如何笑。他还是喜欢弹那一首曲子，一遍又一遍，带着淡淡的清香。他很享受现在的时光，即使有限，他也想就这样一直弹，每一个音符都散发阳光的味道。二十年来，他第一次觉得阳光竟也能让他开心。只不过，这阳光来得太晚。

他打开窗帘的时间越来越长了。以前，他只是在傍晚她经过时，才会把窗帘拉开一条小小的缝向外看。现在，他甚至会在早上打开窗，让晨曦笼罩自己，房间被柔和的阳光唤醒，简单，美好。他伸出手，抚摸窗台上摆放的植物，翠绿的叶子，散发着生命的韵味。他一不小心把一片嫩绿的叶子扯破，残叶夹在他的指间。他的心一颤，手猛地缩回。他把那片小叶子轻轻放在手里，回身转动轮椅，到书桌旁，在叶子上写下一行清秀的字：生命中最后一缕阳光。

他把头上的运动帽摘下，放在窗台，阳光迅速填满帽子的每个角落，暖暖的，像溢满了清水的盆。由于化疗，他的头发脱落得厉害，他一直用帽子盖住。但现在，他想享受阳光的照耀，很温暖。难怪阳光下会有她那样纯净的脸。他想。

傍晚她依然会经过窗前，他感觉到她的变化。阳光似乎一天比一天弱，他的脸也一天天更加苍白。他推开门，慢慢把轮椅滑到门外。就在她出现的时候。她突然愣了一下。他空荡荡的裤管在风中摇曳，下半身基本萎缩。阳光照耀着这一切，包括残缺的，都在阳光下，闪着淡淡的光。他抬起头，露出两排和她一样整齐的牙齿。

此刻，他笑得绝美。

【Mi】

音符跳跃，用心弹奏过，才知道，一首歌要如何吟唱。

她的阳台上又摆满了红的黄的花。即使他的那扇窗再也没有打开过，但是，他用生命最后一丝力气，给了她绿色的希望。她是他人生的最后一缕阳光，他给她继续微笑的力量。甚至，他们之间可以没有任何语言。因为在世间最纯美的生命中，所有语言都是多余的。

简单的音符组合成感人的乐曲，一首歌，唱到生命最后一刻，才会与灵魂共鸣。如果你拥有一束自己的阳光，就把它藏在一首简单的歌中遍遍弹奏，每一个音符都会随阳光旋转，化成各种形状，一个眼神，或者微笑。其实，那就是阳光最真实的样子。总有一个人能看得懂。

他那片绿叶的背面，又多了一行字：阳光最后的礼物。

（选自第58期）

药引乡愁

丁冠亚

静谧的夜，一轮明月悬在铺洒满星星的苍穹中，在时光的缝隙里穿越千年。似一面铜镜，客居者从里面照见家乡。想起窗前枯灯下独坐缝补的母亲，不知道她是否又多了几根白发。于是，泪水浸泡笔端："举头望明月，低头思故乡。"家的味道从故纸堆里幽幽蔓延，百转千回。

乡关何处是？是乡音，是村头的那一株槐树……一幅幅相关的场景让我联想起熟悉的故乡。家，每个人都有属于自己的联想。小道是我的联想。

提起小道，首先映入脑海的恐怕是一幅颜色清淡、意境幽远的江南山水画：山径在竹林中蜿蜒，青石板上洒满纷乱的落叶。透过密密匝匝的竹叶，艳阳投下一束束光亮，漫射在青石板上，多了一圈一圈的印记。道旁青溪潺潺。时而，一只白兔或一只松鼠在竹叶的罅隙里一闪而过，仅留下窸窸窣窣的回响。绵长的竹林，间或在一片荷花塘处断开一个缺口，送来阵阵素淡的芳香。

而我的小道，则不是这样的意境化。它只是一条普通的、四五米宽的乡间土路，没有竹林掩映，没有莲花的幽香，没有道旁的青瓦白墙镂花窗。晴天，一辆卡车歪歪斜斜小心翼翼地驶过，掀起漫天的灰尘；若遇上雨天，那是仅仅只有几岁大的孩子的噩梦。

童年被分割成三段，留在三个不同的地方。如果你问我的童年趣事，那我要回到这三个地方去寻找，最后串联起来再缀上好看的花饰。五岁前生活在农村，典型的务农家庭。只不过因为年幼，辛勤劳作与我无关，起早贪黑是父母的事，我只是乖乖地安静地自顾自玩。同样是年幼的缘故，匮乏的物质丝毫没有影响到我的心情，每天和父母、外公外婆、爷爷奶奶在一起就会开心；也只是开心，因为那时还不会有太多的心情。单纯的心情只配给单纯的年纪，现在也已好久不见。那时，学校，对于我来说是悬在空中的殿堂，偶尔从长辈的只言片语中见识到她的庄严、神圣。只知道父辈的学校要沿着门前的土路走好久，还要翻过远处的几座山。我常常站在路口眺望，那些大人们口中的山却像是神话里的虚幻，学校就更是海市蜃楼。我努力，追寻不到。

后来搬家去了镇里，也到了上学的年龄。在新家附近有两所学校：一所是镇小学，另一所是村镇交界处的学校。去镇小学不只要沿着交通干道走好久还要横穿马路，所以家人为了安全起见，替我选了村镇交界处的农村学校。从此，我每天要沿着小道穿过家后的一座村庄，然后是一大片农田去学校读书。村庄里有我最初的一群同学，而那片农田就是他们家主要的经济来源。小道见证了我们单纯的友谊。每天总是一大群学生结伴同行，叽叽喳喳地聊着孩子时的海阔天空。农忙的时候，放学回家同行的队伍会渐渐缩小。我回家，他们则回各家的田地做父母的帮手。站在小道即将转入村庄的地方回头看，我的小同学们散落在那一大片田地的各处。生活在并没有走出农田的庄稼人家庭，他们懂得田地的珍贵。我回头看他们，他们没有看到我新家有一个很大的院子，里面种了好几棵树，有葡萄、香椿、柿子，还有我不记得名字的。那里曾经是我的乐园，在落叶、枯枝组成的千军万马间厮杀；躲在葡萄藤下想偷听牛郎、织女的悄悄话……从家的院子里可以看见小道去村庄的一段，母亲曾经悄悄地告诉我："你爸爸每天早上都站在台阶上看你，看着看着就抿嘴笑了。"

一个背着小书包的小男孩，蹦蹦跳跳，小手小脚、小迈步；脑袋里想着自己的天地，一不小心落入别人的眼里构成他最甜蜜的心事，用笑去表达。而"他"是小男孩的父亲。

坐在电脑前回味着，仿佛是别人的故事。我用心旁观。

十岁后，搬到现在住的地方。从家乡传来的消息中了解到：小道被逐渐废弃，一条新的水泥公路代替了它。每次回农村老家，从它身旁呼啸而过。记忆里的那几方清澈、丰腴的大塘失去往昔的魅力，小了、脏了，水花生和绿萍占满可怜的水面；还有那棵我们放学后常常爬上去采食桑葚的歪脖子野生桑树不知道还在不在。新的公路安卧在旧日的水田上方，寥落的行人点缀了它的空旷。

小道已经找不到它当年的样子。只有在我的印象里：顺着小道蜿蜒的水渠，为逞英雄，我掉下去过几次，总是湿漉漉地被大一点的孩子捞起送回家；那一座简易的两米宽、五六米长没有护栏的小桥上，下雨天校长牵着我过桥；还有一头牛总是拴在一棵大树下，树的枝丫上有个篮球大小的马蜂窝……几张记忆碎片交织还原它的一个个侧面，拼不出完整的全景。

小道已经找不到它当年的样子。随着小道逐渐被湮没，那个时代的记忆也渐渐枯黄、飘零、挥散在岁月里，开始少有人问津。当年的所有总好像比现在的大，那一片金黄的油菜花应该是漫山遍野的，印象中的主人公淹没在花海里、花香里，清新的春风混着花香有节奏地冲击稚嫩的面庞和嗅觉。需要踮起脚尖才能够到花的蓓蕾，多是趁它们顺着风的摇晃，低头时的一刹那和它们打一个笑脸。

那时的亲人们是年轻的，矫健的外公、外婆还能照理一亩三分地。

大年初三，舅舅们戏说，来年要给大姐过五十。我愕然。三楼的柜子里有几本封面老土、带着时代印迹的相册，有一张照片：夏天，站在一方池塘边，密实的树荫下，我拿着把伞倚在妈妈身旁，高不及肩。满塘青色的池水，一树绿色的嫩叶，两件白色的上衣。想抓住那些渐渐离我而去的东西，童年、长辈们年轻的面庞。但事实上，该来的不会远去。寒假回家，等待我的不是习惯的外婆、妈妈亲热的招呼，而是外婆对我说："你外公，早上摔了。"我承认，还没有做好准备接受这样的事实。稍后，调侃睡在病榻上的外公："怎么用摔了一跤迎接我回家?"他苦涩的笑里影印出我的泪花，看得我心伤。

老了，小道老了，人也老了。渐渐消逝的年华从指尖流走，终究还会从记忆里溜走，那时的我们在哪里?

小道，一个20岁小伙的乡愁。

（选自第59期）

停停，别哭！

许样样

女孩出生的时候，奶奶扒开她的小腿一看，脸色就不好了，然后快速抽回双手。不知是刚出生，还是因为奶奶的动作幅度过大，小婴儿哇哇地大哭起来。奶奶就更不高兴了，“哪来的劲呀，这么能哭，快，停下来。”仿佛是听懂了奶奶的话，哭声突然就停了，然后在安静的下一秒，小婴儿又哭了起来，且声音更响亮了。这下奶奶更烦了，“这么能哭，停停都不行，得了，你就叫停停算了！”丢下这句话，奶奶没好气地走了。

接着，停停就不哭了。

一

“去，叫你奶奶回来吃饭。”

“王家姑娘，今天绣了多少花呀？”一个十来岁的小女孩，扎着两个小辫子，双手托着下巴蹲在一位老人面前。

“哎，今天呀，今天只绣了个朵，咱这买不到线，啥好看的咱都绣不成。”老人手里拿着一块麻布，边叹息边用瘦如柴的双手一遍一遍来回抚摸，“还准备拿来送人呢，看来是来不及了。”

“走，别绣了，歇会儿，我妈妈今天做了个麻婆豆腐，去我家吃饭吧。”老人一听就高兴了，放下布，跟着小女孩走了。小女孩牵着老人的手，走起路来两个小辫子一摆一摇，忽上忽下，仿佛在和着她的步伐雀跃。夕阳将这一大一小的身影拉得长长的。

“从什么时候开始，奶奶不再是奶奶了呢？”停停边走边想。她忽然拍了一下脑袋，唉，小脑袋怕是记不起来了。不过停停喜欢这样的奶奶，“王家姑娘”不会对停停凶，不会责怪停停弄脏了衣服，最重要的是她还可以陪停停玩，并且不把停停看作是没长大的孩子。停停喜欢这样，不过爸爸、妈妈看着这样的奶奶却常常叹息。

二

路边人家的炊烟袅袅升起，每当太阳向山边落去只剩半个头的时候，山脚的村子总是被烟雾笼罩着，给人一种不真切的感觉。这里年龄稍长的人似乎没有看钟表的习惯，他们只看日头。

噢！太阳落山了，该做饭了。

落日的余晖洒在了村子人家的屋顶瓦片上，折射出橘色的光来，停停不自觉地伸出手来遮住了眼睛，她总想：有山有水，又烟雾缭绕，不就是这样描写人间仙境的吗？

有多久没回来了呢？一个星期、两个星期？已经数不确切了。高二是忙碌的，老师一遍遍地重复着近几年高考录取率、明年高考的人数等。那是停停听无数遍都记不住的数字，尽管停停可以把圆周率背到小数点后的第三十三位数。也许在骨子里停停是反感的，她不愿意记住那些数字。

停停在县里读高中，从县里到她家有三十多里的路程，需要转三趟车，所以停停不经常回家，浪费时间，又浪费钱。县一中，算是她们这儿最好的中学了吧，好多家长花好几万块就是为了让孩子能进一中读书。

小的时候奶奶常说："女娃有什么用呀，有本事的话你给我考个状元回来！"

停停想：要在古代她现在也该算个秀才了吧，一个女秀才。想想就笑了，奶奶会喜欢她考状元吗？

远远地朝家的方向看去，有一个模糊的身影，看不清楚。停停想到，会是妈妈吗？妈妈总是对隔壁丽丽的妈妈念叨：停停她又补课了，停停在学校又拿奖了之类的话。每当说起时脸上总有着自豪的神气。停停不喜欢妈妈这样，因为丽丽曾是她最好的朋友。她们同龄，一起上小学，一起学自行车，一起上初中，直到初三毕业。丽丽的成绩不好，念完初中就没上学了，这里的孩子都这样，家长认为送孩子上高中是浪费钱，除非孩子成绩好。现在的丽丽在邻县的一家服装厂上班，停停和她很少见面，即使见面也很少有话可说了。从什么时候开始这样的呢？停停细想起来大概是从初三结束的那个暑假吧。

三

一、二、三、四、五、六、七，八。

停停默数着，到家了。

一个头发花白的老人，坐在门口的小凳子上，手里拿着块麻布。

"王家姑娘，今天绣了多少花呀？"停停蹲在老人的面前，用双手支撑着下巴，动作那么自然，仿佛这个动作已经做了千千万万遍。

"什么王家姑娘！"老人有点生气，稀疏的眉毛皱了起来，眼角皱纹更深了，眼睛凹了下去。

停停恍悟，"呵呵，李婶，和你开玩笑的啦……"看着奶奶手里的麻布说："又在给大叔补衣服呢。"

“嗯，那人呀，不长记性，和他说了多少遍，这件衣服我做小了，让他干活的时候别穿，就是不听，你看，这不，胳肢窝又破了。”老人抬起手里的麻布给停停看，一副拿它没办法的表情。

“走，今天大叔不在家，你一个人也别做饭了，我家做了麻婆豆腐。”

停停已记不起，从什么时候，王家姑娘变成了李婶，奶奶的身份一直都在变换着，却依然喜欢麻婆豆腐。而停停却不大喜欢这道菜。

因为什么呢？停停想想，不自觉地嘴角起了一个弧度，就笑了。

她们村家家户户都有地，而黄豆是每家必种的。在黄豆熟了之后，晒干，把壳去了，人们会用蛇皮袋把豆收起来。快过年了，家家户户都会用黄豆来做豆腐，做很多，用木桶装水养着。在停停的记忆里，奶奶家的豆腐是吃不完的，几乎每天都有这道菜，而且吃到后来，豆腐都是酸酸的了……

四

在停停没有多少波澜的生活里，五岁该是一个转折点了吧。

停停终于五岁了，奶奶等来了她盼望已久的孙子。

停停知道，爸爸、妈妈，特别是奶奶，都在等她长大，准确地说是长到五岁！新出生的小弟弟哭个不停，吵死了。奶奶抱着他可乐呵了，嘴里还念叨着“这下好了，我对你们老李家有交代了，好呀，好呀。”

停停狠狠地瞪了她的小弟弟一眼。从此她所有的东西都要分一半给这个小弟弟了，包括爸爸、妈妈、奶奶。不，从前的奶奶也不是自己的，停停想到这不自觉地眼角就红了。

接下来，停停就搬到了奶奶的小屋子住了。奶奶要孙子，但爸妈说两个孩子不好带，奶奶干脆说：“你们生就是，停停我来带。”

于是停停就跟奶奶住了。

在停停的脑海里没有“爷爷”这个词，五岁的停停认为，爷爷就是长着白胡子的老人，像小胖家的张爷爷，村头爱笑的牛爷爷。渐渐长大的停停才知道她是没有爷爷的，奶奶从不提爷爷，停停尽管有天大的好奇，但从不敢问奶奶。只是听村里的老人说过，爷爷年轻时是个上进的好小伙子，曾经还带着整个生产队一起砸锅炼钢，那时可风光了。“唉……”每当说到这时老人们总是长长地叹上一口气。

在小停停的记忆里，奶奶不是个“好奶奶”。她从不会像丽丽的奶奶那样抱着丽丽走家串户地玩，可以说奶奶几乎没怎么抱过停停；也从不像小胖的奶奶那样端碗饭找到在玩的小胖喂着他吃饭，停停的奶奶只会站在门口，先朝着东边叫一声“停停”，再转过身朝西边叫一声“停停”，然后大声地叫上一句“快回来吃饭呀”，有时停停回来得晚了点，奶奶已经吃过了……

可每当停停身上有伤痕时，奶奶就非得刨根问底儿了，若是得知停停是被人欺负了，二话不说就冲到人家家里去。奶奶总告诉停停，“咱不能白让人家欺负，那是孬种！是对是错总得有个说法。”

奶奶的“厉害”是出了名的，和停停差不多大的孩子都是怕停停奶奶的，为此停停的心里是高兴的。常有人要欺负她时，她会说“我回家告我奶奶去!”然后别人就不敢了。

奶奶很少和弟弟亲近的，她更多的时间所忙的事都是围绕着停停的，给停停补衣服、做饭、扎小辫子……

渐渐长大的停停发现了一个秘密：原来奶奶盼孙子，却不是疼孙子的。

五

高三那年，停停的学习更忙了，而奶奶的病也更严重了。她不是王家姑娘，也不是李家大婶了。她的口里含糊地念叨着一个名字，似乎是个男子的名字。妈妈说她叫的是——保军，停停那从未见过的爷爷。

那一刻停停似乎明白了什么，奶奶的性格是要强的，她从不说自己的心事，这么多年来所有的事情都自己一人挑起。原来这么多年来奶奶也是寂寞的，所以那时明明有两张床奶奶却喜欢和小停停睡一块，所以奶奶叫停停回来吃饭，停停回来晚了她会生气……原来奶奶也是渴望有个人陪的。

奶奶的病已经严重到生活不能自理、大小便失禁的程度了，妈妈在整理被奶奶弄脏的床单时，常会默默地流泪。才开始停停以为妈妈是觉得委屈。一次妈妈哑着嗓子说了一句“曾经多么精明的一个人呀”然后再无下文，停停才懂得原来妈妈之前的眼泪更多的是为奶奶流的。

停停从妈妈那里知道，当年的奶奶长得水灵，又是村里最能干的姑娘，是挑花绣朵的好手。当年，爸妈被人介绍“相亲”时，奶奶初次见面就看着妈妈的手工活直接摇头，表达对妈妈的不满意。妈妈现在想想都觉得奶奶是个很厉害的婆婆。

六

“停停，快回家，你奶奶老了……”

停停永远也不会忘记那天早晨的这个电话，以至于后来每当电话在早晨响起时她都有点心惊胆战的。

妈妈说那天奶奶特别清醒，她让妈妈给她梳她那几根稀疏的花白头发，妈妈很困难地把奶奶的头发挽了上去。奶奶自己穿衣、自己吃饭、自己上厕所，中间只出了一个小错误，那就是她把妈妈叫作了“停停”。

“停停呀。”

“妈，停停上学去了。”

“噢，那停停什么时候回来呀?”

“停停过两天就回来。”

“噢……”

晚上，妈妈给睡下的奶奶盖被子时，奶奶一把抓住了她的手问：

“停停呢？她怎么还没回来?”

“过两天，星期天停停就回来。”

“噢，这么迟呀……”

第二天早上，妈妈叫奶奶起来吃早饭时，一声，两声，没人应。妈妈走近去叫，才发现奶奶走了……

停停回来见到的奶奶面容很安详，仿佛只是睡着了。她的双眼微闭着，老年人睡觉总是呼吸有点困难，嘴总是微张着，妈妈给她挽的头发还没有乱。停停跪在床边看着奶奶，仿佛只要她叫上一声奶奶马上就会醒过来。可是停停叫了一遍又一遍奶奶没有应，仿佛冬天赖床的停停，不愿意起床，就假装听不见奶奶的声音。

《恋恋笔记本》的最后一幕是两个头发花白的老人，紧紧地依偎在一张单人病床上安详地去了，那是两个老人最为温馨美好的结局了。

而奶奶她是一个人去的，只有一人。

在给奶奶穿寿衣时发现她的左手紧紧地握着，怎么也打不开。停停把奶奶那皱如松皮的手放在手边哈着气，然后把它揣在怀里，隔着层内衣，像小时候冬天奶奶用怀给她焐脚一样，冬天停停的脚怎么也暖不了，只有在奶奶的怀里才有一点儿温度。渐渐的奶奶的手软了，停停将它一个手指一个手指细细地扳开，发现原来奶奶紧紧地攥着一个东西……

然后眼角氤氲，失声痛哭了。

七

亲戚朋友都来了，是奶奶把他们聚到了一块。

吃饭时，一位眉毛白了的老人，停停都记不起他是什么辈分了，指着一碟麻婆豆腐说：“这是保军最爱吃的了。”

原来，如此呀。

村里懂风水的老人在山上给奶奶找了个地方，那是一棵枫树下。葬礼那天锣鼓喧天，爆竹在离枫树不远的地方点着，震得树上红黄的枫叶一片一片地飘落。

停停担心地想可别掉光了，那样谁给奶奶遮风挡雨呢。也许下次来时叶也该落光了吧，不过来年春天应该会再长出一树的枫叶来，然后结出满树的枫果，松鼠上蹿下跳的，好不热闹！那样奶奶就不会寂寞了。

停停随送葬的队伍下山，走得特别慢，然后趁人不注意又悄悄地折了回来。坟上的黄土因为潮湿带着点红。停停坐了下来，靠在大理石碑上，上面写着“慈母王秀芝之墓”。停停用手指缓缓地摸过，一遍又一遍，仿佛要记住每一道沟痕。

她转换了一下角度，头微靠着石碑，抬头望着天，从口袋里摸索着，掏出了一颗糖。

阿尔卑斯，草莓味。她一直认为这个口味最甜！

这是奶奶紧握在左手里的，是奶奶走前最挂念的。

她上次回家给了奶奶一颗糖，她说这个口味的糖最甜，会让奶奶吃了笑一笑的……

剥开糖纸，把糖塞进嘴里：

奶奶，停停没有骗你，这颗糖真的最甜！

一颗晶莹的泪珠从停停的眼角滑落，滑过侧脸，滴在了黄土上。

看这天，是要下雨了。

尾　声

停停，以他们县第一名的成绩考取了大学。拿到通知书的时候，停停没有激动，她只是想：奶奶，我还是没能考个状元。想想，停停就笑了，奶奶从来都没想过要她考状元，那只是一句激励停停的话罢了，她只是想让停停坚强，想告诉停停你一样可以考状元，和男孩没有区别！

后　记

这是根据一个真实的故事写的，谨以此文送给那个叫作“停停”的女孩。停停的奶奶是个老年痴呆症患者，却走得清醒，停停是她最后的挂念。她从不言表对停停的爱，却把生命中最后的温暖都给了停停。

停停，奶奶在天堂看你，她希望你一切安好。

湛蓝的天空，云朵儿都被风给吹散了。风从耳边吹过，轻轻的、柔柔的。

听！奶奶在说：

停停，别哭！

（选自第60期）

小姑娘的外婆

左娇娇

珍惜黄昏的村庄，珍惜雨水的村庄，万里无云如同我永恒的悲伤。

——题记

“外婆，外婆，你叫什么名字呀？”

“傻丫头，老人的名字小孩是不能问的。”

“为什么呢？外婆是不是就叫外婆啊？”

“嗯，是啊，外婆就叫外婆，丫头真聪明。”

“哦。”

扎着两个羊角辫的小女孩蹦蹦跳跳地走了，走进那间灰暗的房间，坐在那个旧旧的火桶里，看黑白电视机不停闪烁变化着的画面。小姑娘胖嘟嘟的，穿着红色小棉袄，白色的小皮鞋上满是泥土。她是坐不住的。不一会儿又跑去隔壁的房间，她的眼睛四处看，终于落在那个土黄色的缸上，是烧制的那一种，表面粗糙，大多数用来装稻谷。小姑娘走过去摸摸那个缸，然后开始拼命地摇，发出阵阵声响。不多时，外婆就拄着拐杖过来了，她笑眯眯地问小姑娘：“想吃糖果了吧？”小姑娘高兴地点点头，两个羊角辫也跟着摆动，像是踢出去的鸡毛毽子。于是外婆掀开盖子，开始摸索，小姑娘不时地凑上去看看，外婆就说：“要是掉下去就爬不上来了，我也拉不动你，看你怎么办。”小姑娘就退得远远的，脖子伸得老长。等到拿到那几颗彩色塑料纸包裹着的玻璃糖，她才会走。她会走去哪里呢？无非是坐在外面的石凳上，将那些彩色糖纸放到眼前，仰着脖子看蔚蓝澄澈的天空变色，然后咯咯地笑。

只是现在我再没看到小姑娘笑得那么开心了。她变成了大姑娘，那些糖纸早已不见踪影。她开始上学，结识了好多小伙伴，她不再那么想念那个荒芜的村庄了。高中的她开始发奋努力，似乎一切都被那个叫高考的家伙占据了。爸爸告诉她外婆生病了，她总说考完试就去看看，是啊，她总是埋着头，她忘了记忆里那一小片会变色的天空和那些透明的玻璃糖。然后某一天我在精品店的镜子中看到拿着万花筒红了眼睛的她，也许她只是想到了什么吧。我帮她拭去眼泪，我告诉她不要哭。她很听话，就像外婆离开的那天，爸爸说，不准哭，她便不哭了一样。她终究是理智的，擦干眼泪就回了学校，然后继续和那个叫高考的怪物纠缠不清。她没见到外婆最后一面，她看到的是躺在门板上，脸上盖着印花手帕的外婆。她穿着新的蓝布褂，新的小黑鞋。外婆的脚很小，外婆告诉过小姑娘她裹过脚，高中历史书上说到三寸金莲时，小姑娘就明白了。她跟我说她想外婆了，想去看她。我说：等放假吧。她就跟我说起了那个小村庄，她说那里一共只有六户人家，村庄前面有很大很大的湖，岸边总停着几只搁浅的大船，旧得很难看。她还说那里有一片茶园，她小时候和外婆去摘过茶叶，嫩绿的叶子香香的，喝起来却那么苦。如今她却爱上了喝茶，爱看那一片片漂浮在玻璃杯里的小叶子，一点一点地沉下去。说完她眼角红红的，我想打住她，她却固执地继续讲。她说她三年级去外婆那里的时候，晚上洗脚，外婆拿了双最大的鞋子给她穿，她竟穿不上了，外婆就说："这丫头的脚怎么长得这么快啊。"她没有看过外婆的脚，她只记得外婆的手握着她的时候冰冰的，软软的。后来历史老师给我们看纪录片的时候，看到了那些裹过的小脚。看不见脚指头，骨头畸形地扭曲着。她哭了，她告诉我她终于明白为什么外婆总是跪着洗衣服，还说那样比较舒服。她还说了什么我已经记不清了。因为如今我已经是个没有外婆的人了，我记着这些琐碎做什么呢？想念这东西太过邪恶，它不是光靠回忆就能填饱的，它会腐蚀你的泪腺直至干涸。我劝小姑娘忘记，她固执地不肯，我便不再理她。

可前几日我又跑去找她了，我让她给我讲那个荒芜的村庄。因为我在敬老院看到了一个老人，我看到了那位老人的脚和指甲。我甚至给她剪了指甲，我要去和小姑娘炫耀。我跟小姑娘说起老人满是疤痕的脸，我说我看到了岁月的力量。她说外婆的脸很白。我又说到老人的指甲，我说那些指甲像是动物的残骸，没有形状像是被风干的面包一样，硬硬的，却终究那么脆弱。我在想能不能给它们涂指甲油呢？那种玻璃瓶装着的五颜六色的液体，透着年轻的朝气。我故意问小姑娘，她只是笑笑。我觉得我赢了，她一定没看过外婆的指甲。我继续说，我说起老人的脚。我说那个老人经历过抗日，因为战争，她的脚裹了一半就放了。那是怎样的一双脚呢？我细细地回想，描述，直到我看到小姑娘眼里的泪水，我才停住。我这是在做什么呢？我无非就是想让她后悔自责，仅此而已。她从来没给外婆洗过脚，从来没给她剪过指甲，她甚至没有看外婆最后一眼。她应该被想念腐蚀。我这样想着。

我报复了小女孩，报复了我自己。我告诉小女孩，以后的日子，没有外婆的日子，要好好地生活。要记住那个村庄，记住那间倒塌了的土房子，记住那个叫外婆的老人。忘却那些忧伤，要坚强地去想念。我不知道小姑娘能否做到，但我会陪着她，我要告诉她，外婆一直住在她的心里，从未离开。

（选自第61期）

清明，桃花救赎

刘 芳

三月，桃花灿烂，在积蓄了整个冬天的力量之后，它们不动声色地悄悄释放，直到花苞满枝才笑吟吟地向世人昭告，这个季节是属于它们的。

桃园的桃花也一定开了吧，见惯了桃园三月的景象，即使现在的我远在桃园几十公里之外，却依然可以想到那样灿烂的画面。耳边有蜜蜂嘤嘤嗡嗡的声音，有各种昆虫飞舞的身影，当然最令我触目可及的是那一片粉红的世界。女孩子天真烂漫，爱幻想，这样的桃园，这样的季节让我毫不费力地拥有一个精神寄托的实体。我爱桃园，爱那一片粉色的世界，在那里，总能找到属于少女特有的青春萌动。

然而，许多年后的今天我才明白，桃园是爷爷的桃园，那个粉色世界是我永远进驻不了的地方。桃园大门上的那把铁锁总是泛着黑黝黝的寒光，让我心生胆怯。它锁不住我的脚步，就像锁不住满园的春色一样，但是它在另一层面上却禁锢了我，不能靠近，不能张望，永远只能站在园外想象着园内的人和事。

桃园是爷爷在六十多岁的时候一棵一棵栽出来的，一亩地八百多平方米却并不全都是桃树，中间夹杂着少许其他的果树，有梨树、柿子、石榴、枣子和并不结果只是好看的橘树。因为桃树居多，爷爷就称它为桃园。桃园基本成形的时候我刚上初中，语文课本上有陶渊明的名篇《桃花源记》，当时一下子就想起了爷爷的桃园，顿时觉得这个名字真是好听极了。自从桃园落成之后，爷爷便很少回家，刚开始还回家吃饭睡觉，后来就索性在桃园里盖起了两间瓦房，一间住人，一间作为厨房。

我清楚地记得他在桃园里劳作时的情景，一个人伴着满园的桃树，给它们整理枝条，施肥，浇水。有时候去桃园里玩，走到园门口又总是踟蹰不前，不知道这双脚到底是要迈进去还是退回来。爷爷话少，若我们不主动，他一般很少开口，就算我们交谈甚欢，他也只是微笑着倾听。我的记忆里从来没有和他单独交谈过。甚少的几次总有人在场，只是我和他打声招呼，他淡淡地应着而已。我曾向母亲埋怨过爷爷的冷淡，总觉得他不喜欢我，有时候发脾气看见他故意不叫，心想反正又不喜欢我。可是长大一点才发现他似乎对家里的小孩都是如此，冷淡并不是针对我一个人，再后来慢慢地习惯了这样的相处模式。

在我的印象中，他的身体一向硬朗。我坚信从不打针吃药的他会和这桃园一样一年复一年，永恒地走下去。所以在我读大二的时候，接到他去了的电话时我一脸茫然，不知道该不该相信，突然间好像忘记了刚才电话里的内容，有关于他的和我的。电话是父亲打来的，让我立即回家。我记得当时我正在和室友们看电视剧《李小龙传奇》，这部电视剧我追得很疯狂，完完全全地被李小龙给折服了。电视里的李小龙当时因为种种原因而不得不离开，只身前往美国避难，就在这时候听到了让我难以置信的消息。脑出血。上午还在田里栽油菜，快中午时说是肚子饿了就一个人先回家弄点吃的。结果姑姑回家做午饭时发现爷爷躺在藤椅上睡着了，以为是累了就去拿了毛毯替他盖上，碰到他冷冰冰的手才知道是怎么回事。父亲简略地说着，隔了好一会儿我才恍过神来，忘记了哭泣，只是感到眼前有一片粉红，不柔和反而很刺眼。粉红的疼痛在我的眼睛里打滚，酸涩难耐，终于一闭眼没有了粉红，没有了疼痛，两行热泪从眼里喷涌而出，像两道焦灼的火焰炙烤着肌肤。我突然清楚地明白，他走了，桃园里再也找不着他了。

很长一段时间我都无法相信他离去的事实，只是觉得他还在家里，在桃园，放假时只要我回家就能见到。是我和他相处的日子太少，少到都已经彼此习惯，习惯了长时间的不见，也习惯了我会突然间出现在桃园，大声地叫他爷爷。直到现在我都无法想象他这些年一个人待在桃园，和村庄隔着好一段路，他寂寞吗？寂寞是肯定的，只是我不知道他是怎么排解孤单的日子，索性不去想，或许桃园就是他的幼子，我的父亲、叔叔、姑姑们是早已不需要他的照顾了，唯有这个最小的儿子还尚未成年罢。

在他走后我仔细地回想他生前的点点滴滴，我惊恐地发现这二十几年来我和他之间竟没有一点可供独立回忆的场面，除却桃园，我找不到与他有关的信息。桃园，桃园，我在心里一遍一遍地默念着，似乎他还在桃园，在那红砖黑瓦的屋子里。我看见他坐在桌前，一手捧起酒杯，一手拿筷子夹着他最爱的下酒小菜，眯着眼异常享受地呷上一小口，在他看来人生一辈子还不如一壶酒来得痛快。

桃花依旧笑春风，灿烂如昔。我突然想到那满园的花儿，那么努力地绽放，也必是对我的嘲弄和不屑吧。我固执地觉得爷爷是住进了那些花儿里，不然它们又怎能开得如此绚丽如故呢？桃园里全是爷爷的足迹，有着专属他一个人的回忆，是我永远也无法企及的。多么希望那些记忆能够顷刻间如潮水般将我淹没，即使不能呼吸，不能思考。

清明，必在桃花盛开的时节，这让我难过地觉察到这是个专属于祭奠的季节。又是清明，桃花依旧，只是少了爷爷的桃园还能称作是桃园吗？物是人非，阴阳相隔，在这祭奠的日子里除了带着香纸、冥币和金色锡箔的元宝去他的坟冢，把属于我的思念通过这样的方式传达给他外，我不知道还能做些什么。悲哀地觉得我还不如那桃园里的花儿，它们再现专属于他一个人的世界远比我这样虚无的祭奠来得更加真实。我不禁想到，或许这满园的桃花，可以带我进驻那个世界，将我救赎。

（选自第 61 期）

顾随诗学的生命情怀

查达权

顾随先生是二十世纪杰出的文学家和学者，在文学创作、理论著述和诗词讲授等方面都取得了卓越的成就。其学生叶嘉莹先生评述说："先生的才学和兴趣，方面甚广。无论是诗、词、曲、散文、小说、诗歌评论，甚至佛教、禅学，都曾留下了值得人们重视的著作，足供后人之研读敬仰。"而叶先生更认为："先生平生最大之成就，实在并不在其他各方面之著述，而更在其对古典诗词之教学讲授。"时下能够呈现顾随先生诗词教学讲授风貌的书籍有《顾随诗词讲记》《驼庵诗话》《中国古典诗词感发》等。这些著作，集中体现了先生对文学所蕴藉的生命情怀的发掘力度和重视。如果说其他的相关书籍将诗囊括进诗学理论的殿堂，那么顾随先生就是将诗融进了人的生命和血脉里。抛开理论谈文学，自然显得浅薄和无知，然而如果抛却生命谈文学，那就是断木之本，绝流之源了。

顾随先生这几本书不算严格意义上的诗学著述，而是以叶嘉莹先生当年的听课笔记为基础整理出来的文稿。但是这丝毫不会减损它们的价值，相反，倒是顾随先生口头话的语言甚至是"跑马式"的讲授独具魅力，盛唐的诗词兴象玲珑，不可凑泊的渊旨妙趣。诚如叶嘉莹先生所说的："先生之讲课则是纯以感发为主，全凭神行，一空依傍。"所以这几本书的文字就像汩汩清泉从山涧流淌而出，正如苏轼所言："如万斛泉源，不择地皆可出。在平地，滔滔汩汩，虽一日千里无难。及其与山石曲折，随物赋形，而不可知也。所可知者，常行与所当行，常止于不可不止，如是而已矣！"先生正是以这样的方式讲授诗词，贴近大地，也贴近生活。这正是课堂的生命所在，只有在这样的课堂方能衍生出对诗词生命意义上的理解和感发。

《驼庵诗话》开宗明义："文学是人生的反应，吾人乃为人生而艺术。若仅为文学而文学，则力量薄弱。凡艺术作品中皆有作者之生命与精神，否则不能成功。古人创作时将生命精神注入，盖作品即作者之表现。"所以先生认为："一种学问，总要和人之生命、生活发生关系。凡讲学的若成为一种口号或一集团，则即变为一种偶像，失去其原有之意义与生命。"大凡永垂不朽的文学都是从生命之中刨掘出来的，带有血色和骨髓！这就是尼采在《查拉图斯特拉如是说》之中标举的文学——在一切书写中，我只爱一个人用自己的血写下的东西。用血书写吧：你将体验到血便是精神，沸腾奔涌。文学只有具备这种“血的精神”才不至于在历史流变和风尘洗礼的过程中褪色。千百年以降，太史公的《史记》宏博之中透露的是生命的挣扎、屈原的《离骚》徘徊背后闪现的是坚守的背影，杜甫的诗歌格律之中熔化的是沉重的血泪……诸如此类的文学都是生命化的沉淀结晶。顾随先生就认为《史记·项羽本纪》“是天地间有数文字”，因为“笔端时时流露感情，特致其高山景行之意”。他说《离骚》是“伟大诗人的理想”，这种理想“使其热情更高尚，更感人”因为这是一种“为真理而牺牲”的精神！至于对杜甫的论述就更多更深入，征引不尽，然而一言以蔽之，便是深厚二字。顾随先生说“其深厚不下于莎氏（莎士比亚）之伟大”，而这种深厚正是“由‘生’而来，‘生’即生命、生活”。（顾随《中国古典诗词感发》）

伟大的文学固然源自生命意识的勃发，然后不是每一颗生命的种子都能孕育文学的幼芽。顾随先生主张诗应该有知、觉、情，三者缺一不可，而能够构筑伟大文学的生命也要具备这三个要素——知，理智；觉，生命意识；情，诗的生命。只有这样的生命才能锻造文字的熔炉，从这样的熔炼里流淌出来的词句天然就蕴藉了一段风姿。诚然，太过理智的人不易成为伟大的文学家，情感泛滥的人亦然。这就需要两者相辅相成达到情理兼得的程度。顾随先生说：“做诗人是苦行，一起感情需紧张（诗感），又须低落沉静下去，停在一点，然后再起来，才能发而为诗。诗感是诗的种子，佳种，沉落下去是酝酿时期，然后才能表现。”先生所说的“紧张”便是情感的勃发，而“低落沉静”便是理智的梳理，这样一来情感和理智就形成了一种内外张力，这种张力要想体现在诗句之中，必先体现在生命之中——有洋溢的热情和低沉的悲哀，也有审慎的思考。就像顾随先生所言：“沉得住气，不是不烦恼，不叫烦恼把自己压倒；不是不喜欢，不叫喜欢把自己炸裂。此即所谓情操。必须对自己的情感仔细欣赏、体验，始能写出好诗。”若真能如此，写出好诗倒是其次，我觉得更重要的是这种调和的智慧，是一种高明的中庸。如此一来，调和之下不仅会涌现出隽永的诗文，更能够闪现出靓丽的生命之光。

顾随先生时常挂在嘴边的一个术语是“生的色彩”。例如他评价王绩诗“牧童驱犊返，猎马带禽归”一句便具有生的色彩，同时他也认为“唐诗人中，老杜，商隐皆生活色彩甚浓厚”。诸如此类评述不胜枚举。这种“生的色彩”其实就是生命的色彩及其自觉意识。先生说：“欲使生的色彩浓厚，第一，须有‘生的享乐’。此非世人所谓享乐，乃施为，乃生的力量的活跃。人做事要有小儿游戏的精神，生命力最活跃，心最专一。第二，须有‘生的憎恨’。憎恨是不满。……创造乃生于不满，生于理想。憎恨与享乐不是两回事，最能有生的享乐，憎恨也愈大，生的色彩也愈强。第三还要有‘生的欣赏’。……因为太实了，便不能写出，写不出来，不得不从生命中撤出去欣赏。”先生所谓的“生的享乐”“生的憎恨”以及“生的欣赏”说明了诗人出入于生活与世界的问题。享乐与憎恨源于诗人深入生活世界的情感触媒，而欣赏则出自诗人出乎其外的审视观照。一出一入，既获得了情感的体验，又架构了思维的桥梁，挥毫泼墨间便已然踏上了通往诗国的路径。这也就是王国维先生所说的：“诗人对宇宙人生，须入乎其内，故有生气；出乎其外，故有高致。”（王国维《人间词话》）

其实在顾随先生眼中，这种出与入不是简单的动作，也别于儒、道分别标举的入世与出世的理念。而是同一个生命个体所同时具备的两种存在形式和生活态度。“生的享乐”是孩童式的天真，而“生的憎恨”则是成人式的担当与挣扎。不管是天真、担当，抑或是挣扎，这些都是生命在轮回之间所必尝的人生况味。李白的浪漫主义情怀就是天真的。“小时不识月，呼作白玉盘”“举杯邀明月，对影成三人”“相看两不厌，唯有敬亭山”……诸如此类的诗句只有孩童能够道出，没有任何机巧和做作，字里行间铺陈的只是生命的原初色彩，这就是本色与天真！

然后对于“生的憎恨”的理解就显得沉重甚至压抑，毕竟憎恨生于不满，也源自期待与理想。杜甫就是极具这种“生的憎恨”的诗人，用顾随先生的话说就是“老杜是睁了眼去看事物的真相”！如此一来，杜甫的天真少了，而沉郁增多了，飘逸减少了，而力度加大了。所以我们从杜诗里时常可以看到“朱门酒肉臭，路有冻死骨”的有力抨击，可以听到“感时花溅泪，恨别鸟惊心”的悲戚之声，也可以领略“观者如山色沮丧，天地为之久低昂”的物态神韵。杜甫的诗不像王孟那般清淡悠然，也不似李白那般超逸邈远，而是高蹈在江海之上的浪潮，起伏之间所突发的是吞吐风云的气象。王孟之诗以心性胜，李白之诗以才气胜，而杜甫由于入世太深，挣扎便愈发激烈，所以他的诗以力度胜。顾随先生认为：“老杜诗中有力量，而非一时蛮力、横劲。其好诗有力，而非散漫的、盲目的、浪费的，其力皆如河之拍堤，乃生之力、生之色彩。”并且说明先生进一步认为这种色彩是“活色”——如花之红，柳之绿，是内在生气、生命力之放射，不是从外面涂上的。

另一方面杜甫由于入世太深，满怀儒者的济世理想，但是现实之中却充满了不可调和的矛盾，他是“睁了眼清醒地看苦痛，无消灭之神力，又不愿临阵脱逃，于是只有忍受、担荷”。所以顾随先生说：“老杜也曾挣扎、矛盾，而始终没有得到调和，始终是一个不安定的灵魂！”因此先生认为“他（杜甫）感情真，感觉真，他也有他的痛苦，便是说了不能做。”总而言之尽管杜甫的生命一直在挣扎，一直在求索，但是他又是乏力的，而正是这种乏力所牵引出的重重矛盾锤炼了老杜的精神骨架，也催生了一首首掷地有声的杜诗。

不论是李白式的“生的享乐”，还是杜甫式的“生的憎恨”，它们在本质上都是生命深入生活世界之后获得的体认与感知。只是李杜二人是以不同的身份步入生活的。李白是道者与孩童，所以他可以上游环宇，下饮林泉，这样的生命或许更是诗意的、唯美的，然后总会缺失一些张力和重力。杜甫则是以儒者和斗士的身份一头扎进生活世界，不管下面是泥泞还是深渊，他总要挣扎、总要奋进。这是一种刚猛的魄力和担荷的精神，不过也难免痛苦和激愤。

与杜甫相似的还有两位诗人，那就是曹操和陶潜。顾随先生说：“曹、陶、杜其相同点便是都从生活里磨炼出来，如一块铁，经过锤炼始成钢。”但是如果把这三位诗人再分成两类，曹操和杜甫可为一类，他们都一个劲地深入生活，并且与生活的苦难硬碰硬，所以他们的诗歌都是从沉重的磨盘里研磨出来的。而陶渊明不仅跳进了生活，而且跳出来了，因此他和曹、杜一样具备担荷的精神，然而除此之外还有调和的艺术。他的生命和诗歌里不仅有犹如曹、杜二人的沉重，而且渗透了有别于此二人的拥抱自然的智慧。相比较而言，陶渊明更加符合顾随先生心中拟定草创的诗人形象。因此他说曹操是英雄中的诗人，杜甫是诗人之中的英雄，而陶渊明是诗人之中的哲人。

陶渊明的哲学不仅仅是诗的哲学，更是生命的哲学。他既能担荷，又能解脱。在陶渊明的世界里至少存在这样两重普遍矛盾——理想与现实之间的人生矛盾、寂灭与恒常的宗教矛盾。简而言之便是出与入的龃龉，生与死的轮回。对于前者，他早已潇洒地做出了自己的选择——高唱《归去来兮辞》挂印而归，黄昏把盏，菊圃流连。诚然陶渊明的生活里并不都是“采菊东篱下，悠然见南山”的闲适清幽，也充斥着饥饿、寒冷和辛劳等一切晦暗和苦难。但是他把这些都写进诗里，融化在字里行间，并且都是以一颗平静的心对其进行描摹。他写饥饿，“饥来驱我去，不知竟何之”；他写寒冷，“被褐守长夜，晨鸡不肯鸣”；他写辛劳，“晨兴理荒秽，带月荷锄归”。顾随先生说：“美与善是人生的色彩，丑与恶也是人生的色彩”，陶渊明的诗中有真善美的天使，也有假恶丑的阴影，单是这一点，曹操、杜甫等其他诗人的作品也同样具备。然后不同的是，陶渊明始终是平淡、平静地看待生命的沉浮，以一颗哲人的心去化解这种人生矛盾，一入一出之间俨然完成了士大夫到诗人再到诗意的哲人的身份转型。

对于生死的矛盾，陶渊明一样看得透彻。其实这是一个贯穿于人类发展始终的永恒命题，自然也根深蒂固地渗透到历代的文学之中。陶渊明在《神释》一诗中体现了自己对生死的态度——纵浪大化中，不喜亦不惧。应尽便须尽，无复独多虑。顾随先生认为“有生必有死乃天理，好生而恶死为人情”，但是陶渊明看破了这种人情的脆弱和无知，他是跳出生死继而洞悉了生死，诗意地活着，坦然地死去。这在当时是难能可贵的。魏晋之际的士大夫、文人多数都是迷离生死而无可奈何的慨叹。曹丕感慨“人生如寄，多忧何为”；《古诗十九首》喟叹“人生不满百，常怀千岁忧”；阮籍悲歌“生命辰安在，忧戚涕沾襟”，所以他们饮酒，以乐生之法暂时忘却死亡的恐怖。但是陶渊明全然不是这样。他首先能够参透生死，更为伟大之处是他并不将其虚无化，也未曾遁入空门，而是以诗代替宗教，以自然作为平衡生命的支点，所以顾随先生认为陶渊明本身就是诗、就是自然。

陶渊明之所以能够既担荷生命的尘杂又能够抚平心灵的块垒，并且以诗的形式吟唱出来，是因为他的生命和诗打成了一片，实现了“世法”与“诗法”的水乳交融。顾随先生说：“一切‘世法’皆‘诗法’，‘诗法’离开‘世法’便站不住。”同时他把陶渊明和杜甫加以比较：“老杜虽感到‘诗法’与‘世法’抵触，而仍将‘世法’写入‘诗法’，且能成为诗。他看不出二者的调和，而不把调和写成诗。陶渊明则根本将‘诗法’与‘世法’看为调和，写出自然调和。”先生此说着重地阐发了文学与生命的交融以及两者互为根底的密切关系。

总而言之，生命是顾随先生诗学体系的内核，他对于诗的解读就是诗文在灵魂深处所迸发的生命之歌。他通过对诗词知、觉、情三方面的考量和解读，还原诗人“生的色彩”。他从李白式的“生的享乐”、杜甫式的“生的憎恨”以及陶渊明式的“生的欣赏”之中挖掘出了诗人蕴藉在诗词之中的担荷精神与调和艺术，将文学与生命紧密结合在一起，从而勾勒了出诗词创作的生命化过程。

（第 64 期）

住下的风声

聂小悦

一

高考之前，我一直想去一个有海的城市求学，遗憾没有如愿，反而来了家乡一所位于山区的高校。

每年冬季，这里会飞来许多乌鸦，南方温润的树木也在此时被刷上银白色的裙脚，平日里沙沙的叶子早已在静美秋日掉光，由此变得干枯，黄昏也常恹恹。

山脉围绕着学校，在黑夜里延伸，在晨光里披戴一身朝露，风总是簌簌地掉下来，吹乱衣衫与发丝，吹乱一些破碎的情绪。不论晴天雨天，风总是不肯休息，不知折了哪片白云做翅膀，肆意地在天空呼朋引伴。

常常是在裹了一层又一层衣服却还是冻得哆哆嗦嗦时回到寝室，阳台的门窗被风刮得呼啦作响，倒也使独处的时候不那么寂寞了。一个人的时候喜欢读书，在书中读到喜欢的作家在欧洲求学，住所濒临大海，呼吸里带着盐味的生活，觉得有种广阔的美感。相比之下这小城实在荒凉得很，但没有什么是不能习惯的，习惯一个人，习惯孤独，习惯日夜穿梭的风。有时会在夜晚跳着脚去阳台收衣物，若是晴天，便能在抬头时看到星子们的温柔造访，起风的夜里便会生出一些媚人的情调，我常在这个时候想起海子的那句“不能自拔/热爱着空虚而寒冷的乡村”。而那些关于海洋的缥缈热切的梦境也是由海子开始的吧，由那句“面朝大海/春暖花开”开始的吧。

二

去看海子是在春天，去年的四月二十日——在高中时我和朋友计划过两次去看海子，却都没能实现。

说来四月末也已是春末了，那天却骤然降温，狂风大作，许久不穿的厚大衣也被我不情不愿地从衣柜拖出。

海子故居位于距离学校大概二十多分钟车程的怀宁县查湾村，到达时是下午两点多。海子故居已然修缮一新，并不是曾经在照片上看到的土坯房。我们进去时，海子的母亲还在午睡，但见我们到访，不多时便起床迎客了。

她是吗？海子诗中“扶着木头，正在干草上晾衣的母亲”吗？她面容慈祥，发已花白，着了一件紫红色绣花夹袄，坐在海子房间的躺椅上，手里拿着一本海子诗集。

同行的是文学社的同学们，人多且杂乱，大家忙着参观、拍照、与海子父亲攀谈或是在留言册上写下字句。海子母亲似乎没有理会这些喧闹——她或许已对络绎不绝的参观习惯了罢？而这日复一日的对她亡子的纪念，对她痛苦回忆的提醒，又真的是她想要的吗？

“夜晚/亲爱的朋友/在什么树林/你把酒瓶倾倒……”她用怀宁当地有着黄梅调子的方言轻轻读着，我和同行的一个姑娘站在她身边，听着。旋即，她抬起头来问：“他写得好哦！”

我看见她的眸子，浑浊的眸子，明亮的眸子，听见那语调，轻柔的语调，沉重的语调。那不是疑问的问句，而是肯定的问句，是不容置疑的肯定，是岁月洗涤后的平静，是以梦为马的骄傲。

“我每天午睡完就会来读诗。”她接着说，未抬头。她似乎是说给我们听，似乎是说给自己听，更似乎是在说给她死于二十五岁的太阳的儿子听。

房间里有一张红漆展览柜，以玻璃覆之，里面陈列着海子的作品集、书信、照片以及手稿。我伏在玻璃柜上仔细端详，那些曾经在网络上见过的他穿着鸡心领毛衣的相片、他穿着短裤在水边嬉戏的相片，他的证件，以及后人为他精心编纂的《海子诗全集》等。那刻的空气是静止的，诗人似乎在我眼前，我看见他鲜活的笑容和飘扬的头发，看见他单纯的脸庞和深邃的内心……许许多多丰盛的情绪被我努力压制着，却不设防地，在看到他的手稿时终于落下泪来。

那是几行用圆珠笔写的诗句，纸张脆弱泛黄，陈年的蓝色笔迹晕开了一圈圈，晕开了时光，更晕开一年一年的绝望、贫穷、才华、爱情、理想与灭亡。

我的诗人，离我那么近，那些读着诗的十几岁离我那么近，那个曾经约好一起来拜谒诗人的旧友呢？

想着这些，想着梦想的另一岸我一个人抵达，不禁感到了分外的孤寂。在奔涌的泪水以外我用力屏住呼吸，耳畔只听得风的遁走，那风犹如散漫的村野之人，吹入窗棂，吹入心扉——风啊，你吹得到远方吗？能捎去这个遗憾的圆满了的梦想吗？又或是吹去一些问候？一些在风里失温的问候？

大家参观完急着去海子墓扫墓读诗了，我最后一个离开他的房间，在海子的留言册上却语塞许久，只写下了：“不能自拔/热爱着空虚而寒冷的乡村。”

三

风吹老了春，春尽了又是夏，恍惚又安宁。

去年的八月我去了趟厦门，去看大海。看海，也是十几岁时的约定，一些似乎是一定要一起做的事情，我一个人来完成了。

是台风登陆的晚上，下午下了一下午雨，窝在房间“睡美雨声中”倒也惬意。傍晚七点多雨停了，兴冲冲地由29路公交直达曾厝垵对面的海域去看夜晚的海，听海上的风。

海边仍有许多人在，黑洞洞的天空几乎连乌云都看不见。海面宽广又混沌，远处可见明明灭灭的渔火，悠长的汽笛声传来像极了某句催人泪下的誓言。

海浪拍打礁石，循环往复，风取代了海鸥在半空盘旋，并推搡着海浪和泥沙翻滚上岸，打湿旅人的脚踝。

我站在岸上，长发被风吹得四散开来，混进如墨夜色。风吹拂着每一个细胞，撩动着每一根神经。给旧友打电话，但风吹得几乎张不开嘴说话，他那头人声嘈杂，酒醉后的嗓音带着忘却的伤感。

我举着手机在沙滩上画自己，等风吹来海浪，又瞬间拂去一切，于是浑然忘掉一切，甚至忘掉电话的那端。风里我想起了一些雨季一样的想念，想起了一些谦卑的愿望，想起了不知道念着谁。十几岁时的被窝里听着电台里“面朝大海/春暖花开”而热泪盈眶的日子被藏在了哪里？被毫无保留地盛情关怀，约定共同奔赴梦想的日子才过去了多久？你那头叹一口气，天空就灭掉了一颗星星。

时空是件可怕的事，也许它才是上帝真正的名字。怀念是件卑微的事情，卑微得被风声淹没，如雨入湖，慢慢地便没有了痕迹，也许如多年前读到的“有时候我觉得，与其说一个故事，倒不如唱一首在海边为你送别的歌。”

为你送别。

四

四季是怎么更替的？年岁呢？

一万只鸽子同时起飞，迁徙南方，哗啦啦扇动翅膀、搅动空气，像风声呼啸；夜晚的星空像冻结的雨滴缀满天际，安静的天地像风声静止；春绿冬白，日升日落，生生不息地更替，带着季节的温度，像风声回荡。我像是犁过无数次冬日硬土的农夫，在时间里作了长长的旅行后，停住脚步，而风的声音，带着它泥沙俱下的力量，深深涌入我的身体并长久居住。我的呼吸里带着风声，风声里带着诗句、梦想、旧友，和一个个被蛀空的约定衍生的遗憾，他们带我出入四季。

（第65期）

死亡的生命

宛　俊

“这几天心里颇不宁静。”开篇便不得不引用朱自清先生的这句话。

这几天又看了一遍《入殓师》。影片里，小林大悟由最初对于遗体的恐惧到最终能够平静地看待死亡。入殓的意义已绝不仅仅是为往生者擦拭、更衣、化妆，它把逝去的人重新唤回，赋予其永恒的美丽，这个过程平静细致而温柔，重要的是充满爱。入殓是神圣的仪式，它包含着我们对生命的理解，对死亡的敬畏，对人自身灵魂的思考，这是一种灵魂的超度。

弗洛伊德的死亡本能学说认为每个人的身上都有一种趋向毁灭和侵略的本能冲动，死亡的本能设法使个人走向死亡，因为那里才有真正的平静。只有在死亡——这个最后的休息里，个人才有希望完全解除紧张和挣扎。这好像邪教学说一般的理论为很多人所不能接受，他们认为弗洛伊德简直是在宣扬死亡，怂恿自杀。

气移象转，瞬息万变。生命本就在这变化中寻求一种平衡和归宿。《雷雨》中，周萍以一声枪响结束了自己的生命，给了观众一个回答，死亡是伦理与欲望在周萍心中挣扎所产生的协调物，死亡在这里变成了一种解脱，一种归宿。乍一听，这的确有些骇人听闻，生命是开始，亦是终结，当一个人以某种方式结束了自己时，你还对他希求什么？又能获得些什么索偿？死直接宣告了“虚无”，所以死从来都是恐怖的。

生命是一种轮回，由生到死是一个完整的过程。第一声啼哭宣告我们来到这个世界，咽下的最后一口气再将我们归还给这个世界，从无到有再到无。人们常说“世间走一遭”，走了一圈回到原点，由平静归于平静，这是一种自然的轮回。但如果说生命是一个圆圈，人们便相信死亡不是终结，就像看见了海豚跃出水面再落入水中一样，人们宁愿相信只目睹了生命不完整的“这半圈”，还有水面之下的“那半圈”没有呈现。

剩下“那半圈”是什么？人类从来都是不乖的，于是那些敢于探讨死亡的人开始攀向兔毛的顶端，去寻找神秘的“那半圈”。努力从来不会东流，答案是“宗教”。人类为什么需要宗教？物质上的满足会使我们产生安全感，而物欲的膨胀带来的便是精神归属感的消逝。如果说房屋是肉体的居所，那么宗教是灵魂的归处，宗教让人有信仰，让人虔诚和宁静。但为什么宗教又总是和死亡联系在一起。从某种意义上来说，宗教是比死亡更高一层的归宿。

人站在宇宙之间有两种力量：上下之力，前后之力。竖直之力来自天地宇宙，是孤独的。水平之力则指我们与其他人等之间的能量，具有社会性。而在绘画中，人类的身体被称为正极空间，人与人之间的空间被称为负极空间。所以当一个人只关注自身时，正极的空间则开始拓展，负极的空间随之被压缩，空间的运行出现了失调，这是一种阴阳不平衡的表现，就像每个人身上两股力量之间的博弈一样。当竖直之力被削弱时，人们便开始缺少幻想的勇气，放缓探索真理的脚步，而水平之力的膨胀让我们变得入世、现世。相反，当一个人拥有正气的时候，腰板总是挺得笔直，好像有天地之力牵引一般，古人云“浩然正气”并非没有道理。因此，人们总喜欢用高度上的差别来寄寓某些含义，就像我们总要仰起头来才能看见面前的神像一样，在瞻仰神圣与圣洁之前，我们总要先踏上几百级的台阶。

低头看看脚下的这块土地，再抬首看看头顶的那片天空，它能给我幻想，给我诗意。“诗意地栖居”才能不生活在生活的表面。人的心里总要留有一片圣坛，在那儿安放着宁静。累了的时候，可以到这儿来疗伤。而当我们的倒影出现在圣坛的水面的时候，我们会发现：水面越平静，倒影越清晰。这才是生命应有的本真状态。

（选自第 64 期）

穿过季节的缝隙

张学晶

天气渐渐凉了，似乎这里的温度和家里边没有什么两样。要是走在某条狭窄的街道上，从老式破旧的店铺和公寓旁边穿过，看着同样不熟悉的面孔和相似的建筑，某一瞬间，会真的以为江南和江北是没有区别的。

老家在山西的室友，对这不温不火的天气有着更为特殊的感觉。她常说，这里的湿气太大，总觉得被子有一股霉味，遇到阴雨天气，被子便会愈加黏糊糊的，睡在上面，像是躺在了刚被雨打湿的沾着泥土味的青苔上。我们听了，只是笑笑，“一方水土养一方人”，正宗的北方人一不小心就会被这天气惹怒，免不了要发几句牢骚。或许，就是因为这特殊的地理位置，环山而郁结的湿气常年滋润了楼底下那些没有经过人工修剪的大树，才让它们更加繁茂，在骤然的寒意来袭时，它们倒显得比人更加淡然，在猝不及防就席卷而来的狂风中，用体内蓄积的生命力来对抗一切外力。它们的身体在秋风中有点颤颤巍巍了，可要是从它们身边经过，不经意地抬起头，大家还是忍不住有点惊讶地说，这树现在还是绿的呀。仿佛，它们早就应该披上一件枯黄夹杂灰色的大袍子，然后在风中瑟瑟发抖地拄着拐杖，弯着腰。

也许，我不是一个随遇而安的人。我曾不止一次说，我讨厌这里的风，家里的风可没有这么大。这里流行着这样一句“谚语”，说是大龙山的风一年刮两次，一次刮半年。待久了，这样的说法似乎并不可信，仔细一想，虽然有些夸张的成分在里面，但足以见得风之威力。我的皮肤一直是呈干性而且敏感脆弱的，经常暴露在秋冬季这肆无忌惮的风中，时不时地就有刺痛的感觉，时间一久，脸上白皙的皮肤就显出斑斑点点的红血丝，有时严重起来，整个脸干脆变成了戏曲里涂着胭脂的童子形象，即使至今也没有去过黄土高原，两边脸早已染上了两片高原红。每当这时，忍不住要打电话回去抱怨几句，母亲总是心疼地说，家里的风是没有这么大的。

母亲总在电话里说着些絮絮叨叨的话。天冷了，加衣服了没有？记得被子要勤晒，还有，你胃不好，辣的东西少吃。要是我把这些话全部记下来，然后写在纸上，它们就会变成一首最质朴而温情的诗吧。她常常爱说，我吃过的盐比你吃的饭还多，听我的没错。不知道什么时候，她也学会了一副老人家的腔调。岁月带给她的，除了那些比我们更值得骄傲的人生道理之外，现在，更多的是，在她柔弱的身体上刻下一道道看不见的疼痛。母亲说她近些天腰疼的毛病又犯了，每天早上起床，就像是一场艰难的战斗。她通常要一只手使上全身的力气支撑着床板，侧着身子慢慢地挪动，顺着床沿，小心翼翼地抬起腿，在朦胧中摸索着床下的拖鞋。在家的时候，我会扶着她坐起来，她就省去了很多麻烦，空闲的时候我也会给她捏捏腿，医生叮嘱她，疼起来的时候千万不能弯腰。可有一次，在院子里，我看见她试着要将火炉子里烧好的水，灌到放在地上的水瓶里。她微微曲着腿，整个身子向前倾斜着，手提着烧得通红的炉子悬在半空，一动也不敢动，生怕滚烫的开水溢出来，就那样僵持着，在夕阳下，仿佛变成了一尊被时光凝固的雕塑。阳光一瞬间是那么刺眼，我看见那略显肥胖的身体是一块块类似骨骼的碎片，抑或是无数堆积在一起的微弱的粉尘。

“春秋代序，阴阳惨舒；物色之动，心亦摇焉。”心情的变化似乎与季节有着极大的关联。古人说，“情以物迁”“物之感人”，有时，我宁愿相信世间草木皆有情，两者以情感情，情之相通。就像在这被人视为满是悲凉和衰败的秋天里，望着窗外并没有出现多少暮气的树木，偶尔瞥见了向外伸展的枝条上的一两片黄叶，不禁感叹原来真的已经是秋天了啊。倔强粗糙的树枝上残留的点点生机也快被消磨殆尽，挺直的躯干也会被大雪压弯，弯得像父亲日益佝偻的背。父亲年轻时候经历的风霜我已无法切身体会，可在不谙世事的懵懂记忆里，还是留下了隐隐约约的痕迹。从那本已经积满灰尘的泛黄老相册里，我看到了怎样一个坚定、执着、为梦想苦苦挣扎的人，直到他的双鬓爬满霜花，眼角布满皱纹，脸颊变成了黝黑的古铜色，两手都是老茧和裂口，生活的苦难带给他的，他不愿带给我们。顽疾像一颗日益猖狂的毒瘤折磨着他曾充满斗志的身体，然而，任何肉体凡身终究逃不过生老病死的自然规律。死，只不过是一次生命体验的终结，甚至，可以把它当作我们不敢触及的另一时空中的存在。为什么要及早思考这样既可知又不可知的事情？我并不想承认，还像孩子般幼稚的我，曾在二十几岁的时候思考过这样的问题，并产生过如此强烈的恐惧感。死亡，通常是一种不能说出口的禁忌，常规的思想维度里，认为这其中必然蕴藏着对生的偏离的认识。对自己加以安慰，若有了理性而直达灵魂本质的思考，将肉身即将毁灭的纤弱疼痛感剥除、卸落直至消解，这样的问题是不是就会变得明朗而积极许多？处于平行时空的我们，会理解有人因为一个虚无缥缈的梦，一种突如其来的若有所失而放声痛哭吗？那种恐慌，好像童年时候跟在载着母亲离开的车后面苦苦追赶，却发现自己被丢得越来越远。一段没有被熟悉和适应的距离，如同隔了两个世界。

时间比转动的车轮更加迅速，站在这称为老去的时间背后，我看到了两个日益模糊的背影，越来越接近坑坑洼洼的大地。就像那些在田野里被遗落的稻粒，没有被轰鸣的机器送入城市的市场，必将在养育它的田间安然地腐烂。眼前是季节的轮廓，站在季节穿梭的夹缝里，突然生出一种妄想，想用并不完全的生命体悟洞蚀一切，但这真的只是一种过早的妄想而已。

庄周曾因一个梦，说出了如此充满哲学思辨的话，不知何者为物，何者为我。只是站在让人异常清醒的秋风中，就陡然生出那么多原是被藏匿起来，留着独自一人咀嚼的想法。现在，连同我的思想，诉说的渴望，以及不可名状的情绪一起洒落在透明而搏动的空气里，这空气也开始流动起来，化成了无数自由飞舞的蝶。是我被这暗藏衰亡气息的季节感染了，还是本已多情而伤感的季节被我感染了。

（选自第64期）

城　盾

许佳平

没关系，你要求见面，我很意外。

一杯咖啡，不加糖。谢谢。

在看过我资料的所有人当中，你是第一个肯与我见面的人。

谢谢。你的相貌也很俊朗，与相亲二字不符。如今的相亲带了很多功利色彩，对生活的功利。幸福，完满，我们这样为它找借口。

至少我跟你的目标一样。

不，她不知道。

你也认为这不正常或者无法被接受?

我只是需要一个明朗的未来。我现在像是掉落在无底洞，周围是压迫的井壁，地下越来越黑暗，空气越来越稀薄，我希望有人能拉我一把。

你能来就说明你愿意听，是吗?

对现在来说，那是一个远景。乡村，更确切地说，是山村。很多山和丘陵，我是在那个三面环山的屋子里出生的，一出生就有这个胎记，你看到的，额头正中央这个红色的“小”字。这是我们家族的遗传，每个孩子都有一块属于自己的胎记。表弟的长在屁股上，一块虎形的灰色斑记；姑姑的长在脖子上，黑黑地团作一团，是所有人中最丑的；长得最好的是大姐姐的胎记，指甲盖大小的蝴蝶服帖地停驻在右手手腕上，一伸手连同那只蝴蝶一同飞出；还有小姐姐的，和我这块相似，也长在额头上。

你很沉静，你的眼神让我感到温暖自在，和我见过的很多男人都不同。

嗯，我和她从小熟识，我的小姐姐，大我三个月。

不是，是叔叔家的，我们的老太爷是同胞兄弟。

让我想想该怎么描述这段历史。其实从一开始，在那个山村，我和她只是纯粹的亲情。她叫素心，我叫素琴，一对辈分相同手足情深的姐妹。

我清楚地记得我们并排坐在屋后的山冈上。雨后的黄昏。粉黄色的石头被镀上殷红的霞光。我央求她将那个被恶龙追踪的女鬼和书生的故事再讲一遍，身旁是一棵杉木，雨水顺着针形翠叶在尾端沉重堆积，晶莹剔透，将水滴里两颗黏在一起的渺小的人儿重重打在树下那两个头发漆黑的小女孩头上。

然后，吃晚饭的呼声响了起来。

素心拉着我几乎是飞奔而下，妈妈指着我们油腻腻的头发，说，再不洗头，都要生虱子了。我们绕开妈妈系着围裙的身影和声音，抢先一步坐在了桌子上。桌子是爸爸自己打的八仙桌，没有用油漆刷，日积月累，油渍灰尘覆盖住原先洁白光滑的外表，正中间被从火炉中掉落的火炭勾勒出焦黑的一圈圆弧。那是冬天过后遗留的痕迹。自桌分散，在两个小女孩身后就是这栋房子内的全景，黄泥土和石头劈成的墙面，抬头就可以看见屋顶的房梁和鱼鳞似的黑瓦。厅堂正中有一木壁，我们叫中堂，上面贴着一副《开国大典》的画，画两边是褪了红的对联：心想事成兴伟业，万事如意展宏图。

是的，家境不好，这是爸爸和小叔分家后的第六年。为这栋房子还债，父亲第一次出去打工。农村分家的场景你肯定没见过，清点所有的东西，茶杯、饭碗、扁担、粪桶……丈量菜园，水田旱地，丝毫不能有偏倚，可人心哪有那么不偏不倚。

爸爸说，那块圩里的田难灌水，不好种，我看能不能把河头的那块田分给我们一部分。

小婶婶尖利的声音立马跳了出来，咦，你家分得可比我们多，我们可什么都没说，河头那块田不能分。你们可别忘了，老头子他们可是跟我们住的。

待爸爸要开口的时候，爷爷吸了一口烟，吐出一团乳白的烟圈，泛黄的皮肤微微抽动起来，低头说了一声，国祺，你是老大。爸爸待开口的嘴就闭上了。

妈妈不能开口，在这种场合妈妈开口必是一场战争。

因为小婶婶有儿子，我妈没有。

这种观念很重，村里有人家一连三胎都是女儿，可为了有儿子，没办法，东躲西藏，家里屋顶窗户所有的生计都被砸成碎片。你无法想象，一家人丢弃刚盖好的新房逃离到谁也不知道的荒山野岭生活的情景。

你说她？我们？

现在的生活很难受，偌大的城市，我们多渺小，谁会在意我们？尘埃怎么禁得起在意，顶多在一辆车呼啸而过时，人们捂住鼻孔，露出厌恶的表情，手掌在面前来回扇动的时候。

素心想过自杀。我下班回家的时候，她一个人坐在卫生间里面，窗帘全拉上了，她手里拿着一块刀片。

她回头对我笑，刀片反射的冷光照在她的脸上，深邃悲伤的眼睛在那道光里显得异常明亮。

我吓坏了，那个样子像是无家可归的孤魂野鬼。我紧紧握住她的两只手腕，拒绝它们私自行动。那时，我听到她对我说话，像是呓语，她说，刀片这么锋利，只要稍微在这里一拉扯，那根微青的管子里就会迸出无数鲜红的花，像玫瑰一样铺满整个地面，我就躺在上面。他说过，他要用玫瑰铺满五百里地娶我回家。说完就一个人默默地笑，生出一脸诡异的幸福。

带她看过医生。

抑郁症。

好一点了，我不敢再刺激她，所以关于相亲这件事我现在还不能对她说。

我们现在住在一起，她也确实需要有人看着。在我与你交往的这个过程中我不确定我能否完全摆脱那种念头，可是我会努力，请相信我。

如果没有发生那件事的话，我也许就不会对她产生那种情愫。

不好意思，刚才主任通知我回去处理一些事情，下次有时间再见。

谢谢。

再见。

没有等多久，这间餐厅很安静，那首里查德·克莱德曼的《忘却的悲伤》让我想起了很多往事。

我刚好路过这里，想到你在附近。一起吃个饭吧？

你穿西装的样子真迷人。

我去过婚介所了，撤销了我的资料。

我爸爸昨天又打电话过来。

每次和他交流总归会扯到一个话题。

他们都不知道。素心从三年前再没回过家。

她二十一岁出来求生存，和我读大学的城市在一起。

读完初中就没再念下去。大伯很失望，他说自己两个女儿一个是凤凰一个却是麻雀。

对，生有蝴蝶胎记的那个。她是大姐姐，很厉害。四岁就会背唐诗三百首，小学从三年级直接跳到五年级，年年拿奖状。初中以全乡第一名的成绩进入省示范，高考又是全乡第一名。

我不喜欢她，那时候特别讨厌。

可能吧，也不完全是。生来都是赤子心，她或许就是比较有天赋，看得比我们都远。十年寒窗我们真切地走在独木桥上，一切都靠自己。

九岁。

放学上学的道路没有家长接送的身影，没有摩托车、电动车、轿车驶过的拥挤的聒噪。黄土大马路，路下是稻田，春天是猪粪牛粪的气味，夏天是一样望不到边的绿油油的稻禾，秋天是筛谷机轰隆隆的马达声，冬天只有泥土和稻茬的颜色。路上罕见车辆，我们的爸爸妈妈永远是扛着锄头戴着草帽。

放学是一道格外醒目的风景，那些孩子都背着各自的书包，三五成群，各自结伴嬉笑打闹。

你肯定没有经历过，我敢断定你前十五年的求学生涯都有你爷爷一丝不苟的陪伴。

我让你混乱或者不适吗？

我想起三年级的一个下午，所有放学人群里只有两个人形单影只。我和大姐姐。她一直像一只高傲的孔雀一样走在我离我一米远的水沟旁。

不说话。她边走边朝沟里面扔石子，最后我发现她并不是无聊，她把手上最后剩下的石子一颗一颗开始先朝我脚下扔再朝我身体上扔。

她瞧不起我，她一直自恃清高，从小就跟所有得大人说，她长大要做一个有钱的城里人。

我当然不会示弱，那时候我已经懂得要强。一年级留级的那年寒假，大过年被人问及考试成绩的时候，我还恬不知耻乐滋滋地和素心玩鞭炮。可九岁的我已经有强烈的自尊心。在离家有一分钟路程的那棵松树下，我把她弄哭了。

我死死地掐住她，直到指甲痕里冒出血珠才放手。我把全村最厉害的人弄哭了，当时我很开心，报了仇似的。

我不喜欢带“野”的词。那是积郁很久的愤恨。乡村的人从来爱恨分明。

现在依旧不来往，从那时起我和大姐姐就几乎不曾再交流过。她有她的蝴蝶梦。

她在上海，从没来看过素心。硕士毕业后供职在一家保险公司，在大伯口中听到她抱怨上海高昂得难以生存的房租和加班加点累人的工作。

素心生病的那一年只认识我一个人。为她圆谎的事由我一个人承担。

她现在不工作，在家做做家务，为我提供一日三餐。我劝她找个进修班或者夜大什么的，她不干，她依旧害怕人群。

我自杀的想法还是没有在她的脑海里消失。

没有用药，我连安眠药都不敢放在显眼的地方。一旦她燃起自杀的念头，现在我只需要亲吻就可以阻止她了。

怜悯？不太像。或许可以说是体内雌性激素和雄性激素较量的结果。我对她是有一点区别亲情与爱的，从我第一次亲吻她夺下她手中的碎玻璃的时候我就已经隐约感觉到。就像昨天在地摊上买水果的时候，看见那个楚楚的女孩，即使她称错斤两，我都不会与她讲价。你不能轻易地肯定或者否定什么，基因在环境影响下都会突变，何况现代人世世代代生活在这样一个拥挤压迫的钢筋水泥里。

我在努力朝着正常轨道前进。我知道这样不会被任何人接受，我在努力，我只是需要时间。

我刚才提到的那两年，素心始终躲着我，我不知道大姐姐曾经跟她说过什么话。她突然间就不再去我家。当我心急火燎地去找她时，她站在一群叔姑家后代的中间，围在对我的一群嘲笑中默然地看着我。我永远记得那样的眼神，被嘲笑和不屑包裹得严严实实，看不出本来的面目。她甚至和别人一起对我挑起战争。我在家看电视的时候，将我家菜园里的青菜辣椒几乎一拔殆尽，然后在所有的墙面上写上那些丑陋的文字：素琴是猪、素琴是狗、素琴是乡巴佬、素琴是笨蛋……

看你紧锁疑惑的额头就知道你不理解。一直以来我也不理解。只记得直到后来大姐姐不在身边，我们再次面对面不再尴尬的时候，她隐约说过，一直呆在这样的山村是没有未来的，要想寻找自己喜欢的生活，我们必须飞出这些重重叠叠的山，只有好好读书才能逃出去。

大伯说我笨，永远也读不好书。大伯是老师，一年级的时候教我数学，拿棍子打肿我的手，有些题目我还是不会做。

现在对数字还是不敏感。

你应该要上班了吧？

但愿你不要嫌我太啰嗦。

好，那下次再约。

上次在电话里没说清楚，让你白跑一趟，真是不好意思。

我今天没事。舞会？

哦，好吧，今晚七点吗？

好的。

再见。

这次轮到我迟到了。素心做了一桌子菜，我必须都吃完才不会让她不开心。哈，有点撑。

也不是，她心情好的时候会这样。

那些流光溢彩的灯光闪烁在人们轻盈愉悦的脚步上。你们的脸上都没有岁月的痕迹。一看就知道我肯定是唯一农人的后代。

因为只有我没有化妆啊。

你真会恭维人。

你跳太快了，我几乎跟不上你的步子。

我第一次听见舞会这个词是在我父亲的口中。

他是木匠。给很多酒店、舞台、高楼服务过。上次跟你讲过的。在我一岁多的时候出去打工。那时候还没有民工潮这样的词。大年三十前两天他才回家，开门见他的第一眼我不认识他。妈妈说，我睁着大眼睛从门口穿过厅堂径直跑到厨房紧紧抱住她的腰躲在她身后。

你知道我那时叫我爸爸什么吗?

叔叔。村里有好多爸爸一般年龄的人都叫叔叔。在妈妈催促我叫爸爸的时候，我突然觉得这个称谓很奇怪。

这个称呼持续了很长的时间，直到后来他在工地干活时摔坏了脚踝回家休养那段时间我才改过来。

现在不出远门了，在家给人打零工。劳苦大半辈子，被老板拖欠过工资，摔断过两次骨头，手上有好几处线缝的疤痕。你无法想象曾经那样一双厚实有力的大手，如今怎样拿筷子都抖个不停……

不好意思，把你的肩膀弄湿了。

你让我回想美好的事物，第一个跳入脑海的就是夕阳。山村的夕阳最美，见过青岛海上日出，但我一直觉得家乡的夕阳才是最温情的。丘陵产茶，那红红的一轮落日就在眼前一跳一跳跳到茶叶棵里去了，还留下微红的一片脸供人想象。我和素心相依坐在夕阳里的山冈上，用手指着四面八方见不到的城市。

向往，那时候对城市特别向往。记得“希望工程”苏明娟的那双大眼睛吗?

就是那个感觉。

读书的确让我见了一些世面。

我在大学，素心第一次来见我的时候。你能想象那样的场景吗?她拎着我爸爸的一只大木箱，肩上扛着一个碎花的大包袱，身上穿着褪了色的蓝衬衫，脚上是在家里做农活时穿的解放鞋。她向我招手的时候，我捧着书从校门口走出来，就是现在这样的长发，白色长裙。用你的话讲，完全两个世界的人面对面。

是的，从那以后我们的联系越来越紧密。

她找到工作，包吃包住的那种。她很满足，我记得她领到第一个月工资的时候，还请我去大排档大吃了一顿，她告诉我，她想不到城里所谓的酒店是那个样子，让她看花了眼。那样一桌子她想都想不来的山珍海味没动几筷子就被倒掉了。她说，她要挣很多很多钱，过年回家的时候，要给爸妈买那种特保暖的羽绒服。她还说，城里多好啊，等她挣足了钱，也要在城里买一栋房子，把爸爸妈妈都接过来享福。

我问她，累吗?

她一挥手，说，为了美好的未来生活，怎么能够轻言说累呢？

那时候看她比刚来的时候消瘦许多，可是是真真正正的快乐。她说她喜欢酒店给她发的那件服务员的工作服。是旗袍的式样，三年前被她用剪子剪成了碎片。

爱情。你们都这样猜测。

女孩的幻想会要了自己的命。你认为爱情可靠吗？在你疯狂扑向爱情的时候，对方在想什么你什么都不知道。

抱歉，我踩到你的脚了。

你也是这么想的，不是吗？

我认为相亲的好处就是，不必拐弯抹角地寻找那所谓的幸福，幸福是什么，夫妻间的幸福不就是绕过一大圈子后还能发现的那一点真。是寄人篱下的猫，见了面能互相摩挲着绒毛，彼此碰碰鼻子和嘴唇就足够了。

你了解我。

我没有像小时候大伯预言的那样没有出息，虽然逊色大姐姐，但我最终还是走出了大山。

压迫，这两个字最能表达我现在的状态。我的身体被小小的房子压迫，我的大脑被无数的工作程序压迫。城市的那些道路也在被压迫，被一幢幢拥挤不堪的高楼，一辆辆车头接车尾的车辆压迫。

而你们却有另外的世界，优美典雅的舞会，静谧舒适的别墅，极尽奢华的晚餐。

所以我喜欢你。

和你认为的我一样。

时间真快。那走吧？

好的。

不介意我在你的车上靠着睡会吧。

昨晚我做了一个梦。醒来的时候发现枕头湿了一片，你看，眼睛到现在还是肿的。

梦见一棵笔直的枯树，树叶全都落光了，我站在树下，我的眼前是一栋房子，忽然一阵大火燃烧起来。房子瞬间被烧着，然后一个人影从我身边冲了进去。是素心。她在火里挣扎，我就裹着一件湿衣服进去救她，在走向大门的那一刻，一个房间变成了很多房间，每个房间都有一个素心伸手朝我求救，我不知道该救哪一个，哪一个才是真的素心，我看着她们在我面前一个个葬身火海……

是她把我从梦里叫醒的。在梦里心痛的感觉比现实更真实。我一睁眼多么庆幸她没有离我而去。

我不知道，也有可能是我的潜意识在作祟。真实愿望被掩盖了，重重包裹之后显示在我的梦里。

她没问，她只是搂着我，抚摸我的头发。

睡着了。

是的，这样的生活没有安全感。

她是另一个我，如果我也没读书，她就是我。在酒店做服务员的那段日子，是她最快乐的一段时光，为那快乐她交付了一生。

那个男人我见过。酒店经理，西装革履，长得很美，用“尤物”形容都不过分。

只见过一次，远远看见的。我站在有四根镀金罗马柱的酒店门口，看见电梯口的素心满脸甜腻的笑容，那个男人的嘴唇像是一朵花似的靠近和张开。

那时候还不明显。那时我正疯狂暗恋我的一位老师。素心还鼓励我去向他告白。

我努力了，我每天找来各种题目做到深夜，到第二天我就可以有理由去找他。最后我甚至找到他的宿舍，傍晚的时候，我拿了一沓试卷。

他很耐心，一题题地讲解。我目不转睛地看着他一开一合的嘴和认真朝气的表情。

不知道时间过了多久，他忽然抬起头伸了个懒腰，笑着对我说，终于讲完了，下次考试你一定会考高分的。

我看见他漆黑含笑的眼睛，他叫我看着窗户外面，接着伸出手“啪”地一下打了一个响指。

你猜怎样？

整个校园的路灯就在他打响指的那一刻全都亮了。

他一定看见了我通红的脸和噙满泪水的眼。他有点局促地收拾桌上乱糟糟的书本和草稿纸。那一叠大红色的请柬就是从那些书中间掉落下来的。

结婚请柬。他和校长的千金。

从那以后没再找过他。

高升了呀。几年前偶然见到的时候，笔直的身板前已经挺出了圆滚滚的肚子。

我在素心的劝慰下哭了整整一晚。

多么幼稚可笑。

日子很平静地过到我毕业。

你抱住我的手太紧了，我想喝口水。

毕业那年我和素心回家的那天是清晨，四面还是很微弱的光。夜里刚下了一场大雪，远远近近的丘陵上的松树都披上了雪白的袄子，天空是低沉的，氤氲着一片雾气。雪厚厚地铺在地面，一路只有我和素心的两串脚印。

素心的脸冻得通红，提着一手的大包小包。她高兴得按捺不住的时候就转过身子在雪地里倒着走，朝我一个劲傻笑，露出明眸皓齿的一圈光晕。

她把那男人的照片给大伯他们看，大伯见人就说，小伙子亮瞎眼哟。一时间在鞭炮隆隆的春节里，大家都说素心拣着高枝麻雀变凤凰快要做城里人了。雪在那么热闹的几天统统融化殆尽，只剩下犄角旮旯里难以察觉的冰块。

我爸爸很担心素心，他告诉大伯城里的日子没她说得那么简单。他焦急地劝诫，每个人都对他冷眼相对。

我爸爸不是一个严肃的人，他只是很少表露自己的情感。这半辈子我和他在一起的日子屈指可数。我疏远过他，在我自以为我已经是半个城里人的时候，曾觉得他粗俗笨拙。我一直忽略自己在城里在学校丰足的生活来源。

爸爸一直很健壮，最近几年脊背却也在慢慢弯了下来。他和大伯不是同一种人，大伯是那种穷酸文人的手，没有伤痕，细弱得像女人。爸爸双手手背都是暴起的青筋，那些被缝制过的伤口特别刺眼。

我在想我爸爸工作的样子。

看过爸爸手机里工友给他拍的照片，我才窥见爸爸在外地生活的一角。一个手拿帽子光着上身的男人，身后是一排用门板搭成的床，粗糙的空心砖堆积的墙壁，水泥的颜色，连门好像都没有。可那照片上的男人龇牙咧嘴笑得那么开心。那是一个卑微的笑容，即使那么像一个放大的特写。他女儿看一眼就拒绝再看第二眼。

爸爸不再说什么。看着我在临走的那天早上被一夜杂梦扰得苍白的面容，他伸伸手拍拍我和素心的肩膀。明白极了，从一岁半到二十五岁，所有的根梢末节都在他的眼里，都在我自己的心里做裁判。

素心一生都定格在那段时光里。她没看懂我爸爸的目光，在她恍然醒悟的那天，一切都晚了。

二十五岁，我开始挣钱养活自己和家人。

之后她从酒店宿舍搬出来，我们一起租了一间小公寓。

出事那天我的右眼皮跳了一整天。那晚我坐在一盏昏黄的灯下为赶材料，半夜饿到肚子叫的时候才想起晚饭还没吃。在我刚吸进第一口方便面的时候，门虚弱地被敲响了。

开门的那一瞬，整座城市强烈的灯光从四面八方涌进我的眼睛，我几乎看不见眼前的一切。素心昏暗破烂的身体轰然倒在我的怀里。大红色的旗袍被撕烂了，身上青一块紫一块。

六神无主。我抱着她泪流不止，给她一遍一遍擦洗着身体。

从那以后她就很少出门，也很少讲话。

于是一切都奔向另一个世界。只有我和她相互依偎。

你与他们都不同，这话从我见你的第一面我就说过。你的不露声色，温暖的眼神让我对你产生了巨大的依赖。不，是瘾。

喂，不在忙？

最近素心喜欢上了孩子，楼下面店老板娘五个月大的婴儿。她每天都过去给她带孩子。

好多了，能和人正常地交流，还知道逗小孩子玩。我在尝试告诉她我们的事情……

现在吗？什么事这么重要？

好吧。

你特意准备的烛光晚餐？

你的微笑让我想到了一件浪漫的事——求婚！

你父母同意了，对吗？

为什么？所有的一切都在好转不是吗？

因为你，我以为我可以全心全意地把真心倾注给一个男人。你不能如此不负责任。

城乡？距离？这些你不都说不重要吗？

如果仅为取悦你的父母，你从一开始就大可不必与我见面。

谢谢你的晚餐，再见！

烛光摇曳，那支插在陶瓶里的玫瑰花落下了一片鲜红的花瓣，一个女人走了出去，她的眼泪飘洒在空中，灯火璀璨的夜里雾气弥漫。

幽幽的，那个女人听见西单地铁下有人在吟唱：

珍惜黄昏的村庄，珍惜雨水的村庄，万里无云如同我永恒的悲伤。

（选自第 64 期）

伦卡

许贝

“长日尽头，你来到我身边，你将看到我的伤痕，你知晓我曾受伤，但我能否痊愈?”

——泰戈尔

他还未醒。

太阳是照不进这低矮的棚户区来的，常年生活在高楼大厦的阴影里，时间仿佛在静止中奔跑。家里唯一计时的挂钟换了点面包钱。这里的人们是不需要计时的，他们倒希望自己忘记时间的存在。这年，1936，尽管美国看似慢慢走出黑暗，但在这嵌入地下的棚户区，一切并未改变。

伦卡一家住在这黑洞洞的小屋里，几年前的那场大灾难迫使他们搬进破木板搭建的棚户区。廉价的尼古丁焦味，隔夜呕吐物的酸臭味，令人生呕的油腻腻的头油味，还有那冬季门窗紧闭、杂物久置与体臭混合的怪味，隐隐幽幽地在这狭窄的屋子弥漫，肆混。

“该死的胡佛，该死的胡佛……”弗兰克总在醉意消退之前破口大骂。尽管胡佛已是过去时了，但他还乐此不疲地喋喋不休。宿醉状态自失业之后就一直持续着，即使是在伦卡外婆葬礼当天。棺木上倾斜的钉子显示着葬礼的仓促与简陋，这场葬礼是自1929年来的第几场了，人们数不清，只知道每天都有身着黑衣的人穿梭于巷与巷之间，屋与屋之间。起初伦卡和他们一起悲伤，于情于景，那种氛围确实是能感染人的。到后来，便一点点麻木，连她自己都没发现这种转变，自杀的，饿死的，枪杀的，酒精中毒的，吸毒过量的，棚户区的人们每天以各种方式死去，活下来的人虽然活着，却好似木偶一般了。

在这样的环境中成长，11岁的伦卡性格阴郁，仿佛一股汹涌的庞大黑纱笼罩着她的全身，她喘不过气来。睡前故事由弗兰克酒后的满口胡言代替，时常伴随摔砸东西咚咚哐哐的声响，家里缺角的、残了的东西随处可见。这破屋是由棚户区的废料建造的，是贫民窟里的贫民窟。

她善变，比同龄人成熟，缺少安全感，很少说话，以至于别人以为她是哑巴。她将所有事装进一双大小不一的琥珀色深眸子里，只进不出。

每天，伦卡的母亲简重复着她那一整套的家务活儿。当晨光照向窗檐，她便开窗通风，散掉污浊的气味，她其实想将屋子里的东西统统倾倒出去，将炉子上常年沉积的锅灰和厚厚的油渍擦干净，哪怕用尽全身力气和涨红脸也要使它们焕然一新，让金属的光泽照见自己。可是瘦弱的简，她现在蹲下站起都要扶着墙，脸和嘴唇难见血色，细密而干燥的头发随风乱舞，让人不忍直视。她拖动着绵软的脚，将沾有弗兰克呕吐物的床单衣物清洗干净，看它们在晾衣绳上随风摆动。虽然床单年久变黄，衣皂遮不住呕吐物的气味，但她喜欢静静待在一旁，看着阳光下脱水的床单，直到它们排尽体内的水分变干，那是她一天中最大的幸福，即使饿着肚子。

自罗斯福上台后，人们似乎重新燃起了生活的希望。1933 年的圣诞节，贫民窟响起了久违的圣诞歌，伦卡和妹妹瑞贝卡和着歌，她们手拉手，转着圈，似乎此时忘记晚餐只有干面包片和烤土豆，忘记了贫穷。

这幸福来得突然，也很短暂。

弗兰克默默地灌着廉价的杜松子酒，可一杯酒下肚，突然将手中的酒杯砸向姐妹俩，正好打在伦卡的鼻子上，顿时一阵眩晕之感向她袭来，继而两股热流从她鼻腔涌出，直哗哗的，她感到一阵短暂剧痛后的麻木。她终于奔出家门飞奔出去。

离家出走的伦卡杳无音讯。弗兰克在他清醒时还找过几回，只不过，他清醒的时日太少了。

简还是一如既往地在晴天里洗床单。但在雨天里，她不是像往常那样倚着窗口看着外面，而是走进教堂，诵读圣经，在胸口划着十字。她在祈祷什么呢?

马戏团的玛德琳收留了伦卡。玛德琳让伦卡不由得想起了祖母，那是唯一曾给她温暖的人，会在星期天的午后给她烤饼干的人。饼干的香味一直在她的脑海里，熟悉而温暖。

有时，气味比图像更让人记忆深刻。

睡觉时，她喜欢侧着身，蜷缩着，不让一点肌肤与空气接触。她梦见弟弟在农场上的背影，广阔的原野掩藏了他们的下半身；他梦见瑞贝卡的孩子可爱的模样，可惜她没能亲手抱抱他；她梦见简打开窗子，露出木然的脸庞，还是那么熟悉的表情；她梦见弗兰克倒在地上，是的，他死了，怎么死的?多半是酒精中毒——准没错。

梦的影像在影影绰绰中是那么真实。突然，她的身体抽动了一下，惊醒，喘着粗气。

失眠让她今天有些恍惚。舞台上，她看见旋转的重影，灯光的重影。

忽然，一个女人从长杆上坠落，众人惊愕，继而小孩的哭声和女人们的尖叫声此起彼伏。

是波姬，她面朝下，伦卡从着装上认出了她。伦卡呆立在那儿，看着殷红浓稠的血液渐渐渗开来，由红变黑，一股恶心之感从胃部迅速翻腾上来，这让她回忆起多年前捂着鼻子奔跑的血腥气味。

是的，她分明看见演出前波姬与罗杰在争吵，罗杰对她狂吼着："你去死吧！"他又分明看见罗杰在演出前鬼鬼祟祟地在道具前用扳手做着什么……这不是幻听与幻象。

化妆间里突然又传来一阵巨大的枪响。她知道，罗杰饮弹自尽了。

为什么不阻挡罗杰呢？这个她一直深爱的男人，玛德琳唯一的儿子。为什么？她久久地呆立在那儿。

是对波姬的嫉妒？是对罗杰隐秘的爱？还是与生俱来的黑暗本质？

或许，十年前，当她捂着鼻血在风中奔跑并一心诅咒弗兰克死掉的时候，伦卡就已经死了。

那时，在兰格的镜头下，她是一只蓝色知更鸟，现在，她飞走了。

既然时代能改变弗兰克，也同样能改变伦卡。

（选自25周年纪念）

仲夏之梦

张安吉

闹钟结束梦境，拉开白色窗帘，清晨的微风丝毫没有妨碍日光泛滥。蝉是夏天的证人，路边的樟树叶子上似乎也因为灼热开始分泌一层层油脂了，显得格外浓绿。

午时，教室里几个学生蜷缩在校服里昏睡，汗涔涔的额头戏谑着嘴角渗下来的口水，头顶的电扇呼哧呼哧地喘息。偶尔身体换了方向，手臂上黏稠的液体和红印仍是清晰可见。

操场上打篮球的白衬衣少年跑到一角，举起橘子汽水，仰起头咕噜咕噜喝起来，喉结上下移动，鬓角滑落的汗粒在阳光下熠熠。树荫下还有一团团黑蚂蚁，正搬动着糖块向洞里爬行，秩序井然。

放学后夕阳下，一群穿校服背书包的学生叽叽喳喳着涌出校门口，他们骑着单车互相追逐着跑过大桥，然后捧着西瓜笑着爬上屋顶赏日落，听田野里蛙叫，等待夏天夜晚静谧的星空，看点点流萤四处穿梭。

有关夏天的一切——像长裙上的碎花一般温柔地款款而至。

而夏天是梦想最诚恳最热烈的时候。

汗液在鼻头与鼻翼流淌，眼镜不断往下滑，尽管一直依赖凉白开的滋养，她的唇边还是隐约有一点点死皮。她伏在教室的一隅，笔尖在纸上飞快地奔跑，上一行的墨水未干，便被汗津津的小鱼际蹭黑了。她在最后一排这个位置坐了一整天，窗外狂热的阳光照在微微发红的手臂上，她也一言不发。偶尔咬着笔杆冥思苦想一番，偶尔托着腮帮朝外面的杂草望去，皱皱眉头，又是持续的沉默，她还要接着写歌词。

她热爱音乐，喜欢文字，她想为自己的音乐配上合适的文字。或许并不能另辟蹊径，却独有自己的味道足矣。

许是坐久了，她便起身走出教室准备四处溜达寻找灵感。长长的廊道，一个人也没有，只有个光亮的出口，安静无比。她困惑，这样的自己还要继续偏执下去对吗？不知道何时是尽头，不知道日复一日写出的是什么，不知道是不是还要继续孤单地写下去，不知道在她不喜欢的环境里除了写歌词她还能怎么做。她责怪这座城市，责怪弱小的自己。梦想太多，承载不下。廊道走完了，问题仍无穷。

“吱——吱——”，果然室外的温度高得太多，蝉已经克制不住嗓子了，声音冗长又躁动，她有点晕眩。只看到她手插口袋穿着人字拖在小石子路上吧唧吧唧地挪步，低着头看影子只有一团。就像生命中，我们如宇宙渺小的微星一颗，所想所做所获所有，不一定都为人所知。而真正令我们发光的是我们如何竭尽所能赴汤蹈火，燃烧了一整个梦想，影响别人的生命，装饰了彼此生命中最青春热血的部分。

湖畔的风凉爽一些，不时柳条还会拂过湖面，泛起丝丝涟漪，波光粼粼的。她衣服后背的汗都干了，自然人也抖擞一些。

“你考研准备去哪个学校?”突然耳后传来一句话。

“我想去广州。”另一个女生回答着。

“如果考不上你会怎么办啊?”那个女生又接着问道。

“今年我22岁，我还年轻，考不上研，我还有很多事情可以做。”另个女生回答得如此坚定如此真切，丝毫没有犹豫与怀疑。

……

别人22岁尚且那样淡定，你18岁又为何要这样混乱。

就像潮水淹没了沉闷，她突然觉得心脏被什么重重一击，苏醒在沙滩上，海风缭乱发梢，心如大海般辽阔。仿佛远方有一道莫名的光照射而来，打在身上，是一种信仰的光，她的矛盾与迷惘变得坦荡又自在。

路旁的树开始娑娑作响，乌云开始翻滚着密集起来，紧接着大雨倾盆而至。她踩着水花，一个个水洼被踏成一个个圈儿，衣袂在滂沱中翩翩起舞，她开心极了，从没有这样自由过。那些叶子为雨水伴奏，蓊蓊郁郁的。不知什么时候多了许多行人，五颜六色的雨伞充斥着她的眼球，她游弋在不同的伞下，跑回教室拿歌词，身上已经湿漉漉一片。

又是那条廊道，因下雨天的缘故变得晦暗起来。而这次，她没有发霉似的呆愣，而是大步不迟疑地往前迈去。她不知道这条路要孤单地走多久，也不知道选择得对与否，但若是不前进就只得留在原地，而前方即使没有想象得美丽，也不会遗憾，也能看到光明。

“带不走的丢不掉的，让大雨侵蚀吧。让它推向我在边界奋不顾身挣扎，如果有一个世界浑浊得不像话，我会疯狂地爱上。”陈绮贞这样唱。雨停止了狂乱，原来窗外枝叶一直葳蕤，簇簇草丛上还能见着几滴雨珠，风不曾带走美景，世界还是安然无恙。

大雨慢慢侵蚀着仲夏，而黎明后，所有的梦想、青春、生命、自由在此刻变得繁盛伟大起来。她不会停止渴望，最鲜活的绿色不会凋零，她想，明天定是风和日丽，朗朗有清风。

（选自25周年纪念）

恋人们都在蒙马特

李艳玲

01

“我现在的位置是东经7.25度，北纬43.4度”，镜头忽然转向一张兴奋的脸，“hello？能看清楚吗？”苏青釉咧开嘴笑得夸张，五光十色的夜景如同流动的星河在她身后衬出一个闪闪发光的世界，她表情满足地透过那小小的黑色方盒望着我，“摩纳哥，世界上最小的公国，我现在就在这里。”

二十三岁的苏青釉吸了吸鼻子，她歪了歪脑袋，冲镜头粲然一笑：“雪言，要是你在这里就好了，我唱歌给你听。”她眼睛里还是盛满了盛放的热情，像是黑夜里永不熄灭的火光。这时隐隐约约有歌声传来，她解释道：“当地人在唱赞美诗，庆祝圣诞节。”语气自然得就像六年前她坦白除了会“bonjour（你好）”就只剩一个“Au revoir（再见）”时的坦荡。

而我却在屏幕的另一边，颤抖地蹲下身，泪流满面。

02

“亲爱的Camille，我很想念你。这里少见地下了雪，纯白的颜色让我想到你漂亮的脸庞。冬天这里寂静得要命，仿佛世界上所有的声音都消失了，我静静地坐在椅子上，看着结着窗花的玻璃，有一只小松鼠穿过松树身旁，留下一小行浅浅的脚印，我拍了下来，放在你的房间里。”

“亲爱的Camille，今天是我们相遇的第一千零四十一天。昨夜隔壁的Manon送来了一些水果，仍旧带着她的猫。那只老猫的瞳孔颜色淡淡的，一副轻蔑的态度。它大概一直记得我曾经和你一起捉弄过它吧。”

“亲爱的Camille，我今天把《情书》又看了一遍，你说很喜欢柏原崇，十八岁的柏原崇饰演的藤井树大概是你心里最美好最青春的少年。那我呢，你会想念我吗？那句‘お元気ですか？（你好吗）’在我心里响了一万遍，可是我还是发不出声音。”

“亲爱的Camille，我打算最近来一次旅行，去哪里都好，远离原本生活的轨道会让我觉得轻松一点。虽说当初你是被逼来到法国，但是你说过喜欢这里，无论是它的积极向上还是阴暗堕落，你都那么狂热地喜欢它。所以我希望自己能像你一样，对生活充满热爱，就算是对一份小牛排都抱着无比虔诚认真的心情。”

我随意地翻看着 Denis 写的那些明信片，或长或短的句子就像是一股浅浅的水流，温柔到令人想要眯起眼睛。Camille，我的大脑短暂地停顿几秒钟，然后反应过来，Camille——苏青釉，我此生唯一一个如此与众不同的朋友，好朋友。

“苏青釉寄给我的录像一个月前就收到了”，我坐在舒适的沙发上，冲男人一笑，“她在地中海边上拍的照片美极了，像是东方的仙女……你能想象吗?”

他皱着眉，摇摇头，可随即嘴角滑出一抹笑，“能……她，非常漂亮。”

我低下头，捧着一杯咖啡，浓浓的苦涩味道顺着喉咙滚进胃里，我的心情也像是这杯黑咖啡一样，醇香带着焦苦味，蒸发着我原本就已经干涸的眼泪。

我深深呼出一口气，努力露出笑容：“我要从摩纳哥到巴黎，经过这个女人曾经路过的每一个地方，见到的每一处风景，我要了解她的世界，知道她把自己器官捐出去时的想法。人们都说我疯了，我疯了吗？我拒绝接受她的死亡，她死在蒙马特，我甚至是在三个月之后才得知，可是那又怎样？这个女人除了寄过来一盒录像带，什么都没有对我说，我们认识了有整整二十年，Denis，你知道这远远超过了我独自一个人生活的时间，至少我以为我能够见她最后一面的。我错过了。”

Denis 像个犯错的小孩，他不知所措地搓着手指，“你让我怎么接下去，因为当时你准备办婚礼，而她在病床上想要拨电话给你的力气都没有了。”

我想象着她无奈地冲着空荡的病房笑笑，然后要赖般说道：“雪言，这下可当不成你的伴娘了。”

你们一定是一伙的。我揉揉发红的眼眶，这么想。

“要不我带你去看她在这里的公寓吧?”Denis 忽然提议道，“在这个不到两平方公里的小国家里，容纳她的一处小小的场所。”

“她不和你一起住?”我抬头发问。

“Camille 和我只是关系一般的同学，我们偶尔有书信来往”，他有些局促地冲我笑笑，“更大程度上，是我自己一厢情愿罢了。”

苏青釉呆在摩纳哥的时间要长过巴黎，她一副调侃的语气说巴黎和摩纳哥只有九个小时的车程，没事逃课就可以到摩纳哥逛逛，顺便去里昂歌剧院听听歌剧，我则是咬牙切齿地在另一边飞速地思考着中午要去楼下吃快餐还是网上订外卖。她过着我不敢企及的生活，还要习惯性地抱怨“你不在真是太扫兴了”。

“你什么时候回来?”

“等过了春天，我拍完《最后的玫瑰》就会回去了。”

她告诉我《最后的玫瑰》是她参加摄影大赛的参赛作品，记录着玫瑰从生长到凋败的全过程，原本觉得这个题材已经很老套了。“但是看见大雪里盛放的花朵，我的灵魂忽然燃烧起来。”她这么说道。

“我们现在在蒙卡洛赛道上，可惜 F1 方程式大奖赛已经结束了，不然我们可以看看比赛，超级刺激。”Denis 走在我身侧，忽然说道。我回过神，不由喃喃：“哦，已经七月了。”

我们步行在摩纳哥的街道上，三天前我还奋战在无边的计划书和管理档案的工作中，三天后我却出现在这里。苏青釉寄给我的录像带上附有地址和电话号码，我无意中拨通，却听见一个年轻男子的声音。我握着电话的手止不住颤抖，难道不是个空号吗?我半晌没出声，最后对面的男人无奈道：“allô?（喂）”

“I’ m so sorry……”我终于发出声，但随即万千语词像是决堤，冲破了喉咙却只剩呜咽。我一边哭一边用断断续续的中文说话，我不考虑对方能否听懂，是否耐心听我大段大段的支离破碎的语言，而我只能抓住手边这根唯一的稻草，唯一和苏青釉有关的稻草。我闭上眼睛，觉得对面是一个漆黑的洞，看不见谁的脸，也听不到谁的声音，等到我口干舌燥地停下来，那边忽然温柔地说道：“Damoise，ne pas pleurer.（姑娘，不要哭泣。)”

我落脚的第一站是尼斯，飞机穿越云层，一切都空空茫茫，像极了我当时的心情。在此之前，我从未迈出国门，可那个对我说“ne pas pleurer”的法国男人，住在这里。我想通过他了解苏青釉在法国的点点滴滴，想要知道这个女人不在我身边时的所见所闻，我希望她能完完整整地活在我的记忆里。我们认识那么多年，我就像是一段漆黑的影子，而她是光，我必仰赖她存活。

我和 Denis 一直用英文交流，Denis 听到我非常“poor”的发音就笑了，他说 Camille 当时也一直用英文和大家交流，直到老师让周围的人必须用法语和她说话。她找老师理论不成，于是发奋地自学法语，直到能在教授面前得意扬扬地阐述她的论文。

“Camille 是我见过的人中，最固执的了。”最后 Denis 总结道。他推开一扇小门，绿色的青苔长满了窄小墙壁的两侧，看上去幽深神秘。他看了我一眼，“这是她租的房子，还没过租期，隔壁的 Elisa 奶奶一直留着她的小公寓。”我使劲呼吸了一口空气，充盈着淡淡的花香，“什么花?”我抬头问道，下一秒便看见院子的拐角种满了火红的花朵。

“玫瑰”，他若有所思地看了我一眼，然后耸耸肩，高挺的鼻梁投下一小块深邃的阴影，遮住他的表情，“my lady of rose.”

嗯？我不解地看向他，他却将头转向另一边，然后传来他几近欢快的声音：“Elisa!”我惊讶地看过去，一个满头银发的老奶奶靠在门框上，她将手放在围裙上擦了擦，深蓝色的瞳孔清澈逼人，就像是一个十几岁的小姑娘，她愣了愣，随即笑起来，眼波荡漾着纯粹热烈的情感，她就静静地站着，脚边的蓝色花朵亲吻着这个和蔼温柔的老太太，“好久不见了啊，我的小男孩。”她的发音曼妙得如同一支舞，古典而优雅。

“是啊，好久不见，我的小女孩。”他冲她俏皮地眨了眨眼睛，随即二人非常默契地笑起来，他看了看我，说道：“Elisa，这是 Camille 的好友。”

Elisa 微微一笑，点点头，“小姑娘，你和 Camille 一样美丽。”

“merci（谢谢）?”我脑子忽然蹦出一个词，我望向 Denis，他鼓励地点点头，重复道：“meric.”

03

Elisa 至今都是一个人住，三十平方米的客厅明亮干净，墙上挂着一幅巨大的《星夜》，蓝色的天空就从窗外渗透进来，斑斑点点的光跳跃在玻璃框下的宇宙里。那瞬间我忽然屏住了呼吸，那跃动的光点穿越了好几个世纪仍然能带给人震撼，黑色的白杨树竭力向上生长，星群环绕在周围，云层层叠叠翻滚不歇，山脚下村庄点着明黄色的灯，看上去宁静和谐，只是——我皱着眉，总觉得哪里不对劲。美术课上曾经鉴赏过这幅画，那个穿西装系领带的老派男人目光满怀憧憬，他说：“梵·高的绝望和希望就像是这株白杨一样，颤抖不歇却又茂盛疯狂。”

“这里，多了一颗星星。”我终于发现不妥的地方，在那尖尖的教堂顶部，生长着一颗星星，不过非常暗淡，摇摇欲坠。

Elisa 微笑地解释道，“这是 Camille 花了一星期的成果，她用自己的名字命名那颗星星，她说其他的那些是梵·高的星星，不是她的，她就自己添了一颗。”我苦笑了下，果然是苏青釉的风格，带着她一贯随性的态度，Denis 深深呼出一口气，说道，“那颗星星至少还没落下来，变成永恒了。”

我们经过客厅，来到苏青釉的房门前，Elisa 把钥匙放在我掌心就离开了，“那孩子一向不准我进她房间。”我看着 Elisa 匆匆离开的背影，忽然犹豫了。

要打开吗？白色的门仿若通往另一个世界，我握着钥匙的手就这么停在半空，空气里带着玫瑰花香，那些分子不停碰撞，制造着她还存在的假象。我的心脏陡然剧烈地跳了好几拍，身后的男人走上前一步，他有些不安地搭上我的肩膀，“其实我们可以先去街上逛逛的……”

“不了。”我深吸一口气，手指往右旋转，传来啪嗒一声清脆的响声。

自开始记事起我就和苏青釉在一起，我们住在一个小区，苏青釉的父母很忙，因为两家关系不错所以经常把她寄养在我家。我因为多了一个玩伴而喜悦万分，和她一起刷牙，抱着玩具熊在卧室里打滚，看着她拿着画具在墙上画出诡异的图案，然后再玩扮演新娘的游戏。她曾信誓旦旦地对我说，“雪言，我一定要娶你回家。”我每次想到这都会忍不住嘴角上扬，她那时多大？五岁左右，幼儿园还没上，顶着一头乱蓬蓬先天营养不良的头发抱住我，鼻尖蹭着我的脸，说要和我永远在一起。

我们分享着一样的童年，无数命运丝线缠绕连接，唯有她牵住的一头没有乱。罗姗姗曾经说过，我们如同一个母腹中出来般要好，任亦祈也经常调侃：你们俩就干脆在一起算了，不用在乎俗世的眼光。苏青釉总是翻翻白眼，“要你说，你顶多就是我们之间的第三者。”

快要中考的时候，苏青釉没说道别就从城东搬到了城西。我一直不习惯打开门面对陌生人冷漠的脸，往常她都会冲过来给我一个热乎乎的拥抱。我既失落又无奈，却在几天后接到了她的电话。她的语气没有半点变化，告诉我新家这边有很多书店，我们可以一起来这里借书看。

我不说话，之后她就一直沉默，最后我说，“我要考上本地的一中，你也加油吧。”然后就挂断了。我记得那是一个特别空旷的夜晚，呼出的气体沉重地仿若往下直降，在地上砸出嘭嘭的响声。我说苏青釉，就算你离开，也要招呼我一声吧。毕竟我们认识了这么久，就算你舍得，我还舍不得呢。

可她就是这么潇洒地离开了。过去如此，现在依旧。

我打开她的房门，一阵清爽的风便涌过来，我自嘲地笑笑：“这是你给我的礼物吗?”继而便屏住了呼吸，非常大的一个主卧室，然而整个房间就像是杂货铺一样堆满了插画集和书本，右侧的书架上摆满了令人头大的法语词典，厚度堪比拳头，只不过干干净净的，没有灰尘，看上去经常翻阅的模样。床靠在左侧，一盏暖黄色的小台灯放在旁边的柜子上，柜子上的透明花瓶插着一株已经枯萎的玫瑰，根部已经发黑，水也变得浑浊，只不过房间的气味很好闻，床右边的落地玻璃窗常年不关，风就带着清新的味道闯进来。

那瞬间我的脑海里闪过的是少年藤井树的脸。藤井树站在图书馆的窗前静静地看书，洁白的窗帘拂动，如梦似幻的场景。苏青釉喜欢岩井俊二，尤偏爱《情书》，在渡边博子在雪地那里吼出“你好吗”的时候，她总是会难以抑制地眼眶发红。

“就像是身体内的某个机关被打开了，连灵魂都像是在云端漂浮的感觉，感受不到自己，完完全全地漂浮。”她曾经这么说过。

地上铺着一小张羊毛毯，能想象到她赤着双脚在上面跳单人舞，抑或是专心画画的样子。忘记说了，她念的是服装设计，和父母期待的相差甚远，她远在海外，只把她的乖巧留在了给父母的电话里。她一直热爱画画，拿过不少奖，可是高考这道门却硬生生地将她排除在外，于是和家里人商量一番就去了法国。

我对法国最初的印象是埃菲尔铁塔、巴黎、普罗旺斯以及奢侈品，更确切的是我把法国当成了那些著名景点的排列，它们就这么拼凑一下就变成了法国。苏青釉听到我这么说，半天都没喘上一口气，她大声地笑，我仿佛都能看到她的手指夸张地拍着桌子，引得旁人不时侧目。

“哎，在你的印象里法国不是紫色的薰衣草就是高大肃穆的巴黎圣母院了吧?”她抹掉笑出来的眼泪，“哈哈我得缓一会儿，受不了你，法国才不是这些，她是我的女神，女神是活生生的，对我来说，她有温度，派头十足可是却是枚老处……不，老淑女啊。你一定一定要来法国一次，单单巴黎不够，还要去里昂和马赛，亲爱的，你知道法国不仅仅只有一个巴黎吧。”

“还有，你答应过我这个暑假来看我可不能食言哦，我带你在周围玩过瘾。”

那个电话时隔三年，却成了我终生的隐痛。

我食言了。

那个暑假我陪任亦祈去了趟他的老家，也没见到他母亲最后一面，听说是自杀的，安眠药放在桌上，就这么安安静静地离开了。

任亦祈眼睛发红不发一言，等到母亲下葬也没见到那个领着小老婆在外面逍遥的男人的影子，他把头埋在我的脖颈，半晌不说话，我以为这辈子他都不想要开口了。傍晚我打电话给苏青釉，她“哦”了一声就软绵绵地哼起来，类似于思考的样子，“你和任亦祈什么时候结婚?”

“胡说什么？我还没毕业啊……”我惊讶道。

“没毕业也能结婚”，她打断我，“任亦祈那家伙轻轻松松就把你给抢走了。”顿了顿几秒，她说道，“你去陪那家伙吧，我要睡觉了。”

我知道她当然不会乖乖去睡觉，这个女人曾坦然道：九点才是我夜晚的开始。她的谎言在我面前根本没穿衣服，她明白，但是找不到更好的语言了，这个我也知道。

04

“你是怎么认识……Camille 的?”我坐在地上，脑袋靠着落地窗，苏青釉的书桌距离我半米不到，我曲着膝盖脚抵在桌腿上。书桌是清爽的淡蓝，和地毯的深蓝色很搭，Denis 坐在我对面的地毯上，蹙着眉。Denis 的眉骨很高，淡金色的睫毛很长，轮廓立体又清晰，典型的欧洲人面孔。他蓝色的眸子清澈得像条小溪，然后就看见这条小溪微微地荡漾起了涟漪。

男人闭上眼睛皱着鼻子想了一会儿，仿佛想到了好玩的事情，不由自主地就笑了。他整个人沐浴在柔和的光线里，然后开始沉静缓慢地叙述。

苏青釉只身在巴黎生活四年，她十九岁离开国土，和无数充满梦想的年轻人一样渴望成功，她最先在蒙马特的一家咖啡厅打工，她曾经对我说："我原本以为法兰西真的像小说里那么浪漫的，就连咖啡厅里萦绕的都是缠绵温柔的气息。"这个转折也很突然。"可我没有见到，我只见到了一群为生活所迫的人狼狈地过活，他们的脚踏在木质地板上传来的声音让我失眠了，我眼睁睁地盯着头顶的月亮滑向另一边，我明明只是身在外国却仿佛置身外星球。"

苏青釉没有说过后悔，她也不说自己不好，她就像一株倔强的花，拼命地展开自己的花瓣，挥洒自己的芬芳。

"其实我第一次听说她的名字是在大一学期末尾，她和隔壁班的 Charles 打了起来，把那个男生从楼梯上推了下去，骨折，却没有死。"他静静地盯着窗外，似乎有美好值得注目的事物，"那天开始，我们便开始猜测这个东方女孩究竟有多凶悍，居然敢威胁 Charles 在学期结束前都不要出现在她面前——他就真的这么做了，事实上，他在家躺了一个月。你知道吗，Charles 在学校是很有名的痞子。我们都觉得她是个勇士。"

"……五彩斑斓，像彩虹一样绚丽的人"，他嘴角始终挂着抹笑容，"抱歉，我觉得挺难形容的，尤其是 Camille。"

我低下头，脑子里是一个女孩在走廊奔跑的场景，她抓着一条面包，漆黑的长发扫过冰冷的墙壁，眼神却慌张地注视着每个教室的号码，她在这个国家，最令她安心的便是这些阿拉伯数字。Denis 说她总是迟到，有时候干脆不来，来去都匆忙，仿佛永远有忙不完的事情，那个女同学是她在这里交的第一个朋友，因为这件事她受了处分却完全不在意。她对很多事情都漠不关心，可是有时候却仿佛在运筹帷幄。

Denis 提起她工作的咖啡厅名字叫作"ROSE"，我揉揉发红的眼睛，说道："她大概是一株法国玫瑰，柔软而清香，但是有着坚硬的刺。"

我在她的书架上发现了她的日记本，说是日记，其实只是她对生活短小的记录。就像是——

"我的小玫瑰长势很好啊，再过几天就要开花了。"

"又要熬夜了，幸好老板娘给了我一些咖啡豆。"

“程彬这死崽子居然和你分手了，我居然才知道，要不是罗姗姗偷偷告诉我，你是不是打算一直瞒着我?”

“你真笨得可以，要是能有我一半聪明也不至于被甩。”

“Elisa 奶奶太可爱了，你会不会成为像她一样可爱的老太太啊。”

“我比较喜欢摩纳哥，虽然很贵很贵很贵……”

“我不会放弃的哈哈，就算 Nathan 这么说，可是我烂在心里都不会告诉你的，就等等再等等好了。”

她好像就站在我面前，或振奋或失落或欣喜地说着话，举手投足都光彩熠熠。这是她的习惯，一有空就会随手写下点什么，但是——我看着这些字字句句，这个“你”大概是指我了。我忽然就像承受着来自海洋中心的漩涡，周围是电闪雷鸣的呼啸，我只能呆呆地看着一切沦陷，一切化为齑粉。

你是一开始就准备留给我的吗。

我捧着那本深褐色软皮的日记本忽然不知所措起来。此刻忽然巨大的轰鸣传来，我转身，恰好看到窗外绽开一朵巨大的烟花，天空不知何时变黑，它的花瓣朝四周放射，继而又一朵盛开，外面是港口，白色的小游艇停在海面，游人如织，他们兴奋地尖叫，放声大喊。摩纳哥变得热闹又平凡。

“你赶上了好时节，七八月是蒙特卡洛的烟火盛会，”Denis 一边解释一边感慨，“真漂亮。”

我不能忘记你，就算你不存在的这个事实，每个人都说给我听。

05

我偶尔会想要唱一支歌给你听，五月天的好不好，Yui 的也不错。

最近喜欢上了民谣，Yui 的嗓子很清澈。

就那首 *Please stay with me* 吧。

Please stay with me.

06

我看着法国地图和手边的旅游攻略，从摩纳哥到巴黎，几乎横跨了整个法国。尼斯。戛纳。马赛。普罗旺斯。蒙特马利尔。里昂。图尔尼。欧塞尔。内穆尔。巴黎。一路北上，我每靠近巴黎一步，内心就惶恐一分。

Denis 送我到火车站，他对我说的最后一句话是：Au revoir。我在车窗外看着他的背影，忽然感伤。他说即使 Camille 不见了，却仍能够远远地远远地思念她。他说她就在他心里。多么动人的情话。尼斯是带着意大利情调的老城，Denis 算得上是半个意大利人了吧。

我倚着车窗，蓝色的天空在我右侧伸展，外面是大块的平原，有羊群慢悠悠地吃草。这么空旷的平原我还是第一次见到，它们带着与生俱来的安逸闲适，不被破坏不被打扰。任亦祈在车行至半途打了电话过来，“你到哪了?”满满质问的语气。

“你猜。”我仰着脸看窗外，座位对面的一个法国姑娘友好地朝我笑笑。

“倪雪言，你回来吧，我们再好好商量行吗?”这下变成恳求的语气了。他没有回答，继而说道，“婚礼要不照常进行，我从来没有想要和你分手。”那个姑娘转了脑袋，向身后的人要了两杯奶茶，她把一杯放在我面前，仍旧笑笑。

我感激地说：“meric。”发音是 Denis 教我的，姑娘摇摇头，示意不用客气。

“什么?”

“我在法国，”我轻声说，“我不想和你结婚了，我现在已经不难过了，难道罗姗姗没有告诉你吗?”

那头沉默了。其实我很不想承认在很大程度上我是不理解任亦祈的。他对我来说一直是涂着张半透明的玻璃纸，我一靠近触碰的便是毫无温度的外壳。我抵达不了他的灵魂。从另一方面说，我可能这一生都不能倚靠他给我的感动生活，我需要爱情，一场奋不顾身热烈又偏执的爱情，而他只是一根小火苗，在寒风中脆弱地颤抖连自己都保护不了。他不爱我，却打着“适合”的幌子要和我在一起。

毫不偏袒地说，任亦祈是非常适合结婚的那类人。他很完美，这种完美是指有薪水不错的工作，有房也有不算名贵的车，性格温和，周末能陪妻子睡睡懒觉偶尔也陪孩子去游乐场，不会抱怨逛街的辛苦，不会出轨。就这么逐渐变老，完成这一生。没错，完成。像是一个程序，设定好之后就按着指示一步一步往下，不需要思考，也浪费不了太多的感情。

老妈说倪雪言你也不小了，到现在还作什么作，等你以后就后悔去吧。

我顺势攀住她的手臂，头靠在她的肩膀，苏青釉在的时候我经常就这么靠着她的肩膀，窄窄硬硬的却特别令人安心，老妈的不一样，宽宽的很厚实，让人有种热泪盈眶的温暖：“老妈，说真的，我不会后悔，作也是我心甘情愿的。大不了就不结婚了，反正我有很多朋友，不会孤独一个人死。”

老妈动了动嘴唇，听我一番类似自暴自弃的说法破天荒地没有生气，她只是淡淡地回答：“随便你好了，你别把自己的人生弄得像我一样糟糕就可以了。”

我“嗯嗯”地点头，眼睛酸胀得厉害。那是我得知苏青釉死讯的第二天，我去试婚纱等任亦祈等了很久，他开会就把我晾一边我早已经习惯，但是眼睛仍旧不老实地跳。看着镜子里的自己当时恍惚了一下，整个大厅除了我就只剩一个帮我换装的女孩，她穿着一条淡黄色的裙子，春天刚刚过去，带着微寒，我盯着镜子时她冲我笑了一下，说："很漂亮的，你已经看很久了。"

"诶？"那瞬间我仿佛看到了苏青釉，苏青釉在镜子里冲我笑，仅仅一个虚影，一下便闪了过去。我慌张地回头，只看见女孩莫名其妙的神情，"怎么了？"

我下意识去拿手机，发现多了一条短信。那条短信我一直记得，我看完就删了，但是里面的每个字都像是附在我的神经上，就连呼吸都颤动到疼痛。我从婚纱店出来，胃一直抽搐，终于在大街上吐了出来。那则迟到了有三个月的讣告如同诅咒一样降临在我身上。确认过内容之后，我睁着眼睛从天黑到天亮，冲着双眼布满血丝的自己呵呵傻笑，持续到中午我对任亦祈说分手。

"我去找你，我一定能找到你！"任亦祈的声音听上去焦躁又愤怒，"如果我找到你了呢？你会回来吗？"

我弯了弯嘴角，"不会。"

07

对面的女孩一直盯着我看，她侧侧脑袋，仿佛犹豫了一会儿："你还好吗？一副要哭的表情。"

我捧着那杯温热的奶茶惊讶地瞪大眼睛，"你会中文？"

"啊，"她小诡计得逞般乐不可支，"我叫 Cloe，中法混血，我爸爸是法国人。"她金色的头发闪着亮光，脸颊的雀斑生动起来，活泼可爱。她小心翼翼地凑过来，"你和男朋友吵架啦？"

"没有，"香甜的液体滑过我的喉咙，"我们分手了。"

Cloe 耸耸肩向后靠了一点，"哦，我也刚刚分手，他把我甩了，就在上一站"，她满不在乎地想了一下，"然后我就把他的身份证和护照偷偷扔到火车铁轨里去了。"她坏笑的时候露出洁白的牙齿："嘿嘿，我想想就挺开心的。"

我瞠目，张了张口，索性还是闭上。她手指敲着纸杯，低下眼睛："你是不是觉得我特坏？"

"我们一起来法国看奶奶的，结果回来就发生这样的事情了，前一小时还说永远在一起，我恨死骗子了。"她低着声音，忽然又抬起脸，问道："你为什么来这里，分手出来散心吗？"也许是奶茶的缘故，抑或是她的眼神，又或者是她令我安心的中文发音，我放下杯子说道："不是，缅怀故人而已。"

仅仅只是个"而已"。我假装看窗外，她眨了眨眼睛，也没再说话。之后不知不觉睡着，醒来的时候已经快到站，然后发现眼前的混血姑娘不见了，我的杯子下面夹着一张纸条：“祝你好运。——Cloe。”在异国的来自陌生少女的祝愿，我朝四下望望发现她真的离开了，心里有片奇异的温热化开，我把纸条夹在苏青釉的日记本里，却发现有张照片贴在末页。

苏青釉站在青天下，张开双臂闭着眼睛仿佛在拥抱着……风，她表情满足地微微笑着，身后一条河流，泛着粼粼的光。她戴着顶红色的爵士帽，脸衬得苍白，黑色的呢子大衣到了膝盖，下面是长过膝盖的皮靴，她一贯的装扮。我喜欢这样的苏青釉，特别简单，却也繁复。

我轻轻地抚摸着照片，往前翻一页，她潦草的字迹写着：Je t’aime。

Je t’aime，我查了字典才知道是法语的“我爱你”。我困惑地翻开日记，却没发现关于“Je t’aime”的只言片语。苏青釉出国前的感情生活一片空白，就连罗姗姗都有了个爱说甜言蜜语的男朋友，而她只是皱皱鼻子，“谈恋爱好玩吗？不好玩还麻烦，哪有你好，我能赖着你一辈子干嘛要找男人？”

有时候我觉得苏青釉像一只缺乏安全感的猫，她翘着尾巴神气又骄傲，但是内心却是孤独的，你能把她养在身边但并不代表她接纳你，她对大多数人客气有礼貌，但是永远也只是“客气有礼貌”。如果有个人能让她松开全身警戒毫不犹豫地亲近，我会觉得那真是上天对那个人的眷顾了。

我再次翻出那张照片，它紧紧地黏在最后一页纸上，那条闪着粼粼光波的河流我认出来了——塞纳河，法国第二大河，横贯整个巴黎的河流。我对塞纳河的印象是笛安写的《塞纳河不结冰》里的塞纳河，那个苏美扬让我印象深刻，她和苏青釉一个姓，只是她以另一种生命形式活着，而苏青釉没有。

我忽然很想见见那条河，像童话一般的河流。

08

途中做了一个梦。苏青釉在凌晨时分叫醒我，我皱着眉，不情愿地紧贴着听筒，对面传来一阵阵类似于“沙沙”的声响，她的呼吸声变得小心翼翼起来，接着是风声，辽远而空旷，仿佛在心里撒下了一把寂寞的蓝。她轻轻哼着一支歌，没有歌词，但我似乎感受到了前所未有宁静和心安，紧接着又是一声“哗啦”，像是水撞击着岸发出的声音。

“海边吗？”

“是呀，好听吗？”她反问我，像个捡到好看玻璃球急切找人分享喜悦心情的孩子，“我一直都想让你听听。”

嗯嗯，我不禁笑，“大半夜的你在外面……”然后笑容止住，我忽略了时差问题，“等等，你那里是白天？”

“对呀，”她讨好般地笑笑，“要到傍晚了。”

我深吸一口气，但还是异常地愤怒，“我挂了！”她大概手拨了一下水面，我能想象到她侧着脸垂下几缕长发的样子，“那我讲个故事给你听吧，当睡前故事。”然后就自顾自一个人讲了起来，一字一句地到我耳朵里，拼凑出一个个破碎的片段。我睡意全无，有一搭没一搭地和她说起话来，然后她说：“我好想回去。”

回到哪儿呢。我失魂落魄地问一句，却久久没有得到回答。

下了车整个人浑浑噩噩像是走了很远的一段路，我看着气派的火车站，巴黎，这个被冠上无数名号的浪漫之都，在我的视网膜里呈现的是灰色的影子。我定了定神，天逐渐黑下来，我只带了一个背包，看了看四周，然后没想什么就迈出了一步。我消耗很多力气了，自从知道你死去我的身体如同缺失水分逐渐干瘪下去，天变得更黑，但是灯光却更亮，它们像是赌气般撑起这个漆黑的世界。

乘地铁8号线到了亚历山大三世桥。连接香榭丽舍大街和荣军院广场的亚历山大三世桥，是俄皇尼古拉斯二世作为法俄亲善送给法国的礼物，据说是世界上最美的大桥。我慢吞吞地抚摸着冰凉的石壁，苏青釉在这里拍的照片吧，璀璨的小金马像是抬起马蹄就能飞走般，我喜欢桥灯啊，看上去古朴又现代。我俯身看着脚下的塞纳河，心里忽然想苏美扬会不会跳出来，然后又不自觉嗤笑了一声。如果她能出现的话，苏青釉也必定会出现，那瞬间我倒是期待了好几秒。

没有找旅店。我就坐在路边的椅子上，像个流浪者般看着来来往往的人群。我不知道什么时候惶恐感已经完全消失，还打算好了要是被问起来就说在等待戈多。我扯扯嘴角，这个冷笑话不知道法国人能不能听得懂。我买了杯咖啡，拿出旅游手册慢慢看。

苏青釉初次来到这里的心情是什么呢？我靠着椅背，灌下一大口咖啡，你哭过吗？对着异国的月亮什么感觉呢？你喜欢摩纳哥的原因是它太小了对吧，而巴黎太大了，大得人心都一直空空荡荡，像是悬浮在半空的氢气球，等不及到两万米的高空就会爆炸。

手里的咖啡没有喝完就已经彻底凉掉，周围的人仿佛离我很远，他们衣着光鲜，笑容纯粹。他们在讨论什么呢。就像是“明天会下雨吗”“我小狗生病了怎么办”“环游世界的旅行就要实现了”“这里夜晚很惬意呀”“昨天买的裙子真漂亮你要看看么”“哈哈哈”“对的对的”“前面转弯再直走就可以到了”，普通的、直白的、悄然的、紧张的、远的、近的、小声的、大声的，可是这里的一切都与我无关。

我只拥有对你的悄无声息的悼念。

12 号线到 Abbesses 站，帕特广场，位于蒙马特高地。我在地铁站茫茫然地站了一会儿，转过脸看到墙壁上的涂鸦，黄色的颜料颤颤抖抖地划出破裂的椭圆形，仿佛有什么从中逃了出来，留下一个空空的裂口。我看了看四下没有几人，于是拿出记号笔在那个“蛋”里面画了个桃心。可惜不是粉红色。我有些遗憾地退后一步，那个桃心仿佛在里面蹦跶了起来。

“——送给苏青釉”，我想这么写。但最后还是写上了“For Camille”。啊，巴黎人民原谅我。

我在帕特广场附近找了个小宾馆，放下包洗了个澡，但是躺在床上睡不着。大概是那杯咖啡在体内作用，天气变得闷热，没有空调，只有电风扇在呼呼地吹风。老板是个大腹便便的四十岁左右的男人，头发淡黄蜷曲，短短的像刚刚破土的葱。当时想到这个，忽然笑了一下，当我发现自己无法和他用英文交流的时候就再也笑不出来了。对啊，不是每个人都是 Denis，不会给你当导游又当翻译还提供住宿。我深深吸了一口气，努力地咧起嘴，给他看我手机刚刚谷歌翻译出来的结果。

“OK!”他露出一个了然而又大度的微笑。

这是凌晨两点发生的事情，他趴在桌上睡觉，抬起脸看见我时的神情迷迷蒙蒙像是从一场大梦里走出来。

路上的行人很少，偶尔有几个年轻人唱着歌，但也无法使夜晚变得喧嚣。灯光倒是明亮，我站在窗前看着外面，夜景非常绚丽，风将一房间的沉闷卷走，可是我的孤独却无处安放。我在这个世上似乎举目无亲，我就像是一只摇晃着快要沉如水中的野草，无力又单薄，失去土壤也只能在秋风里死去了。

隔天我去了苏青釉打工的那家名叫“ROSE”的咖啡厅。我几乎是睡了一整个白天，傍晚时分广场人群依旧拥挤，很多画家在这里摆摊，他们的脸热情洋溢，有些正在拿笔帮游客画着肖像，有些则是盯着作品出神，他们活在自己的世界里。我匆匆看一眼，沿着一条小路拐了进去，不出百米，就看见了那家咖啡厅。花式字体勾出漂亮的“ROSE”，墙壁上还挂着一幅玫瑰的摄影作品。我觉得玫瑰很熟悉，像是 Elisa 院子里的那些。或许就是。

但是我没有进去。我站在外面静静地盯着那幅画出神。这是玫瑰开得最旺盛的样子，鲜艳得快要燃烧起来的红色一直在我眼睛里跳跃，它被别在暗蓝色的墙上，周围是密密麻麻的外国文字。我茫然地注视着，直到听见有人叫我。

我侧过脸，看见一个男孩好奇地看着我，他穿着咖啡厅统一的白色制服，是这里的服务员。我抱歉地朝他笑笑，准备往回走，但是他却急忙跑了过来。

我疑惑地想，难道看幅画也要付小费？结果他却说：“Miss，do you like the photography（你喜欢这幅作品吗）?”

我听懂了，然后点点头。他凑近的时候有股非常好闻的香水味，我冲他微微笑，说是我朋友的作品，我只是恰巧看到有点惊讶而已。他似乎比我还要震惊，指着这朵玫瑰说 Camille？你的朋友？

对啊，我再次点了点头，我的好朋友。

她已经好久没有来上班了，她还好吗？怎么不见她来呢？这个男孩似乎有些急切，他说他想念 Camille，这个女孩工作一直很认真，他们以为她会在这里一直干下去。他看着这朵玫瑰解释道，这是 Camille 放在这里作为商品卖的，他刚刚以为我对它有意，想和我谈谈价钱——但是现在用不着了。他有些羞赧地朝我笑，小姐，你见到 Camille 的时候替我问声好啊，我挺想她的，一般人都泡不出来她咖啡的味道。

好啊，我看着他蓝色的眼睛说道。还有这个卖给我吧，我想要带回去。

这是一套作品，这只是其中的一幅，他说道，神情忽然变得忧伤，Camille 的作品一直都挺受人欢迎的，卖得也很好——只是，他犹豫道，我们一直找不到她，只剩最后这些也不知道如何处理了。

我全部都要。我笑着说，但是内心却在挣扎：你真的要把苏青釉的作品带回去吗？那么她在这里的最后的痕迹也要被抹掉了。

男孩眼睛明亮，真的吗？我们会把钱打到她的账户里，我们还有她画的一些图，但是不打算卖掉，我们觉得她特别有天赋，以后一定一定会创造出更多的作品。你见到 Camille 时一定要让她回来看我啊，等我有钱了也可以去找她。

我只是点头。我不知如何对他说你崇拜的 Camille 实现不了你的“一定一定”了。

男孩答应帮我寄回去，我抚摸着那支玫瑰，问他，这个背景是哪里？

蒙马特的爱墙啊。他闪着一双大眼睛，笑的时候显得单纯没心机，离这里不远的，Camille 喜欢那个小公园和爱墙，她甚至在那里种了很多很多的洛丽玛丝——一种纯白的玫瑰，温暖的季节一来那里就变成盛景了。我们都很喜欢她种的花，感觉既温暖又有一种非常——

——绝望吧，我说道，她做什么事情都会拼尽力气，所以达不到“好”的程度的话就是“差”了。所以有时候会觉得无望，会很没信心，但其实她都能做到“非常好”。

对，她说那些洛丽玛丝玫瑰都是送人的，从它们开出花朵的那一刻就是送给那个人的。他认真地说道，Camille 难得那么认真啊，看上去总是迷迷糊糊的，她深爱的那个人一定很幸福吧。

她……说过那个人是谁吗？他是不是叫“Nathan”？我记得苏青釉的日记本上提过这个人。

当然不是了，他不好意思地挠挠脑袋，我就是Nathan啊。虽然Camille没说，但是总觉得她很满足。她一个人的时候特别爱发呆，我也不好意思总是打扰她。

她经常一个人？

她不常和人交流，每天固定的路线就是学校和这里，偶尔消失一阵，像现在这样，我还以为她不久就会回来，结果老板说她已经辞职了。说着他的眼睛无意识往店里瞅了一眼，我说，快去吧，要扣工资了。

嗯，他点头道，仿佛想起来什么，等我一下，Camille有个宝贝的东西落在这里了。你见到她的话就还给她吧，我担心哪天会弄丢。

我就站在门口等他，透明的玻璃墙内有对情侣亲昵地说着话，他们偶尔低语，表情甜蜜。世界上的恋人们都是一样的表情，对未来充满着无限的期待，他们悄悄在心里勾勒着永恒的蓝图，可是苏青釉的图缺失了，我甚至找不到关于那个人的蛛丝马迹。我不止一次地想过苏青釉将来会成为什么样的人，她是依旧我行我素还是变得长袖善舞，会爱上什么样的人，我甚至准备好全身心地去祝福他们。

我甚至想过如果苏青釉回来，我一定要继续和她住在一起。

我甚至想过如果苏青釉没有交上男朋友，我一定一定要给她介绍一个最好的。

可是她在异国的病房里独自流泪的时候我居然是在和罗珊珊争一个不属于我的男人，我居然不在她最脆弱的时候陪伴她，我居然没有看到她最后一面，我居然是在三个月之后才得知她已经死亡的消息，我居然妄图在蒙马特找到她的过去，我居然带着这样的渴望站在她曾经喜欢的土地，也没问一句“可不可以”。

Nathan出来的时候手里拿出了一张照片，我接过去，紧接眼前的世界一片朦胧——是我们初三毕业的合照。我们都穿着统一的蓝白校服，五月末刺眼的阳光也比不过她灿烂的笑容，她还戴着牙套，眼睛眯起来能看见漆黑睫毛的光泽。她挽着我的手臂，头靠在我的肩膀上，我则是比出一个老掉牙的“V”的手势。我们初中不在一个班，于是她每次来找我，就有人调侃道：要不让苏青釉转过来算了，跑来跑去多麻烦呀。

她经常看着照片傻笑，男孩慌张起来，可你怎么哭了？

我摇摇头说，Nathan，非常感谢你。

09

蒙马特位于塞纳河右岸，是一座一百三十米的高丘。很多艺术家都曾在这里进行过创作，包括萨尔瓦多·达利、巴勃罗·毕加索和文森特·梵·高。这里也有很多非常知名的景点，像是圣心大教堂、圣比埃尔教堂、红磨坊、狡兔酒吧以及爱墙。攻略上还写了雾巷和蒙马特的葡萄园。

苏青釉曾在爱墙旁拍过一组照片，而今我站在爱墙前，这由 511 块长方形石砖拼成，有 311 种字体和 280 种语言，满满都是“我爱你”的墙面前，忽然产生了一种奇怪的错觉——如同置身教室后面的那块绿色的黑板前，学生时代一直陪苏青釉去画后面的那块大黑板。她即兴发挥，粉笔和水彩运用自如，几小时之后便出现令人惊艳的板报。那块黑板经常被评为优秀，也一度成为各个班级模仿的版本。

这些“我爱你”显得这么深情。我在左侧看见了中文版的三个字，不是很规整，但谁规定爱就得是符合常规的？我叫住路过的一个女孩，拜托她帮我拍一张照片，这一路似乎很匆忙，我根本没闲心去拍什么，欣赏什么。她乐意地点头，我就站在墙面前，她用食指圈了圈嘴角，我摇摇头，示意自己真的笑不出来。

女孩走之后，我坐到公园一旁的椅子上，发现身后生长着一大片洁白的玫瑰花。我环顾四周，然后想起来，或许这是苏青釉种的“洛丽玛丝”。纯白色的，洛丽玛丝。我查到它的花语是：死的怀念。

你能预知未来的命运吗？我弯腰仔细地盯着这些花，它们仿佛是一直保持着盛放的姿态，笔直笔直地伸展自己。我轻抚其中一朵，像抚摸一个情人。

多年之前，你喜欢这些花朵，你说它们像你的灵魂。多年之后，我发现两者却有共同之处，它们在我这里都是永远盛开的。

我扯了扯嘴角，随后离开。不远处有对情侣在接吻，他们旁若无人地亲吻，仿佛整个世界就只剩他们自己。他们能挥霍青春，在爱情里他们永远年轻。在蒙马特的恋人们哪，希望你们永远幸福。

你就没有什么对我说吗？我仰着脸，天空晴朗得要命，云朵漂浮，沉寂悠然。还是在大街上，大部分的欧洲面孔，偶尔能看见几个亚洲人，我站在一个画家旁边看着他专心致志地画着一个姑娘。那个姑娘十六七岁的样子，头发金黄色，眼珠青绿色，像个精灵。我侧着脑袋盯着她看，她害羞地直眨眼，没有说话。很精致的小摊，我曾经非常向往当一个流浪艺术家，我渴望有个自己的小店，要是不成的话，开个糕点店也可以。就这么闲适地过一生吧。我没什么大的人生抱负，也没什么理想，偏要说的话，那也只是等苏青釉回来，我们一起投资个店，她答应过我，这也一度成为我赚钱的动力。

现在这都要我一个人去实现了。我无奈地耸肩，看着挂在木板上的画，有肖像、风景，还有留言。我一张张看过去，然后在一张画前止步。

我抱着这样的期待等待着你的回应，结果你终究是听到了，对吧。

她捂住半只眼睛，另一只眼睛显得更加明亮，左手搭着一个女孩的肩膀，嘴角溢出笑意，铅笔逼真地勾出她眼睛下方一颗极其小的痣，她一笑，整幅画就活了起来。另一个女孩不好意思地抿着嘴，阳光照得她的头发显出不健康的淡金色，她淡淡地笑，眼神瞥向旁边的那个人。她们站在一家旧书店面前，十三岁的年纪。

底下有行字，字迹我再熟悉不过，她曾教我学她的字体，那个“f”下边的小勾总是潇洒自在。

——For my forever love

在蒙马特的大街上，这个七月已经接近月末，天气一如既往地温吞慢热。世界各地的游人经过这条街，他们困惑地看向路边一个女孩，她蹲下身，脸埋在双臂里，仿佛用尽全身的力气，放声大哭。

尾　记

有时候很想念你，想念我拼命考上一中时那种奋不顾身的勇气和热情，想念在国内生活的每一个场景，就连高中末尾时最痛苦的时期也反复地回忆起来。我在蒙马特没有特别要好的朋友，唯一一个好朋友是班里的一个瘦瘦矮矮的日本女孩，结果她却在三年前跳楼死掉了，我在想，生命到底是不是这么没有意义，可以用“死亡”来解决所有不想面对的困境。

可你并不知道，我曾一度想要用这样极端的方式了结自己。我一边用笔画着你的脸，一边默念你的名字，但还是害怕自己会忘记你，害怕我们就在这样平淡的生活里像两条小鱼在无垠的海洋里失散，每每想到这个，我就抑制不住地惶恐惊惧。我只有听见你的声音时才会小声地呼出一口气。

最近每天都会想到很多，知道自己生病的时候我真的很平静，我已经很久没有尝到自己喜欢的味道了，味觉似乎也随着病情不断恶化下去，我特别想念学校门口那家烧烤摊，我爱死那个老板往羊肉上刷上厚厚辣酱时大方又豪迈的表情了，我在法国从来都没有见过那么幸福的表情。身体一天一天地衰败，我在自己最年轻的时候体验着生命从身体里一点一点地流逝，却毫无作为。我多么渴望能看见你像 Elisa 奶奶一样活得那么久，她的丈夫先于她离世，但是她活得健康又开心。她是个很勇敢的人，我希望你和她一样勇敢。

我最近看了柏原崇拍的短片，他和年轻的时候相差甚远，可我的藤井树在凝固的时间里永存了，他会永远地活在我的心里。他的情书穿越了那么多年也终于到了女孩手里，一封迟到那么多年却始终打动人的情书，我一直想，他在遥远的天国也没有停止爱她吧。我在这里偶尔像个傻瓜对着空旷的小公园喊“你好吗”，我只想说给你听。

我对你隐秘的感情永远不被祝福所以我就只能缄默，你会说些什么呢，我只能带着猜测的心情将那些我不喜欢的言论通通遗忘，可这些我并不打算让你知道，让它们随着我一起去天国吧，我祝福你，我希望你的婚姻完美，我希望你比我想象的要更加幸福。

只是希望你不要太用力地流泪，不要过分地抱怨自己，那样的情感集中在一起，我担心你把那些关于我的感情都一并流走了。

不要忘记我。

是奢望吗？是奢望吧。

可是我爱你。

（选自第66期）

雨夜醉记

姜蕴玲

乌石月，夜多浮围，三知己，共游并邀，赏微朦湖光，嗅馥郁桂香，携诗性，傍酒香，歌盛世之离曲，吟千古之名句。几人行踉跄，谈千古，论明朝，豁然开朗，真吾诗也不及，而乃兴不败。

微醺一人，踽踽者二，吟啸颠簸，似醉如狂，妄称诗性，敢负流光？虽无雅乐，类尔流觞。今夜无流萤，少蛙声，寂静之处唯吾等高声，心实愧此幽清时，情皆寄吾难诉词。同游者皆大雅之才，虽非狂人亦通瀚墨风云。唯吾独拙，难登芝兰桂舍，无江郎之才，可堪挥毫收笔墨，亦非刘伶，不胜杜康酒力，只得烹茶代酒。此间皆非俗人，吾入其境亦少醉。似步云端，止雨摘月，酒香茗以为雨，播明月以为河，揽夜色以为琼浆，招微风以为仙乐，由是把盏共酌，胡吟半句，席间哑然，失笑而过。

同游者盖吾师一人，师兄憩园，余者或三或五，吾醉矣，不能胜数。听吾师数言而泪下潸然，文章何处乃是阳关。举目四顾，雾遮迷津：阅卷过百，亦非儒生；生者凄然，未敢狂歌，思效醉舞无明月逐归。放纵山水，诗情懒寄，无傲世之笔墨，难绘吾心中好景。数掩卷，常废卷，皆因才无半斗，不敢造次，情积于心，半分难抒，辗转反侧，难以释怀，且吟且行，支吾难名。或遇闷湿天气，抑郁更甚，困眼鳏鳏，唯愁心一片，难以入眠，清风一缕，不知为文，为情，为景？偶遇明月当空，花承雨露，落叶送秋，燕去巢空之时，必皆叹惋，为诗词一二，皆不遂心，倒头大睡。梦中尝得佳句，吾于梦中欣喜若狂，转醒处则怅然若失，思及佳句，仅得三五字，落得长叹。

吾尝为诗而强拟愁情怨景，无非春花秋月，了无新意，直至挚友为情困方拟诗赠之，劝其勿自神伤，诗曰：有幽兰兮，独立山间。有美一人，误睹芳颜。君既见兮，漫惹思结。朝寝暮宿，难抑辗转。望同归兮，兰茝不言。君纵如狂，非谷非露。此之始然，毋咎于己。曰宥曰贷，何不自宽？朝光与尔，兰择于天。君子可寓，唯留不宜。缘何自苦，更待佳偀。吾友闻之幸不自弃，始知诗乃真情所感。

今日欢毕，各归故里，不知何日再见，然吾等情谊皆寄酒中，聚散无常而今日之邀铭记。皆云珍重，归期于心。虽未酩酊，亦半酣处，胡言乱语，莫怪小子。

一夜风雨，电闪雷鸣，骤响倾泻，潮意反降，闷热之感少退。始得呼吸畅快，偶有鸟鸣、犬吠，阳台处，狂风落花相携坠，一片轻拈，指尖默嗅，香韵久存，酒半醒矣。危坐阳台，外观雨帘，内斟小茶，闭目冥思，设心琴一架，十指拨弦，拟奏《春江花月夜》，久不弄琴，指法生疏。风带吾心之邈远而雨落心前，铿锵之声似矢中的，万籁俱寂，四野空空，默奏心曲，引之淡然，吐浑浊而足神气，吸草香而畅精神，头清日明，似入禅境。

天微亮而较昨日演昼昏，雨未减而惊醒梦中人，偶闻呻吟立转鼾声，吾窃笑耳。天已五更，心困身乏，情意少倦则索困睡，连日唯今无凄惶，一梦天明。雨稍减而唤万物，催人梦醒，枝头鸟雀，上下欢跃，落英沾翅犹见可怜。昨日欢愉犹同一梦，转醒处神清气爽，掬水拍面，凉意津津，心旷神怡。

昨夜一醉今方醒，人生万古千秋情，吾心悦然，不知所云，愿众友诗兴不减，同叙经年。

（选自第66期）

无路之旅

王政超

近期，去看了一个朋友。

从合肥到北京的列车驶过一大片油菜花田，鹅黄色的花朵锦簇，朴素洁净的花瓣随着风飞起来，掀起层层浪，满眼都是春的颜色。没有樱花的柔美，花瓣也凑不出桃心的形状；没有桃花的妖艳，也散发不了醉人的芬芳。但他们没有怕比较，自顾自地轻舞，扬起微尘。

我笑着，凝视这怒放的生命。

她家住五环，在最繁华的地段租最廉价的地下室。好久不见，心里对这次见面既急切又犹豫。我敲门，不到一分钟她就来开了门，见着是我，开心地搂住我，没有生疏，然后放开我，端详许久，她才咧开嘴角笑了，可我觉得她那眼角的一尾纹路刻得更深了，笑起来牵扯着过度苍白的皮肤，略显狰狞。没有寒暄，她邀我进屋。进了她的家，果不其然，除了一间小小的床，地上七零八落都是画笔与颜料，像莫奈的《日出印象》，色彩随意地在这间小小的地下室蔓延，给人朦胧的坠落感。画架上是一幅幅速写，她画纷繁夜色笼罩下的北京城，霓虹交错，光影黯淡；她画朝阳里的北京城，雾霾毫无预警地闯入大半个城市，如乌云一般遮盖晨曦；她画太阳直射在云层稀薄的北京城，城市浓缩成一滴汗水，蒸发成雾气；她也画各色的人，无论是在阳台晒太阳的老人，还是行色匆匆的路人，都是冷漠而疏远的表情。我久久地看着那副老人晒太阳的图画，明明应该是温暖人心的阳光，带给老人的却是迷茫。

她打断我的出神，放肆张扬地向我展示自己得意的画作，还有几幅获奖的格外得她的青睐，特地从画架上拿下来，放到我手里，让我细细观摩。一张素描叫《流沙》，黑白的色调，一棵树的根部流出沙，汇成一条河，沙河下一只枯瘦的手捧着。我问她，这是现实中存在的事物吗？

她不答，神秘一笑，让我自己猜。我说我不费神了，有些事不深究才能保持美感。

放下背包，她说要带我出去好好玩一玩。

“吃货，咱们去哪？”

“三环！”她兴奋道，“北京的夜可美了！跟着我走，保准你玩得开心，吃得满意！”

“好咧，快带我坐火车！”

“逛吃逛吃！”她张大嘴，搂住我的腰，夸张地发出火车碾压铁轨的声响。她声音略沙哑。记得以前去唱歌，她总一副麦霸的样子，紧握着麦不放，甜甜的美声，唱什么都悦耳。而今，她的声音如断了的弦，再也回不到正确的音轨。我始终没开口问她的现状，毕竟她的脸上洋溢着幸福的微笑。从她眸子里荡漾着的深不见底的一眼泉水，我看见了半年前的我们。

去年夏天，临近高考，蝉鸣聒噪，汗水顺着脊梁流下去，还没到一半就蒸发了，衬衫贴在背上，电扇一吹，凉飕飕的。发卷子，做卷子，改卷子，讲卷子，我和这个好朋友日夜兼程，只为拼一个结果。食堂，宿舍，教学楼，三点一线，循环往复，汗水，填充在那段匆忙岁月的剪影里，苦，也值得眷顾。

你坐我后排，周末下午做完卷子，你总会用笔戳我后脑勺，示意我可以逃了，于是我们像现在一样开着“火车”，逛进小吃街，喂饱不满足的食欲后，顺道去鲜花市场那家常去的花店跟老板学园艺。其实谈不上学，只是兴趣使然。我们用手托着下巴，一动不动地，趴在堆满花盆的小台子上，看老板娴熟地松土、剪枝、插花，将多肉植物从一个小盆移到另一个。每盆植物都被照顾得那么好，摆在花店的墙角书架上。书架是纯白色的，V字形，一半摆盆栽，一半放一两本书。书架旁是小吧台，有果脯和袋装绿茶，一切都很完备。店长是个不太爱说话的女生，早早烧了一壶水，放在茶杯旁，然后无暇顾及客人，一心扑在花草中。

我们都不爱太香的花，只钟情于观音莲。淡绿色的茎，一掐就有液体流出，尖端呈玫瑰红，刺手。它的根很蓬松，大于土层上的一簇，须细细的，与沙土纠缠在一起。外表明明娇弱，实则倔强得很，不屈从地在乱石与沙砾中汲取一点水分当作营养。我们与它一样都被挤在夹缝里生存，它丧失水分，我们丢失自由。

你托着下巴，懒洋洋地拨弄书架上的书，问我，“为什么放弃画画？”

不等我回答，她快嘴接上：“‘老妖婆’逼你的吧？”

“老妖婆”，这是你对班主任的“爱称”，我不以为然，笑了笑：“没有，其实她说的道理都对。”

思绪往回飘，一周前，班主任曾找我谈过话。

“你数学功底还是不错的，这次考试难度很大你依旧名列前茅。可是，最近你上课总走神，有什么心事吗？”

“我……我想……”

“你想什么？”她习惯性地扶了扶眼镜，有点不安。

“我想去学画画！我想通过艺术生考试上大学！”

“为什么突然冒出这个想法呢?”她捋了捋几丝散落在额前的发，银光提醒着我那是为我们付出的辛劳，让我不忍说下去，失了几分底气。

“因为我以前对绘画感兴趣，所以学了几年，后来因为上高中太忙碌而放弃了，所以……”

“所以你想现在重新拾起画笔?”她又扶了扶眼镜，神情反而变轻松了，“像你这样的想法我也听过许多了。你数学不错，但文史特别差，综合以后，顶多是一个中等分数。不用我说你也能明白，什么叫因小失大！在高三这段时间里是补差补缺最重要的时候，你的成绩还有提升的空间。退一万步说，你放下画笔已近三年了，能不能拾得起来还是个问题。而且，艺术生又是千军万马过独木桥，你就能保证考上理想的大学吗?这其中利弊，你自己掂量掂量!”

我恍惚地离开办公室，回到自己的座位。桌肚里，已经干了的颜料在年久褪色的调色盘里闪着光，我看见一个倦怠的自己，随即，我打开书包拿出练习册，它被打翻进垃圾桶。

回过神，我望了望你俏皮的模样，忽地失笑。我想我还是怕，路过梦想面前我承认我胆怯，不敢抉择。

就是那样一个无奈的遮掩我难堪的笑，让你至今都追问它的含义。现在我敢回答了，那是我面对你接下来勇敢举动而对自己逆来顺受的自嘲。如果我像你，结果会如何?

高考那天，你失踪了。你留在花店留言墙上的便利贴直到我高考结束后才发现，彼时，我在合肥，你在北京，后知后觉的我已经与你隔了老远。

你在留言中告诉我你去了北京，老板很欣赏你的画，买了几幅还在地下画廊卖了高价。再加上老板是个文青，让你倍感亲切，还给你许多成名的承诺。于是，你决定北上，义无反顾地去了心中的艺术殿堂。

纸条太小，局限太大，你的笔触超出了纸张，讯息就此断了。我在背面找到你的联系方式，一个秘密的电话号码。

你的妈妈发了疯地找遍大街小巷，你不出现，她就不停下脚步，最后累得瘫倒在火车道旁。你的任性，她的迁就，在你走后都自由了。她终日坐在楼道，听到一点响动就弹起身瞧，她眼角渐深的沟壑，是你被玻璃划过的掌纹。

直到今天，我也还是怕。选择，到底会让我得到什么，失去什么。高考那年，我们选了不同的岔路，你北上后，大概是画起画，可我知道，自由生活的你过得并不好。起码，你的地下室，算不上一个家，你在春季的北京大街上冻得瑟瑟发抖，你还穿着高考那年的旧大衣，上面的补丁不算精细，甚至能看出你缝补它时的手忙脚乱。

而我，经过一番按部就班的努力后，有惊无险上了武大，去了理想的地方，赏了梦里的樱花。大概是没有你的陪伴，景色没有想象中的美。

可是，我一直认为我丢了自由选择的权利。我羡慕你能飞，往更远的未知的地方飞，但让我再选一次，我可能还是没勇气。以至于你在拿第一桶金海吃海喝时，我在不走心地与大家合拍毕业照。直到走出考场，我还在思索，做对了还是错了。没人能回答，我想你的时候就写一封信，寄给大北京，没有确切的地址，我的信在邮局的玻璃柜里陈列得落了灰。从热情到麻木，原来只需要班主任的三言两语，我未曾疯狂过，所以后悔，甚至懊恼。

我下定决心来看你，结果你的现状不尽如人意。我一直坚信，沙漠里也能开出花，而今，这朵花凋谢了。

一个月后，我到你家去看你妈妈，意外看到阿姨哼着《小苹果》炒着菜，在厨房里忙出忙进。单身的她仿佛又有人可以依靠了。细问之下，才知道你已回家，准备复读。阿姨拍了拍我的肩膀示意我自己坐，她又笑着进了厨房。11：50你准时到家，按了几下门铃，清脆的叮当声。

我为你开门，你目光对上我，眉头突然一皱，眼里噙满泪水，转瞬破涕为笑，然后一把抱住我，哽咽道，“吃货回来了！”

“别在门那儿站着，快进来，吃饭啦！”阿姨招呼我们坐下，然后满脸的笑意，进厨房端菜。

你告诉我，其实北漂生涯过得一点儿都不好。起初还有老板买你的画，后来你拒绝了某些老板提出人体彩绘的要求。于是，好久没有客源。没有收入，只好去公司求职，但大部分公司是不收只有高中文凭的人的。而那些让你画建筑图、设计图的活儿，你又不愿接。那一个月里，你告别了之前文青女老板带着你大鱼大肉山珍海味的生活，早上一个面包，中午一袋泡面，晚上早早睡了，饿也忍着。你不愿求助于任何人，哪怕是主动找你的妈妈，接电话也只是一句我很好。

原来，你也曾害怕。

在这晚的餐桌上，你颤抖地说这小半年的酸甜苦辣，离家的你如同离水的鲸，再庞大的身躯，也抵不过对水的渴望，连眼泪都是救赎。

现在，你不怕回头，选择回来。我呢，也不怕后悔了，不再为没有获得另一种可能性而纠结。

无论得失，不害怕的梦都不叫梦了。青春这段旅程，还是要像野马脱了缰绳才算真正年轻过吧。

（选自第67期）

笼 中 夏

严 欣

晚来风起，孙家屋前池塘边的那棵柳树略带疲懒地舒了舒枝条。风里的蛙声蝉鸣渐渐大了，丝毫不见在风中飘散的意味，倒让这本该静谧的夜聒噪了起来。

夜渐渐深了。此时正是南方收割稻子的忙季，我开了堂屋的门搬了个凳子坐在走廊上，一边拿着祖母的蒲扇驱赶周身不断的蚊虫，一边抬头盯着初升的月亮。这月色算不得皎洁，月晕都带着微微的红，但很容易让人望痴了去。

也是没事可做，我干脆站起来仔细地观察着月亮，直走几步离了走廊，免得碍事的廊檐阻了我的目光，却忽地发现这月亮是跟着我走的。我一时新奇，倒也忘了祖父祖母让我看家的事，望着月亮走了起来。那月亮果然这样，是跟着我走的。我想起祖母和我讲过的嫦娥奔月的故事，后羿当时也是这样追不到月亮。我想着竟有些不信，干脆望着月亮跑了起来，待到没了什么力气停下，发现月亮还是那样子不紧不慢地跟着我，不由模糊地感受到了几分烦闷。玩心没了，正准备回家，却发现一抹红色的身影从眼前闪过，似是孙家的新嫁娘。再看，身影已不见了。这才发现自己正走到孙家屋前的池塘边上，便也不做多想，径直回家了。

嫦娥的故事没落个好结局，只余碧海青天夜夜心，总引人叹息。我却觉得，这个孙家的新嫁娘也很让人叹息。

我第一次见她，是她才嫁到孙家的那天。孙家在村口，屋旁就是大片的田地，田里有许多电线柱子，柱子上无一不绑着大喇叭。这日，那大喇叭放的是很喜庆的歌，似是送嫁，与张灯结彩的孙家很是相配。我跟着祖母把包了一层红纸的礼钱送给孙家人，又得了些糖果，便进新房里看看新娘子。

新娘那日穿了一身很喜庆的红裙，端正地坐在床沿。近看，上了粉面胭脂，虽不算特别美丽，但也有几分丽色。只是新娘子太瘦，瘦到身上的红裙都有点不大合身，让这丽色轻易地被掩去大半。一旁的奶奶阿娘笑呵呵地聚在一起说着什么，只有她一语不发。有人找她搭话，她也只是低着头，一概不理。少顷，她换了姿势动了动手腕，我忽然发现她的脸与脖颈虽然白，可是抬手时露出的半截手腕却呈现出一种土黄色，像是秋叶离开后的树干。

可现在不是流火的秋天，而是骄阳似火的夏。她也不是树干，而是新娘。

婚礼就这样无趣地进行，我忽然想起了什么，便扯了扯祖母的衣袖，问：“这是谁娶媳妇?”

“噢，是你三叔。”祖母看着我，迟疑了数秒，回答道。

听言，我不由得有些吃惊，立马问：“你们不是说三孬子叔叔娶不到媳妇吗?”

祖母听言忽然敲了一下我的头，有些紧张地环视周围一遭，见没人注意，才松了口气。又压低声音道：“小孩子不知道别瞎说，我们什么时候说你三叔娶不到媳妇? 还有，今天是你三叔的好日子，不准再叫他孬子!”

我有些吃痛地低下了头，嘴上不反驳，心里却不以为然。这孙家的三叔，从我有记忆以来，总是看到村里的哥哥欺负他，所有的人都叫他“三孬子”。这事也不怪，据说他自打出生就比别人笨拙，十岁了还不能流利地说话，只是见谁都乐呵呵的。当时孙家人只是以为孩子稍微木讷些，并没有多想。没想到有一次他在屋顶上帮忙收稻，原先做得还是很好的，而过了不多时却只顾后退从屋顶上摔了下去！这一摔，真是坐实了他是孬子的事情。

所幸是在一层的平顶摔落，并没什么大碍，只是……尽管受了伤，他也不喊疼，依然整天傻笑着乐呵。于是，整个村子都晓得了，这孙家的三儿子不是木讷了些，而是确确实实的一个孬子。

我再次偷偷看向新娘，她也正看到我。目光相触只有片刻，她便眼神游移地转过了头，而我却依稀看到她眼中有泪。晓得这些，我对她确然是带了两分同情的，因为我晓得，这个村里一直没人愿意嫁给三孬子叔叔。

再见到这位新娘已经是婚礼后大半个月，彼时我午觉睡迟了些，醒来没见着祖母，便想去附近找找。这样，漫无目的地乱走，竟也真让我找到了。田里电线柱上的大喇叭放着不知名的小曲，孙家屋前池塘边的那棵柳树因为有了些许年头又临着水，长得很是茂盛，祖母此时正与一群邻家的奶奶阿娘坐在这棵柳树下摘着棉花。

我去时正听到她们与一个面生的女人说着些什么，那女人有些扭捏地回答，带着浓浓的外地口音。我好奇地打量她，发现她气色似乎不大好，眼袋有些肿，脸上带着一抹奇怪的笑意。我说不出来她那笑意奇怪在哪里，却看到她穿着一身红衣裳，猜想应该是孙家的新嫁娘——只有新娘子才要穿红衣的。

看到我，她也没愣着，从身边的瓷盆里抓了一把熟了的豇豆给我。我看了一眼祖母，得到首肯，才伸手接了过来，对女人道了一声“谢谢。”

以后，我常常见她和祖母以及村里的其他人摘棉花。别人不说话时，她是很宁静的，从不多说一个字。而众人聊得火热时，她也不再冷冷冰冰，会偶尔搭上几句，虽然说话很难听懂。久了，她也从一个外地人，渐渐地成了个好相处的乡邻。

真正发生变故的，是在夏天即将过去的时节。那时南方正是收割稻子的忙时，家家户户不顾暑热，都在田地里忙活。白天一家人都出去收割稻子，又把稻子用稻草编的绳子捆起来，趁晚上消了暑热，再借助板车把捆好的稻子运回来。那些年头村子里很是太平，村民照例把家里做不了重活的留下看门，其余的全在田地里劳作，直到深夜。

那夜几近三更，我与家里人都洗漱好准备休息了，却忽地听到有人叫门，祖父去看，原是孙家的大爷。他们嘀咕了几句，祖父便回来取了夜间御寒的衣裳匆匆地出了门。

等到天快亮时祖父回来，才叹息着说："孙家的媳妇，逃跑了。"

后来几天，孙家一直四处找寻这位丢了的媳妇。试想一个二十出头的妇人孤身逃跑，应该很容易被抓回来。可是一天两天，稻子被收割完，蝉声渐消，真正迎来了秋的凉意，叶子离了树干，她依旧杳无音信。

再后来，只有偶尔听祖母她们闲谈，才会说到这个新娘。大家对她都以孙家媳妇代称，因为没人晓得她的名字。唯一晓得的，只是她是个外省山坳里的人，花钱买过来的。

我想起那个夜晚，蝉鸣蛙声喧嚣，似是想挣脱夏的囚笼。

而我，其实是看清楚了她的。也看到了她的手上，拿了一个布包。暗夜中，借着并不算皎洁的月色，我们眼神有片刻的相接，她眼里似乎有泪，脸上却带着笑，与她平日里笑得不同。只是见到我，笑意即刻收敛，取而代之的是浓烈的慌乱。而我，装作什么都没看到，低下了头。再抬头时，茫茫夜色中已什么都难以看见。

（选自第 68 期）

姻　　缘

张　颖

杜家男人杜森在床榻上已经躺了半年，是正正好的半年，一天不多一天不少，刚刚好的半年。

杜家男人的媳妇杜林每天都在起床时扯掉一张老皇历的纸，皇历悬挂在墙上钉好的钉子上。那钉子上挂过不少东西，挂过清理床铺桌柜的鸡毛掸子，擦拭用的毛巾，但现在常驻于此的就是这个红皮纸糙的皇历了。钉子已经不太牢固，原先只是留出来一点螺帽的部分，现在螺身都现了许多。杜林在每天擦拭床头桌时会发现桌顶又落了一点儿白灰，定看着落下的白灰出会儿神，表情疑惑像是看着什么新奇没见过的东西。沾了热水的湿抹布在空气里飘着烟冒着热气，杜林往往是在白气不冒时才想起来似的擦擦桌面，热气腾腾时她在干吗呢？她就是在愣神。茫然地注视着悠窅的热气扭曲空间，挣脱着撕裂着升腾而上，直到周边空气中都会感觉到湿润，潮气扑面而来时才恍惚回来。

换了条柔软干净的毛巾蘸了温水开始擦拭杜森经夏夜汗湿的身子。毛巾落在皮肤上时她好像有听到“呲啦”蹦跳的声音，瘦销的显出内里肩臂轮廓的干瘪黄皮肤上布满白色龟裂纹

干皮，经水擦拭后白色纹路变浅变淡，蜡黄色的皮肤逐渐显出本来面目，松弛、无力地耷拉着。

将背心打几个卷往上掀，露出衣服下的腹部。是真瘦啊，腹部凹陷了下去，胸腔处经脉清晰，红的掺着绿的，肋骨随着呼吸一下一下地缓慢起伏。

杜林就这样看着杜森跟青年时还有着几分相似样的俊俏面容，想着啊“这人呐，怎么说老就一下老了呢”；想着村上赵老头还是没挨过冬，年前去了。赵老头的小儿子东子没赶上见老人最后一眼哭号了一天，见着人往自家里走去慰问，就拉着人手说：“我爹啊！这辈子不容易啊……”话还没落下，滚烫的泪链子就下来了。这村户上的老人说得还真准，说东子打小儿仁厚，对谁都谦让有礼，更别说对他好的，就差捧着颗热乎心去暖和人家了，这赵老头以后有福呀。杜林想着：“这赵老头是有福，走的虽是急了些，这小辈倒是安排得周到呀，就说这东子，挨家问候了遍跟赵老头一辈的老人，礼数一点都不落下。红着眼粗着嗓子让谁听见都不好受。她和杜森啊……开始还想着以后有了娃就叫杜木！哈，这一家名字都跟木有关，这些玩笑话后来都不

说了，因为她进了老杜家门后不久就生了场病，伤了身子。也就听着别人说‘谁谁家新媳妇儿生了一胖小子，呱呱落地时哭得嗓门亮啊……’她拽着小娃娃衣服的手掐得掌心都血红了，杜森就抱着她说着‘媳妇儿，就咱俩过！娃娃还闹腾不省事，就咱俩好好过！’她和杜森一辈子都没有孩子。”

是那年的烟花三月，村落上的人都睡得早，夜风吹过柳条的“沙沙”声伴着狗吠。杜林她娘窝在她爹怀里说着田里的几亩油菜花要开了、红薯要打苗了、几个娃娃要换身单薄的衣裳了……说着说着就说到杜林都快十八了，也到了嫁人生娃的年纪了。

她娘第二天下了活就挑着篮鸡蛋黄瓜找高坝上的孙美珍去了，村上年轻辈的喜事都爱找她，说她看人准，牵得线准没错。

要说这孙美珍啊，做姑娘那会儿可真是俏生生的水灵，她爹她娘半辈子老实人，头生的两个女儿宽头额、高颧骨，一眼看上去就知道随了她爹，这幺女倒是娇俏得不行。都说“这同饮长江水，咋孙家女娃娃头发那么乌亮，脸蛋那么红润哩”。逢是孙家三姐妹轮流到河边洗衣服轮到孙美珍那回，对岸肯定站了不少偷闲跑出来的青年，互相假意拨弄着水玩，就是为了看看孙美珍那乌黑及腰的长辫子，那抱着水桶走路一摆一扭的细腰。

孙美珍原先那口子是个挑货郎，打小起他爹就把他放在扁担挑着的一边篮子里，串村吆喝时少妇婶婆们总不忘捏几下小奶娃肉乎乎的脸蛋，打趣道：“这小货郎瞧着就讨人喜。”他爹挠着头嘿嘿笑，掏几下小货郎下巴又不忘给人拿针线伙计。后来他爹老了，跑不了远的村子了，就给小货郎置办了一副行当，让他自己出门吆喝去了。小货郎是被他爹带大的，到一个村子落一处户，也算是居无定所，没人问过他有没有娘、他娘长啥样、待他好不好，老货郎也没跟他交代过，时间长了，他自己也忘了。

小货郎打小就观察起了那些个少妇婶婆在货担里挑东西的手。那些手跟他爹的不一样，很不一样。他爹的手厚糙宽大，晚上抚着他的背哄他睡觉时经常糙得他皮疼。但那些手不会，揉捏着他的脸软暖腻滑，手掌上也会有一层薄薄的茧，但碰着人脸不疼，让人踏实。他觍着脸傻笑起来，哈喇子顺着嘴角往下淌，他爹的手就会及时伸过来替他揩干净。

小货郎跟孙美珍头回碰面是在村头那口井边上，孙美珍窈窈窕窕的弓着身子把水桶往井底放，村头那棵标志性的榕树缝漏着光落在蓝白褂上，斑斑点点好不漂亮。小货郎就是这时候穿着青白色长褂挑着货担踱着碎步过来坐在井边讨口水喝的。

“小妹啊，跟你借个瓢打口水喝行不?”小货郎将从肩头搁下，从一边的篮子里拿出个亮锃锃的瓷杯递给孙美珍。

孙美珍没应他话，眼神略过他一眼，接来瓷杯。

那真是一双小手啊，一根根手指都细得分明，指甲盖娇小地窝着，乳白中带着点嫩粉色，羞涩得可爱。那双眼也是风情得很啊，像汪春水似的，水润润的直勾人心。

那双细白小手从水桶里舀起半瓢水斜斜的倒进瓷杯，水流声“咕咕”，小货郎觉得自己的心也是在“咕咕”蹦着，他红了半边脸。

小货郎原本是这村走一趟卖点生计待几天，再那村歇下脚待几天，这次却是跟扎了根似的不走了，跟村上单身老汉罗老五住一起。罗老五是个手艺人，做木匠活的，按理说这一行年年前景都挺好的，不愁娶不到媳妇啊，怎么罗老五就单着呢？要说还是罗老五年轻时好酒，好酒也不打紧，家里开销也不差那几口兑了水的清酒钱，可他还有一怪癖，几口酒下肚了就打老婆，年轻气壮的小伙儿打起人来也是够狠的。一觉起来，看着床头缩着身子蒙着被子抽泣的媳妇就悔了。一次两次又是认错又是发誓地哄着媳妇这事也就翻篇了，可时间长了也不是办法啊，戒不了喝那两口，又控制不住自己的气性，媳妇也就跑了，留个黄毛小儿整天拖拉着不合身的旧衣裳跟在他后头。

入夜，夏蝉还在叫唤着不停，罗老五拿着把蒲扇给小儿吹着风赶着蚊子，就跟小货郎闲聊起来了。罗老五先开的头，说着自己的木匠活，说现在盖新房的真能倒腾，他就是个拉绳墨，刨木屑的，哪里知道许多花样。窗户两扇两开不是老祖宗一直传下来的嘛，还非得在好生生的窗户上搞什么花啊，鸟啊。说着说着情绪激动起来了，朝地上呸了口唾沫。小货郎没搭话，深夜的寂静又降临了。罗老五眯着眼睛打起了盹儿，突然想起来自己走了好几年的老婆，想起了搂着媳妇儿睡在炕头时说的心窝里的话，现在倒好，倒跟一小伙吐起酸水来了，这人呐，真是越活越往回活。

小货郎睡在用凉席铺起来的板上，月光清亮，亮堂得人睡意都没了，他索性将青白衣裳搭在肩上坐了起来，看着月亮想起了那汪幽幽春水。

杜林她娘找到孙美珍时她正在屋外院子里收晾干的衣裳，穿了件蓝白洗涤衫，黑发丝柔顺的搭在肩上，用一个桃木夹绾了起来，桃木夹色泽润亮，衬得孙美珍脖子白嫩嫩的，刺人眼。杜林她娘心里都不免嘀咕起来：“瞅这背影，说是十七八的未出阁的闺女都不假。”

“孙妹子，你三儿姐有事找你帮帮忙哟。”杜林她娘走上前热情地招呼着，篮子斜斜的挎在肩轴。将一旁的衣裳取下，鼻尖一股浆染味，冷噤噤的，让人不禁抖擞下。

“三儿姐，有事你直说，跟咱妹子还客气什么。”麻利地将晒干的直挺挺的衣裳对半搭在手臂上。

“是这样的，孙妹子，你还记得不？我在最后一胎生的那女娃娃？满月酒那天你还过来吃了酒送了礼的。这不一晃都十八了，她爹和我琢磨着给人找个好婆家了，这不找着妹子你了！”杜林她娘跟着孙美真进了屋，顺便将菜篮子搁在门后放着几把叶子打着黄卷儿的野菜旁边。

“为这事儿啊。我记得那女娃娃，从小眼就有神！黑溜溜的眼轱辘的转啊，跟那‘红旗’车转起来的车轮似的！跟我年轻时像！”孙美珍没见过什么“红旗”车，不过她听过，而且还牢牢地记住了。好像是听小货郎走街串巷听人说外面那大城市啊，什么都好，有会闪各种颜色的灯，晃晃看得人眼睛都酸，对了，城里人都不用点煤油灯的，可她就记着那黑黝黝像她眼睛的“红旗”车了，那还是小货郎夸她说的话。啊，小货郎……

杜林她娘笑笑没说话，附和着说：“是是，娃娃眼睛是有神。”心里却念叨着，“娃娃可不能跟你一样，跟你一样不还得气死我和她爹。”

“三儿姐，你有啥要求不，你先说说，我记着，回头帮你留意这临近村户上的青年小伙儿。你下回也把娃娃带来给我看看，改明儿人家问我，我也好跟人家细细说说。”孙美珍把衣裳往床上一扔，红红绿绿有黑有蓝。黑蓝色衣裳的是她那口子的。

孙美珍和小货郎好上了，他俩才好一阵就被人知道了。其实知道也容易，平常小货郎在个村子逗留最多也就个把天的事，找家老汉歇个几晚这个村子就算溜完了，不过个半月时间是不会再来的。这回可好，在饶上村待了一星期了还不走。逢人还说是跟罗老五处得来，话说得投味，多住几天叙叙。这话说得也没什么纰漏，可孙美珍面若桃花，平常白净的脸蛋现在更觉得娇嫩，像城里人扑了粉似的，这可不是有问题？

不多久杜林知道她娘去坝上托孙美珍替她问亲的事，女娃娃羞得很，除了偶尔夜间睡不着想着想着不自觉出了神，直到被她爹呼噜声惊醒过来后，又是一阵红脸，把被子揉在怀里翻身打滚。

孙美珍为小货郎跟家里人闹翻了，把她娘气得几天没下炕。

“年前都说好了，等老李家娃娃读书回来就热闹热闹。老李家哪不好啊，娃娃哪不好啊，多少人想着这事！就她眼睛瞎了看上货郎小子。”唾沫星子往上空直飞，她娘越说越气得慌，双手不停拍打着膝盖。

傍晚杜林割了猪草回来就发现她爹她娘不对劲，只有去赶集才会派上用场的衣裳齐齐穿在身上，尤其是娘得头发，“玫瑰精油”涂得头发根都发亮。见她回来就叫她去里屋收拾收拾，新衣裳给她放在床头，一会儿喊她出来吃饭。

小弟笑得鬼头鬼脑的，问她话什么也不说，就麻溜地给杜林绑了个大麻花辫，走起路来一甩一甩的，煞是精神。

她爹让她泡壶茶送外头去，她还在想她爹这是什么做派，兴起跟村头来返县城村子跑货运大七的路子。茶叶不知道是哪次集会上买的了，听大七讲的，城里人谁家都有几罐，泡出来味道可香！她们自己也喝过回，碎渣渣的叶子泡出来苦涩涩黑绿色的水，没啥好喝的！

杜林等着茶叶在水杯里打几个转，旋几个圈，叶子逐渐舒展开后才出了里屋。正眼就看到青年坐在她爹平常剥玉米的小矮凳上，青年看到她时原本弓着腰剥玉米粒的身子惊得一下子坐直，膝盖上放着的盛玉米粒的篮子都给扣到地上，玉米粒七零八落滚了下来，掉在一个坑一个坑的泥巴地里。杜林看着青年的脸红了，看着青年局促地捡着玉米粒，看着青年支吾着想说什么又说不出什么话的样子。她把水杯放在桌上扭头就走了。今天泡的茶味道怎么这么香，杜林心想。

梅雨季节里杜森将杜林迎回了自家门。他从塞满杂物的木箱底翻出了一个金扣子，拉过杜林的手给她戴上，杜林穿着白色的衬衣，蓝色的的确良裤子，头上一朵红绒花。有爱热闹的娃娃趴在窗眼上看新娘子，斜着头，踮着脚，好长时间不出声，又忽然回头边跑边大喊："我看到新娘子啦！你们也快来瞧瞧，新娘子长得可漂亮！"小娃娃嚷嚷的声音逐渐远去，杜林的脸跟火烧云般彤彤的红。啊，这就是新娘子，这才是新娘子。

杜林出嫁摆宴席那天，孙美珍提着姑娘家爱摆弄的小饰物还有盒珍珠霜来了，不知是忆起自己的往事还是怎的，她握着杜林的手说了不少掏心窝子的话。喝到微醺，日落时分才往高坝上缓缓走去。路过一棵树时头晕得厉害，便坐了下来。她就那样双肘磕在膝盖上支着下巴，抬头望着天，露出迷惘的笑。也许是天气晴朗，光线亮度正好，她已经不年轻的脸看起来还跟少女般纯情无邪。

而她此刻看着那云变幻莫测，暗红色的日头将落，霞光照得人睡意昏沉。她想着那云越看越跟小货郎长相相似，对，就是跟他一样，也是如此变幻莫测，所以，所以才会在她们在一起好些年后无故离开了。她任由醉意袭侵，半眯着眼回忆起当年她刚从娘家回来，准备跟他说说她爹娘好歹这些年过去了，终于认她了，不怪她任性离家的旧事。没承想他就这么走了，有嘴碎的婆娘说小货郎跟隔壁村周书记的小姨太一起走了……她后来还是回了家，听从她爹安排嫁了村上一个年长她十多岁的教书先生。先生木讷，不过待她倒是极好的。

皲裂的树皮裂纹斑斑，倚在树旁临近睡着的前一刻，忽然记起她有个给洋人做活的姨，那姨一直在北京待着，很久以前有回探亲跟她大肆宣扬北京城这好那好，她就记得最后她说的圆明园了。想着，她年轻时候怕也是跟圆明园一样，被一把火烧了，了无痕迹。

杜家男人在一个梅雨天去了，跟杜林进门那天一样的光景。杜林的哭声里并没有一个字，只是由心里往外倾倒眼泪，由喉中激出悲声。哭一会儿，噎住，要闭过气去。她妈急忙给她捶背，泪和言语一齐放出来："不能都急死哟！儿呀，别哭喽！"等她缓过气来，哼唧着，抽泣着，生命好像只剩了一根线那么细，而这一根线还要涌出无穷的泪来。气顺开，复又重新大哭起来。除了娘家人来到，杜林狠狠地哭了一场之外，其他没有再哭出声来。她的太阳穴与腮全陷进去多么深，以致鼻子和颧骨都显得特别坚硬，有棱有角，眼珠被眼泪滋润得更为透亮。抬棺的师傅过来钉棺了，保持僵立姿势很久的杜林突然趴到棺木上，干瘪瘪挤不出来水的眼睛又流下眼泪来，"嘀嗒嘀嗒"落在永远不会再睁开眼睛的人的脖子上。

"杜家媳妇，你莫哭了，钉棺不让哭哩，这泪珠子掉在脸上转世就是颗黑痣唉。"紧挨着杜林的女人拉着她软搭搭的胳膊让她站稳，拾着帕子给她擦干泪。闻言后，杜林没有再哭了，只是将半搭在胸腹的被子给他提上去盖住身子。

杜林将杜森冰冷僵硬的手掖在被子下面，空气中还有新弹的棉花的味道，被阳光晒过后蓬松的味道。杜森手指上戴着枚金扣子，用一道道红细绳缠住加粗才戴得上去。杜林用手爱怜地抚摸了几下那枚她自从结婚就戴着的金扣子，慢慢弯下腰附在杜森耳边："你莫怕，我陪你就是。"她不再哭，也不多说话，只把深陷眼中那点光一会儿放射出来，一会儿又收起去，储蓄一会儿又放出来。

（选自第 69 期）

母亲的“指望”

方锡球

母亲去世33年来，我没有一篇文章写到她。不写，是因为母亲遭受的苦难无法用语言表达；想念母亲时，内心波澜也难以让我写出东西来。

母亲从我上小学时就有了“指望”。我七八岁时，她告诉我，只要我们读书，过上好日子，她就有指望了。那时，她凌晨即起，做好家务，然后去生产队挣工分，虽日日疲倦而状态极好。这样的“指望”一直支持和鼓舞着她的生活态度。我上大学时，她的“指望”也有些微的变化，变得更加具体，她的愿望是等我大学毕业，能在镇上工作，娶了老婆，有了孩子，她帮助我们带孩子，去镇子里生活几天。

有了这样的“指望”，母亲自然希望我能够体面一些。我接到大学录取通知书以后，要面子的母亲几乎想尽办法，给我置办了缎子背面和全棉的被里，并将倾家荡产积攒的一百多元钱塞给我。父亲则用扁担挑着母亲准备好的木箱和棉被，将我送到镇子的车站。我上大学之后，母亲又有了新的目标。一是攒钱给我零花。1982年冬天，她给我寄棉鞋，我收到后打开包裹，鞋肚子里居然有五块钱的毛票，每张一角，共50张——这是卖鸡蛋积攒的，那时鸡蛋5分钱一个，需要一百个鸡蛋。而她即使过节，也不会吃一个鸡蛋。二是要给我买一块手表。在她的经验中，凡是吃商品粮的人都带着手表。果然，第二年她卖掉自己养了一年的肥猪，等到新学期开学，她将120元钱塞给我，让我买当时最体面的手表。这块手表我早已不用了，大学毕业30年聚会前，我将手表从书桌抽屉拿出来，上紧发条，它还能够转动起来。当我将它放回抽屉，不由得就想到有母亲的岁月是多么温馨。

母亲的指望，也包括她自己有能力爱我们兄妹，让我们能够尽量快乐。小时候，我能帮助母亲的就是去代销店用鸡蛋换盐。有一次，傍晚时分，母亲让我拿着三个鸡蛋去换盐。我匆匆拿着鸡蛋出门，去代销店换好了盐，出门时已经雨狂风骤，吹得我站立不稳，全身淋水，左右摇摆着在田埂上往家的方向走。这时，风雨迷茫中，母亲来到我的身旁，拉着我躲到田埂的背后，以防我被狂风刮走。待到雨稍小，风力稍弱，她背着我回家，换衣，烧糖水给我驱寒。那时的农村，一年就那几两糖，母亲都是在关键的时候拿出一点，她自己则几年都不会喝一口糖水。逢年过节，特别是过节，家里买不起肉，母亲只是用两三个鸡蛋，做出美味的菜肴来，全让我们兄妹几个享用了，她往往沾不上边。记忆中她是连汤也喝不上的。就在我们大口吃着这些她费尽九牛二虎之力做出的饭菜的时候，她看着我们，露出的是欣慰和内疚之情。

母亲指望我们过好日子，她自己却没有过一天的好日子。我小时候，她生病，为了省钱，都是硬撑着。实在爬不起来，就让我到公社卫生院请来医生。我那时也就几岁，跑到几里外的公社卫生院，找到医生，医生一般都会背着药箱，来到我家，给母亲诊视，我再和医生一道，回到卫生院拿药，有时医生也和我一起再一次回到我家给母亲打针。如今，这些已经过去近50年了，我心中挥之不去的就是母亲生病的样子，以及生病吃过药就爬起来出工的辛酸。

母亲对我们的指望来自她幼年的苦难生活。母亲自幼父母双亡，靠着叔父们接济度过童年岁月。遇到不景气的年份，叔父们家境困难，只有五六岁的她只好去周围村子要饭。七八岁时，解放军过江，她经常去部队营地，士兵给她一些吃的，有位好心的军人还给了她一件大衣，太长了，不能穿，只好给了她的小叔父。每当内心经历这些虐心的体验，我都情不自禁地泪水涟涟。

1984年底的一天，天气不冷，中饭后我打算到教室看书。门卫托外班的一位同学找到我，说我有一封加急电报，是母亲病重，要求我速归家里。带着母亲给我的用剩下的二十几元钱，急急忙忙去长江码头，已经没有轮船到我家乡的县城，买到去安庆的无座票。到安庆时，已是深夜，我下得码头，居然遇上到县城的车，下了车，我跌跌撞撞地走了三十几里路，远远看到家里灯还亮着，我哭了。离我大学毕业还有半年，在她的“指望”即将实现时，却离开自己的儿女走了。

从此以后，我过的是没有母亲的岁月。亲爱的母亲，您知道33年来儿子一直在思念您吗？

（第69期）

脸 谱

朱邓彤欣

我是陈安，我的师父是这个城市里所有戏班中脸谱画的最好的一个，他画的脸谱被人称为全国少有的脸谱珍宝，虽然他从不承认，而且这个年代画脸谱的人本来就少得可怜，但就算如此，他也从不在固定的某一个时间里做脸谱。按照老规矩，他做脸谱的那天，所有的徒弟都必须离开戏班，当然也包括我，而这一天他为了让我们心甘情愿地离开，甚至会给我们一些零用钱去喝酒。

几乎所有人都认为师父不给我们看的东西，就是他的家传脸谱秘术，很多人都试图偷看师父做脸谱的过程，但是从没有人成功过。说实话，我并不是师父所有弟子中脸谱做得最好的那一个，但是师父总对我格外上心，确切地说，他是对我的手上心，他常常拉着我的手说："一个男人能长这样一双手，就是老天要赐你这碗饭吃。"每当他说这句话的时候，我都从他的肩头漫不经心地望出去，不知道是不是错觉，我总觉得那个时候的太阳是在以一种缓慢到我几乎以为今天不会日落的速度在移动，我很想告诉他，我并不喜欢也不适合做脸谱，但我看着他脸上沟壑状的皱纹一句话也没说，任由他在我眼前像是演示似的一遍遍上着清漆。

夜晚即将来临的时候，我喜欢骑车从巷子里一溜烟地窜过去，享受迎面而来的风，电影里描写的关于风鼓起白衬衫，而这时候恰好遇上一个妙龄姑娘的浪漫故事却从来没有发生过，即使我为此还曾经偷了师父放在老红木盒子里的钱去买了一件纯棉的白衬衫。但是这让我遇到了梁小柔，梁小柔会在每天下午两点过五分左右的时候出现在拐弯的路口，她喜欢在那个楼下的水龙头那里洗衣服，我知道。于是我开始制造一个又一个的偶遇，在我的师兄们都忙着想如何在师父做脸谱的时候偷偷留下来时，我欢欣鼓舞地骑着车去找梁小柔。她有一双比我的手更漂亮的手，手指修长，骨骼纤细，指甲圆润干净，就像师父喜欢盯着我的手一样我也喜欢盯着她的手。她洗衣服时的手，喝茶时的手，还有拥抱时候轻搭在我肩上的手。我把这一切告诉了我师兄，他是我最好的朋友，也是唯一的朋友。因此我总是满怀期待地指望他能说出点什么表达赞同，但是他每次都只是复杂地看我一眼然后转身点燃了一根烟半昂着头深吸了一口，随即从他那张厚嘴唇中吐出一个个完美的烟圈。

从小到大我都不明白师兄的嘴唇为什么比别人厚那么多，但我还来不及弄明白这个问题，师兄就死了。他的尸体被抛弃在一个水沟里，整张脸让人完整地割下来，身体上几乎爬满了水沟里说不上名的虫子，很多老警察看了都忍不住呕了一地，但是我没有。我只是从那晚开始做梦，光怪陆离的梦，梦里我的师兄依然是那副抽烟的样子，嘴唇开开合合，但是这一次我发现他的嘴唇变薄了很多，吐出的烟圈似乎也因此变得歪曲起来。第二天，我把这个梦告诉了梁小柔，她总是能理解我的，就像理解我的逃脱，是的，我逃了，在大师兄死后的第五天凌晨，从那个从小养我的班子里逃了。我背上我所有的行李，其实也就一个小包，从墙头一翻而过，动作灵活得不输于班子里的武生，我骑着自行车穿街过巷投奔了她。但她这一次似乎并没有像接纳我一样接纳我的梦，她只是晃着她涂得鲜红的指甲嘲笑了我对师兄的依赖，似乎这就是我之所以做这个梦的最佳解释。我并没有说很多，只是盯着她转身去做饭的背影，在饭菜味的环绕中点了一支烟，缓慢地抽起来。

仅仅是我逃跑的第二天，我师父就带着我其他的师兄弟上门找到了我，其实我不明白，我逃个跑结果这么多人来找我的原因，或许只是因为今天是大师兄的头七吧。于是我朝着梁小柔扬了扬手示意她不用着急，想象着自己是一个大漠中还未成名的落寞刀客，背着我那个装满了稀奇古怪东西的小包走在队伍的最前头被师父逮回了那个班子。但我没想到的是，在我回到了班子以后，师父坐在那把一晃就咯吱响的摇椅上突然宣布要将脸谱手艺传给我。我的师兄们无一不对此愤愤不平，确实，我太能理解了，不管是按照辈分还是按照手艺，这个人都不该是我。但是师父只是合了合眼，沉着声说："就这样定了，你们再叨叨个不停，就都滚出班子。"

也是那一天，我像所有老套电影里被传授绝世武功的笨蛋一样问师父："师父，你为什么选中了我?"师父像师兄一样吐出了一串完美的烟圈，半晌才说道："我说过，一个男人能长这样一双手，就是老天要赐你这碗饭吃。"这次，我认真地摊开我的手仔仔细细地看了一遍，那只是一双平凡无奇的手，它不够宽大甚至有些女人的娇小，指尖的指甲总是让人感觉往上翘着一点，也许这还是一双比一般男人都丑陋的手，我开始怀疑师父选我只是因为我经常给他买酒，虽然还是用他给我的零用钱。

随着和师父单独学做脸谱的日子开始，我逐渐被我的师兄弟们排挤，我感到有点懊恼却也无可奈何，毕竟我不是周星驰，让每个看我的故事的人都能笑出声，更何况他也做不到这一点。在这个不大的巷子里发生第二起命案的时候，我双手沾满了做泥塑脸谱用的胶泥，刚做好的模具还晾在外面的书桌上静静地等着被阴干。然后窗纸被血溅红了，紧接着它破了一个小洞，通过那个小洞我隐约看见了关羽那张红得可怕的脸一闪而过，好像还有一根银亮亮的针，我模糊地觉得这根针我在哪见过。之所以是好像看见，是因为我晕了过去，醒来的时候我的床边只有从小给我们做饭的厨娘梅姨，她告诉我，我新的二师兄被发现的时候抱着关羽的脸谱在地上不省人事，是的，我新的二师兄。似乎在我睡着的短短几个小时之内，和大师兄死得一模一样的那个人，我的二师兄，他已经被火化，而我的师父也已经提拔了新的人当他的二弟子。我能理解他将大师兄这一地位空置的原因，毕竟那是他的亲生儿子，但是二师兄又不是，所以有新的二师兄似乎也理所当然。除了警察开始密集地出现在这个旧班子里之外，这个班子并没有其他的不同。那些警察们日夜巡逻，说不好是为了保护我们还是为了抓住凶手，抑或是两者都有，整个班子里充满着浓浓的死亡气息和人与人之间的互相猜疑。但我来不及想这些，我一直在想梁小柔，从我被带走之后我再也没机会去找她，我无法确定她过得如何，我怕她要把我忘了，就像她曾经忘记吃的那些牛肉罐头一样。曾经我想过偷偷溜出去见她，但是每当我有这个想法，我的师父就像有读心术一样死死地用他的鱼泡眼盯着我，直到我坐下重新握着画笔开始勾画脸谱为止。因此，我有将近一年都没有再见过涂着红色丹红指甲的梁小柔。

那一天正好是我开始画脸谱的整一年，一年前的这天也是大师兄的头七，我跟着师父坐在阴凉凉的房间里给脸谱上最后一层清漆，那是一张水白脸，再用黑色的墨勾出剑形眉窝、细长三角眼窝，眉间鼻旁四个黑斑、鼻须，最后用朱红在印堂上按上一点，就是一个曹操。这张脸谱的模具和底是师父一个人在那间从来不许人进入的房间里完成的，或许也是因为如此，我总觉得这张脸谱与这一年中所有的脸谱都有所不同，它的质感十分滑腻厚实，戴在脸上也是轻薄透气。我拿着画好的脸谱出去摆在阴凉处晾干，高跟鞋踢踏的声音在我身后响起，几乎是那一刻我就莫名地确定，这个声音一定是梁小柔。我回过头去，曹操的脸紧贴着我的衣服，白色的漆在我的黑色工作服前面印出滑稽的颜色。“你在干什么？回去重新把漆刷好！”师父暴怒的声音和着门帘清脆的撞击声响起，我整个人愣了一下才反应过来赶紧把那张脸谱端着进了屋，一边走一边用眼神和梁小柔示意，为此我还差点绊了一脚，毫无疑问的，我换来了梁小柔的轻笑和师父的白眼。我坐在屋子里，漫不经心地往曹操的脸上刷着色，时不时地试图从窗户缝之间看到梁小柔，但隐隐约约的说话声告诉我，梁小柔在和我师父那个老古板聊天。这几乎比有人告诉我明天就是世界末日还让我吃惊，梁小柔和我的师父，怎么想都是奇怪的组合。我加快了手上的速度涂完了那张脸谱，悄悄地靠在门框后。我听见梁小柔说：“李老头，我可不会再帮你做磨皮的生意了。”我没听清师父的回答就小跑着掀开帘子出去，当说话声戛然而止的时候我把脸谱摆在桌子上。梁小柔用她那双手轻轻揽着我拍了拍我的肩膀，并没有像我期待的一样给我一个约会，甚至她连一个吻都没有给我就转身离开了，我第一次充满怒气地瞪着师父，但是他只是保持着那张毫无表情的脸，他示意我跟他回房接着画其他的脸谱。我揉了揉我瞪得几乎酸涩的眼睛，抬头时才发现，明明是下午五点的太阳，它却依然高傲地霸占着天空最中央的位置，这种情况在这一年中，我也是第一次见到。

那天晚上，师父带着两大瓶打来的白酒独自一个人上了山，我依旧被留在班子里画脸谱，这一年这种状况时常发生，我几乎已经习惯了。也许是师父老了，我想，只有末年将至的人才会频繁地怀念过去，才会一遍遍地探望早已不存在的人。但不得不承认的是，我的确想象不出有人会比我师父画的脸谱更好，倘若他离开戏班，我不敢想象我们会变成什么样子。就像武侠小说里的每一个人都在憧憬着天下第一一样，来找师父讨论画脸谱技术的人一直很多，而这一年一直是我在应付着这些人。当那个扎着小辫子的人拿起关羽脸谱的时候，我下意识的像师父那么多次一样，冲过去将那张脸谱抱在了怀里，我摸着脸谱喃喃开口“千人一面，一面千人啊”，说完我吓了一跳，我看着小辫子惊讶的眼神，我不知道怎么向他解释我为什么会说出这句话一样，我只是告诉他让他等我师父回来。

我们并没有等到我师父，从那天晚上一直等到三天后，我师父依然没有回来，他像是揣着两瓶酒要去横跨地平线一样消失了，虽然我记得很清楚他就是说过他要这么干。但是值得高兴的是，梁小柔回来了，即使我并不知道她曾经去了哪儿。她用那双白皙的手将一张脸谱放在了我桌上，我注意到她今天没有涂丹红色的指甲油，那是一张黑色花三块瓦脸，白眉中有花纹，两颊白色，黑脑门中有花纹，我很熟悉，这是一张项羽脸谱。我小心翼翼接过那张似乎清漆都还没干的脸谱，做工细腻，质感滑润厚实，连中年项羽的沧桑感都表达得恰到好处。我充满欣赏地拉过梁小柔的手让她坐到我身边，挨着她低声赞叹：“我从来不知道你还会做这么好的脸谱。”“这是你师父。”她抽回手一板一眼地回答，我没有在意到这句话的奇怪之处，只是点头：“怪不得，我就说这世界上只有我师父有这样的手艺。”梁小柔从她红色裙子口袋里拿出烟盒在手里扣了扣，然后用两根手指夹出了一根烟，她复杂地看了我一眼然后站起来半靠在门框上，她点燃了那根烟半昂着头深吸了一口，随即那张微扬的唇中吐出一个个完美的烟圈。这一幕奇异得让我觉得熟悉，但又说不出哪里熟悉，我还没想出来就听见她说：“我要走了。”我点了点头向她讨要了个分别吻，她总是这样来去无踪，我也不会问她去哪里，这似乎是我们两之间约定俗成的暗号。从她修长的手指间落下了一截烟灰，她的身影慢慢融入落日之中，今天的太阳落下得似乎特别快，很快我就看不清她的身影了。

三个月后，我们在大师兄的坟前发现了我的师父，没有人想到他会静静地躺在大师兄的坟前，毕竟师父在生活中从来没有具体表现过他对大师兄的想念，由于时间过长和雨水的冲洗，师父的脸已经看不清了，我把他火化后葬在大师兄的旁边。人们逐渐了遗忘了我的师父，就像他们遗忘的千千万万种古老技术一样。而我依然日复一日地守着那个旧班子，画着我的脸谱，渐渐的我也开始名声在外，但是他们都说，再也没有见过像师父曾经做过的那样活灵活现的脸谱。

我依然不喜欢做脸谱，却总是在做一些我不喜欢却又不得不做的事。随着时间一天天地过去，我的脸上开始逐渐布满皱纹，我后来再也没有见过梁小柔，也许她真的像遗忘那些牛肉罐头一样把我忘了。在我七十岁那一天，我摆脱了所有来道贺的宾客，一个人打开了那个房间，那个从师父离开后就再也没有打开过的房间，整个房间里只摆了三张脸谱，曹操、关羽和最后那张项羽。我一张张地抚摸过去，就像抚摸过这五十三年的岁月，十七岁那年的记忆争先恐后地涌入我的脑袋，我听见有人在我身后出声：“师兄，这就是你说的天下无双的那几张脸谱吗?”我回过头，我看见曾经的我，还带着十七岁稚嫩的表情，面对着大师兄怯怯地开口。我又看见我那个忠厚老实的师兄闷闷地点头。突然间，他瞪大了眼睛，然后我感觉到了一个怀抱，嗅到了浓浓的血腥气。紧接着身上一轻，我看到我的师父拿着他用来存钱的那个红木盒子狠狠地打向了我的方向，而我的师兄拦在我的面前，满脸是血地嚎叫：“爸，爸，安子没有想偷学你的‘一面千人’。”我的耳朵听见他这么说。我的师父将那个红木盒子扔在了地上，大把的银针和钱掉了出来，我看见他蹲下抱着师兄痛哭，过了不知道多久，他拿着银针描摹着师兄的脸颊，甚至割下了师兄那厚厚的嘴唇。等我反应过来，我的怀里塞满了钱，我还记得，我拿着这笔钱溜出去找了梁小柔。

我感到我的头一阵疼痛，这不能怪我，毕竟人到古稀再想起一些不愿意想起的事难免会头痛。我侧过头看着窗外，二师兄那张和猪八戒有几分相似的脸又从窗户外飘过，我看到血红的颜色，他用肥胖的手肘撞击着弱小的一个师弟，就像他曾经偷偷破坏大师兄制作了许多天的脸谱一样让人厌恶，他的脸其实不太适合制作脸谱，对于曹操的脸谱来说，他的脸太大了，制作他的脸谱的过程也不那么让人愉悦。我还记得我沾了一手的肥厚油脂，即使它最后都被我蹭在了那张关羽脸谱的背后。我转了个身，阳光几乎要穿透我的身体，那天的太阳也像今天一样，缓慢的，几乎像是永远不会有落日。我感觉我的眼前开始陷入一片黑暗，隐约中我又看到了我的师父，在我用二师兄进行了实验之后，我成功地将自刎在大师兄坟前的师父也做成了一张完美的脸谱，项羽，很符合他的一张脸谱。在我倒下之前，我终于听清了每次我都听不清的那后半句话。

“安子，一个男人能长这样一双手是老天要赐你这碗饭吃，你这是做人面脸谱的手啊。”他说。

（选自 69 期）

化　　蝶

吴若琼

殷家二小姐殷苔被送去私塾念书时是一十二岁。因着阿爹疼爱，特许她女扮男装去故友执教的书院学习。陪读的丫鬟唤作兰芷的，也一同扮了男装，与一干年纪相仿的少年混在一起，倒也瞧不出端倪。

阿爹的故友梁生是个严厉刻板的老先生，讲课难免有些枯燥，似半生反复做的同一个梦，梦里黄河之水奔流到海不复还。可这梦亦是旧时女子一生里最自由的时光。

而梁生最得意的门生即是殷苔和另一个名为单博的少年。他两个皆出身书香门第，才貌双绝，于是同窗们背地里打趣：这两个若非皆是男儿，可不是戏文里的才子佳人？流言如斯，殷苔听罢倒也磊落：单博自然值得注目——有些她不懂的东西，他统统能解得。

最是解得那一曲。

是某个昏暗的下午罢。乌云密布，倾轧了郭外青山，更不消说小小的砥石书院，后园的桃花惊得失色，早没了平日的旖旎。殷苔读倦了书，恹恹地经过后园，隐隐闻得一缕呜咽之声，辨不出何种乐器，却觉旋律谙熟。思索片刻才勉强在脑海中捕捉到一点模糊影子：……蝴蝶……共徘徊……

似乎是幼年习舞时的配乐曲词，只余一点痕迹。时隔多年得遇故曲，便为这一点巧合的光阴，也要心心念念几番。她不由倚着栏杆轻声吟唱，可巧才唱了一句，那乐声便停了。

“想不到你们这些读圣贤书的，也听这些‘不入流’的故事。”桃林里传来男孩的声音。隔花相见，重重叠叠的绯影中，隐约是飞花映红、青衫白客的画景。

殷苔闻言微怔，旋即道：“我原只听过这曲，不想其中却还有故事？”

林里的人沉默半晌，方答：“……不过是善始不善终的烂俗故事罢了。”

他用语尽贬，曲子却奏得动听，如此反语，不免叫殷苔好奇，偏不敢往林里多行一步路：虽与异性同窗，但阿爹教导的“男女授受不亲”万不敢忘，因此平日里除了梁先生和单博，其余人皆不曾多说一句话。然而这边厢她略一斟酌，那边厢便再无回音。殷苔壮着胆子向前几步略探了探，唯见花叶相叠，那人像是已从小径离开，于是也就怔怔地转身回房了，只是魂儿还落在桃林里似的。

尔后，那曲连同那人，都成了隐秘的心结，空落又欢喜，在水一方，可望不可得。

唯有兰芷洞悉了小姐的心思，细问之下，不由笑盈盈道，小姐何不去问单公子？他博学多才，见多识广，定能解小姐的疑。于是那日放了学，等众人都去后园玩耍时，殷苔方忐忑不安地走到单博面前，端正跪坐于他身旁，颔首道：“单、单兄，弟近日偶想起一句诗词，却想不起出处后文，所以……想向你请教。”她说完整句话，也未曾拿正眼看他。

单博闻言立时合了书，抬眼笑着：“殷苔但问无妨。”

殷苔有种陌生的新奇感，殷苔？他以前也是这么唤她的吗？他本习惯叫我什么来？一时恍惚有微妙的错觉，这声音是单博吗？怎么和那人有点相像呢？心里虽这般想，右手却于草纸上书以蝇头小楷。写罢偷偷拿眼瞧他，始觉他面若冠玉，眉目如画。何以之前未曾察觉呢？

“原是这个。”单博略扫一眼，便道：“此非诗词，而是由民间故事化来的词曲，名曰梁祝。”

名曰，梁祝。

便是这幅没有年月标记的画卷，少女安静坐于心上人身边，听他说古老的爱情故事，多年后再展卷品看，不问悲欢离合，不论世事沉浮，总还报以莞尔。

“对了，你看主人公的名字，就在这句‘山伯永恋祝英台’——”单博未说完“之中”二字，便戛然而止。聪慧如殷苔，自也领会出其中巧合，忙不迭地将脸低垂。

短暂的缄默后，不知何处传来一声清脆的鸟鸣，单博亦借此轻咳一声以掩饰尴尬，殷苔略一抬眼，偏他也正将目光转向她张口欲语，一刹那四目相对，时间断若天堑，空间旋成留白。

有无形的力量狠狠击中了瘦小的殷苔，思绪不能运转，双眼不能转动，一时竟不知如何是好，内心猛烈地战栗，是战前的摐金伐鼓，为某个被昭示天下的，本该一直潜藏下去的秘密。

慌乱不堪，如临大敌。

一生只得这一次棋逢对手，往后都不会再有。

或许正是那次共探梁祝的偶然，两人之间忽有了隐秘的默契，诸如先生提问殷苔时单博一个口形的暗示，又如单博不经意间与殷苔的相视一笑，这些少年时代里寻常又不寻常的秘密。

直到有一天，单博忽因背不出诗文，被梁先生用厚尺板打了三板。殷苔低头咬着下唇，单是听那声响便觉心颤，哪里还敢看一眼？只有挨到放课，方赶过去关切道，你莫不是身体不适耽误了功课？若事出有因，向先生说明便是了。

可单博听罢却置若罔闻，看也没看她一眼，兀自收好书本，匆匆走了。

天气闷极，不一会便大雨倾盆。

殷苔望着窗外如注的雨微微发愣，她心里不知为何竟如此难受，像一种奇特的胃痛，越想越痛得难挨。

兰芷瞧着自家小姐一天天消瘦下来，不由着了急，便又试探着问她。殷苔再不回她，只呆呆说一句：我哪里竟惹着他了呢？她自然永远也不知他的心思。可她亦是心性倔强之人，自幼被阿爹视为掌上明珠地宠溺，又自觉自己无错，故再也不主动去理单博。

这般互不搭理着过了几月，殷苔忽想起单博生辰将至，她这方才给自己一个去找他的理由：不过是把礼物给他以表同窗情谊罢了。

待单博见到那小巧玲珑、做工精致的紫色回纹织锦香包时，不无震惊，那绣工直将两朵荷花绣得栩栩如生，又特意绣了一个“博”字，俨然似她清秀温婉之字迹。他接过香包先是放在鼻间微微一嗅，只觉清香扑鼻，却不知是什么花香，不免面露狐疑之色，下意识地挠了挠头。瞧他这般率真的举动，殷苔本还有些赌着的气，便化成浅浅的笑了。单博道过谢，将香包郑重收下后不由莞尔道：“殷苔，你的女红竟比女孩家做得还好。”

“说得好像有女孩给你送过似的。”

“哈哈……说笑罢了，哪里会有女孩给我送这种东西呢。”单博笑着应道，脑海中忽闪过一个荒唐念头——假如殷苔便是女孩子呢？思量间虽觉好笑，却忍不住暗地里打量起她来：

盈盈一水剪秋瞳，杳杳寒山校双眉。
肤胜汉玉三分柔，桃输唇齿七分秀。
玲珑并蒂芙蓉开，胭紫羞对暗香来。
此时平湖裁月色，当疑洛神仙魄还。

他在心里悄然自成几句庸俗诗文，竟才发现她活脱脱就是个标志的女儿身。

殷苔仿佛看见单博的眸子里闪过一丝光芒，旋即渐渐暗淡。

或许单博早已明了自己是女儿身。殷苔无数次望月思道。可自那以后，单博越发埋头于书本而置一切于度外，即便是请教问题，他也只寥寥以对；她察觉单博再不敢直视她的眼，仿若逃避。

这朝夕相处而再不相对的时光便也匆匆逃去了。

单博去往京城赶考那天，殷苔正在回府途中，她想起彼时他告诉她的十八相送，念念不忘，往复思量，原不是说他们。闺中闲暇时念及私塾时光，执笔将一些懵懂感情写成诗行，不似意料中的悲伤。三年已逝，转眼娉婷，连告也没有。只是偶尔想起尚有一丝惆怅：到底没有与他化蝶的缘分罢了。

转眼又是三年，殷苔第一次随阿爹前往京城拜访亲友。

她早听闻那年科举，单博高中榜眼，在朝为高官又定居京城，重振了衰微已五年的单家；也是那以后她才知晓，单博当初连上京赶考的盘缠都是梁先生相助的；当年背不出的书，想来也是为家世所扰罢？这样看来，当初为此与他怄气，倒是自己不解人意了。

而冥冥中也有些机缘巧合，第一次上京便见到了单博：她本是于轿中随手掀起轿帘，就望见了轿外骑在枣红马上赶回府中的单博。他竟一点也没变，不过更高更瘦了些，除此外，三年光阴竟好像未从他脸上走过似的，那么清秀那么熟悉的面庞啊，陌上人如玉，公子世无双，竟是再隔多年也还如此。

她心慌意乱到不敢再多看他一眼，立刻放下轿帘，大街上那般人声鼎沸，竟也被骤乱的心跳声盖过了。

于是无端想起一年前的梦来。她喜欢单博这么多年，却从未梦见过他，唯独那一次，梦里他骑着枣红骏马，在殷府门前下马叩门说，请问殷二小姐在家吗？她在闺房里听见，鞋袜也未穿，不顾仆人阻拦冲到了门外。殷苔看见单博，单博也正凝视着她，俨然似第一次的对望，岁月都静好。单博微笑着牵过她的手，说，你怨也不怨我来迟呢？他的手指温凉纤细，与她紧紧地十指相扣；他说话时语气温柔得好像从上辈子开始就与她一直亲昵如斯似的。

醒来后还是午夜，殷苔坐在床上望着月光开心了很久很久。如今想来，那一夜巧合的梦，或是暗示着今日的重逢吧？

偶遇单博的那天夜里，兰芷悄悄对殷苔说，小姐，我常听闻那些痴男怨女，因着心上人在某一地，那一地便成了心里的圣地；到了那一城，便仿佛见着那一人，心里又期待又忐忑……小姐这次随老爷一起上京，是不是为此呢？

殷苔正凝视着窗外的星辰，主仆二人一时静默无言，烛火跳动了三下，仿若叹息拖着长长的尾音从火光中溜过，“你看这月亮，与我们在家中看到的有何不同？”

兰芷闻言也望了望夜空，未觉有何异常，只得揣测道：“莫非京城的天比我们那儿的要晴朗，所以这里的月也格外亮些？”

殷苔轻轻一笑，叹息道：“这儿的月离我最近。”

望着殷苔的神色，兰芷不禁于心中幽幽叹息一声，这三年来小姐何曾忘记过单公子呢？嘴上虽不提一字，心中却始终挂念，因为婉拒了上门提亲的公子少爷。可终究是错付痴心罢了，如若他也是个有情的，这些年来何不见他来打听呢？但……她捏了捏手中的丝帕，已然有了大胆的计较：无论如何，哪怕是为让小姐死心也好，也该让他二人见上一面。

在京的第四天，阿爹和随从的其他仆人皆去拜访本地旧友，唯独兰芷和殷苔留在客栈。午膳后，兰芷忽悄悄对殷苔道，单公子托奴婢告诉小姐，申时将在城东夫子庙门口等您。

殷苔心跳立时突突地加快了。她想了许多种相遇的情形，准备了无数句对白，也想了很多可能，却从未料过他会主动邀自己见面。然而面上却故作怒意，一边拿指头戳着兰芷的脑门，一边嗔道："他如何知道我在这里？还不是你这鬼灵精使的把戏！"末了，仍止不住问道："他……他原来还记着我吗？"

兰芷只得苦笑："小姐见了面问他本人便是。想来小姐也不要奴婢跟着，奴婢送小姐前去后便回客栈候着。"跟随殷苔多年，兰芷从来是个伶俐的人儿，只偶尔她也会责怪自己，当初若不是自己怂恿小姐去问单公子，便不会误了小姐这许多年。

殷苔本觉三年时光自己已经久了人世，自不会与当年心境相同，可思及梦中人即将相见，竟还是止不住心慌意乱。一到夫子庙，她便早早遣走了兰芷，兰芷见此处为闹市，京城治安又一向稳妥，叮嘱殷苔需赶在老爷之前回到客栈，便也就去了。

可殷苔等了许久，夫子庙前来来往往无数男女老少，始终没有熟悉的身影停留。

正值失落之际，忽有一陌生男子上前行了一礼问道："敢问姑娘可是殷二小姐？"

殷苔有些惊讶，她在京城除了单博并没有相识之人，便是父亲的朋友，也不该认识她才是。但见这男子面目和善，温文尔雅，不似心怀不轨之人，便还礼道："正是小女。请问公子是？"

这男子听完没有即刻作答，大方地将殷苔略微打量一番，旋即微笑道："在下先前仿佛见过姑娘的。"

殷苔看他几眼，心中并不觉相识，便回道："公子说笑了，区区卑容，怕不曾进过公子贵眼的。"

"如此，是在下唐突。"男子闻言一笑，复又行礼道，"某姓温，单名一个才字。乃是单博单大人朝中好友，交情甚笃。他本该亲自前来拜见小姐，无奈公务缠身，便由在下替他前来归还旧物。"

此言犹如五雷当顶，殷苔只觉三魂七魄已去了二魂六魄，之前设想的种种竟瞬间被击得粉碎。当真是，出乎意料。

温姓公子见她不语，便从袖中取出一个紫色荷包，双手奉到殷苔面前，道："单大人交代，小姐有什么要转达的话，可由在下转达。"

呵……单博，你这又是用的什么心呢……殷苔在心里苦笑一声，目光却只盯着那小荷包上的"博"字沉默不语。物归原主，难怪他不敢亲自来见。他早发现她绣的双面绣，荷包内里"博"字相对的地方那一个"苔"字了吧。

殷苔接过香包，纤细的手指轻轻滑过绸缎，指尖传来轻微的余温，半晌才轻声问道："单博……单大人他……有妻室了吧？按年纪和官位，早该有了。"她说话的时候心虚得厉害，痴心妄想着最后一丝可能：若他三年来都不曾娶，与我这三年不嫁或是出自同一原因？

温公子咳了一声，不由将脸微转，为官多年如他，如何想不到眼前这女子与单博有何纠葛？一时间不免有些为难，但想单博交代无须做任何隐瞒，只得开口道："他家中已定了一门亲事……因对方年纪尚小，过几年再过门。"

她扣在荷包上的指甲，忽然深深陷进了荷包内里，触到里面装着的，陈年的枯萎花瓣。那芍药的花香早已不复。

殷苔抽出手指，没有在意折了的指甲，只顾打开香包，将里面的花瓣一并倒出来揉碎，微一扬手挥了出去。

依依惜别，难舍难分。一场谬误而已。

那些可笑的猜测，幼稚的心思，一并被碾压成灰随风散去。心揪一般的疼痛，全身的经脉一并跳起来，突突得叫她难受。她拼命忍住眼泪，平复了很久也无法再开口说出一个字。

良久的静默之后，温公子忽然开口道："时间尚早，不如在下陪姑娘去夫子庙里看看吧？"

殷苔此时一心伤悲，便麻木地随他进了去，温才径直携她走到一棵巨大桃树下，从腰间取下一枚椭圆状的配物，似是自言自语道："乐者以慰人心，胜文言之百倍。"他说着便将那带有小孔的乐器凑到唇边吹奏起来，谁知才吹了两句，便被殷苔打断道："何苦吹什么梁祝？虽是善始不善终的故事，但到底是两相有情。"

温才有些惊异地看她一眼，忽问道："不知殷姑娘家中可有兄长？"

殷苔虽不知他何出此言，但也依实摇了摇头。

"也是，哪里有那么巧的事呢。"温才说着抚了抚面颊，憨笑道，"说出来也不怕姑娘笑话。我幼时文章作得虽好，却顶不爱读圣贤书，常偷偷逃课去玩。听说有个书院后园的桃花很是好看，就趁天气不好，估摸着后园无人，便偷偷翻墙进去观看，果然名不虚传。”他说着便一指眼前桃树，对殷苔道：“虽不及这棵硕大茂盛，但多而成林，相映成趣，宛若花海，于孩童而言，真是桃源仙境了。”他说着突然笑出声，仿佛后面发生的事极有趣。“我是个有痴病的，一时只顾拿起这埙吹，结果竟引来个小公子也痴痴地哼起来，好在他没有问我的身份——只是想不到正规书院里也有弟子知道这曲的，便与他隔着桃林对答了几句。虽是好几年前的事，但总好像能想象出他那隔花的模样，标致得像个女孩子。如今见着姑娘，竟觉眉目间有几分相似，故而才唐突一问是不是令兄……”

“你……你去的那书院……可是叫作砥石书院？”殷苔颤抖着声音问道。此刻她心中的战栗，比之前得知单博定亲时更甚。她觉得心里有块天地崩塌了，好像有什么东西从形成的那一刻起就错了，错得离谱，错到她不敢去揭示。

“咦？姑娘你怎么知道——”温才话未问完，猛然想起单博就是砥石书院出身的秀才；再看殷苔那惊异的眼神和某些微妙的巧合，他心里好像也有了一个呼之欲出却不可思议的答案。

可他们都没有道破。

没有道破这个名为化蝶的故事，从一开始就是错的。

本不该误听那曲，本不该去问他曲名，本不该将他作梁山伯，本不该自比为祝英台。一切都只是人们错误的一厢情愿而已。这故事本与化蝶无关，又哪来化蝶的缘分呢！

两行清泪自眼中落下。也有自心里落下的。痴也错也，恨也念也，竟不知本为谁。

唯有一点是知了的：这故事结局如何，不重要了。

（选自第69期）

落坊为孤

李光耀

秋末，已是乌桕灼极的时节。而今在城里呆久了，苦于一直也没有时间出去转转，想来那些自夏日便积累起来的烦躁因子便更觉在脏内翻滚而无可抑制了。前段时间刚好赶上公休，这实在是个难得的空闲，便想趁此机会到野外去好好地放松一下。加之话未出口便与众朋一拍而合，旅行也便十分自然地推上议程了。然而旅行虽定，可究竟要去哪儿又成了一个大问题。由于时间有限，想要走远显然是不太可能的。最后经过“面红耳赤”的几番争论，大家终于决定了要去棠樾看看那些从前遗留下来的贞节牌坊，这可是我无论如何都不曾料想到的。虽说对这样一场盛宴早已是向往已久，但万般兴奋之下突然听到这么一个“冷艳”的目的地，心中热情也瞬时便削了半截。从小到大，我一直以来都自觉不是那种心肠狠硬的人，虽不似那位作家一般“最见不得人家哭”，但对那些令人感伤的事物也向来是比较避讳的，眼下好不容易能有个放松的机会，是无论如何也不愿再去碰那些“哀女怨妇”们的凄惶长叙的。但无奈朋友们都已下了决心，实在盛情难却，我也只好硬着头皮成他人美意了。

我们前一天傍晚就打点出发，向南下了高速，往前一路蜿蜒九曲，也不知究竟拐了多少弯。驾车在这不甚平坦的柏油路上直驱了一夜，到达棠樾村村口时已是早上 6 点多了。因为地势较低，这里秋日清晨是经常起雾的，雾大时甚至能够蔽覆整个村子，所有的牌坊、祠堂都氤氲在缭绕的水雾里，到哪儿都感觉潮润润的。以至于，有第一次来的朋友一下车便感叹起眼前的大雾来，都说在路上还看不到的，怎么一到此处就如此白茫茫一片了。尽管此前我一直也没有到过这里，但这些年来从书刊媒体或人们的口耳相传中也多多少少对这个地方有了一些了解，知道这里特殊的地理位置，之前也是有些心理准备的，因此对这些也不显什么惊讶了。棠樾村的村名——“棠樾”二字，最早语出《诗经甘棠》篇周贤吕台伯甘棠树下清廉办公的故事，到明清之际村民大规模兴修水利，引水入村，终成如今水美田丰之势，也因此而滋养了河流两岸世代勤拙质朴的乡民百姓。虽历经数百年的风雨沧桑，然棠樾村的整体布局却基本没什么太大的变动，如今的建筑设施也还大体沿袭了旧时的风貌。今天，这里的游客显然不多，除了离我们停车不远的地方有几个打着哈欠的导游模样的人，在这弥天大雾中似乎也再找不出什么声息了。我们此行一共6人，其间的一位朋友因为平日里对这部分文化较有研究，因而便劝说我们婉辞了上来拉客的年轻导游，而自告奋勇地掏出腰间早已制备妥当的导游旗准备给我们讲解起来，那样子实在有模有样，其专业程度之深显然又是我们谁都不曾料到的。我们彼此都心照不宣，谁也不说半个字而默默地跟着这位临时小导游慢慢行进着，品享着如烟雨画般的徽州古村落里一个个被如尘时光娓娓抖落的故事。人都说徽州前身是美人化的，这话毫不做假，即便是此刻行走在这冰凉的牌坊群里那股天然的阴柔之美也是切实可察的。雾气之下，气势恢宏的贞节牌坊桀然兀立，细刀浮雕若隐若现精美至极。那隐约可见的，顶层的檐柱上积贮过多的露水缓缓地从周身的刻缝里流出来，活像骤然出浴的美人，香汗窸窣。看得入迷，我竟禁不住径直地走了过去，痛快地手扶其上了。然而，我这一畅快的选择显然是十分不明智的，厚重的白色石坊由于常年林立在外，几百年时间下来，也不知积累了多少的寒霜冷雨，摸上去冰凉之痛直入骨髓，险些手掌都要被其碎裂了。但经由这么一次近距离的触碰，我的理性神经也瞬时恢复了些。

“朝来黄雨弄潮瓦，入暮红女浣细纱。”从古到今，谁不爱徽州之柔媚。无论是世族大家还是乡野小民，闲适之余来到此处，谁会不为这小桥流水和白墙湿巷而驻足，墨客骚人就更不必说。人们喜欢这里，喜欢它的白墙黑瓦，喜欢它的涟水香木，喜欢这里一切远离烦嚣而幻美如烟的东西，而与此同时，作为几千年封建文化另一部分的祠堂牌坊则因为与大团圆的大众审美取向相违背而向来不招人待见，只能挤占在伦理的敏感区域径自舔舐着绝世的孤独和长久的叹息。徽州的山是独特的，徽州的水是独特的，徽州的人、徽州建筑、徽州的牌坊也更是独一无二的。它们并不只是乡野之中、雾霭之下的几处旧宅、几排古坊、几声皖腔或几件戏服，而是一个古老民族历史和文化文明进程中一块刻满了说明符的老兽骨。历尽沧桑，辽阔的中华大地上无数的贞节牌坊已毁落成灰，而今残存的一些也早已衣衫褴褛，光洁不再，空立在这文明外的荒野里独自怆悲。行进在牌坊之间，导游的解说词杳然耳外，我实在无心去欣赏其雕镂之精妙和故事之怅慨。“前世不修，生在徽州；十三四岁，往外一丢。”多少次生死幻怨，骨散亲离。“人寂寂夜悠悠，天涯信阴暗凝愁。”多少位新婚娇娘复叹飞花，心苦难休。多少段崎岖险滩，他们咬牙向前，成事者锦帽貂裘荣魅还乡；不幸者，策马山北曝骨江南，终其毕生都只能将骨灰撒向离乡甚远的路上。“天鉴精诚”“人钦真孝”，于是便有了毕生守寡，十五到老；便有了出门敛首，至死守家；也就有了千千万万贫苦劳动妇女忍爱灭欲才誓死赚回的几块少得可怜的旌表牌坊。我实在不敢想象，那一个个秋日的漫长下午，牌坊之下，到底是活人在讲述死人的故事还是死人在哭诉活人的相思，这些牌坊都太瘦了！

远离队伍的时候，我喜欢去听时间滴答在长满青苔的石板路上，听那些旧日的徽州女人低缓陈述她们执拗痴绝的一生，听那些流浪的落魄徽商在亲人离乡背井结痂的伤口上舔舐天命。甚至听另一个自己在问自己，现代人啊，当我们不相信爱情的时候是否也能来看看她们。我如今越来越相信，永远是那些不声不响的东西带给人震撼，像路边不知名的花草，像那只折了触角仍到处乱窜的蟋蟀，像这些从来无声胜有声的贞节牌坊。当一切冷暖交织相复去，我们还剩下些什么？

走在这六尺不足的小巷里，经过那些昔日机杼夜夜啾唧，而今皆已人去楼空的低檐建筑，我还是选择脚步轻些吧，说不定某一刹那会因匆忙无礼而在哪家门前突然生出些时光错乱的感觉而打搅了那些苦等十数年，好容易才得一见的恩爱夫妻。尤其是像我这种起得这么大早，又满身现代装备的愣头青年，我坚信那绝对不会是一件什么太好的事。时光在穿透，那一道道圣旨下在了她们手上，也下在了她们心上，观不尽一生浩瀚，阅不完人世纠缠，就这么一等，也是所谓的一百年。“矢贞全孝，立节为孤。”或许她们的一生只是一个寂寞的姿势，或许所有的守望到最后都只能化为两行涩泪湿透几窗新纸。“绝望的哀叹里谁是谁的自己？”成了她们最后谜题而终生颤抖在人来人往的落叶霜风里。落坊为孤，化伤成魂。

（选自第69期）

枣 花 铺

沈学婷

孙家的媳妇死在了院子里的深井里，不是年少的小丫哭天抢地地找娘梳辫子，没人知道她什么时候投井自尽的。

周家在这一带的声望早就随着周权的离世渐渐黯淡……唯一为人称道就是周权留下的几间宅子，在方圆几里也算得上体面。周家的两个儿子，文武闯天下。大儿子读书读多了脑子不大好使了，痴痴傻傻，一直没讨到个媳妇。叛逆的小儿子找了个穷媳妇，过了几年平淡的生活便抛妻弃子离开这个镇子。

在镇子上沸沸扬扬地传着，周家的小儿子周武欠债不还被人追杀，逃跑时遇上火车过轨道，尸首分离，那惨状一个比一个描绘得恐怖，到了菊萍耳朵里，周武头颅滚地，双腿离散，只有上半身直挺挺地留在铁轨上，这倒像故意躺倒在铁轨上等着火车驶来。这个赌鬼还欠下一屁股债，估计要债的过几天就要上门来了。周家的大当家已经离世几年了，周家现在就靠着老太苦撑着，耳朵到老也不好使了，可是头脑却还清楚得很。媳妇菊萍带着一对儿女哭丧着和婆婆说着死讯，“小武被天杀的火车轧死了，轧死了。”“死了好啊，省得我天天在家烧高香。”周家老太眼神里的光暗下来。

周文跑到后屋来看着地上扑倒的几个人，嘴角轻蔑地微微挑起，“有没有小武我们都过了这几年，你们该想想那些讨债的龟孙子们要上门了。”周文平日里装疯卖傻，关键时刻头脑却是最灵光的。“逃吧，带着剩下的一点钱。”菊萍踉跄地拉起两个跪地的孩子。“谁都不许走，我看看今天谁敢跨出这个门半步就不是周家的人。老头子留给我们的就是这几间宅子，死也要守住这几间房。”周老太一把拉住抽泣的小孙子，狠狠地瞪着菊萍。

“周文，小武死了，菊萍从此以后是你的人，小康和小琳是你的孩子，记住，我们家没有周武这个人。”说完这句话周老太就把一房间的人轰出去，自己一个人抱着周权的遗像痛哭流涕。

菊萍抱着一对儿女站在院子里哭，不知道是因为丈夫的死讯还是婆婆的安排。周文走来说：“我读那么多年书也是白读了，养不活这一家子我就不苟活了。”菊萍望着周文离开的身影，想起三年前周武走时决绝的背影。“男人没有一个靠得住。”菊萍边唾弃着周文边拉紧小琳的手。小琳望向菊萍那刻的眼神充满绝望与未知的空白。

一番打听，要债的人很快找到周武的住所，一群人看到颇为豪华的住所，便如狼似虎地向前扑，大门被许多双爬满老茧的手狠狠地敲击，甚至心急的壮汉用身体撞击者已有年代的木门，门上的红漆簌簌地往下落。

“谁敢在我周家门前闹事?”红色的木门缓缓打开。周老太右手拄着拐杖，上身的红衫映着红色的木门，有一种任谁也别想踏进一步的气势。菊萍站在左边搀着老太，右边的周文孱弱的身躯像是摆设又像是两个女人的装饰。

领头的彪汉首先扯开嗓子，左边脸颊上的一道三四厘米长的刀疤触目惊心，“周武那王八孙子是你们家放出去的，去哪偷了熊心豹子胆，到老子的地盘上撒泼，撒完泼就翻脸不认人。今天，你们有钱还钱，没钱就把那王八孙子的儿子给我交出来，这账就算两清了。”

“周武的命都给你们了。这屋子里没有你们要的钱，更没有你们要的人。周武来也空空去也空空，没留下什么儿子，你们怕是找错地方了。关门谢客!”拐杖拄地的那一刻老太头也不回地走进去，随后是吱呀一声沉重的关门声。

老太转身便焦急地对菊萍说：“快去把两个孩子藏好。”菊萍拖沓着焦急的步伐向里屋奔去，找到正在煮饭的小琳和玩耍的小康，拖拽着两孩子就往里屋跑。门外那群人已经按捺不住，找来粗壮的木头，准备破门而入。“你们俩躲在床底下，不管发生什么都不要出来。小琳，千万不要把弟弟放出来，也不要发出声音，一定要听话。”小琳坚定的眼神给菊萍一种依托感。门外的壮汉们将粗壮的木头对准红木门，一声一声地吆喝，在冲击了几十下之后，木门轰然倒塌，倒下来的巨响像是整个宅子的毁灭，一群莽夫踏着红色木板气势汹汹地走进周家的宅子。倒塌声引来了街上的其他人家来围观。

菊萍从里屋走出来时一院子的人正在四处搜寻，她奔跑着去正堂寻找老太太和周文，跑到正堂时周文正在与一群人厮打在一起，准确地说，是在被殴打，瘦弱的身躯在壮汉的拳打脚踢下伤痕累累，其中一个用棍棒狠狠地朝周文的右腿甩去，在一声惨叫中跪倒在一群嬉笑的人面前。周老太试图用拐杖帮他一把，不料，被一只突如其来的臂膀推到，撞向椅子，整个人瞬间倒下。菊萍跑着劝他们住手，扶起老太，却感觉一股热流在手中洋溢，摊开手一看，满手的鲜血像鲜花一样在手中绽放……“啊!住手，你们都给我住手!”

门外围观的人群从没见过如此粗暴的一群人，没有一个敢进入帮忙。周老死后，周家平日里也没有交好，竟没有一人敢在此时踏入周家的门槛，在门外像看戏一样瞧着里面发生的一切。

“找不到那个狗崽子就给我搬东西，拣值钱的东西搬。”红木家具、明清瓷器都被一件件地抬走，不，被抢走，强盗陆陆续续地进出这间宅子。“这世道变了。”老太闭上眼睛不愿瞧眼前的景象。

小琳抱着小康蜷缩在床下狭小的空间，听着来来回回拖沓的脚步声和不屑的嬉笑怒骂声，“偌大的一个宅子就只有这些不值钱的东西。”“谁说不是呢！这些废东西够抵那王八孙子输下的钱吗”“能拿就拿吧，抵一点算一点，咱俩手脚麻利点。”说着顺手拿走了菊萍床头摆设的花瓶。小琳悄悄地露出一只小眼珠瞅着外面。从床底下只看到一双粗麻布鞋和一对长着密密麻麻汗毛粗壮的小腿跟。恐惧让她缩回去了，抱着弟弟瑟瑟发抖。

人群熙攘过后，整个周家又恢复了往常的安静，这次是寂静，静得让人不敢呼吸打破这静谧。

菊萍带着残了一条腿的周文和满身是血的老太到药铺，把钱袋残存的钱全部倒出来。老太因为失血过多已经昏迷，周文也因为疼痛过度瘫倒在地上。

家徒四壁加上一场丧礼，周家已经禁不住任何的折腾。

菊萍是要和瘸腿的周文过一辈子了吧。过门的那天周武承诺的一世荣华富贵让穷酸的她看到亮光，周武的离世把这点亮光抹去了。老太在世时周文说的不养活一家老小不苟活，现在俨然是个残废等着她养。小康吵闹着要吃糕点，菊萍便顺手扔点钱给小琳，“去吧，东巷第二家的孙家的枣花铺，买些糕点来，你老太以前经常去那家买，兴许便宜些。”话语中透着无奈。小琳捡起钱便向铺子跑去。

“孙老板，来点枣花糕，够一个小孩吃就好。”小琳怯怯地将钱递给老板。孙家掌柜看着小琳生得乖巧水灵，便多问了一句，“小姑娘，谁家的娃儿。”“西五巷周家的。”说完便拎着枣花糕跑了，还没等得及孙掌柜的回话。周家发生的事镇上早已传得沸沸扬扬。谁料小琳匆忙回家撞上了人，枣花糕也散落在地“对不起，对不起……”只见那人不慌不忙地说：“哪里来的不长眼的东西，在我家铺子里头撞人。”孙祥瑞拖着那条落下残疾的腿拄着拐叫嚣着。“阿祥呀！不要吓着客人。对人家姑娘客气点。”等着祥瑞仔细观察小琳时，留下的也只是瘦削的背影和乌黑的长马尾。

孙掌柜与祥瑞相视一眼，像是打定了什么主意。

小琳抱着枣花糕走在陌生的街上，买卖人竞相吆喝着，街上的人奇怪的眼色让小琳感到浑身发怵，来不及躲闪路人灼热的目光，被一个小贩的板车撞倒了。“这不是周家那小姑娘吗？怎么有时间上街了？”小贩和街上的人都纷纷围过来看笑话。小琳对这些陌生的眼神手足无措时，一双强劲的大手将她拉起来，这时人群才慢慢散开。

“我最看不惯男人欺负女人了，这都什么时代了！”小琳对相助的男人深深地鞠了一躬。“我送你吧！可能路上还有人欺负你。”小琳点了点头。一路上，小琳与华盛聊了很多，知道他是知识分子，懂很多，家住山东，到这来是投靠做生意的老伯。

“我到了，你先回吧！谢谢你今天的帮助。”小琳忙着让华盛离开，怕被母亲看见，这个男人的仗义相助一直让小琳难以忘怀。

小琳把买来的枣花糕递到菊萍手里便默默地离开了，菊萍抱起哭闹的小康麻利地剥开枣花糕的纸皮包装，香味立即充盈了整个屋子，小康看到糕点立即停止了哭闹。

菊萍放下小康去厨房看蒸的白馍。小康自己一个人坐在冰凉的地上吃着枣花糕，玩着泥巴。小琳从后屋走进来看着满地散落的枣花糕碎屑，捡起一块大的碎屑便往嘴里塞，那香味立即回荡在整个口腔，久久不能散去。每天白水泡饭加白馍的日子已经过了很长一段时间了。残废的大伯终日躺在床上等着她去送饭，家里没有一点额外的钱买吃的，要不是今天小康死命哭闹，一块枣花糕一个月也是见不到的。小琳感到那块碎屑似乎卡在了喉咙里不能上不能下，吐不出来又很难下咽，口腔里的香味很快蔓延整个头脑，仿佛下一秒脑袋都要炸了。

菊萍端来的三碗米汤算是救命良药了，小琳端过来米汤一饮而尽，方才冲散枣花糕留在脑子里的记忆。“把这碗米汤和这块馍送给你大伯，整天瘫在床上还连累着我们，真是缺德的家伙。”菊萍边骂边把碗递到小琳手上。小琳每天也不忍看到床榻上的大伯，因为每天不进油水已经骨瘦如柴了，现在似乎已经饿得神志不清了。对于这样的生活，一家人都不愿继续了，可是残废的男人和孱弱的女人如何能扶起这将近坍塌的周家。

几天后的一阵敲门声打破了这沉寂的周家。

菊萍一大早就在院里清扫夜里雨打落的叶子。听到久违的敲门声便急匆匆地奔过去开门。蓦地一惊，“这不是东巷孙家枣花铺的掌柜吗？自老太仙逝之后就没见你来串过门了，今天怎么有空来我家做客啊？”“莫见怪，对不住周老太啊，老太在世时常光顾我家小铺，我却未曾关照到你们。上次老太孙女来我铺买东西我才想起来啊，真是对不住啊……”菊萍边说边领着孙掌柜进屋。菊萍命令小琳拿出老太在世时珍藏的茶来招待客人，一壶龙井对小琳来说不知道是多么奢侈的东西了。

“不知今日孙掌柜造访所为何事？”菊萍探着脑袋模仿着周家主人的样子试探性地问着。“不知你是否还记得我的长子啊，就是那年周老太七十大寿随我一起过来贺寿的小子啊！”孙掌柜面露难色。“上次你家小女去我铺里买东西被那小子撞见后便久久不能忘怀，我来是想给他做个媒，不知你的意见如何？”孙掌柜说完抿一口茶，“不错不错，不知寒舍还有如此好的龙井，今天算是没有白来啊！”谁不知他孙家的这一个独子早年被车撞了后右腿残废，至今没讨到合意的媳妇。眼下看我家困难就想来作践我的丫头。“这恐怕是不行的，孙掌柜有所不知，我家小琳早在她老太还在世时就已经被许配给了旁人，怕是不能允你这桩婚事了。”小琳一直躲在门后偷听母亲与孙掌柜的对话，泪水已经打湿了手绢。小琳知道母亲这是在骗孙掌柜，哪有什么婚事啊，如今家里这境况根本没有人愿意接近她们，自己也没有为家里做过什么事，如果放弃这次机会，不知道家里这样贫寒的日子还能挨多久……“我愿意，孙掌柜，我答应您的请求。”小琳突然从门后冲到前屋。菊萍望着小琳坚定的眼神自知没有别的选择了，况且小琳牺牲自己的幸福是为了她为了周家。“没想到这丫头这么爽快，我看我是没有看错人啊！”孙掌柜起身准备回去了。“那你们就在家等着好消息吧！不出三日，便有人上门提亲了，你们这没饭吃的日子怕是要结束了。”说着推开大门扬长而去。

伴着小琳的一句“慢走……”菊萍抱着小琳流下了眼泪。

华盛大伯的生意在这一带发展得颇好，镇外的商家考虑和他们做一个洽谈，大伯无儿无女，只有一个乖巧的养女，毕竟女孩子家对生意的经营门路不熟，考虑带上华盛出去见一见世面，以后好依托华盛来接管自己的家业。华盛随着大伯一出去便是一个月，自然错过了镇上别开生面的一场盛礼。

一周后宁静的小镇上开始了一场别开生面的迎亲队伍。镇上人都在说“孙掌柜家的残疾儿子娶了周家的穷媳妇，这一对多配啊！”镇上人议论纷纷的话很快就传到了菊萍的耳朵里。菊萍的心就像几十只蚂蚁在咬一样钻心的疼。

孙家这次的迎亲也算得上体面。孙掌柜亲自为孙祥瑞和周琳做了“枣山”和“枣园”，希望他们俩日后能吉祥如意。镇上人的闲言碎语在成亲后平淡的日子里也渐渐消散了。周家的日子也没以前那么清贫了，小琳的出嫁算是给菊萍和周文带来了生活的盼头。小琳偶尔回家看菊萍时，总免不得带上点枣花糕给小康，小康也到了上学堂的年纪了，菊萍牵着他一步一跑到先生家里去。小琳看着母亲的脸上的笑容渐渐多了起来，大伯也不似往日那么消瘦了，心里也有件值得开心的事了。

祥瑞自从小时候残疾后就有了坏脾气，起初对小琳还有说有笑，日子长了，脾气便愈发暴躁了。这天小琳正在铺里卖东西，只闻祥瑞从远处就开始骂道：“狗娘养的，我的衣服洗了也不知道拿出去晒，老子难不成穿着湿衣服去赌场啊！”说着揪起小琳的头发就往柜台上磕，买东西的人见状便上前劝说，祥瑞拐杖一甩倒是把客人也甩倒了。“这是新社会了，可不比以往了，你想打人就打人，你这可是犯法的行为。”华盛外出归来恰巧来买枣花糕。“你算哪根葱哪根蒜啊，管天管地还管老子打媳妇了?”祥瑞怒目圆睁地盯着华盛，像是要把他整个人吃进肚子里。孙掌柜循着声音看到这一景状，连忙向客人们赔不是，顺势拉开祥瑞。“对不起各位顾客了，对不起……”铺前围着的人渐渐散开了，华盛买好枣花糕看着小琳可怜的模样，想到一年前闹市的那次相遇，留给小琳一眼爱怜。一年后，小琳产下一个女儿，因为祥瑞重男轻女，对小琳的埋怨又更进了一步，小琳经常在夜里抱着小丫默默地流眼泪……

夜深了，小琳还在为明天的枣花糕忙碌着，孙掌柜拉着小琳到屋外。“小琳儿，我儿子这坏脾气也不是一天两天了，你也多担待一点，这枣花铺以后的生意也就指望着你了。”“您别这么说了，自从来到您家，我母亲、弟弟的日子好过多了，我一直想感谢您呢!”孙掌柜听到小琳这番话也算是心里的石头落下了。当初找周家的媳妇看上的不就是她的踏实，富家小姐哪个愿来孙家遭这个罪啊!

小琳得空就回家瞧瞧母亲与大伯，见着大伯已经能自己下床走路了，小康认识了许多汉字，心里终于有件高兴的事儿了。菊萍叮嘱着小琳和祥瑞好好过日子，这有钱人家的公子哥咱就得让着。小琳默默点头却强忍着眼眶里的泪水。

华盛隔三岔五便来孙家的枣花铺买点糕点，自从这孙家媳妇开始做枣花糕，这枣花糕是又大又甜，来往的客人络绎不绝。

芒种后枣花开得正盛，小琳来后院的山上看着漫山遍野的枣花。赶巧遇见上次为她解围的华盛，小琳温柔的气质吸引着华盛。他一眼便认出了小琳。从背后轻轻拍了一下小琳的肩膀，小琳被吓得不轻。“是你啊！你也在赏枣花?”“不，不，我来这里写生的。”“什么是写生?”“就是记录这里美好的风景，你愿意让我给你画一张吗?”“不了，我要回去了，枣花铺要开张了。”小琳匆匆逃窜，心里却已经留下了这个男人谦和的身影。

华盛凭着自己对小琳的印象迅速把小琳的面容轮廓勾勒在纸上，小琳算不上倾国倾城，但是在华盛的笔下却美若天仙。

周文这天也起了个大早到山上来搜寻着草药，见到小琳和来历不明的男人搭话，心里就在犯嘀咕。这小琳放着好日子不过非要给自己找点事，这事怕是不能瞒着了。

华盛又想念起枣花铺的味道了，他带着他的画准备亲手交给小琳，见到小琳在忙碌地称卖着枣花糕，也不忍心打扰，在一旁端详凝视了好一会儿，等到小琳发现时，华盛已经出了神。“来买枣花糕?”“也顺带给你点东西。”华盛从袖子里把捂热的纸交给小琳，这时祥瑞正拄着拐杖走进来，看到华盛在往小琳手里塞东西。不禁怒火难平，“你们俩在拉扯些什么?”小琳吓得赶紧把手和纸缩进袖子里，祥瑞一把粗暴地夺过紧紧握在小琳手中的纸。

看到纸中的肖像，一时没认出是谁，把纸对着小琳的脸仔细比对，才发现眉眼之间有那么一点相似。和自家媳妇生活这几年都没发现她这么美。“大家都过来看看，看这对奸夫淫妇在大庭广众之下勾三搭四，完全不把我放在眼里。”祥瑞在整个铺子里叫嚷着。来往的客人都纷纷停下脚步看着孙家的闹剧。小琳瘦弱的身子想要夺祥瑞手中的画，祥瑞更加愤怒了，“你这个荡妇!”说着抡起拐杖就朝小琳身上打。小丫在后屋听到祥瑞的喊叫，也匆忙跑来拉住父亲，可是已经迟了一步，父亲狠狠地在母亲的腿上来了一棍。在小琳的喊叫声中华盛一把推到祥瑞，背着小琳去医院。

菊萍带着小康也来看望小琳，“妈，可能以后枣花铺没有多余的钱供小康上学了，我要离开枣花铺……”菊萍只是极力劝说着小琳冷静，可是她也没看到这些年小琳为了她们的生活所付出的。小琳厌恶了这种牺牲的生活，她想挣脱这种生活，想过自己想要的生活。

出院后，小琳也和祥瑞一样拄着个拐杖，枣花铺只能雇人经营着。小琳在院中拄着拐杖遇见拄着拐杖的祥瑞，不禁觉得可笑。“你和那个男人的奸情我早就知道了，别在那一直装了。要不是那人光明正大来店里挑事，我也没那么快抓住你们的把柄，别以为你死心塌地对你家人好，他们就知道回报你。你以为那个男人对你有多爱吗?他为了他大伯的财产恨不得马上娶他的养女，除了我，谁还会收留你这种穷鬼。对了，小丫也不能交给你这种破鞋来教育了，她要跟着我爹一起回乡下生活一段时间。”祥瑞就是想把小琳所有的苦都说出来，把她抵抗外界的刺一颗一颗拔掉。小琳被困在家里，谁也不许见，枣花铺的生意也日益黯淡了。

夜里小琳又抱着小丫哭泣着，小丫熟睡着，听不见母亲的哭声。

第二天早上小丫满屋子找母亲梳小辫时，只在院里的深井旁找到了母亲的一只拐杖和那张画着母亲倾国容颜的纸。

小镇到处都传着孙家媳妇被逼死的消息，华盛脑中浮现出小琳那天离开后山的场景。他没有娶任何人，也没有继承大伯的家业，而是离开了这座小镇，他把小琳的死归在了他的身上。

十五年后，华盛再次踏进这家枣花铺，柜台前的姑娘有着当年纸上的倾国容颜，想上前唤一声，在柜台旁看到躺椅上两鬓斑白的祥瑞，躺椅旁斜倚着一只拐杖。

（选自第70期）

幻　　觉

范圆圆

“是幻觉让我们清醒。”

他多次听见她在耳边说。

他在抽烟。她不喜欢他抽烟，他知道。

譬如他现在报复似的把烟灰狠狠地弹到米白色的地毯上，让它看起来充满暖团团的肮脏感，或者故意把稿纸和书丢到房间的各个角落，让房间一团糟糕。他期待着她脸上一贯的笑容慢慢褪色变淡，取而代之的是燃烧起来的愤怒，可是她没有，她甚至不在这里。他失望于没有对手，只能静静地点燃一支烟。

他环视着一团糟的房间。核桃木的书桌是她为他挑的，三角形的书立，原木色的笔海，包括金属灯罩，都是。他下意识地用手指触碰了一下灯罩，灰尘带给触觉薄薄而突兀的肮脏感。她不在，他才意识到自己没有打扫，平时她总会擦去灰尘，帮他收拾好一团乱的桌子，窗台会放花，陶土花瓶，插勿忘我或者雏菊。她在的时候，身边的一切都是矫揉造作的干净。她拒绝一切不干净的可能性。因为这个她厌恶他抽烟。他歪倒在地板上回想他们最近的一次冲突。他答应她尽量不抽烟，可是没藏好的烟蒂从她的扫帚底下出现的时候，他发现自己没有话辩驳。她的脸色迅速地阴沉下来，她没有看他，只是闷头跑了出去，他发怔的时候她却又转身回来了，手里拿着一个烟灰缸，“以后把烟放在这里？看到了没有？你是爱我的，对吧？”她看着他的眼睛。他突然感觉到一种前所未有的疲惫，她在和他确认他有没有遵从她的命令，她在确认他是不是还留存着爱情。

脚左边第二个抽屉，卡波蒂的《冷血》下面，压着一盒烟。因为她不喜欢看那样的书，于是他很放心他的秘密。现在他再次准备抽烟。颤抖着摸出那盒只有一半的烟，拖沓地拿出一根放进嘴里，一股潮味，火几次熄灭后，终于点燃了，烟雾慢慢笼罩了他的眼睛。

她不在身边有多久了？他想。可是他不知道。这种感觉很糟糕，因为每天都差不多，每天都像莫比乌斯环一样连续不断。她也是一样，永远在那里，似乎是亘古不变的坚硬公式，没必要担心她有崩塌的那一天。他们自毕业就住在一起。他是一个经常烦躁的人，烦只有微薄薪水的工作，烦不定时熄灭的灵感。他白天上班晚上还要写稿子，他觉得只有这样才能勉强平衡。“我想成为一个作家啊。”那时候他对她说，眼睛里闪亮的是憧憬和远方。事实上他也在努力，给杂志社投稿，写他冷漠的生活和压抑的情感。夜半烦躁时他会爬起来去冰箱找酒喝，冰箱橙黄色的暖光让他没有温度的脸稍稍柔和了一点。她站在半掩的门后面悄悄看他，她知道他的烦躁，可是她小小的脑袋却没办法立刻思考出让他愉快的办法。她总是呆呆地站着直到他发现她的存在。“早点睡吧。”他走过去揉揉她的头发，沾着冰箱冷气的手总会让她一憷。“你也早点睡。”她欲言又止的样子让他觉得很可爱。第二次碰到这样的情况时，她竟抢他的酒，“我陪你一起喝，有什么事你和我说吧。”一瞬间他感动得不知道说什么好。不过从前他就是爱她的奋不顾身，像是一只扑火的飞蛾。在还不用担心生活的时候，他可以肯定地说他爱她，这些小小的事累积起来就是爱，他可以肯定。

她永远不动声色地解决她所能解决的，认为这样可以让他愉快起来。比如卫生比如食物，在他越来越坏的脾气面前她永远装作无动于衷。她还没有工作，他说过他会养她，可这却总成为他们吵架的某个理由。她还没脱去孩童的稚气，依旧喜欢买一些美丽易碎的东西，比如那套骨瓷的茶具，她一直想用它们来喝纯正的下午茶。那时他下班带着一身疲倦进入家门，看到这美丽的物品却怒火中烧，“你能不能不要再买这种浪费钱的东西了，这个月房租还要涨，没有闲钱了！知不知道?”她嗫嚅着反驳，“这花的是我自己的钱。”“自己的？你有工作吗?”他冷冷地看他，一瞬间他从她的眼里看到了泪水和陌生的自己。他感到罪恶感，于是扭头摔门进书房。都去死吧！他暗暗诅咒。他早已过了那个不为生活担心的阶段，他世俗得比她快多了，他本以为自己身上的“文人气”能压过现实，可惜现实是对他最好的反讽。从前可以大声地背离骚，谈维根特斯坦，读王小波。在自行车上放肆地笑和哭，现在这些都抵不过超市五折活动的海报。他比她还先计较柴米油盐酱醋茶，原因是自己的贫穷。她没体验过山穷水尽的该死日子，她的生活她说过，是洒满巧克力粉点缀杏仁片的精巧蛋糕，是插在青花牡丹小罐里的一支栀子。她的不食烟火是建立在烟火上的，所以她总是带着纯粹的欢欣去买一支花纹繁复的银簪，一颗嵌了老松石的耳环。她不会担忧价格，所以她快乐。他有时候会邪恶地想这算不算也是一种庸俗，因为她快乐的本质，其实还是钱这种物质带来的，难道是那无功利的审美的表象？这种念头又会让他怀疑自己，因为自己明明是爱她的，却用恶意揣度她，可是爱和不满，难道不可以共存吗?

他就是这样矛盾。一根一根的烟让他快要爆炸。他无力地承认自己其实并不了解她，她像一个幻觉，在爱刚萌发的开端，她是最美好的样子，可是时间长了，她就慢慢酸腐变质，白玫瑰终于会有变成饭粒子的一天。此刻她已经不在他身旁，他知道自己需要她，可这也许是生活的惯性使然，所以他连动一动都不想动，爱情被消磨得还剩多少，他没有底。他能做的只有思考和空想，空想自己与她的爱的本质，到底是什么，有没有存在的必要性。也许他向往一种柏拉图式的爱情，那么他和她其实应该保持距离，而不是过分亲近。让她活在书信里吧？这样也许会好一点，从前他和她写信的时候很多。还记得她喜欢用烫金的纸笺，开头总是见信安，譬如王小波给李银河的“你好啊李银河”。字体清瘦孤傲，一点看不出她隐忍的气质。现在的她仿佛是日本神话里的“鹤妻”，由鹤化成的女子用自己的羽毛织锦，为男人换取财物，自己却血迹斑斑伤痕累累，最后男人发现了鹤的真实身份，鹤只好离开。而她是离开了，她的隐忍和奉献，也许是他从没认真发现过吧，或者，他根本就是厌倦了这样的“发现”？然而，此刻他唯一能确定的只有她不在身边。

他也许该出去走走，把她忘掉，其实他可以的，用睡眠用酒，一点点溺死脑海里的她。可是他做不到，第一天他喝完了他能找到的所有酒，他只想麻醉一下自己然后好好睡一觉。可是连梦也很糟糕，里面全是她，雷声沉闷惊落一树繁花，她站在树下一脸惶惑。她用力地向他举起手，像是赌上了全部，手腕上的镯子却一圈圈剥落腐朽，悲伤的表情像是雪意，一点点融化在他的脑海里。最终他从冰冷的地板上爬起来，不知道这是第几天还是第几年，他想像往常一样唤她的名字，却惊恐地发现他不知道该叫她什么，他匍匐在地板上像一块破碎的陆地，撞开同样漂浮的书和其他杂物，停在镜子面前，里面的他胡子拉碴头发蓬乱，深陷的黑色眼窝像极了蒂姆伯顿动画电影里的僵尸新娘，身上的味道让他想起菜市场卖咸鱼的摊位，他悲哀得想哭，却挤不出一滴眼泪。

他不敢移动，因为房间里到处是她的气息。她是个高明的战士，让他在战争中阵地尽失，他不知道她怎么把一切都糅进了他的生活。镜子旁边有她的口红和香水，衣柜里有她的衣服，床上有她散发的淡淡青橘的味道。他曾抱怨过房间狭小，可是他没想到如今只有他一个人的房间是那么大。不知道是早晨还是黄昏的光透过不洁净的玻璃晕染在地板上，像一片波光粼粼的海。

什么是爱，他喃喃。这东西明明艳丽得如同蓝天下无尽的五色经幡，却灰暗如同死去多年的腐尸。爱给人以热望，在爱里那些人热气腾腾，眼神闪烁永不平息。在爱里的诗人或者疯子总是会打破理性的准则，可失去爱，要用什么表情来面对？他竟然有些想大笑了。

经历了一次漫长的思考后，他终于摇摇晃晃地爬起来，一只腿因为弯曲太久几乎失去知觉，脚步也蹒跚起来。他就这样一瘸一拐地挪到窗户旁边，用尽力气把窗户打开，一股人间的尘土气息扑面而来，他默不作声地看着楼下的芸芸众生，几只不知名的灰色鸟类盘旋，最后载着金光停栖在电线上，楼下人们来来往往，贩卖声、车声不绝于耳。人间依旧喧闹，这大概就是活在尘世的感觉，他还活着，他告诉自己。莫名的幸福感突然像霹雳般的袭击了他，他激动得微微战栗。没有她，他也可以活得下去。活着，本身就是一件愉悦的事啊！一丝不易察觉的微笑在他嘴角边浮现，也许她本来就不适合他，他还是忘掉她比较好。

他环视屋内，掉到地板上的被子，掀起一角的床单，被丢到各处的一本本书籍，空酒瓶和烟蒂。其他地方更是惨不忍睹，他看着这些如同被炸弹袭击过的废墟有些头疼，但还是愉悦地开始了整理。

"马上我就会有新生活。"他微笑。他应该，也许已经全部忘记了她的名字，不过她说的，幻觉让我们清醒，他会记住，因为此刻他觉得无比清醒。

他拿起一个地板上的玻璃杯子小心擦拭，低下头样子无比认真，像是在擦拭他的生活。

"嘀嘀嘀。"有消息了。

"我已经到了楼下的小区门口，再过五分钟我就可以回来了。这几天我不在家，你还好吗？我很想你，你呢？"

他想装作视而不见，可是理智告诉他要微笑着守候在大门口给她一个温暖的拥抱。他不愿记起，可是回忆还是汹涌而来。她根本不知道他的厌倦对不对？她离开只是去办事而已，还交代了回来的日期，一切那么平常，可他却控制不住自己的厌恶，他的放纵连一丝波澜都没有搅动起来，他想干什么，他不知道。

他又想起她其实早就发现了那本《冷血》下的烟，五块钱一包的黄山被她换成了不知道从哪里买来的骆驼，camel 的英文标识无比鲜艳。被他挑明那天，她也许会说贵一点的对身体伤害会小一点，报之像放了防腐剂一样万年不变的笑容。可是，换一种难道就没有伤害了吗？她永远是这样。潜意识里的厌烦仿佛一场幻觉，来往，离散，真实与不真实，在他眼里逐渐模糊。

"啪。"杯子从他手里掉落，一地破碎的光。而敲门声也适时地响起。他知道她此刻离他越来越近，他逃不掉的，没人逃得过幻觉，没有人。

（选自第 70 期）

桂 花 香

汪 璐

“读经宜冬，其神专也；读史宜夏，其时久也；读诸子宜秋，其致别也；读诸集宜春，其机畅也。”秋雨绵绵，坐在自家廊前，不禁找出了从前的书。手执一本《淮南子》，所想所见竟是那些魑魅魍魉。

母亲看着我似是无聊的样子，便提议道教我做桂花蜜。明朝周嘉胄在《香乘》中写过炼蜜的过程：“白沙蜜若干，绵滤入瓷罐，油纸重叠，密封罐口，大釜内重汤煮一日，取出，就罐于火上煨煎数沸，便出尽水气，则经年不变。每斤加苏合油二两更妙，或少入朴硝，除去蜜气，尤佳。凡炼蜜不可大过，过则浓厚，和香多不匀。”想到旧时佳人纤纤玉手穿过橙黄的蜜汁，不知道又是怎样的光景。

家中并无桂花树，还需到外头采来，这个时候，我便嫌弃起来，笑闹着要母亲把家中的玉兰树换成桂花树。母亲也不恼，只是浅笑着说：“也不知道是谁，李子熟的时候说要种李树，看见别人家里的桃花好看，偏又要种桃树。这样给你种下去，怕是百亩地都不够你耕的。”被拆穿的我只得悻悻作罢。所幸出了家门的小巷便是一排整齐的桂花树，取了干净的布。在树下，轻轻摇起树枝，那花便簌簌地落了。待那金黄铺满整块布，便将四方布收掇好，小心地捧回家去。

将桂花用水浸泡，筛选出嫩黄的花朵，洗净，再铺到纱布上面晾晒一会。在这时候，母亲又取出多余的桂花。用精粉、油和水和了面，裹入花生仁、葡萄干、蜂蜜和桂花等馅料。像是清明青团的做法，却又有所不同。母亲将包好馅料的团子给我，告诉可以自己捏点什么花样，我素来不是心灵手巧的姑娘，便毫不遮掩地随手捏了个大花边，转过头，却看见母亲捏的花朵，小动物之类的，手中那个不知什么形状的团子竟有些拿不出手。最后，母亲还是执意将我那丑丑的团子给一起蒸了，笑道要将把那个团子留给我吃。回过头收拾之前的桂花，挑去杂茎，清洗花朵。找出一个玻璃瓶，洗干净之后，一层桂花一层糖，一点点用小勺压下去，最后用糖封盖。桂花香缠缠绵绵，层层绕绕，像是绕到你的肩侧，你的鼻间，捉住妈妈的手，袖中笼香，不甚风雅。桂花蜜要腌制一周，桂花糕却要不了多久，拿了青碟小碗，盛来了桂花糕，拿青瓷壶冲了绿茶。糕点入口松软，甜而不腻，吃起来有戚风蛋糕的口感。母亲拿着我捏的糕点冲我笑，因为蒸制而微微膨胀的糕点变得更加奇怪，气得我只能夺过一把塞入口中。

温柔岁月总是能够惊艳时光，我看着母亲轻啜绿茶，细品糕点，不禁感慨万千。母亲不是什么世家小姐，身上一举手，一投足，却总是带着徽州女人独有的温婉，像极了那古代工笔画中的仕女。儿时，母亲总嫌我顽劣，说我像个男孩子，所幸按照母亲的品位，我在外总是人模人样的，不认识的人定会以为这是一个文静的姑娘。待到高考结束后，我便自己去剪了短发，男孩子似的发型吓坏了母亲，直骂我不懂事。现在，让我做母亲那样温婉的女子也不大可能了。想起从小到大母亲的为人处世，行为举止，总让我感到羡慕，羡慕母亲的淡然。然而母亲却不总是云淡风轻的，记得幼时我得了肺炎，母亲为我在医院前后奔走的样子，这辈子我都不想再看见了，总觉得那样的母亲不是她本样。现在网络上总是说“女汉子”，我一直以女汉子自称，现在想来，母亲那样的，才算真正的“女汉子”。平时是温婉的女性，到了关键时刻，又带着男性的坚韧。

我大多写作的灵感都来自母亲，自己写字的手由母亲的血肉化成，一颗跳动的心也由母亲赋予。我大概是能够理解俄狄浦斯的，不仅仅是我自己的母亲，世间上所有的母亲都是一样的，既是绕指柔，又是百炼钢。中国古代的创世神女娲就是女性的形象，我大抵能够了解为何古代人类要创造一个这样的形象。所有人都渴望母爱，母性的光辉总能照耀着众人。穷凶极恶的罪犯在母亲面前也会落泪；看破红尘的僧人在母亲面前也会动摇；一心流浪的浪子在母亲面前也会回头。我不知道自己又该如何面对母亲这一伟大，有可能未来我也会成为母亲，我又能否如同我母亲这般给她以关怀与热爱呢?

白居易有诗云：“有木名丹桂，四时香馥馥。花团夜雪明，叶翦春云绿。风影清似水，霜枝冷如玉。独占小山幽，不容凡鸟宿。”母亲像那桂花吗？她不像，她像那桂花香，层层叠叠，早已绕着你的心，缠缠绵绵。

（选自第70期）

两座文人墓

陈宗俊

这是20世纪中国有点特别的两座文人墓。

他们是同乡，操着同样的赣方言走南闯北。不同的是，他们一个生于清末，一个长于现代。

他们一个改写着现代中国政治的走向，一个影响着中国当代新诗的格局。

他们一个叫陈仲甫，一个叫查海生。

他们的墓地相距不足30公里。

第一次拜谒独秀先生墓冢是在1995深秋。那时我还是一个刚入学不久的大学生。一个阴霾的秋日，我和几个同学来到了这位五四旗手的墓前。

坟地位于安庆市北郊外的集贤关。这是一片乡野荒地。满眼尽是衰败的杂草，一些松树稀稀拉拉地夹杂其间。远处是一些低矮的群山，静穆深沉。一些高高低低的坟茔散落在这片杂草中。

坟茔的东南边有一口不大的水塘，水清且浅，能照出人影。塘埂同样被一些杂七杂八的衰草覆盖。在这片荒冢中，一座坟墓稍有些显眼。这坟不高，和周遭其他坟墓没什么两样，也大都按当地的习俗土葬。只是坟墓底座及四周用水泥浇灌了一下。坟顶未封，露出一撮撮灰暗的泥土，上面还残留着一些草纸的碎片。坟前竖着一块高一米余宽约两尺的白色大理石石碑，碑的正面竖排刻着几个楷书：陈独秀先生之墓。坟墓的东北角是先生的生平纪念馆，一排两层楼的水泥平房，不大，里面陈列着先生的一些字画与手稿等。整个坟冢与纪念馆就像一个农家孩子的语言，土头土脑，朴素而真实。

远处有松涛在低吟。

2006年8月15日，一个酷热难耐的夏日，我和两位友人来到怀宁查湾的海子墓前。此前，我们已去海子故居拜访了他的双亲——两位身体还很硬朗的老人。在去海子墓前，海子的父亲查振全老人开始要陪同我们前往。考虑到天气太热，我们谢绝了老人的好意。老人过意不去，便让还在暑假中的海子的大侄子——一个10岁左右的男孩——陪我们前往。

墓地在一片丘陵上，低矮，简单，仅仅用土砖围着。墓前端镶嵌了两尊佛像：一尊释迦牟尼，一尊绿度母。水泥墓碑竖刻着铭文：显考查公海大人之墓。立碑者是海子的三位侄子。“坟上面长着深浅不一的青草，墓前栽着两棵柏树。其中一棵刚给来访的学生烧草纸时烧死了。周围低矮的山丘，又红又黄的沙地，又黑又矮的松树，广阔的田野，散落在房前屋后的各色杂树……”这是安庆诗人金肽频曾描述过的海子墓及周围景色。我看到的景象依然如此。

站在海子墓前，我想到的是墓穴中的那个青年人和他的诗篇就像一团火，让中国 20 世纪 80 年代的诗坛亮了起来，也让当代新诗也走向了一个拐点。“亚洲铜，亚洲铜/祖父死在这里，父亲死在这里，我也会死在这里”。海子实现了他诗句中的诺言。他回来了。

他是另一个新青年。

后来我再也没有去过海子墓。怕打扰他。更主要的是，我怕见到海子依然健在但愈发衰老的父母。形形色色的造访者，不管出于何种目的来到查湾，但对于我而言，都是对这对老人的一种残忍，尤其是操采菊老人那忧郁的眼神。所以这么多年来，一些外地的朋友来安庆，让我带他们去看看海子墓，我都婉言拒绝了。海子活在诗歌中，不仅仅在仪式上。

工作后，我曾作为陪客，陆陆续续地去过五六次独秀先生墓地。但一次比一次让我找不到当年那种感觉。现在，先生的墓地已修建成一块占地面积颇大的“独秀园”。墓碑还在，但已换成一块高高大大的汉白玉。墓穴也还在，但已用厚厚的水泥将墓顶严严封死。松树也还在，但已不见其他坟茔的踪影。池塘也还在，但已没有衰草和土塘埂。陈列室也还在，但已移换地点，变成一排气宇不凡的白墙黛瓦的建筑群。人们可以开着车径直来到停车场，走在宽阔平坦的水泥路来参观这国家 4A 景区，不再像我们当年扒开荒草深一脚浅一脚地来到先生墓前。

后来听说海子墓也重修了，我便再无去拜谒的念头。

怀念那座没有封顶的土丘似的仲甫先生墓。

怀念那座山丘中没有围栏的平民的海子墓。

（选自第 70 期）

关于一束鲜花的杂想

苏 童

我收到过一束戴安娜，粉色玫瑰，在情人节的晚上。

那时候，水泥道边的水杉还没有长出嫩芽，葱绿的叶子在很长时间之后才突然齐齐冒出，速度快得我都没有发现头顶的阳光何时稀疏了。这座小城的春天来得很晚，我时常于水泥道上款款漫步如春天，深深浅浅的水坑，清清淡淡的尘土气息，在一个又一个雨天里，我拉拽着春天的衣角，慢慢盼着温度渐升，于是在温暖的日子里，我便可以穿着我的白色长裙，在漾着涟漪的湖边，赤脚感受水的温凉。

收到花的那天，我穿着粉色棉袄，怕冷的我在离春天较近的日子里仍不愿露出脖颈，而那晚距我能穿长裙的季节还远，白色长裙只能自己飘扬于湖边，与柳枝共舞，在我的幻想里。

“这花和你的衣服正配，粉而柔嫩。”

“花好看，衣服不如她，人也是。”

“但她现在属于你，她此刻只为你而美丽。”

心突然一暖，我正拥有美的东西，美，在我怀中，她只为我而美丽。

有时候，我们不能明白或者说发现什么是美，我们都是赤裸地来到世间，身无所物，在懵懂之时，明明白白感受那些温暖着我们的事物。令我们欢欣的东西，才是我觉得最好的生活。高雅或者晦涩，都不属于我们。

“戴安娜，多美的名字，即使没有高贵的身份，这样美的容颜，也无须计较其他了。”

我特意寻了玻璃花瓶，仔仔细细把花瓶洗净，将戴安娜插入，一并放在书桌的正中稍微靠窗的位置，灰暗的室内有了些生机，拉开窗帘，明亮的阳光正照在水泥路对面的水杉上。

有些东西或许只适合欣赏，当她真正属于我时，我竟有些不知所措。我知道戴安娜的美不会长久，就像水杉有青葱可人之时，也有树叶落尽之时，而这束玫瑰，只能美这几日，之后，她的生命再也不复返。美到极致之后，是无尽的衰萎。在她日渐枯萎的日子里，我每天都看一看她，摸一摸她，生怕她在玻璃花瓶里无法安生，失去被欣赏的理由。

就像花朵的美艳一样，越想保留的东西往往越容易流失。岁月的流逝我们无力阻挡，旧日子在一天一天被遗忘，我们在成长的同时也在一步一步走向衰亡。我的肌肤在我肉眼不可见的范围里日渐起皱，波纹四溢开来，总有一天，我的手会像妈妈的手，粗糙且布满皱纹，眼角的皮肤在我开怀大笑时会皱成花朵，而曾经，那双手与眼，抚摸欣赏过娇艳的戴安娜。当步履蹒跚之时，我去不了风景如画的地方，身体也会愈加臃肿，白色长裙只能待在衣橱里被岁月侵蚀。我喜爱长发，如我喜爱长裙一般，在相片泛黄后，青丝会成白雪，稀稀疏疏，留不住我想要的长度。

闲时我总喜欢翻翻舍不得扔的旧物，那些或美的或幼稚的东西，都藏有我的留恋，我不习惯扔东西，就像我不习惯遗忘。我总爱坐在树下，尤其是水杉之下，观望她，思索她，回忆她与我相遇时的样子。在树下，我观望自己，能看到我一路走来的影子。于是有人对我说："回忆是没有错的，但不能陷于回忆。"所以，我们往回看，看够了，还得接着往前走。

在水杉叶子脱落的季节里，我没有看到纷纷扬扬的大雪，难得几次遇见的大雪天里，雪地里的脚印却一个一个离我远去。这座小城喜欢雨，日继一日的冷雨替代了雪花，没有阳光，尘雨氤氲，水汽浸透了墙壁，连身上的厚重衣服在没有身体的保温下，也会沁凉如冰。风大且持续时日长是这座小城的又一特色，冬天没有来到之前，水杉褐红的叶子我还没欣赏个够，就被呼呼的风吹得纷纷扬扬，如雪，撒满了整条水泥道。厚厚的叶子踩在脚下，没有声音。

冷风冷雨里的人们都撑着五颜六色的伞，缩着脖子，拢紧棉袄，急匆匆行走在水泥道上，水杉叶被风吹得到处都是，但是没有人愿意抬头看一眼，他们脚下的褐红水杉。

我伫立窗前，对面水杉在风雨中歪歪斜斜，红色树叶毫不眷念地离开，她也无奈。

鲜花被送入我怀中之时，就是她走向死亡之时。她在最美的时刻被包装赠予他人，短暂的美艳之后，花瓣开始枯黄。

我再精心的挽留终于还是没能留住她，喜爱的那条白色长裙还没有穿在身上，水杉才刚刚开始葱绿，一切我幻想的美的东西还没有聚集到一起，就一个一个开始离开。

我很后悔没有留下她的哪怕一片花瓣，即使是枯萎的也好，这样好让我明确记得，我曾拥有过美的东西。

（选自第 71 期）

孤独者的五个阶段——简析《孤独者》中魏连殳心理变化

蓝　灵

当时社会有一种习俗是“哭丧”，家里有人去世了，得有人为他哭，哭得越大声越好。而魏连殳的祖母去世了，他却偏偏不哭，等仪式举行完了，他却开始号啕大哭。

祖母的离世，他无疑是伤心的，但他是不愿意信奉这样老一套的思想，大家都哭，他却偏偏不哭。这是一种对抗，一种否认，来源于两个不同的矛盾思想。美国心理学家库伯勒罗丝在他的著作《生寄死归》中，描述了人对待悲伤与灾难过程中的五个独立阶段——否认、愤怒、商量、绝望（抑郁）、接受。这之后，人们将这五个模型阶段称作“悲伤的五个阶段”。本文主要根据此模型阶段，对魏连殳的心理变化进行一个简要的分析。

否　认

什么是否认，人在什么时候会提出否认？

一般而言，当出现违背人们所现有的认知以及不愿意妥协的情况下，便会产生极强否定的情绪。

鲁迅先生的《孤独者》一文中，我们显而易见魏连殳的出场，是被贴上一个“异类”的标签。

但他们却更不明白他，仿佛将他当作一个外国人看待，说是“同我们都异样的”。

文中，魏连殳的一个本家亲戚如是说道，仅因为魏连殳做着与他们不同的事，所以理所当然将之排为异己。

当然，鲁迅先生的笔下似乎从来不缺少“异类”和“看客”的形象，如同孔乙己、阿Q、夏瑜、祥林嫂等一系列经典的人物形象，他们的身上似乎都有着不合时宜的与众不同，而魏连殳这个人物，鲁迅直接借他人之口，将这点与众不同点了出来——异类。魏连殳作为一个学动物学却教上历史的教员，对于他所在的连小学都没有的村子来说的确是很不一样，而更加不同的则是他为人处世的态度。

魏连殳的这种不妥协，可以将之认定为是新知识分子对整个旧的封建思想的否定。

愤 怒

魏连殳的愤怒主要表现在他对这个社会环境的不满之上。

当魏连殳坐在草垫上沉思，忽而他流下泪来了，接着就失声，立刻又变成长嚎，像一匹受伤的狼，当深夜在旷野中嗥叫，惨伤里夹杂着愤怒和悲哀。

“狼”本身就是孤独的一个象征，在狼受伤未找到新的狼群时，它们都是独自行动。而将魏连殳喻为狼，以及他的闪烁着愤怒的号啕大哭，不单单体现的是他与这个社会的格格不入，他的哀号中还夹杂着对这个社会、这个世界的不满，却无能为力的无助感。这样的号叫更多的是情感的宣泄，借助生理上的爆发来平衡精神领域的不满与跌撞。

在对这社会不满的同时，鲁迅笔下的魏连殳性格中是不乏天真烂漫的因素，他坚持着“性善论”，认为每个人刚开始出生到这个世界上都是善良的，如他和文中“我”的争论：

不。大人的坏脾气，在孩子们是没有的。后来的坏，如你平日所攻击的坏，那是环境教坏的。原来却并不坏，天真……我以为中国的可以希望，只在这一点。

他始终坚持孩子是最纯粹而天真的，变成具有攻击性的恶，是因为受到了社会不良风气的影响。所以他情感的爆发点，他的愤怒是基于理想与现实的矛盾冲突下，对世界的不理解与不认同所造成的。

商 量

商量，即所谓的讨价还价。愤怒到达顶点爆发之后，随之而来的是深深的无力感，落差越大，这种情感也就越强烈。这一阶段，魏连殳陷入了一种迷茫的状态：

是我错了，还是这个世界错了？

无疑这个问题他是找不到答案的。

放在我们如今社会，我们可以坦而言之，当时社会还具有很强的封建性，到处充斥着吃人的礼教残余。但这是因为我们站在了一定的历史高度，而在那个时候——麻木自信的人是占据大多数的。

人，作为群体生物，在这样的环境下，很容易对自我产生怀疑，产生大多数人掌握的就是真理这种错误认知，从而陷入角色同一性的混乱当中，缺乏自我认同感。

当魏连殳的书房越来越空荡，当他的院子越来越安静，当他的眼神越来越空荡，他的内心是处于一种迷茫状态的。

正如他卖掉的那本《史记索隐》，被卖掉的不只是一本简单的书，更多的是内心的某些坚持。书，是知识分子象征，他对书的放弃，是他对知识分子这层外衣的态度，不像以前那样看重，或许他是不愿意和这个社会背道而行的，他试着不做一个孤独者，他想要褪去那身孤傲，融入社会中。

这样的一个阶段，我们可以说是如同一个儿童，当他在不知所措、无法判断自己对错的环境下，他会选择融入群体当中随波逐流，这是下意识的一个自我保护行为，同时这也是自我认同感的一个强烈危机。当然从魏连殳的这种状态，我们也不难看到当时整个中国知识分子所陷入的一个困境——是否被同化，即是否由“异类”转向“看客”这一概念的变化。

抑郁与接受

于我而言，这两个阶段在魏连殳的心理变化上应该是相辅相成的，做一个波浪形的替代运动，共同推进这个人物的内心变化。

魏连殳在抑郁的同时尝试接受这个世界，但我并非认为他是呈妥协而放弃反抗、放弃自我的一个状态。如果他是真心接受，愿放弃自己和社会融合在一起，那么最后就不会迎来死亡这一结局。在我看来，魏连殳的死亡是接受不能而抑郁致死。他使居住的地方充满烟火气，“我”要是早来一个月，还赶得上看这里的热闹，三日两头的猜拳行令，说的说，笑的笑，唱的唱，作诗的作诗，打牌的打牌，看着他管房东太太不客气地叫着“老家伙”，看着他让小孩给他磕头而换礼物。

这似乎是正常的，又似乎不太正常。

我失败了。先前我自以为是失败者，现在知道那并不，现在才真是失败者了。先前，还有人愿意我活几天，我自己也还想活几天的时候，活不下去；现在，大可以无须了，然而要活下去……人生的变化多么迅速呵！这半年来，我几乎求乞了，实际，也可以算得已经求乞。然而我还有所为，我愿意为此求乞，为此冻馁，为此寂寞，为此辛苦……我已经真的失败，——然而我胜利了。

魏连殳最后给申飞的信，是他心理矛盾激烈碰撞的高潮。如果说他真的向封建势力妥协了，他的精神被吞噬了，他应该得到那所谓“心安”。可是并没有，他依旧活在痛苦与挣扎之中，他还是与这个世界格格不入。

“然而我胜利了”，这里的“胜利”我觉得是可以进行多重解释的。

第一种，是常规性的解读，那便是他妥协了，胜利是指过上舒坦的日子了，不再被社会当成异类了，像社会上大多数人“胜利”的那般。

而我偏向的第二种，这种胜利是指“死亡”，魏连殳预知到自己的死亡了，他的死是更好地证明了他无论如何都是一个异类，没有办法与这样的社会假惺惺地融合。他无法心安理得放弃内心的执念，他的种种行为，在我看来更像是一个实验，试着去体会、试着去感受，最终内心依旧不能接受然后死去。他死去了，所以他胜利了。

他之所以是孤独者，是因为没有放弃，才会孤独着。

魏连殳从他的高楼塔上走下来，到这泥泞的世上行一遭，最后灵魂再归于高楼塔。

他是如此。鲁迅，亦是如此。

（选自第72期）

小 情 事

倪大玉

常常将自己移居，对很多人说
拥有使我喜悦的人，或物，在身体里
某个部分。很多事情难以预料
比如，这首诗里会出现一个
瘦先生。比如，还有一位
胖姑娘，你知道的，很多次分不清
身体轻飘飘，还是轻飘飘
很多东西不算什么，最好不要谈及
很多事情。叶子还是叶子，四季还是四季
你说的快乐会来，你说的悲伤会来
想想刚刚见过的小孩，老人
雕花木椅，小金鱼
他们也都会来，如此刻雨后
我坐在这里，花瓣漂浮水面的心情
也会来

（选自第72期）

婚　姻

张　萍

我喜欢听人讲话
盯着两瓣嘴唇
很多快乐从这缝隙中划出

年轻人商量着　抽出身体里的玫瑰
交换火红和热
或者用花瓣下一场雨
20 岁　还很年轻　有很多库存
可以挥霍

衰老提前来临　我的男性朋友说：
“她需要太多蜡烛，玫瑰，气球来供养”
将头低低地垂着　皱纹生长

他大我五岁　已婚
“除了摩天轮一切都老了”

（选自第 72 期）

等待八苦

隆世滢

阔别的与索爱的
仅仅是一道红袖?
起身时眺望不止，坐在虚诞的
云烟上，云烟下
群魔对峙，一双眼寂然无声。

一穷二白，偏爱佯装高深
不是一个坏习惯，至少
承认了高深是一件好事。色、受、想、行、识
炽盛了的话，则忘形一次。

你爱我，我也爱你的话，则
得意一次。你离开，我跟着离开
因为有其他胜过彼此的事。

一旦
我选择了独木桥，
你就只剩下阳关道。

（选自第72期）

红斑，红斑

刘　云

发酵的记忆很香，带着点陈年老酿的味道。但无论时间长短，终归有些酸味。

轮渡在这里很常见，走在堤岸上，那种带着鱼腥味的风飘过来的时候，老狗还趴在斜坡上睡觉。慢慢矮下去的落日在柳絮飘飞的季节里，开始变得不太真实。岸边偶尔停泊的小船带着捕鱼人的身影，泛着昏黄的皱纹。从桑落站的斜坡看过去，船舱里的织网人湮没在一张陈旧的照片里。她的母亲，那个胖胖的女人，也随着记忆一起发黄，不可遏制。

桑落离家的时候在早上，那时候，天还未亮，远处的云层也是这种暧昧不明的颜色，堤岸边泛滥的江水涨了起来。或许是下着小雨的缘故，经过路口的时候，杉树上的麻雀没有送她，就连轻微的两声鸟鸣也没有。许久以前，鸟叫是很清脆的，小雨轻拍青瓷一样，让人难以忘怀。红绿掺杂的叶子里，总有一些老去的会选择飘落。因为这些偶然陨落的生命，桑落有所疑虑，把春天误认为是落寞的秋。这里的银杏树长得也比别处动人，秋天的叶子更黄，更有哀伤的气息。依附在叶子上的青虫是漠然的，和桑落的离开一样，悄无声息。

桑落偏胖，和她的母亲一样，从生下来便没有瘦的时候。她坐在靠窗的位置，还在拼命地往后窗回看，并不干净的玻璃上留下的雨水是呈条状的，并未停息地往下坠。她突然觉得，雨水隔着玻璃把她的眼睛打湿了。十几年前撑着雨伞在车后站着送别的身影不见了，这次却不是因为车子拐进路口。当时的人跟着时间一起被埋葬了，或许就这样被大雨冲进城市的下水道里了。

那天晚上看到的月亮很细，桑落觉得那是她看到过最薄情的月，无端端地触动了她空荡荡的胸口。

敲响小旅馆的门是在快要天亮时，坐在冬夜的马路旁，更多的还是寒冷和寂静。桑落想起了往日来回的人和车，它们拼了命地往前，留下的背影是录影机里的磁带，不断将现在的每一秒缠绕在回忆的齿轮上。可是在这里，没有底片，更无法倒带。那些快速出现又瞬间消失的身影，在人的腮帮和牙缝之间，不断咀嚼着。“妈，找个小店住下吧，挨到天明还有些时候。”在空寂的夜里，桑落看着母亲半边深红色的脸突然说了一句，硬硬的，好像刚一说出，便被冻住了。现在月亮已淡了下去，天明是个说快且不慢的事。

从桑落的角度看过去，母亲坏掉的半边脸就像是早已朽败的红木。这种被虫子啃噬的木头，有些年日了，从皮肤表层一直钻到木块中心，以至于她历经风雨的纹理也不见了，只留下表面看似正常却又病态的身体。胖女人的半边脸说起来已经有几十年了，每逢阴雨天气或是寒气侵入时便会加重，这种溃烂直到今天依旧偶有发作。习惯真是一件可怕的事，它是潮湿空气里的苔藓，终年不去渴望阳光的味道。现在这块伤疤就像女人脸上的胎记，安然地躺在那里。

女人脸上的伤疤起初只是一点黑痣，不大不小。夏天，松垮垮的衣服搭在身上，对于女人胖胖的身材来说也不熨帖。美女阿萍从巷子的对面过来时，她正偎在人家的阶梯旁边，调整肩膀上的竹竿。女人用余光瞟到了阿萍，她甩头发的时候，女人桶里的水很不安静地抖动了两下，那条有韧性的竹竿也变得硬邦邦的。

阿萍的名字前一般都要加上美女，这是全村人的习惯。毋庸置疑的，美女阿萍是村花，在女人眼里，她算是牡丹了。胖女人遇到她的时候，她开的正娇艳，阿萍终于找到了适合她的花盆。这个夏天，对于这个有名的美女来说，很特别。胖女人和她狭路相逢了，她有些不知所措，不大想和阿萍打招呼，就这样挺着下巴走过去，但她突然想起阿萍的大哥，那张苹果脸在夏天显得格外红润。美女阿萍没有看她的意思，眼睛就这样直接轻飘飘地飞了过去，胖女人心底带着浓浓的憎恨和歆羡，感觉她好像又变美了。你看那高挑的个子，再踩着几寸的高跟鞋，因为包臀裙而晃动的肉都在吸引着这个女人，可胖女人从生下来就没有瘦的时候。在这条狭小巷子里，女人站了很久。直到阿萍高跟鞋的嗒嗒声消失，就这样嗒嗒的越走越远，却越来越响，敲在女人的心尖上，抖动了好一会儿。

巷子里，女人的脸浸染在黄昏中，那半边红色的疤痕显得更加狰狞了。她的手慢慢地爬到脸上的红色，按了一会儿。猛一转身，在暗黑的墙上她发现了点黑痣和雀斑的广告，开始疯狂甚至是拼命地撕扯。她把广告单踩在脚下的时候，好像要把回忆一起踩进土里，埋在土里。

镜子里的胖女人经常顾影自怜地摸着她左上角的黑痣，没有了它，她也算个美人了。“拿东西给它挑掉再糊上锅灰底就行了，哪要花那个冤枉钱？就是有点疼，你想要美，这点疼还怕？”说这话的是村头西边的傻女人，她个头矮小，随她爹是个侏儒症患者，现在老了之后，不高看着倒也顺眼点了。胖女人不怕疼，因为她要变成美人了，那个如影随形的黑痣不久就会随着阵痛彻底消失。后来痣是没有了，疼痛却不是暴风骤雨，一闪即过。这个被扩大化的伤口，带着难以消除的锅底灰一直这么多年。

胖女人路过阿萍家门口时，感觉桶里的水又多了些，坠得她不由得放慢了脚步。她伸着头往里望了望，这时候，似乎因为夏天的温度和热风的缘故，女人脸上的锅底灰好像又浓郁了些。

她想过和男人在一起的样子，但也只是想想，这种念头像晴天里的雷电，很少会出现。一旦闪过，连她自己也会被吓着。

卖豆腐的很守约，还是在午后的巷子里，他的身影浸染在一片落寞的红光里。杨白卖了将近大半辈子的豆腐，把自己也卖老了。破旧的扁担上放一块木板，老豆腐便安然地躺在那，再用一块白色薄布覆盖。扎着小辫子的孩子来时，他便侧头向他说："家里人让你打豆腐来了？要多少钱的?"老杨家的豆腐就这样不吵不闹地卖完了，他不需要喇叭，全村人都知道他躲在这里。老杨家其实也就他一个人而已。

杨白的虎口上趴了个伤口，夏天便会溃烂，红红的一大片。他就那样在顾客的眼皮底下，轻巧地托起一块白胖豆腐。红色在白日下暴露无遗，穿着红裙子的女郎就这样在村人眼前来回舞动，那红色是如此炽烈，把女子豆腐样的皮肤衬得更白。买豆腐的人盯着那块红色，只觉得豆腐旁边的红很刺眼。"那不会是癣吧……"猜测风似的飞起又飘远了。杨白的豆腐和那片红色的疤痕一样开始溃烂。村里人一想到好端端的人吃了带有癣的豆腐便泛呕，活吞了苍蝇一样，想吐却吐不出来。那究竟是不是癣没有人知道，杨白也不去查，冬天到了就没了。可是这个夏天很漫长。杨白一个人挑着扁担回家再过来。

桑落的母亲遇到他的时候，他正在石阶上坐着。她想起村头歪倒的电线杆。那里有两座连在一起的土坟，那是这个男人的父母。女人小时候曾经遇到过这个男人，右嘴角一颗黑色的痦子和他一起长大了。这个时候的风拍打过来，很热。女人突然很想让脸上的红斑就此蒸发，男人的手也一样吧，桑落的母亲第一次仁慈地希冀着，感觉他们俩有点像。

有人说，桑落的母亲是个性子很直爽的女人，不会打弯，她的一生做过很多大事，往往是想到了便要去做。如果要用一种植物来描述的话，白杨就很合适。生在村子里的白杨树就和城市里的麻雀一样多，扎根在黑土里，笔直向上，从此便一发不可收拾。

"不要彩礼，不要房子，只要你应一声，我马上过来。"美女阿萍花枝招展地从门前经过的时候，正好碰见胖女人冲到杨白的家。女人的五官长得很标致，若不是因为半边脸的印记，她兴许不会毛遂自荐。

女人嫁给杨白的时候，见过阿萍的大哥。他在人群里喝着喜酒，和阿萍一样，长了一张苹果脸。

桑落听回来的人说，东面那个胖女人锄草的时候，一头插到地里，半点给人喘息的时间都没有。有一会，桑落很害怕这个胖女人就这样没了。那是失去呼吸的感觉，我想，若是当时胖婶没有了，桑落便很自然地成了一个没有寄托的人。所幸，被当场判为无气息的人又活过来了。因为潜伏多年有关心脏的疾病，她不能吃鸡蛋，不能喝牛奶，好像很长时间也没有吃过肉末了。

这边的旅馆在晚上是关着门的，并没有现在24小时的光照着。开门的是个中年人，粗糙的铁门扎在手心里，硬邦邦的，生冷。院子里突然跃起的影子发出狂叫，走进狭仄的廊道时，母亲皱皱的手掌托着那个绣着月季的钱包时，桑落有些后悔了，钱是几块几块的被扒出来的。胖女人的手很巧，那朵绣在布袋上的月季开得很旺。桑落这个时候，突然感觉这种桃红色的花没有想象中的那么艳俗了，胖女人确实带着庸俗味，桑落也一样，我们都不高尚。

在白色床单的笼罩下，桑落睡得并不好。胖女人的头挨到枕头便开始打呼，过山车似的呼一下往上，再猛地蹿下来。快天明的时候，女人哼哼了好几次，看到桑落时说了句，还不睡？再后来，这种打雷般的呼声便像泄了气的皮球，慢慢地鼓起，再克制性地放气。桑落心里有些酸酸的，她想着这种伴随了女人大半辈子的气息，包含着粗陋却很自然。

这是桑落第一次陪女人到这里拿药，自从查出患有血栓病后，女人感觉她好像能活着的时间不是很长了。人就像家里的半边老窗户一样，在风里被吹得乱晃，年龄也是一方面。药是需要不间断的供给的，每年收的粮食费多半是要抽出大半的，蚂蟥趴在人身上似的，使劲往里拱，没有血就换其他的。现在胖女人吃的药是小药店的，伤肝，身体的另一些器官也在日渐损耗，人还能活着而已。

再次遇见大片的果子砸到冰冷的铁皮上是几年后，桑落有意停留，听着似乎熟悉其实早已远去的声音。那种生硬的声音是由成熟或是青涩的果子发出的，麻雀毫不留情地啄食它们的肉体，飞鸟低着头，偶有几次桑落和它抬起的眼眸相遇，她便想起了那长紧贴窗口的床，就像是在床边无端端开了个大洞。有星星的晚上，看着天边渐变的颜色，昏黄接替着深蓝，渐渐迷失在黑夜的瞳孔里。

桑落没想过她离开这片土地还能去哪？窗外的雨停了下来，连淅淅沥沥啜泣的情绪也没有了。她走的时候没和胖女人说。小时候离开胖女人去上学时，她能难受半天，那种距离远到儿童的想象还达不到。桑落最幸福的一段时间，可能是胖女人把她带在身边的日子。她在轰鸣的流水线上摇头晃脑地缝衣服，桑落抓一些碎小的布料给想象中的玩偶做装饰。桑落的布娃娃躺在小店的摊位上，除了她自己，没有人知道。她还给它取了一个名字，叫作屠苏，和她的名字一样，带着股酒香味。

每逢月亮尖尖的时候，桑落都会莫名地想起：在浣衣的河边印着的深蓝色的天幕，那时候，她带着哭腔喊妈妈，绝望和空空的情绪又浮了起来，这时，连月亮也没有了。女人拿着湿漉漉的盆和衣服在后面叫了她一下，“是不是以为我走了?”桑落拼命地眨着咸咸的眼睛，转过头去，低沉沉地说了句，才没有。后来在学校门口的时候，桑落一个人回来了，边走边哭，泪水原来是从心里冒出来的。玩伴黑丫头告诉她，胖婶拎包的时候，眼睛红了。桑落突然想起常年窝在屋檐下的燕子，雏雁长大后，难道也是流着眼泪告别旧巢的?可是老去的燕子连飞翔的资格也没有了，桑落的母亲便是这样多病的老鸟。

年前准备腊肉的时候，胖女人眼看着雪花压倒树枝，对于很多事情，她开始变得无力。农村妇女没有了力气便会有些悲哀，那种带动齿轮转动的力量，拉着生活慢慢地往前走。桶里的水一减再减，女人拎着并不安稳的半桶水走时，心口蓦地一撮。她慢慢地坐在地上，确实是不能在干什么了，不能了。这种声音慢慢低沉地回荡，最后在人的耳朵里和桑落的话接在一起，混着昏黄的落日，在女人，同样也在桑落的心里慢慢混沌，而后低沉下去。

桑落走之前和胖女人吵架了，但是就像在白日里放烟火，只能看到一丝亮光，接着就没有了，刺拉拉的只有烟雾，这场半是隐匿的争吵让彼此心里都不舒服。“你还能去干些什么，人家能要你吗?”桑落觉得这些话是挺重的，一个炮火轰鸣而去，把女人打得哑口无言。

女人不知道或是她不想承认的事情还有很多。“东边小孩的胖婶知道吗?她还有个女儿也有些胖……”“对，前些年犯病不是一头栽进庄稼地里，差点没醒过来吗?”“不说有这些个病了，你就看她脸上的那块疤，都有小孩拳头大小了。还想着到城里给人家当保姆，人家能看得上吗?”黄昏下，狗的叫声在村庄里尤为突出。人变懒了，她们的情绪却因为谈论着胖女人亢奋起来。桑落走到拐口的时候，掉头回去，她越走越快，希望狗的声音能够叫得大些，天快点变黑。在巷子里，她遇见了阿萍的大哥，他坐在自制的轮椅里，熟练又漠然地慢慢滑动。几年前，这个高大的男人从钢筋架上摔下来了。

后来桑落去了村里人说的地方当保姆。当主人要求伸出手指检查指甲下的月牙时，她又记起了半弯的月亮和黄昏下的母亲。至少母亲的月牙很饱满，她想。

在多雨的城市和季节，桑落想着花也该落了。我和她未曾谋面，但曾见过她的母亲，在冬日的站牌前。那时候，树枝刚被过去的一场大雪压垮。所幸，当时没有飘雪，她发红的左半边脸似乎因为寒冷的气候愈发严重了。

桑落，桑落，有股酒香的味道。

（选自第73期）

送给大佬的睡前故事集

廖子慧

北极这个地方，目所能及全都是白茫茫的一片，皑皑的白雪把每一处土地原本的裸色全都给掩盖着，在极昼日光毫不吝惜地影响下，那一束束类似于金黄色小麦的亮光堂而皇之地洒落在每一处的白色大地上，白色再加上一点金黄，发出一闪一闪的光亮竟然有点像夜空中被月亮生出来的那群小星星一样耀眼。

在前方的那块白色土地上，似乎还重叠着一个圆滚滚的北极熊，那北极熊的身体，随着它的呼吸缓慢且有规律地起伏着，就像是一团被人无意间黏在地上的巨大口香糖，一动也不动。北极熊用它那两只圆圆的如同黑豆般大小的眼睛，出神地望着头顶的天空，天空上的云朵一会儿偏东，一会儿偏西，一会儿变成一匹英俊的马，一会儿又变成一只傻乎乎的龟。北极熊伸出自己圆圆的手掌，想要把天上那些变幻无穷的云朵给摘下来攥在自己手里，再揉成一团温柔的棉花糖。

可是它抓了好久好久，天上的云还是一朵都没有被它摘下来，它不知道是自己的手太短，还是天空离自己太远。它的身边已经好久好久都没有玩伴了，因为气候变暖的缘故，以前的小伙伴都在商量着朝地球上更加寒冷的地方迁徙。可是它不愿意离开这个生养它的家乡，这里的每一处冰雪都是它成长的轨迹和跟朋友们在一起玩过的痕迹，它留不住想要离开的伙伴，那它就停在原地默默地留住自己这些宝贵的回忆好了。就这样，不知道它一只熊在这里待了多久，天地之间，除了永无尽头的白色，它看不到任何可以解闷的活物。或许是在这种单一的现实里待得太久，最后连它自己也搞不清楚自己到底是活在现实还是活在梦境中了。

它开始幻想，有一天天空上的云朵会自己慢慢落下，落在它的手心，变成和它一样北极熊的样子，陪它一起玩耍。而在那之前，它要做的就是不停虔诚地望着它，望着天上的云，等到有一天那些漂浮着的云朵能够感知到它的心意了，就真的会自己掉下来了。

一个星期后，北极熊终于发现这不过只是自己的幻想罢了，它每天这么看云，就是有一天把云给看穿了，云也不会掉下来。所以北极熊开始发慌，开始焦虑，它害怕从此以后，在北极，它一熊生，也是一熊死。可是世界之大，总得有某个生物，会愿意为它留下来，并且一直做它的朋友吧。

它慢吞吞地爬回自己的冰屋，在自己枕头的下面摸出一张世界地图，它用看起来有些笨拙的手一个一个地指着地球上的每个地方，它知道自己在地球的最北端，所以不管它想去哪里，都只能向南边走。南边，它那与自己的体型极不相称的小脑袋慢悠悠地低了下来，一直低到地图的最下方，南极，它用手指重重地敲了敲那个两只手掌都没有办法全部盖住的白色陆地，以及这块陆地旁，标注着的企鹅画像和基本信息，突然觉得这是自己生命中的第一次，有了迫切想要去完成的愿望。

北极熊结束了长达八个月的四脚朝地的爬行行为，精神抖擞地用双脚站立了起来，它翻出了自己多年前的一个米黄色大布袋子，往里面塞了好多条小鱼干，还有那张被它小心卷起来的世界地图。最后，它摘下了衣架上唯一挂着的一顶小红帽——那是它某天深夜出去散步时，意外发现的，人类不小心丢失的礼物。

它把小红帽戴在自己的头顶上，大小刚刚好。接着，它斜挎着那个米黄色大布袋子走出家门，兴冲冲地砸碎了自家门前的一块不算太坚硬的冰块，它看着冰块里倒映出来自己戴帽子和背包的样子，觉得自己无比帅气。最后，它把手放进冰水里搅了搅，再往自己额前抹了抹，顺了顺那一点薄薄的毛发，便满怀期待地朝着南方走去了。

越往南走，北极熊就越觉得周围的温度开始变热，而它自己就像一块会移动的白冰，一点点地被融化。热胀冷缩这个普遍的物理现象在它的身上却刚好相反，它变成了热缩冷涨。仿佛真的是冰块一样，它身上原本蓬松直立的毛发，顺着身体的轮廓蔫蔫地垂顺下来，一起垂顺下来的，还有一点一点往下掉落的水滴，不知道是从北极带过来的冰块融化了，还是自己身上的水分正被一点点晒干。

还没到吗？北极熊抬头看着天上的太阳，那橙黄色的圆形发出了比大红色火光还要热烈的光和热。再不走到，自己就要死掉了吧。被热死，被饿死，被渴死，被绝望死。北极熊舔着干裂的嘴唇，一步一步地迈过了南纬23.5度，不知道是不是错觉，当它继续往前走的时候，它竟然觉得天气有一丝丝凉爽起来，自己的头顶上好像掉落了几滴黏糊糊的水珠，它用爪子摸了摸自己的头发，还没等自己完全反应过来，如银针一般纤细的小雨慢慢变大，变成豆芽条那样粗细的雨滴，接着变成绿豆一般的颗粒，最后完全变成了无数个圆柱形石头一般的容量大小倾泻而下。

是大雨，像是要吞噬整个大地一样的大雨疯狂地向人间席卷而来，虽然没有冰块那样冰冰凉凉的触感，但是这上天恩赐的大雨也恰到好处地缓解了北极熊身体里的饥渴。吸了水的北极熊就像吸足了水分的海绵一样，膨胀如初，油光健康。虽然身上最表层的毛发依旧湿嗒嗒地黏在肉体上，但它起码现在看起来，是一只雄健的北极熊了。

北极熊展开了四肢，肚皮朝天地躺在地上，让身体彻底地接受这场大雨的洗礼。它已经走到这里了，也不知道自己还会不会继续走下去，甚至不知道自己能不能活着走到南极。它现在只想好好地休息一下，哪怕被这场大雨，贯穿它的身体，带着它的灵魂去见上帝，它也只想舒舒服服地躺在雨中，接受雨点的强势攻击。

不知道自己睡了多久，北极熊突然被自己体内的生物钟给惊醒，随着身体的突然震颤，它迷迷糊糊地睁开了双眼，眼前的这个世界要比刚才在雨中的世界清晰很多，太阳的旁边就是一道七色彩虹，天上漆黑的乌云已经不见了，取而代之的是纯洁白净的云朵。

雨过天晴了吗？北极熊觉得自己身体里的所有细胞像是全都更换了一遍一样，它感觉到了从未有过的生机和力量，它在新鲜湿润的泥土里打了个滚，很快地翻身站起来，又从自己的小布包里抓出几条小鱼干吃掉，它吃得那么津津有味，以至于在周围自然界中，所有的小动物都跑过来，或躲在树干后，或躲在草丛中偷偷地看着这个以前从来都没有见到过的白色大生物“吧唧吧唧”地咀嚼着食物。

虽然那些小动物们以为自己隐藏得很好，但是北极熊还是眼尖地看到了它们，它觉得自己被环绕，被陪伴，这种感觉是自从自己的同类全搬家走掉了之后再也没有出现过的。事实上它很喜欢并且享受这样被其他动物关注的感觉，它也非常想留下来跟着这群看上去不怎么会捉迷藏的小动物们一起玩耍，可是它想了很久，最终还是决定离开。因为时间耽搁得越久，他的心里就越有一个响亮的声音在提醒着它、催促它——去南极，去南极，快去南极找企鹅玩儿啊。

去南极找企鹅，这是北极熊最初的目标，就是这个最初的信念让它通过了那么多恶劣的环境考验终于到达了这里，不能因困难放弃，不能被诱惑吸引，那最想要去的地方，它一定要到达。北极熊更加坚定了自己的想法，它扶了扶头上戴着的那顶小红帽，理了理斜挎着的小布包，又开始朝着南方坚定不移地迈进了。

它走啊走啊，又走了很久很久，因为有了先前的适应期，它已经能够忍受恶劣环境所带给它身体的影响了。这一路上，它跨过了高山大河，穿过了丛林荒漠，经历了炎热酷暑，享受了大雪寒冬，终于，它走到了天空的尽头。之所以它知道这就是它要到达的地方，那是因为，它在北极已经看过很多次了，那绚丽夺目的极光。

不知道真的是如此还是心理的作用，北极熊总觉得这一层一层颜色交替重叠的极光比它在北极看到的要好看得多。它每往前迈进一步，就仿佛离天空更近了一点，也离它心目中的企鹅近了一点，不知不觉间，它的心脏“怦怦”跳得越来越剧烈。

“企鹅啊，你在不在，我来找你玩儿了。”它小声地对地上覆盖着的白雪说话，因为在它看来，整片南极都是企鹅的地盘，这也就意味着哪怕它只是对着地上的一颗小石子说话，企鹅都能够听到。

可是过了很久，除了呼呼乱叫的大风在不停地回应着它，周围连个活物都没有。

“企鹅，我来找你玩儿了，你快出来啊。”这一次北极熊放开了嗓子，它一边向前走一边向周围呼喊着。

可是除了周围的大风和它自己粗重的呼吸声，它还是什么动静都没听到。

“企鹅！企鹅！”因为迟迟没有得到期望中的应答，北极熊扯着嗓子在整个冰雪的天地之间大喊大叫着，“快出来啊，我来找你玩儿了，我来找你玩儿了！”

北极熊的声音回响在整块它所站立的土地上，远山似乎有一点什么东西响动，北极熊激动地朝着那个地方奔过去，可是迎接它的，却是一片大大的雪崩。北极熊只好转身快速地朝反方向奔跑着，可是不管它再怎么跑也没有办法跑过那呼啸而来的雪崩，所以，它最后被大棉被一样的白雪，给完全淹没了。

等到北极熊完全醒过来，已经不知道时间到底过去了多久。在南极是没有办法确定时间的，当然在北极也一样。凭借着自己庞大的身躯，北极熊像条毛毛虫一样慢慢地从大雪里面钻了出来，当它抖掉身上挂着的白雪后，惊奇地发现，自己的身边竟然竖立着一座小小的房子，它有些紧张又小心翼翼地走过去研究了一下房子门前还尚且留有的脚印，又赶紧把地图上企鹅脚印的样子拿出来比对了一下，完全一样。也就是说，这就是企鹅的家，而它找了许久的企鹅，现在就在这座小房子里面。

北极熊吞了吞口水，从地上捡起一团白雪往自己的脸上糊了糊，让自己看上去尽量体面一点，这才终于鼓起勇气慢吞吞地走过去，轻轻地敲了敲小房子的门。

“企鹅企鹅，我是北极熊，我从北极走过来，找你玩儿了。”

房子里没有动静，北极熊又加大了敲门的力度，“企鹅企鹅，我是北极熊，我从北极……”

可是这一次，在北极熊加重的敲门力道下，门突然自己打开了，北极熊有些疑惑地走进去，发现小房子里被收拾得很干净，就好像，这里面从没有住过什么动物一样。北极熊的心开始有些不安了，它找遍了屋子里的每一个角落，甚至连床底下，冰箱里都翻过了，还是没有发现企鹅的身影。

北极熊觉得自己的鼻子有些酸酸的，它一路上经历了这么多的困难和委屈，在到达终点后才发现最初的执念不过是一场空时，终于要不可遏制地爆发了。眼泪在北极熊的眼眶中一点一点地积聚着，像是给自己的眼睛装上了一副模糊的眼镜，在迷迷糊糊之间，北极熊看到了桌子上有什么东西在闪着红光。

它朝着那道红光走去，发现桌子上，放着一顶和它头上戴着的一模一样的小红帽，它快速地擦干眼泪，拿起了那顶小红帽，从小红帽的下面，飘出来一张纸条。北极熊捡起了那张纸条，认出了那是企鹅的留言，留言很短，加上标点符号也不过才十四个字：

我要去北极，找北极熊玩儿了。

消失的旅人

潘显玲

旅人坐着开往西藏的火车，再也没有回来。

你好，我是三班的春。

旅人收到这封信时，他刚刚穿过门前的法国梧桐，沿着邻居家的围栏，在缠满花骨朵的间隙看到两个孩子在吹泡泡，有个泡泡颤颤巍巍地抖动着身体成了形，一束光冷冷地直穿过。

“砰!”

旅人的内心深处有一股不可名状的气流在慢慢升腾。

“老板，这里有高强度的安眠药吗?”

“安眠药？你要它，谁服用?”药店的老板低头摆弄着药盒，错过了买药人眼里一闪而过的急促。

“嗯?”药店的老板有些不耐烦。

“……我妈，她上了年纪，夜里总睡不着。”旅人字字脱落。

旅人拿着药向外走时，一个扎着很高发尾的女生站在药柜的另一边向他微笑示意。旅人迅速收回自己的目光，在发尾的视线里消失。

旅人把信封再次打开，还是那几个字。他拼命地回想着所有可疑的人，头脑里“轰轰”作响。

“该死，居然被人发现了。”旅人把信封窝成一团，直挺挺地扔进邮筒附近的垃圾箱。

旅人在夜晚又一次失眠，绝望的情绪一点一点蔓延，他甚至要溺死在黑暗中。

“笔，笔，笔!”旅人发了疯地翻箱倒柜，抓到一支笔就迫不及待地唰唰写字。

“我是四班的雨。”旅人把信装进信封，信封背面写上了地址和姓名，或许不是姓名，只是一个代号。雨自己也并不知道为什么他能记得上封来信的信息，不是他记得，这些字是笔自己的记忆和思想，他无法控制。

旅人坐在教室里，两眼盯着窗外的小鸟。他听见身边有同学在喊他，“无聊，你们也只有喧闹了。”旅人还是盯着那个小鸟。

算了，雨还是那样。周围人终于放过了旅人，老师进来了，雨盯着那只鸟，鸟扑腾飞走了。

“雨，你把饭盒带上。”母亲说。

旅人穿好衣服，带上铁门准备出去。

“孩子，把饭盒拿着。”母亲又说了一遍。

“随他吧，他不会饿着自己的。”舅舅说。

“唉，我是欠他的。”母亲回答。

“对他没有坏处，不要为了他伤害自己。”舅舅添了一句。

“我把饭盒送去。”母亲说，“他会让自己一直饿着。”

舅舅走了，母亲走了。

巷口的铁门，我摸着门却感觉不到它，不过我能闻到那明亮的寒冷，感受到手里的饭盒和温牛奶的热度，我跑上台阶，离开那黑暗的寒冷，到了明亮的寒冷里。

你不喜欢朋友吗?

“你的信，我放桌子上了。”一个男生把信放在旅人桌子上就走开了，他知道，趴在桌子上的那个人是不会发出一点声音来作为回应，即使是一个小动作。

旅人上课时拆开桌角的白信封。旅人无法回答信中的问题。胆小鬼会惧怕幸福，碰到棉花也会受伤。旅人是个胆小鬼。

人活在这世上，真是件不容易的事，到处都有枷锁束缚住你，哪怕是稍微动一下，也会冒出血来。这恶心的世界，一点都不愿意放开我们。数学老师是学校里的教导主任，他的声音在课堂上能听到，晚自习前的广播能听到，早晨的操场也能听到。

透过教室的窗户，旅人看见一只风筝绊在了不远的电线上。裹挟着尘土的春风把风筝吹得七零八落，但它牢牢地缠在电线上不肯离去，就像是在不停地点头一般。什么时候已经熬过了冬天？也许在眼镜片上白雾不见的时候。

月考成绩下来了，又一次。

旅人看了一眼，突然，这是他第一次仔细观察他的同桌。他在笑。

那笑容不像鸟，而是像鸟的羽毛，轻飘飘的，恰似旅人手中的成绩单一张。又皱巴巴的，缺乏一种生命凝重的充实感。他是彻头彻尾地在制造笑容。

旅人看了他的成绩，不出意外，还是稳稳地年级第一。而自己，还是在不上不下的位置。他们之间的不同在于，一个会制造笑容，一个不屑于这般功夫。

旅人的同学都在贩卖自己的笑容，即使这笑容里藏着不怀好意，大家都心知肚明，没有一个人愿意发出声音表示拒绝。

站在他们的身边，旅人想告诉他们。你们在媚俗的世界，没有选择的机会不媚俗。有些人从出生的那一刻到死后都在追寻媚俗。可是，这些只有旅人能明白，他们听不到。

三月末，我突然被告知，有两个女生喜欢我，我觉得很怪异，为什么会有人喜欢不美的事物？像我。我是一个胆小鬼，从这一点出发，我就不值得她们的一点点喜欢。我把这个异闻放在风里，看着一只鸟把它衔走，它会被丢在海里，被海浪吞噬。

也许，你值得我见一面。

旅人写完这段话时，母亲正在喊他。

“已经五月半了。”舅舅说，“高考也快了。”

“雨，多喝点鸡汤。”母亲把鸡肉全放在雨碗里。

“姐，你也要吃点。”

“我，我又不需要。”

“唉，说不过你。”舅舅用肉盖满了雨母亲的碗。

雨静静地吃，喝汤时也没有发出声音。饭桌上突然沉寂得可怕。雨此时心中无比欣悦。

饭后，雨回了自己的房间。顺便看了一眼墙上的日历，五月十五号。他上一次寄出信是三月末，为什么？这不符合雨和春的约定时间。

雨是在一阵有节奏的雨声中醒来的，天还未亮，从窗子里看出去，伸手也能抓到苍凉。黑暗中有一个光斑在移动，一个人穿着红色的外套在雨夜中穿梭，雨揉了揉眼睛，发现那个人没有披雨衣，她把黑色，黑夜穿在了身上。她发现似乎有人在某一处偷窥，她四处张望，看到了雨，雨也看到了她。这个把黑夜穿在身上的人，眼角旁一颗泪痣滑到雨心尖上，雨在窗户的影子里看到一模一样的泪痣。

雨是被早晨刺眼的白花花的阳光给晃醒的，八点，应该是早自习的背书时间。他走出房间准备刷牙，顺眼看了一眼墙上的日历，九号，六月的九号。

也许知道旅人正在想尽办法地脱离，他的最后一场考试出奇顺利。上天都在为他准备送行。

屋子里静静的，今天是星期一，雨的母亲走了，舅舅也走了。屋外的街道也静静的，孩子们上学了。雨家门前的梧桐树下，一瓶泡泡水被丢在草地上。雨尝试吹了一下，一个泡泡也没有，肥皂水沿着弧形的底部一滴一滴坠落。

雨的母亲给雨买了一部手机。雨首先在通讯录里存了一个号码，他没有备注。因为他并不了解这个人。

手机里悄无声息地存着一条信息，周三贝尔书店见。

旅人忽然想起药店遇见的发尾女孩。挺直的鼻梁，素净的脸庞，带着点婴儿肥，笑的时候一小撮头发还含在嘴里。

周三，书店里人不多。春小跑着进来时，帘上的贝壳被扰得叮当响。门口的人全都仰起头看她，她被齐刷刷的炙热目光扰得涨红了脸。

一定不是她。旅人默念书中人物的对白。

“你好，我是三班的春。”突然临近的声音让雨有点措手不及，他没有立即回应这个声音。书中的人物对路人说，我总要去看看。

“你好，春。”雨觉得礼貌地回应对方是最好的主意。

“我认识了你很久了，今天你终于也认识了我。”春说话时眼睛忽闪忽闪的。

雨盯着她的眼睛，张开嘴却什么也没说出来。

“你喜欢太宰治?”春在旁边的椅子上坐下，低着头看雨手中的书。

“《人间失格》，我喜欢。”雨感觉信上的春在慢慢地填满眼前的这个人。

审美如果不带有任何功利性和排他性，雨对眼前的人萌发一种原始的好感。他看见春的整个注意力被他手中的书所吸引，像四五岁的孩子突然看见喜欢的东西。雨想要去抚摸春的头发，指尖触及时才想到男女有别。

“为什么想要认识我?”雨突然冒了一句话。春从书中抬起头说：“世间没有那么多为什么？只是有一天在路上看到你的背影。”背影里藏着一个孤僻的灵魂。春在心里嘀咕了一句。“难道喜欢我？我的背影?”雨尝试着问道。“或许吧，就像你说的那样。我喜欢你的背影。”春并不想作太多解释。

春和雨在一场突如其来的暴雨中告别了对方，春没有立刻离开书店，她整个人蜷缩在落地窗和白墙的拐角，一面书架的后面。从几本书的空隙中看到雨的背影走进夏日的倾盆大雨，雨势渐弱，从房檐上落下来的水滴晕在台阶上的花纹越来越小，颜色越来越重，春仔细地看着水滴的作品，雨已经消失不见了，春的心里还在下着甜丝丝的雨，滴滴答答的。

我们去看一场电影。《乱世佳人》如何?

旅人盯着这些文字，久久地盯着，他看到这些文字连在一起跳起舞来邀请他赴约。他回忆起上一次的见面，忽闪忽闪的眼睛，碎发堆满了整个头，光线穿过窗户和书架仍然落到她头上，像是会发光的球，暖暖的。还有指尖保留的若有若无的异痒，软软的，旅人的心被这些清晰的回忆挠得发痒，不知道该不该停下。

经典电影再上映，影院在现场环境和氛围上铆足了功夫。雨攥着两张电影票倚靠在门前的木柱上，一只脚三下两下敲着水泥地，下午三点钟，街上来来往往的人不多，几十米外是白花花的阳光，一抹素净的黑白色映入旅人的眼帘，雨没有说话，对面的人也静静地站着，雨终于开口打声招呼：“电影票，给你。”雨回头递给她电影票。她又扎起了高高的发尾。

雨用余光悄悄打量她的发尾，与她眼神碰撞时，雨匆忙收回自己的目光。拧开刚刚买回的冰水，仰头喝了一大口，凉意开始在身体里一寸一寸蔓延，也冲淡了雨记忆里的滚烫笑容。

“怎么喝这么冰的水？”她问道。

“习惯了，我一直喝冰水。”雨回答她。

“都这么大人了，照顾好自己的身体……”她又说一句。

“电影要开始了。”雨打断她，一个人向前走去。

散场时，遇见了她的几个朋友。雨下意识转身向人群的背离方向走，手臂上的一股力量制止了他，接着是切肤的凉意，是她的手紧紧勾住了他，“别走，我想介绍几个朋友给你。”她解释道。

雨慢慢转过身，扯掉手臂上的那只手，穿过她和她的朋友，消失在墙角。

“那个人怎么这样？”一个人说，“这什么态度？”又有一个人附和着说。

“一直这样，他还没有习惯，不怪他……”雨听不见她的声音了，站在人群中看着她和她的朋友离他越来越远，雨又喝了两口冰水，流动在血管里的是热乎乎的液体。他彻底地走出了他们的视线，走得远远的，从他们的话题中消失了，也许也从他们的思绪里消失了。他静静地坐在人行道上的木椅，刚才看见那几个陌生人的脸时，他的脸上没了血色，全身的欢快的血液都似乎抽光流尽了。他谛听着，感受着难以安抚却又无比古老的大地的躁动，既无恐惧又不惊慌。“她不属于我。朋友也不是。”雨喃喃自语，但连嘴唇也没动，丝毫没有出声。接着，一股热流过去了，他又开始喝水。

雨离开了家，去了火车站。他把一个月的时间交给了火车，几乎没有着家，像是在逃离，又像是被流放。无人问津他去了哪里，陌生人也不知道他来自哪里。

旅人随着人群往前走，有人在后面推搡着他，小腿肚被身旁的军装旅行包撞得生疼。取票口前排了长长的队伍，旅人被人群挤在长龙里，队伍像蚯蚓慢慢蠕动，最后卡在了旅人前面的女人，女人皮肤黝黑得发亮，身边还有她的孩子，空洞的眼睛盯着眼前的机器，女人的手在孩子眼前的机器上不断移动，机器一次又一次闪烁着红色的警告灯。

“买票失败，请重新确认。”机器重复说。

旅人看着女人在操作界面上不停变换坐车地点，身后的队伍开始躁动。

“好了没？”一个年轻女人不耐烦说，“大家都赶着时间。”

几个年轻男人越过旅人上前探头，又很快缩回自己光溜溜的头。

又有一些人离开了队伍，边走边嚷嚷着，“真倒霉。”

旅人看着面前的女人在屏幕上反复更换的两个地名，上前了一步，帮她重新确认了地点，女人不会手机支付，旅人从口袋里掏出手机，有条不紊地按指示操作，很快，小孩子从机器里拿出两张票，在手里反复摩擦。旅人快速取了回家的车票，逃离了又开始蠕动的蚯蚓。

女人从怀前的小布包找出现金还给旅人，旅人接了过来，说：“火车要开始检票了，快进站。”女人的脸庞泛出一丝红晕，在灯光的照射下很奇异。女人抓着孩子向旅人道谢，又推着把玩车票的孩子往前走。

雨想起来，书上说，在从拉丁语派生的所有语言里，compassion（同情）一词都由前缀 com 和词根 pssis 组成，词根原本表示“苦”的意思。而在从拉丁语派生的语言中，compassion 这个词的意思是说人们不能对他人的痛苦无动于衷；换言之，也就是人们对遭受痛苦的人具有同情之心。“怜悯”一位女人，意味着处境比她好，也就意味着要与她处于同一位置。

这也就能够解释旅人的行为。

我们每天的生活充满了各种偶然性，确切地说，是人、事之间的偶然相遇，我们称之为巧合。旅人很快忘掉了这个巧合，回到了自己的车站。

旅人在出站口看到了春，火车上堆积的疲劳一下子全数释放，双脚无力再踏出一步。

那个站在春旁边的男人是谁？雨问自己。

旅人又看了一眼，旁边的男人笑着和春交谈。

他们在说些什么？雨问自己。

雨感觉自己的身体在坠落，越靠近春，失重感愈来愈强烈。

旁边的男人接过另一个男人的背包，一拳打在那个男人身上，笑着说着走出了视野。春还站在那。

旅人的身体挂在崖边的树枝上，失重感被枯朽的枝干承接，旅人得以站稳。

“终于回来了。”春说，“我知道你肯定会回来的。”

“你等了多久？”雨问春。

“我看到你的空间定位，我猜你迟早会回来。”春回答。

“所以，我会等。”春又接了一句。

“你的那些朋友呢？”雨说。雨的声音在嘈杂的空气中荡漾，片刻消散干净。

“什么，朋友？”春的声音在雨耳边乍起。

“没什么，走吧!”雨也凑近大声喊。

这是旅人第一次这么痛痛快快地说话。

回到家，雨给春发了一条信息：“如果可以，我可以做你的朋友吗?”

“当然可以。”春很快回复。

“那么，你也可以做我的朋友吗?”雨又问道。

“我一直都是。也很荣幸。”春回答。

旅人今晚没有失眠，头挨在枕头上睡着了。

梦里面，好像什么都有。另外一个春和雨和呼啸而过的火车。

迎着东面窗口溢进的晨光，我们能看见旅人，他的呼吸渐渐平和了。灰白发黄的晨曦来临时，所有故事无论是否走向结尾，冷冽的空气都摧毁了梦里的温存。

手机的震动轰鸣声不断，雨终于醒了。亮着的屏幕上有几条手机信息：

“中午不能赶回去做饭了。

“我预定了隔壁饭馆的饭菜，醒来就去吃。

“屏幕上闪烁着还有时间，已经是20号了，六月也要走到头。雨从窗户看到看到邮递员在门前停留了一会，他下了楼。

“贝尔书店见。”

雨真的去了贝尔书店。他躲在“春”坐下的位置，下午，人稀稀疏疏。一阵清脆的贝壳声打扰了门边的看书人。雨终于主动抬头看向那个“入侵者”，扎着很高发尾的女生向四周的人微笑示意，她没有向旅人微笑，她也没有看到躲在墙角的旅人，径直走向另一个人，交谈着，微笑着。仿佛那一个人才是旅人。

她和她的朋友在各个书架徘徊，在寻找着什么，不一会儿她又消失了，旅人四处张望，没有看到发尾，他继续低头看《人间失格》，和主人公对话。一只手拿着一杯奶茶出现在他的书上面。

“嘿，给你。”她把东西递给他，跟着朋友走了。这一次旅人真的没有再看到发尾。

旅人把奶茶从包装里拿出来，小心翼翼地，奶茶卡在盒子中间时，掉下来一个纸条。旅人打开：

“喝点暖暖的奶茶吧。开学了，多交一些朋友。有缘再见。”

雨轻轻把吸管插进去，喝了满满一口。好甜，一股腥味在口腔里蔓延，雨感觉胃在翻腾，雨立即跑到洗手间，“哗”吐了好多。刚才的甜腥全部被污秽席卷带去，从口腔里生出一丝丝苦水，然后整个胃被掩埋，无论雨再吃什么，都是一股苦味。

原来，她一直在同情雨。

“同情”一般会引发蔑视，雨被动地处于一种次要地位，同爱情没有瓜葛。出于同情爱一个人，并非真正爱他。出于同情对他伸出双手，并非在帮他。

那么春呢，她一直都是春。那个带着阳光撞到他心里的“春”也在“同情”他吗?

同情在书上又有另一番理解。以“情感”而非 passion 即“痛苦”作为词根组成“同情”一词的语言中，该词的词源所包含的神秘力给该词投上了另一层光芒，让它的意义更为广泛：有同情心（同–感），即能够与他人共甘苦，同时与他人分享其他任何情感：快乐、忧愁、幸福、痛苦。因此这种同情是指最高境界的情感想象力，即情感的心灵感应艺术。在情感的各个境界中，这是最高级的情感。

世间大部分人因为同情，怜悯其他人，而给予他们所需要的事物。旅人非如此不可，春也非如此不可，“春”活在他的世界里却别样亦可。

旅人在非如此不可的人群中找到自己的座位，坐上开往西藏的火车，再也没有回来。

（选自 74 期）

言国春秋

邹文博

言国疆土广大，国民众多，周边小国无不来朝。但文字国人有一怪癖，喜好研究语言。书塾学语言概论，科举考语言研究，官员学士闲时聚会，也每每高论语言，皆有所见解。

一年，言国西郡大旱，整个春天滴雨未下。白天烈日当头，行人莫敢出门。傍晚时分，看街边杂草都已经泛黄，田中抢种的稻子早就枯死。虽然去年丰收的粮食还没吃尽，但一场饥荒已经端倪初显。

奈何西郡官员尸位素餐，十里八乡的农民决定派乡贤三语和农民八舌进京告示，请求朝廷救济。

三语是正经书塾毕业，对语言学颇有研究，上了年纪辞官回乡后，开始编写一本《文字注》。这次进京，也顺带拜访老友同僚。八舌则是西郡地道农民，本是轮不到他随行的，但他一方面想进城见见世面，另一方面不放心三语这个老学究，于是向亲友借了盘缠，和三语一同启程。三语想着这毛小子自费盘缠，又是个脚力，便应允了。

两人带着联名的书状，不知跨了多少崇山峻岭，渡了多少湍流大河，终于来到了京城郊外。

虽然西郡是一派荒颓光景，但愈近京城，草色便愈加苍翠，到了城郊，便如换了个季节。大路两旁灌木茂密，青草繁盛，全然没有受旱灾影响。八舌看了路旁杂耍的，卖烧饼馍馍的，推销小饰品的，像极了刘姥姥进大观园，眼睛都没了个焦点，四处乱飘。看了他这样，三语清了清喉咙，不屑地说："小土包子，这些小贩子有什么可看？等进了城，那琼楼玉宇，雕梁画栋，金碧辉煌，空中楼阁，不把你惊瞎了眼睛？"八舌看了看眼前的老学究，叼着烟杆，镇定自若，全然没有辞官多年的样子，这神态让人看了，说是皇帝微服私访都未必没人相信。心想，这么神气，不还是被辞了官，在我们那屯子终老？不过脸上要摆出一副唯唯诺诺的样子，点头如捣蒜，还连忙"嗯"了几声，眼神也收了回来。

不过刚才三语的一席话还是有旁人听见的。有个穿绸衣的人听见他的"空中楼阁"云云，掩嘴一笑，眉毛都快弯成圈了。

两人没在城郊多耽搁，很快便进了城。找好客栈后，三语把八舌一个人丢在别间，先去拜访老友，还叮嘱他万不要在城中惹事。八舌一个人呆着无聊，便也出客栈闲逛去了。

京城果然繁华非常，行人摩肩接踵，八舌被人群裹着，差点找不到方向。在城中一处广场，几群装束不同的人坐在地上争论着什么。

没想到这京城也拉帮派打架，八舌心想。他挤出人流，靠了过去。

广场中有一群人，人数最多的是全身玄色衣服的，为首是个壮年男子。他双手平伸，眼神直直地盯着另一群人，目光灼灼，似乎有些愠怒。

另一群人身穿蓝衣，头戴青冠，为首的是个耄耋老人，他弓腰坐着，双手扶着一把古藤拐杖。还有一群人人数最少，他们全都身穿青衣，占据着广场的小角，为首的是个微微发福的中年男子。

黑衣的壮年男子首先发声，他双臂一抖，大声说道："语言源流至今已经百年，语音在变，字形也在变，但是不变的是语言的意思。古代，这城是城，今天，虽然写法变了，读音变了，但城仍是城。所以我主张'语义'说，语义，才是语言的本质!"

"荒谬。"微胖男子拖着长音说道，脸上的肥肉微微颤动着，"到底是年轻，二十八年进的翰林，这几年也没什么长进嘛。你说语义没变，但其实没变的是事物本身。言国自古是万国中心，这是未曾变化的，但是，你能说这和'言国'二字的语义变化等同吗？我反倒认为语音才是语言的本质。人喉能发出的声音，经过划分统计，不过数十种，所谓语言，不过是这些声音的糅杂。这样看，难道语言有别的本源吗?"

黑衣男子正欲争辩，一名蓝衣男子狠敲了脚边的木板一下，场面立刻肃静起来。这时白发老者微微一笑，摸玩着拐杖凹凸的把手，不紧不慢地说："二位说的都有些道理，但是老朽有别的见解。语义确实是语言的重要部分，语言也确实是语音组合的产物，但是讲到底，语言都是人所创造的。所以人本身才是语言的本质，语言，就是人言。"

"非也，非也!"黑衣男子急不可耐地说道。但他还没讲完，便被微胖中年人的嘲笑声掩盖了。不但三个首领开始争论，他们身边的学生也开始了讨论。广场上顿时乱成了一片。

这秋天的雁池都没这么吵哩，八舌心想，也不知道这些人争论这些能有什么用，是天上会下雨还是地里会长稻？这京城人，阔了就忘了本了！八舌感到了一种莫名的优越感，毕竟他有这些人不具备的"本"。广场上吵成一片，在外面怕是只能听写片言碎语，没什么意思。八舌这样想着，溜达着买了几个馒头，回客栈了。

八舌坐在客栈楼下啃馒头喝水，正碰见回来的三语。三语先前出门时还兴高采烈，那本《文字注》初稿宝似的收在怀里，但如今回来，却是满脸怒色，望见八舌在啃馒头，狠狠地将初稿摔在桌上，愤愤道："先前我做官的时候，是文采斐然；如今辞官回了乡，就是'遣词造句颇欠考虑'了？这家伙，势利眼，我倒要看看你儿子也告老之后，旁人是怎么对你的！"见他这阵势，八舌心里莞尔，这老家伙，肯定是拜访老友吃了钉子，虽然不太懂这"文字注"不"注"，但是哪有空手就去见人的？更何况对方还是官老爷，真当自己还是以前的宰相？不过他若是把气撒自己头上，今晚肯定没个安生。八舌忙应两声，胡乱将馒头塞进嘴里就要抽身，但还是给三语老爷叫住，去京城某店专打了某酒回来。

第二天，三语拟了折子，带了钱酒，托旧识向皇帝呈上，之后便带着八舌打道回府了。

离开京城，八舌遥遥回望，道："老爷，这折子，皇上会理会吗？"三语叹了口气，道："不理会又如何，还去造反不成？如今只管赶路，不做他想。"

却说这言国当朝皇帝，名叫言明。当年先帝为他取这名字，便是有盼望他能广开言路，正大光明，不过如今看来，他着实是个浑蛋。三语的折子他稍稍过目，便搁置一边，继续享乐去了。

光阴如水，不久便到了暮春。三语和八舌早已经回乡，但旱情丝毫未减，救济也是杳无音讯。眼看着存粮快要见底，若是往年，稍微熬到夏收时节，还能勉强偷生，如今春种颗粒无收，该如何是好？这烈日炎炎，蒸晒得乡间水塘都干了大半，虽然有些鱼可以暂且充饥，但毕竟不是长久之计。八舌自打返乡，颇觉得此行憋屈，没有半点成效不说，还空废了许多盘缠。而三语则变得有些呆痴，《文字注》也不写了，整日坐在田边，看着枯蓬乱草愣神。就是到晌午，也不知回家，晒得脱了皮起了泡，也不见有什么言语。

渐渐的，西郡百姓的怨言开始多了起来。每到傍晚，暑热稍退，乡里乡亲便群聚村口，指云骂天，指土骂地，但大伙儿心里都明白，他们骂的，其实是当朝天子，不顾这些百姓的昏君。而八舌，因为去过京城，口舌又伶俐，骂起天地来与一般农民不同，身边便聚集了一堆闲散农民，他带着这些"信徒"们在乡间流窜，声势越来越大。仇恨的种子，在西郡的乡村，慢慢萌了芽。

到了夏收季节，西郡的农民大多已经食不果腹，不少人打算偷偷离乡，去其他地方行乞。这时，八舌和他的追随者们突然带回来了成袋成袋的粮食。原来，他们偷偷袭击了临近的郡县，那些被夏收累得浑身酸痛的百姓，被这些饥饿的暴徒们打了个措手不及。乡亲们看到这些金灿灿的稻米，咽着口水，加入了八舌的队伍。

有些人认为不妥，请三语出面规劝。到了他家门口，却发现不对劲，没一个仆人在家。门轻轻推开，屋里散发出一股腐烂的臭味，原来三语早已经死了不知几日。打开粮仓，空荡荡一粒米也没有。混乱之中，三语之死成了悬案，不知道他是被抢粮的打死，还是活活饿死的。

但乡贤的死，成了压倒骆驼的最后一根稻草。再老实本分的人，饿极了也是有火气的，反，反了吧！

八舌带领着浩浩荡荡的农民队伍，残忍地劫掠了临近的郡县。被劫掠而过不下去的农民，有的转而投入了他的队伍，这支饥饿的大军越来越壮大，到了朝廷不得不正视的地步。

许多难以为继的文士们，也开始加入八舌的起义之中。在言国，文士是有着强大的力量的。因为自古以来，言国有着言斗的传统。民间械斗不提，若是两国相拼，为了减少战损，交战便改为各派数名文士进行论战，叫作“言斗”。若是一方失败，则甘愿举兵投降。八舌带领的队伍壮大之后，自号“舌国”，外出征战，也不能如以往粗鲁暴力了。一时间许多不得志的文士纷纷投靠，这些人要么是寒门苦学，要么是罢官回乡，对当今朝廷不无怨言。而朝中那些文士，大多养尊处优，不说论战，就是读书，也已经是少年争取功名时的事了。当年在京城广场论辩的那三位大师，也决定投到了八舌的门下。是夜，八舌亲自设宴款待。

如今的八舌已经不比当年，搜刮郡守县令，得了几身丝绸袍子，手上玉扳指绿光莹莹，腰上金带光彩璀璨，好不标致！

先进大厅是一股墨流，黑衣黑冠，因为奔波，脸上甚至都是微露玄色。为首的还是那个壮年男子，但似乎憔悴了一些，脸上多了许多胡楂。壮年男子见了八舌，作揖微躬，道：“我是意本派的五申，带门徒来投奔八舌大人。”八舌心想这家伙前些年还是翰林的学士，如今竟然投到自己门下，着实有些吃惊。但他神色不变，大手一挥，让他们坐到了大厅右侧。

紧接着，几个青衣人走了进来。原来色如深潭的大厅，像窜进了几只水鸟，泛起了涟漪。这群人为首的，不再是先前的微胖中年人，换成了一股满脸堆笑的壮年男子。他嘻嘻一笑，道：“我是音本派的二宣，特来投奔八舌大人。”八舌微微点头，让他们坐到了大厅左侧。

最后来的是那个老人。老人穿着湛蓝的袍子，满头银发，被一个随从推着，缓缓进了场。好似一颗星星，落进了这被水鸟搅动的深潭。老人由随从搀着，作了个揖，道：“老朽是人本派的七传，闻八舌大人起事，匡扶天下百姓，特来相助。”八舌咂了咂嘴，让七传坐到了大厅左侧靠外边一些的地方。

舌国得了这三派人才，言战无往不利，很快便得了言国的半壁江山。

言国朝堂上，言明皇帝像热锅上的蚂蚁，焦急万分。他看着朝堂上的诸位大臣，也是神色各异，个个都好似心怀鬼胎。言明气得将桌案一推，吼道："怎么，我朝中就无人有什么办法吗？你，话将军，你有什么良策？"话将军听了打了个激灵，将方才所想的罢官一事从脑中赶走，低下头，半天才憋出几句话来："圣上不如，不如和他们和谈，等待时机，徐图渐进。""呸！"言明一口唾沫吐在话将军的头上，喊道"我看你也不比逆贼好到哪儿去，和谈，我堂堂皇室正统，为什么要与个农民出身的逆贼和谈，你是想让我丢了这祖先的基业不成？"话将军连忙跪下，带着哭腔喊道："臣不敢。"但心里却不乏自卑地骂着，不消我来卖国，你这浑蛋皇帝，自己葬送祖先基业，无才无德，就只能在这里吼吼我了。言明瞥了一眼跪在脚边的话将军，更是生气，又扫了一眼朝堂上的群臣，最终把眼神定在令宰相身上，也不顾得什么遣词造句了，道："三令，你可有什么主意？"令宰相拿手搓了搓小胡子，道："臣有一计，可定叛军。皇上，如今贼势凶猛，全在有意本，音本，人本三派首领相助，如果这三派互相论战，则反贼不攻自破。"言明听了，略加思量，坐回龙椅，喝了口水，道："如何？"令宰相道："可以令各大书局印发《语言新案》，在新案中，将原先搁置不提的'语言的本质'定义为'语音'，一方面因为音本派多曾是官员，趋利之心最盛，另一方面'音本'论据浅显易懂，稍加罗织，便可使得世人深信不疑。"令三心想，这还只是表面，其实此计一箭三雕。自己老师是音本派，如此便能保自己正统，不论言、舌哪方得胜，自己都能有地安生，而且借机打压人本，意本派，岂不妙哉？三令话音刚落，朝堂上群臣早已经把味道品了个七七八八，各自打起了小算盘。言明皇帝听了，不顾形象，狠狠地拍了拍三令肩膀，道："传谕各大书局，编写《语言新案》，就由三令爱卿来做主编吧。"正中下怀！三令暗喜。

不出数月，《语言新案》成稿印刷，一时间大江南北的文士才子纷纷传阅。他们一边啧啧称赞于新案的精巧排版，一边如饥似渴地汲取着新案中最新的"学术成就"。但是渐渐的，文士们开始觉得有些不对劲了，这"语言的本质"一节，以往都没甚进展，在这新案中，竟然有了重大的突破。

"所谓语言者，一时间有多方意见，争论极多。其中有三方最盛，根据其主要观点分别将其称为'音本''意本'和'人本'。而本书博古代典籍，又经调研实验，遂制成'语言音节表'，以正'音本'之正统。"

一章节看下来，论据充足，逻辑严明，令人信服。四海之内，原先的音本派自不必说，他们大多喜形于色，忙着用自己的见解著文补充。就连原先的意本派和人本派，也有不少门徒倒向其学说。毕竟权威的力量是强大的，在言国这篇学术研究盛行的土地上尤其如此。

此时的舌国首都，八舌也察觉到手下的那些文士有些不对劲。本来还算和睦的关系，突然紧张起来。这该如何是好？八舌一时间竟不知道该找何人商议。他心想，这《语言新案》是言国书局刊发，怕是有什么奸计，但自己对此类学术丝毫不懂，若是当年找三语老先生多少学些就好了，可惜，可惜。烛火的光幽微昏黄，在徐徐风中微微颤动，事情到了这个地步，八舌这个土皇帝，感觉已经力不从心了。

第二天，八舌发令，烧毁所统郡县内的所有《语言新案》，所有传播、印刷、收藏的人都要拘役刑罚。一时间，舌国人心惶惶。

是夜，三个学派的首领群聚在一间小屋内。

音本派的首领，常年脸上堆笑的那个壮年男子二宣，此时脸上摆出了暧昧的表情。说笑，也不算笑，但嘴角确实有微微的弧度。他压低了嗓音，道："原先以为八舌能借助民愤，与我等一同发难，改换朝代。没想到啊，我差点儿忘了，这小子不过是农民出身，哪懂这语言的深奥精妙？如今他毁禁新案，离败亡不远了。"

一身黑衣的五申一脸严肃，看了看二宣脸上的笑，又瞥了眼七传老人古潭无波的脸，几度欲言又止，正当他准备开口时，却被七传打断了。

七传摸了摸胡子，道："二宣先生的意思是？"

二宣看着两人的反应，舒了口气，道："这新案，便是言明皇上对我等抛出的橄榄枝啊，八舌小儿若是失了我们这些文士相助，又怎能长远？我想还是回归正道，日后也安稳了。二位，告辞。"说罢，二宣轻轻推开门，缓缓地从门缝中滑了出去，消失在夜色中。

五申默默地看着这个钻营的家伙离开，身子向前挪了挪，向七传询问道："老先生，您怎么想？"七传没看五申，看着桌上的烛火，他似乎在火光中看到了火光之外的东西，眼睛黑洞洞的，仿佛是个深井。

许久，他才开口道："倦了，罢了。"

五申听了，沉默了片刻，道："老先生保重。"说完，站起身来，将黑袍抖了抖，走进了门外的黑暗中。

不久，在二宣的煽动下，舌国大半文士偷偷回到了言国。在令宰相的谏言下，他们大半没有被治罪，反而得了个清闲职位，娶妻养老无所忧虑。而七传老人，则选择和他的随从们消失在了山野大泽中。只有五申没有离开舌国，他带着他日渐稀微的门徒们竭力辅佐着八舌的统治。

水鸟，飞去了更清澈的池塘。星星，回到了天空。只有那一潭墨色的湖水，在艰苦的支持着。烈日之下，潭水日渐枯竭。

在舌国建立后的第十年，感觉形式愈发严峻的八舌，应允了言国开展一决生死的言斗的请求。

那是一个冬日的清晨，大江被冰封，柳叶大小的雪花从天空纷扬而下，言斗选在了江心洲的亭子中，两国国君随行见证。

五申觉得自己责任重大，舌国生死存亡，在此一役。

时辰已到，一群黑衣文士从江北岸缓缓向江心洲进发。路上时常有人滑倒，但同行的人看都不看，继续前进，有的人竟是一摔就赖在地上不想再起来了。看见跟着自己最久的大弟子一跤摔在冰面上，说什么也不想起来，五申有点不是滋味。大弟子卧在冰面上，只是哭，不出声，眼泪也不擦，任它冻起来，不一会儿就像一个雪人似的，身上的黑衣也沾上了白色。白色，多像服丧啊，这会是一次悲剧吗？悲剧中的人，不配发出疑问，只能自己去前进，前进。在一片白茫茫中，玄色的队伍是那么的渺小。五申也哭了，他也说不清是为什么。不过身为一个文士，为国家死在言斗场上，也算是荣光吧。

在历史中，前无古人，后无来者，这天地悠悠，是否就是现在自己身临的雪境？五申想逃，可是，往哪里逃？四周都是飞雪。这支队伍，真的在朝着江心洲前进吗？但是，江心洲却渐渐在远处出现了，朦朦胧胧的一个小岛，黑色的，和自己一样。

五申望着队伍前端，八舌由随从撑着华盖，也在缓缓地前进。他想，他还是个年轻的农村小伙时，大概一直是大步流星地走着吧，当了皇上，倒学会这不紧不慢的步态了。

终于，一行人挨到了江心洲。八舌回过头，看了五申一眼，他的眼神竟是比自己还要苍老。他不是不想赢，是真的希望渺茫。

两方文士入场，五申这才发现，黑色衣服的，竟然只剩下了自己一个。他站在雪地上，就好像一枚黑子被丢在白色棋篓中。他对面赫然是穿着青衣的二宣。穿着青衣的人还在增多，一个两个三个四个，最后足足十几个人站在五申对面的言斗台上。雪地映照的光是那么刺眼，五申感觉眼前隐约升起了一团青云。

令宰相走到中间，喊道："言斗开始。"

首先，是决定论题，由后到的五申一方抓阄，以表示公平。五申从箱子中拈出一条白娟，上面写着"究源"二字。

之后，决定先后发言的顺序。二宣扬了扬手，让五申先行发言。

五申深吸一口气，扫了眼对面的二宣，又左右环顾，看见了脸色苍白心如死灰的八舌，看见了摸着小胡子奸笑的令宰相，看见了势在必得，坐着大吃糕点的言明皇帝。他清了清嗓子，对二宣做了一揖，道："既然究源，那就先来究我舌国之源。诸位可知晓是什么？"八舌听了这席话，看向了五申的方向。

“舌国国王八舌，本是西郡农民。十几年前，西郡大旱，言国国君对百姓的乞求不管不顾，导致西郡发生饥荒，一时间民不聊生。天地不救，皇帝不救，百姓只能起义。八舌王在农民和文士的帮助下，打下来半壁江山，和言国隔江对峙，着实不易。我原来是翰林学士，为何投奔舌国？为的就是改天换地，破了这言国千秋基业。我要的就是惩处那些不作为的官员，铲除那些耍奸计的政客，上到皇帝，下至百姓，应当各有所为，有所不为。这就是我舌国之源，我五申之源。”

自己一番慷慨陈词，原本想着先打二宣个措手不及，至少能敲醒在座的几人。但是没想到，自己言罢，台下默然无声，二宣甚至大笑了起来。

十年不见，二宣发福了不少，他脸上横肉一抖，对五申笑道：“五申兄好文采，好气魄，只是我们这究源，不应拘泥于时事，要深入本质嘛。”

二宣话音未落，一个青衣男子抢道：“听闻五申先生是‘意本’派的，如此荒谬的观点，怎故意回避？”

五申正欲发声，一名青衣女子又道：“我朝自古便是音本，论据充足，史实历历，您这翰林学士，怕不是贿赂来的。”

又一青衣士道：“这就是所谓嘴上仁义礼智，背地里男盗女娼是也。我看所谓为了大义而投降反贼，还是为了金钱权势吧。”

另一青衣士道：“古语说‘得道者多助，失道者寡助’，五申先生独一人来此，真是形象非常。”

一句又一句，连珠炮似的话讲得五申有些昏了头。从哪里，从哪里冒出这许多年轻后生？他们说的自古以来，自己当时怎么根本没有听闻？他们说的史实历历，是在哪里历历？

这些家伙，他们的良心呢，这样也配叫作文士吗？所谓铁肩担道义，他们的道义呢？难道，自己就像这白茫茫天地中唯一的一点黑色一样，变成了天下独有的一个糊涂者了吗。

五申的眼中燃烧着怒火，他吼道：“你们，你们这样说不会愧对先师吗？三本之争，自古就有，怎么就成了‘音本’独尊？《意本论》《归谬集》《先贤文苑》，你们读过没有？”

听着这些书名，二宣身后的年轻文士们露出了迷茫的表情，仿佛听不懂他在说什么，而二宣则露出了好似可怜的苦笑。

一个潇洒俊朗的青衣士道：“我是新科状元，博览书籍无数。但是独五申先生所说几本，不但未曾读过，更是是闻所未闻。真不知道五申先生是哪里上的书塾，又在哪里听得的歪理邪说！”

二宣叹了口气，似乎早就料到会有这样的事发生，从袖中掏出一本《语言新案》，扔到了五申面前，道："这是新修订的，五申兄久居舌国，不曾读得新书，学术上怕是落后很多了。"

五申扑在地上，颤巍巍地捧起这本《语言新案》，扫了一眼编者，竟然是二宣。他翻开目录，与以往变化不大，但是打开正文，却如遭雷击。这本再版的《语言新案》与十年前的那本已经有所不同，比起自己考试时使用的《语言概论》更是大相径庭。

"这，这。"五申跪在地上，看着青衣人们的眼神，听着他们的奚落，全然没有前辈的形象可言。

"老古董就是老古董，新书不曾读过，只会抱残守缺，要是我等早生几年，怎会让逆贼夺了半壁江山?"

"是啊，这学术发展，日新月异，稍微落后，便望尘莫及，更何况十年不曾读书?"

五申明白了，这些后生，不是被那言明和令宰相迷惑了心智，也根本没有忘却读书人的道义担当，他们只是根本没有知道过真相，根本不知道对错。如此想，自己是该高兴，还是该难受?

而且，自己又怎么能保证，自己读到的书，没有被歪曲过?《意本论》《归谬集》《先贤文苑》，真的是古人留下的真话吗，真的是古人们的真情实感吗?曾经被自己驳倒的老师们，会不会和现在自己的心情是一样的?五申此刻，终于真正明白了七传老人话里的意思。变来变去啊，真是倦了，累了。但如果自己也去山林隐居，又有谁去为百姓发声呢?知不可为而为之，自己倒像个圣人了。

雪啊，白茫茫的雪，把黑色，黄色，绿色，一切的颜色都掩盖了，白茫茫一片，大地真干净哟!

"言国，胜!"令宰相喊道，手一挥，一群军士上前，把八舌及其随从都押了下去。

二宣缓缓走到五申身前，从他冻得僵硬的手中抽走了那本《语言新案》。小声道："先生的结局，已经是注定了的，此斗，先生必败。只是先生开场的一席话，出乎我的意料。若是在阵前对士兵喊出，士兵百姓群情激奋，鼓瑟而上，舌国还有胜算。江心岛上，除了皇帝，就是学士，有谁会听您的呢。可惜啊。"

双手被压在身后，拧地好疼。八舌看着在雪地里渐渐僵硬的五申，叹了一口气。他被押着从言明面前走过，看着这个皇帝，八舌感到自己根本没变。就算带人杀了三语，就算带人抢了粮食，就算纵横郡县，就算带领文士们打下了半壁江山，自己还是没变，还是大字不识一个，所以自己输了，输得干干净净，彻彻底底。如果自己会读书写字呢？也许结局会变，也许自己会和五申一起冻死在言斗台上。那如果，如果自己不遵循言斗传统，带着手下的百姓一齐进军呢？我们言国人从不对自己人这样，大规模的战争是只应该对蛮夷发动的。八舌好像想通了什么道理，如果，如果……但是他再没有实现的机会了，他被军士架着，昏了过去。

等到八舌再次醒来，他已经被架到了刑台上。刑台下是乌泱乌泱的百姓，在这样大雪的天里，他们仍不辞辛劳地观赏自己这个失败者的末路。

“八舌叛国逆君，罪当凌迟！”

台下传来了一阵喝彩声。恍惚之间，八舌感觉台下全是自己，年幼的自己，年老的自己，年轻的自己，男的自己，女的自己，高的自己，矮的自己，胖的自己，瘦的自己，自己，自己，全天下的百姓，都是八舌。

第一刀，浅浅地划开一道口子，很疼，但是不流血。

八舌咬着牙，看到远处坐着的言明皇帝。呸，他是什么皇帝，他比起我八舌强在哪里？不过是投了个好娘胎。这些皇帝啊，我算是看透了。能打过的，就去打，这叫武德昭昭；打不过的，就言斗，这叫文采奕奕。

“啊！”第二刀，第三刀，飞快地割开自己的皮肤。

八舌又看见了言明皇帝身边坐着的令宰相和二宣，他们，他们算是什么东西？给奶就是娘，忘了本……

连续的切割打断了八舌的思绪，他想死，但死不了。八舌深深吸气，憋住劲，想把血从伤口里憋出来，流的血越多，自己死得越快。他不想再受这样的折磨。但这是徒劳，他疼得昏了过去，又被水泼着醒了过来，但是他还没死，甚至血都没有流多少。

恍惚之间，八舌在台下看到了七传老先生。七传叹了口气，转过身，慢慢走远了。远方的天空中，一颗蓝色的流星划出了一道痕迹。八舌还看到了其他人，好多其他的人。他看到了五申，这是壮年的五申，一身漆黑的黑衣，就像乌鸦的羽毛一样黑得发亮。五申双臂伸直，大声呼喊着什么。五申先生，您才应当当舌国的王，不，该叫申国啊。八舌想对五申说些什么，但五申渐渐被雪埋没了，成了一个白色的坟堆。他又看到了三语，三语老先生举着手杖就要敲他。八舌被绑在刑台上，躲不开，脑门子被敲了个正着。八舌眼前有些发黑，听见三语死前的呻吟，嘴里突然泛出稻米的香味。八舌又看见了西郡的父老乡亲，他们带着家什和自己上了路，不知道现在如何？自己愧对他们。还有，还有更多。他们是自己在造反初期打死打伤的那些老百姓，自己和他们有什么分别？他们也有妻儿，也要活命。但是没办法，自己也有乡亲，也要活命，饿啊，“饿”和“恶”同音，古人诚不欺我！

一刀又一刀，八舌的鲜血洒在雪地上，雪地又被来往的人群踩成了烂泥。那些踩过血的人，他们带着鲜血回家，和家人谈笑，带着鲜血在来年耕种，把八舌的血洒在地里，长出的是血的稻米。然后他们就吃，吃的是八舌的血，真香啊，这千千万万的八舌哟！

我是新科状元，十讲。我人生中的第一次言斗，就在那个冬天，我和同学们在江心洲上把老学究、老顽固五申骂了个狗血喷头。

但是我的心中有疑惑，难道真的有许多的古书我未曾看过？不得不说，那老顽固的一句话提起了我的兴趣。我心里也明白，那些古书多读无益，但是就算权当笑话，也不免有良多趣味。只是我遍寻各大书局，未有印刷，又拜访了诸多名士，他们要么敷衍了事，要么神色一变便立刻赶我出门。尊师二宣先生更是就这件事严正地警告了我，叫我不要越矩。

这更加重了我的好奇心，这些古书似乎有着其学术意义之外的神秘。在我被安排去地方赴任的途中，遇到一个中年男子，穿一身破蓝衣，在路旁摆摊贩售。他坐的座椅似乎是由一把破轮椅改造而来，而他所卖书籍，也都是陈年老书。我在他摊子上，赫然发现了《归谬集》和《先贤文苑》。遂大喜过望，尽皆买下，不日定当仔细观研。

（选自73期）

狗　神

孙文静

又是被上司骂到臭头的一天，这么想着，我提着水泥一样的腿向酒吧走去。是一种身体在往前扎，腿却被落在后面的微妙悬浮感。“喂，来一扎烧酒。”我对酒保喊道。

“真他妈的倒霉，”我对着酒保嘟囔，看着他在慢慢擦着一只剔透的酒杯，“上面的人手脚不利索全他妈要下面的人背锅……这是什么世道?”“钱的世道。”酒保边擦着杯子边回应我。我趴在桌子上烂醉如泥，嘴里开始嘟嘟囔囔。我也不知道我在说些什么，但是肯定都不是什么好话。酒保像是在听又像是没在听，他一边忙着手里的活计一边不时地机械性地点两下头。

“老子以后要是有能耐了，就让那些狗东西一个个爬过来舔老子的鞋，哈哈……”

这时候，我看见一个长着狗头的男人向我这边走来。肩很宽，很壮实的样子。我心下一惊，酒一下子醒了四分之一，后背黏腻着的汗不知是烧酒逼出来的还是被吓出来的。我眯着眼睛细细地打量，哦，是个人头，不是什么狗头，只不过长了一双狗眼。哈哈哈哈哈这是什么比喻，我不禁嘻嘻地笑出了声。我定睛一看，又觉得自己的比喻没什么毛病，圆眼，眼型稍微下垂，眼瞳漆黑，折射着吧台暧昧聒噪的光影。我不禁笑得更厉害，全身颤抖，酒保权当是我发酒疯，无奈地摇了摇头。

那个男人终于注意到了我，伸出手，搭在我的肩膀上，我顿时有点心虚，“你他妈的有病啊放开我。”他悻悻地收回了手，沉默良久，开口说：“你还记得我吗?”

“我是旺财啊。”

我的身体开始打战，我也想不起来我为什么要打战，我只知道，我已经控制不住地泪流满面。

起

我小时候是在乡下的外婆家度过的。乡下寂静而无聊，夏天天气闷热，而一到冬天只有白茫茫的一片雪。我不安分，上房揭瓦掏鸟蛋什么都干，男孩子总是臭味相投，我和旺财和狗剩家又离得最近，于是很快就混熟了。

我们最喜欢去附近的狗神庙玩，因为那时候的天气热得要命，而庙里正殿透着一股子凉气，正好是我们的好去处。狗神庙的塑像是一条直立的，穿着盔甲的狗，看上去十分滑稽。据说那条狗曾经在路上见到一名乡绅，突然发疯咬了他，于是一人一狗扭打在一起，相当惨烈。当村民赶到的时候，乡绅老爷已经断气多时，狗翻着白眼嘴角起沫气数也不多了。村民们眼含感激的泪花，找了个杀猪的汉子给它了个痛快。

“恩人哪!”一个曾经被乡绅老爷强占田地的汉子扑通一下跪下来，大声哭喊。很显然他给予了一条发疯的狗人的待遇。

“别号了，大太太叫你是去给老爷收尸你给狗鬼嚎个屁。”那汉子依旧噙着泪花。

“你是不是不想要这个月的工钱了?”那汉子马上笑嘻嘻地爬了起来，和另一个男人合力将那个可怜老爷的尸体抬了回去。当时正值寒冬，村民面黄肌瘦。但是那天晚上村子里却飘出了奇异的香气。那个为狗哭的最狠的汉子喝了个酩酊大醉，企图非礼老爷家的小丫鬟，结果被人打了一顿，暂且不提。

后来那个老爷被风光大葬。他走在路上的时候肯定想不到会被一只窜出来的疯狗咬死，更想不到那条狗死后比他还要风光。大伙集了资建了狗神庙，为那条狗塑了金像。虽然塑像用的狗身是不知哪里敲死的狗，虽然只是一条疯狗。

有时大家总是选择性失忆。

“原来咬了大人物就可以风风光光体体面面，疯狗也可以成神啊。”那时的我心里这么想着。

很多年之后，狗神的故事被传下来，神乎其神。我所知道的，是听外婆亲口所说。每次我问外婆，一条狗真的可以跳起来把人的喉咙咬断吗?她总是支支吾吾叫我不要胡思乱想，之后便一本正经和我说，那是神，是神仙，神仙想做什么都做得到。顺带还警告我不要去狗神庙爬上爬下，小心狗神爷爷发怒咬断我的脖子。

可惜小孩子总是对神没有概念的。三伏天，狗神庙冰冷凉爽的温度总是勾着我们的身体跑去那里爬上爬下跑来跑去。好景不长，有一天闹着闹着狗剩从高高的神像上摔了下来，脑袋着地。红艳艳的血溅在塑像的狗腿部位，狗剩不像是摔的，反倒是像被狗神爷爷踩了一脚血浆迸发的样子。那颜色活像那几个黄毛丫头红眼争破头的红纱巾。血液在大殿缓缓铺开，从小纱巾变成了巨大的布匹。狗剩被几个大人抬走，只剩下呆愣着像被施了定身咒的我们。

承

我只记得回去挨了好顿打，像要挨宰的年猪嘶号了整个晚上。外婆打完我泪眼婆娑地把我全身上下摸了一遍，说，“叫你别去你偏不听……这个怎么好……造孽哟……”

第二天我和外婆去看狗剩的时候，他的血已经止住了，头部被一团血红的破布包着，脸上透着不正常的绯红，头歪着缩在被子里，就是一副没睡醒的样子。狗剩娘趴在床边呜呜地哭，嘴里嘟嘟囔囔，他爹正和大夫交谈着。那大夫说的我一句也没听懂，我只记得他摇了摇头。片刻，狗剩爹送走了大夫，他整个人像是被妖精吸干血一样慢慢滑坐下来，抽起了旱烟。

不久旺财也肿着眼睛和他奶奶来了，看来昨晚也没少挨打。他们的身后跟着一个诡异的皱皱巴巴的老头，眼神极为锋利，像亮着獠牙的狼，又像是吐着信子的蛇。

“狗剩他娘……”大家都把眼神投到了旺财奶奶身上。

“要不咱死马当活马医，让汪半仙试试?”

喔！就是那个可以不敲开鸡蛋壳就可以吃到鸡蛋，能和神仙对话，游遍太虚能让鬼神上身的汪半仙啊！外婆和我说过，她听说汪半仙曾经把一个被拦腰砍成两半的人复原，而且第二天还能扛着锄头下地干活，后来还做了大官呢。狗剩娘放着光的眼睛说明显然她也听过这个传说。她肯定在想，砍成两半的人尚且能复活，俺家狗剩肯定也能治好，说不定还能当大官。于是狗剩娘马上爬了起来，在那个老头面前扑通一跪，磕了三个响头，都出了血印子，痛哭流涕。“求求你救俺家狗剩……”那老头闭了眼，装模作样地咳了咳。“狗神爷爷的活不好接啊……”“多少钱俺们都有，只求半仙救救他，俺家三代独苗不能在这断了香火。”狗剩爹本是个极木讷的人，这时候却分外机灵。那老头的眼睛咕噜噜转，“那我就勉强……”

汪半仙让狗剩家准备了一只烧鸡，一只熏猪头，一只熏牛头，还有一盆牛血三斤白酒。之后半仙盘腿坐在炕上，举起酒杯振振有词，往地上泼酒。他不停地念叨着极其怪异的咒语，又忽而发出尖细而又怪异的狞笑声，却又突然把一盆牛血倒在了狗剩身上，腥臭的气息让人汗毛倒竖作呕连连。此后汪半仙的身体疯狂地颤抖，五官甚至扭结在了一起。片刻，他伸出了老树根一样枯瘦的手，抓起面前的烧鸡就开始撕咬。不到五分钟，他竟然把一整只鸡吃得骨头都没剩。那凶狠的像疯狗一样的表情吓得我一下子抓住了外婆的手。

“嗝……”他抹了抹油乎乎的嘴，露出了十分满足的表情，从自己的破袍子里摸出一张符和一小包东西。上面七扭八拐让人辨认不出是什么文字。他又拿了面前的蜡烛把符点燃，和小包一齐塞到了酒杯里。

他慢慢垂下了头。我们观看做法的人一时冷汗四溢。

“好累……”他眯缝着眼睛，“啊……我想起来了，我刚刚被上身了。”

说罢看了看手中的酒杯，似乎很满意。

“冲了给孩子喝下吧。”

说罢他向床下一跃，打包了猪头牛头扬长而去。

狗剩的的确确好了起来。听说一周后才退了热，一个月伤口上才长出了嫩嫩的新肉。只是一双澄澈的眼睛不再清明，而是变得十分呆滞，别人叫他他也不理，并且经常一个人去狗神庙瞎转悠，不是自己痴痴地笑就是自言自语。我被外婆明令禁止和他一起玩，但是那天，我和旺财实在压抑不住我们的好奇心，走到他面前，问，狗剩，你看啥呢？

他嗫嚅了好一会，眼睛终于折射出了一丝诡异的光。“我在看我爷爷。”

狗剩没有爷爷，我们都知道。他爷爷在狗剩的爹很小的时候就生天花去世了，靠狗剩奶奶把狗剩的爹一把屎一把尿拉扯大。“你胡说啥呢。”我不禁打了个冷战。

他眼里的光越来越让人恐惧。“摔下来的那天我做梦，我爷爷告诉我他就是狗神。”

“你们，也吃了我爷爷的肉吗？”他竟然嘻嘻地笑起来。旺财这胆小鬼直接拉着我撒丫子就跑，可是我还有很多想问狗剩的话。太不可思议了，他梦见了什么？一条疯狗变成了他的爷爷？真正的狗神，大名鼎鼎的狗神，真的是疯狗吗？狗神是管狗的还是管人的？这可真有意思。我回去把原话给外婆照葫芦画瓢原样学了一遍，顺便说了我的疑问。“外婆你说他梦见了啥呀？”我仰着脸问外婆。只是外婆的脸刷的一下子惨白，正在刷锅的手也一下子僵硬了下来，嘴唇不断地颤抖，好像全身发冷一样。不对呀，这可是三伏天，热死个人，怎么会发冷呢。“外婆你着凉受风了吗？”“小兔崽子我不是告诉你不让你和他说话么！”外婆抓起我就打。之后我是怎么挨过来的我也记不清了，只记得抽抽搭搭喝过了稀饭，眼睛红肿睁不开只剩一条线，屁股疼得凳子也坐不下。夜里外婆出门去找隔壁奶奶了，而且很晚才回来。

此后我只要看见狗剩就会想起那碗混着眼泪咸味的稀饭。而狗剩依然天天呆呆傻傻地往狗神庙门一杵，大家都说他因为得罪了狗神患了癔症，被魔障鬼怪缠了身。

狗剩爹娘是看在眼里急在心里。得罪了神仙大人呀！当年得罪皇上，别说是皇上，随便得罪个官都有可能被安上个灭九族的罪，何况是神仙大人；再说了小孩子天天嘴里的跑火车的话让乡里乡亲听了像什么样子。别人倒是无所谓，万一这孩子要是真傻了怎么办？三代单传啊，独苗苗一棵，他疯了傻了死了怎么对得起他入土的爷爷奶奶？他要是不死神仙老儿让他家屋顶上的天砸下来怎么办？嗨呀……狗剩他娘把手里洗了一半的衣服一丢，买了两只烧鸡，又买了一挂腊肉，踩着小碎步向汪半仙家走去。

汪半仙此时正在家里抽着大烟，吞云吐雾，好不快活自在。恍惚之中他真的以为自己在空中飘飘荡荡羽化成仙，可以腾云驾雾百般变化，于是挥舞着自己的两条胳膊在床上晃晃悠悠，如同婴孩索奶吃一般。正在他只穿了一件破衬衣衬裤仰在床上哼哼唧唧的时候，狗剩娘进来了。狗剩娘心一惊，心想汪半仙果然他娘的不同凡响，翻着白眼气息不稳又歪在床上，铁定是他老人家正在神游太虚。听说正在神游太虚的人的肉身是没有魂的，如果这个时候打搅了他，他的魂就会受惊找不回来变成孤魂野鬼……嗨呦！那可咋救我家那个小瘪三嘛！想到这，狗剩娘噤了声，毕恭毕敬地等他老人家神游太虚归来。

眼看日落西山，狗剩娘也快站不住了，他这才醒来。汪半仙显然一脸状况之外的样子，乖乖，怎么睡一觉起来屋子里多了个女人。在他心里突然飘飘然的时候那个女人开了口。“半仙，您老神游太虚回来了。”

汪半仙这才想起来，这不是一个月前那个倒霉孩子的娘吗？他还以为是成了仙以后神仙分给他的仙女咧。罢了罢了，只好悻悻然失落地看了看自己身上的衣服又合了眼，摆出了一副打坐的样子，人模狗样地学菜市场说书的老张说的调理气息调运内功气沉丹田炼化内丹，吐出了一口 N 年不刷牙的口气，沉默了好一会，说，我回来了。

他用脚趾头都能猜得出来这女人来干嘛。于是一不做二不休咿咿呀呀地开始闭眼瞎编开唱，“乌云蒙了半边天呀伊尔哟……狗神爷爷他要发怒呀……田地荒芜祖坟毁……一人折了他多条命哟惨喂伊尔哟……”狗剩他娘彻底脸上白了，开始跪下来哐哐磕头，求求半仙老爷，求求您……

半仙睁眼嘿嘿猥琐一笑，好说好说，孩子他娘你开个价。

那天狗剩他娘一晚上没回家，大家都心知肚明，十分自觉地将这件事纳入茶后闲谈的范畴。第二天狗剩娘领着盛装打扮手里拿满各种家伙什的汪半仙踏入了她家。显然他比那天歪在床上只穿了衬衣衬裤的样子专业了许多，要不怎么说人靠衣裳马靠鞍，一条癞皮狗穿了金戴了银也能摇身一变，疯狗咬对了人也能成仙，要的就是他娘的不同凡响。想到这，汪半仙不禁嘿嘿一笑，但旋即收住了笑容。狗剩被他爹可怜兮兮地绑在椅子上呜呜叫唤着，活像一只被欺负狠了的小狗。

汪半仙在他家院子里设了八卦阵，要了狗剩的八字，在心里瞎编了一会，说，这孩子是被狗神爷爷惩罚魔障上了身，明天十二点之前找九只饥肠辘辘的大黑狗，一只白毛公鸡，一盆猪油，一个写着孩子名字的纸人，十二点在麦场做法。

转

麦场已然被村民们里三圈外三圈包了个严严实实密不透风，我和旺财还是机灵地钻了进去。当天汪半仙戴了一只可怕的蓝漆木质面具，狰狞的鬼脸露着令人生畏的獠牙。他赤裸着上身，露出瘦骨嶙峋的腰。腰身上又挂着五颜六色的彩带，随着风的轨迹而舞蹈飘扬。下身干脆找隔壁村老庄头的戏班子借了半身戏服，古代将军的铠甲模样，真的是十分骇人，百分威风。妈的那不识好歹的家伙居然敲老子竹杠，要走了几块大洋，等着吧，等你有求我的时候，那就不是几块大洋了。汪半仙咬了咬牙，吱吱咯咯弄出来一些只有自己才能听得到的怪响。

在他周围占了三个汉子，每人手里牵着三条饥饿的大黑狗，不知他是在卖弄还是解释。“据传说，黑狗是狗神的化身，可以祛除邪魅，饥饿的黑狗则更能威慑附在狗剩身上的魔障。”他似乎对自己临时胡编出的正经结论感到十分满意，于是开始拿刀子给白毛公鸡放血。红色嘛，图个吉利，驱鬼当然是见红震撼一点。可怜的鸡挣扎不得，一动不动的，任自己的血流失。

锅里盛着的猪油开始散发着香气，那九条狗也开始不安分。汪半仙一手执铃鼓，一手执沾满猪油的刷子，晃晃悠悠好像触了电遭雷劈了一般向狗剩挪去。狗剩瞪大了眼睛，被绑在打麦的柱子上死命挣扎，嘴里塞着破布呜呜叫着。他赤裸着自己的身体，麻绳在他身上留下一道又一道红肿的印记，如同鬼魅的记号一般。我不知道要发生什么，只好捂着心口紧张地盯着麦场上的两个主角。很快我发现，汪半仙的铃鼓声和我的心跳诡异地重合在了一起。汪半仙举着刷子一点一点把猪油涂到了狗剩的身上，使他看起来整个人油汪汪亮晶晶的。旁边饥饿的狗闻到猪油的香气按捺不住开始不住号叫，大有挣脱拴狗绳的架势，牵狗的汉子脑门上直冒汗，但是随着猪油味儿的四溢，狗的号叫声越来越大。在物资匮乏的乡下，别说是狗了，连我也想舔一舔猪油的味道，那种香味绕在我的鼻子前挥之不去。香，实在是香。

汪半仙暗自吞了口口水，清了清嗓子。“你是哪里的妖孽，姓甚名谁?”

“呜呜呜……”

“好你个妖孽，竟然学人讲话，还不快乖乖滚下来?”汪半仙瞟了瞟那九只眼睛布满了红血丝的狗，心下一凉，昨天就吩咐有黑狗的人家不要给狗喂食，希望能让狗叫得狠一点，但现在看来似乎有点过火。行吧，只能硬着头皮上了。我看着他拿了一只桃木剑在狗剩四周比画了一个阵法，又在狗剩脑门贴了一张朱砂符，做完后，便开始敲着铃鼓咿咿呀呀地唱。

“日落西山黑了天，家家户户把门关。喜鹊老挝奔大树，家雀老挝奔房檐。行路的君子住旅店，当兵的住进了营盘。十家上了九家的锁，只有一家门没关。要问为啥门没关，敲锣打鼓请神仙。左手敲起文王鼓，右手拿起五王鞭。文王鼓，柳木圈。奔得儿奔，抱的圆。上面拴上八根弦。四根朝北，四根朝南。四根朝北安天下，四根朝南定江山……”

他仿佛是从地狱里钻出来的恶鬼一般舞蹈着。与其说是舞蹈，不如说是抽搐，与其说是唱词，不如说是鬼叫。直教人听得脊背发凉脑门发麻，我身边的旺财倒是只是聚精会神看着被绑着的狗剩。我捅了捅旺财，你听，他唱得好吓人。

没有回话。他只是傻愣愣地目不转睛地看着狗剩。那种恐怖而又执着的眼神让我想起了狗神庙前的狗剩。

“老仙家那个往前走，又一关。在眼前来到了，三到狼崖三到关。三到狼崖有人看。要问三到狼崖谁把守，来到灶王老爷他的身边。灶王老爷本姓张，家住上方张家庄．大哥叫张天师，二哥叫张玉黄。剩下老三没啥事，宁愿下房当灶王。灶王老爷把头低，里仙别把外仙欺。灶王奶奶把头抬……”

“喂!”我心里不住发毛，把手在他眼前晃了晃。

旺财缓缓地转过来头，一字一句地说，我们，都，吃了，他，爷爷，的，肉。

没来得及我反应，那汪半仙鬼号一声，时辰到！放狗驱鬼！

那几个汉子一齐撒了手，那几条畜生像是疯了一般窜到了狗剩的旁边嘶吼着。由于他被高高地绑在麦场的棍子上，那些畜生似乎还没有咬到他。他的脸因为恐惧而扭曲，嗓子里的呼喊被破布硬生生地堵回去，从而发出和那些畜生极为类似的吼叫。“看吧！这孩子是被鬼附身了!”汪半仙很得意地叉着腰说。

麦场顿时混乱不堪，众人的窃窃私语，狗叫声，狗剩的嘶吼声，汪半仙的唱词声混杂在一起，一时间让人几乎分辨不出来什么是狗叫声，什么是人说话声。但是我清楚地听到了一个另类的声音。旺财格格格地在磨牙。

“你们!”旺财在狗叫声对麦场上的人大喊，甚至还破了音。“你们几个老不死的还有没有点良心?!”他指了指村子里几个年长的老人，“你们吃了他爷爷的肉！现在还想让这些畜生吃了他吗!”狗剩的爷爷怎么了？为什么会被吃掉？我脑子一时间运转不过来，旺财的爹就冲了过来，对着旺财的脸就是一巴掌。

旺财被甩出去一米多远，倒在地上，鼻血糊了一脸，膝盖也被粗糙的地面蹭得血肉模糊，显然摔得不轻。但是旺财的话似乎给了那些老人不小打击，就算是那个最小心眼说话最狠毒的李老太这个时候也低着头，一副想逃回家的样子，失去了往日叉着腰提菜刀骂街的威风。旺财爹对汪半仙喊：“这狗崽子精神也不太正常，半仙能不能……”

旺财爹的后半截话被一声哀号吞没了。

是狗剩发出来的。

他的小腿肚子被一条跃起来的狗撕扯了下来，鲜血淋漓，那只畜生把它的战利品叼到了一边慢慢啃食。狗剩身体拼命地颤抖，像是触了电一般。大家就那样呆若木鸡地看着。狗剩的爹娘显然也愣住了。

其他的狗似乎发现了能吃到肉的方法，纷纷跳跃起来上去啃食。场面到了汪半仙控制不了的地步。

惨叫。让人听了就会做噩梦的惨叫。

鲜血宛如洗礼一般。

难闻的气味。

旺财一骨碌爬了起来，对我大喊。你是知道的吧！救他啊！

我的耳边嗡嗡作响，一个可怕的猜测在我脑内蒸腾。他们的眼神都像是恶鬼。我不敢相信我们是恶鬼。汪半仙是恶鬼，旺财是恶鬼，这里不动声色的人是恶鬼，红着眼的狗是恶鬼，外婆是恶鬼，见死不救的我，也是恶鬼。

我听见了，旺财在叫我。他在叫我一起，把昔日的伙伴，可怜的伙伴，偶然间知道真相的伙伴从畜生的嘴里救出来。

我不敢走到前面去。我是胆小鬼。我是懦夫。我害怕与一切恶鬼打交道。天阴沉沉的。这里哪里是什么麦场，明明是地狱的处刑堂。

旺财抛给我了一个失望的眼神，转过身向汪半仙那里跑去。他抢走了汪半仙的桃木剑，径直冲向了咬做一团的畜生们。狗剩叫喊的声音小了。似乎因为失血过多受到太大的惊吓而翻了白眼，破布边溢着白沫。人群中爆发了一个苍老的号叫，“他们都是恶鬼！让狗神爷爷咬死他们！”我回头一看，狗剩的爹娘已经被村子里的人压制得动弹不得，“汪半仙，再往他们身上泼些猪油啊！”

我终于看见，人群之中恍恍惚惚攒动着鬼影。这不是好心的解救现场，而是来自地狱的盛大狂欢。他们一个个长着狗头，打着狗的名义做着狗一样的事。旺财他举着桃木剑挑向狗的肚子，一条狗的肠子流了一地，呜呜地叫着。而他身上也被几只发狂的狗咬伤痕累累，滴滴答答顺着腿往下直淌血，与狗纠缠在一起。转过身环顾四周，我突然惊悚地发现，是人是狗，我已经分不清了。人和疯狗，又有什么分别？

满脸浑身是血的旺财，这时候却像一尊真正的神一样，拼命挥舞着他的桃木剑。

简直荒唐诡谲到了极点，我嘿嘿一笑，向着所有人咆哮。

“狗东西们！别忘了你们的祖宗也不过是一条疯狗！”

这是我记忆里的最后一句话。说罢我便昏厥了过去，不省人事。

合

长贵是张老爷家的长工。张老爷抢了长贵的妹妹做小，又抢了他家的地，还常常克扣大家的工钱，大家都对他怀恨在心。又是一年年根，张府自然是张灯结彩，充满着欢快的气息，但是张老爷似乎并没有发工钱的想法。长贵打算和大家一起把工钱要回来，正在动员大家的时候，不料被张老爷听了个十成十。“你说什么呐?”

长贵鼓了鼓气：“老爷，年根了，您总得抬抬金手，给小的们点钱过年不是。”

“哈哈哈，你说啥我他妈的听不见”，张老爷挖了挖耳朵，“我真是老了，怎么尽听到一些狗叫?”

长贵的血直往脑袋上涌，但是突然想起有个大爷和他说，孩子，你造反，你妹子做小在张府也不好受的。

于是长贵只好屈于他的淫威，深深地低了头咬着牙说，“是，老爷，是小在的学狗叫。”

张老爷哼了一声就走了。

要不是这个王八羔子把大伙的地抢了，谁听他在这鬼叫。长贵咬紧了牙。

本来也没什么，大家都被克扣工钱习惯了。要是哪天张老爷他发了工钱，那才是太阳打西边出来。

一个月之后，正巧是新年的前一天，长贵的妹妹，张老爷的小妾，在府内上吊死了，她的身体布满青青紫紫的瘀伤，像山里的梅花鹿一样。

“真他妈的晦气。这婊子他妈的真会故意挑时候死。你不想让张府过好年，老子就不让你死得安生……”张老爷狠狠地往地上啐了一口，便吩咐下人避开长贵把尸体用草席一卷扔坟岗了。

那扔尸体的人不忍心，把事情一五一十地和长贵说了一遍。“嗨呀……人就那么回事，妹子早去了也好，托生个好人家，省得像咱一样……”

“不就那么回事么……你看咱爹娘起的名，兄弟你真的富贵了吗？不过是个念想……随它去吧……”

长贵愣是一个字也没听进去。他满脑子在想他妹妹被扔在了坟岗的哪里。这样冷的天在外面冻着没有入土，是要下寒冰地狱的。他飞一样跑向了坟岗，一具尸体一具尸体地翻着。他看见了，他妹妹蜷缩在那里的身体，怕冷一样缩在草席里，又像是做了噩梦一样皱着眉。嘴唇发白，没有一点活着的气息，身体已经冷却了。像一块冰，寒冷而又僵硬。他的手颤抖着解开了妹妹的衣服，全身上下青一块紫一块，像是蟒蛇又像是梅花鹿。他一寸一寸地抚摸着，有些地方甚至没有消肿，变成硬邦邦的一块。他的眼泪一下子就下来了，解开自己的衣扣将她搂在怀里，试图让她变得温暖一点，滚烫的眼泪哗啦啦地淌下来。

开始下雪了。

雪落在他们的头发上，落在他们的肩头，落在他们的身体上。无论是坟岗里的活人还是死人，他们现在一样白茫茫，一样的冰冷。

远处敲响新年的钟声。过年了。

不行，他决定要让他妹妹入土为安。他轻轻地放下了她，动作十分轻柔，仿佛怕她身下的冻土硌坏了她。他开始用手刨挖下面坚硬的泥土，一块一块，指甲被土割得分崩离析也不在意。很快，他的手鲜血淋漓，仿佛不知道疼一般，他不停地机械性地向外挖土，一捧，一捧，又一捧，混着鲜血的泥土，牢不可摧的墓穴。东方渐渐地白了。他勉强挖出了一个可以勉强让他妹妹躺进去的小窝。

妹子呵，你看哥给你做的混着哥的血的墓，别嫌弃哥脏。

只见手上布满了血和泥土，他不知所措地把手在身上蹭干净了，才颤抖着帮妹妹整理好衣服头发，又把自己胡子拉碴的脸颊贴在了她的脸颊边。去见了爹娘就说我挺好的，有衣穿，有肉吃，我们这种穷苦人是成不了仙的，记得下辈子托生个好人家……他终于把她抱进了那个小小的窝，将一捧一捧混着眼泪和血的土向她身上撒很快，那个地方形成了一座小小的坟包。只是他已经没有钱做墓碑了。

呼啸的北风夹杂着他的哽咽，将他的眼泪化作冰花来祭奠那个死去的女人。这便是最后的诀别了。

最后，长贵温柔的眼神变得狰狞。我他妈的要杀死那个姓张的王八蛋。他想用家里的柴刀在他身上扎九十九个窟窿，又想用菜刀把他碎了尸喂狗。他不要他下地狱，他要他的灵魂也被狗分食掉。无巧不成书，就他在回家拿刀顺便计划怎么杀死这王八蛋的路上碰见了这畜生。那畜生甚至用轻蔑的眼神冷笑了一声。哼。

他仿佛看见他妹妹死前狰狞的脸。

他一下子扑倒了那畜生。呵，你他妈不是说我是狗吗？老子今天就他妈用狗的方式咬死你！

两个人扭打在一起。张老爷用自己身上挂的佩刀在他身上扎了好几刀，或许是天意，一刀都没有刺中。反倒是长贵，他强迫着让张老爷的喉咙暴露在冬日寒冷的空气里，之后狠狠咬下。

血喷溅而出。红艳艳的。新年了。

他突然想起很多年前，他妹妹还没他腰高，披着娘的红头巾，阳光笼罩着他和她，她对他笑着闹着，说，哥，哥，你看我好看不。

银铃儿般的笑声比蜜糖还甜，就那么甜丝丝儿地融到他心里。

还没来得及回忆更多，他眼前一黑，倒在地上呼哧呼哧喘着气。

后来村民都赶了来。跳大神的大仙后面跟着他的徒弟，大仙捻了捻胡子，指着长贵说，他是狗神下凡。说罢便扬长而去。那大仙的徒弟，便是后来的汪半仙，暂且不表。几个来给老爷收尸的汉子乱成一团，有一个甚至给长贵磕了几个头。

村民们围着地上仅有一丝气息的长贵不知如何是好，他们第一次见到活神仙。有一个声音鬼鬼祟祟冒了出来，吃唐僧的肉尚且可能长生不老，吃了狗神的肉说不定也延年益寿。大家沉默了一会，有老人开始附和，狗神来世上走一遭就是来普度众生的，现在狗神该归位了。一个大胆的老得不成样的老头猥琐而又虔诚地凑在长贵耳边说，狗神爷爷，您老人家行行好……

不知道那时候的长贵听不听得到，听到了，他的内心又会怎么想。

过了一会，一个杀猪的汉子走了出来，捏住长贵的脖子轻轻一扭。长贵，正式成神。

当晚，长贵被大家分而食之。整个村子飘荡着鬼魅而又妖冶的香气。他的灵魂好像在茴香八角大料桂皮和小火细煨大火猛炖中真正的升腾了羽化了成仙了一般。

过了两年，狗神庙就建了起来。

即便那个老人在吃完狗神肉的隔年就死了。

是的，长贵就是狗剩的爷爷。

我刚醒了过来，就看见了爸妈阴沉的脸，以及一脸写满复杂情绪的外婆和紧紧握着外婆手的隔壁奶奶。她们的脸一看就是哭过，是因为担心我吗？爸妈一定要把我接走，我傻愣愣地问为什么。

妈妈捧起我的脸，孩子，你知道吗，你的那两个小伙伴，都死了。

那两个孩子是被狗活活咬死的。

我和你爸爸很担心你在这里。

我脑内竟没有一丝的情绪波动，像恍若隔世，又如大梦初醒。直到我迈出门看见旺财狗剩家挂着的白白的布帐撒满了纸钱，才猛然醒过来。

后来我就回到了城市，上学，读大学，找工作，谈女朋友，结婚。但我仍然记得我离开村子的那天村民都来送我的那个时刻，他们一张张极为相似的脸，笼罩着那个心照不宣的秘密。

据说后来旺财狗剩两家一齐杀向了汪半仙的家里，但只见他家剩了半个吃剩的牛头，再无其他。

最后

我在吧台上猛然惊醒。

“你不是死了吗！”但是我喊不出丝毫的声音，像是被人攫住了咽喉一般恐怖。

这么多年来，这件事像鬼魅一样笼罩在我心上。他明明向我求救了！他明明那么绝望地向我呼喊，你救救他啊！他只不过说了真话为什么要杀他！你是清醒的你是知道的不是吗？除了你没有人能帮他了呀！你看他被那些畜生咬得全身没一处好肉啊你忍心吗？每每做噩梦，我都会梦见他们两个一齐望着我，狗剩淌着眼泪，一遍遍地说你为啥不救俺为啥不救俺……我只好自我安慰，如果当时我去救他，也许我也死了，我得活着，兄弟们，懂吧，我得活着。

我这张恶心的嘴脸真的让我恶心到炸裂。

旺财看了看我，叹了口气，放下酒钱走了。

我想追，却动弹不得。只能没用地趴在桌子上一边痛哭流涕一边念叨着对不起对不起对不起对不起对不起对不起……

“对不起先生，我们要打烊了。”我被人大力地推搡着，眼前突然看见酒保的脸，“您睡着了，做噩梦了吗？”

我木木地看着他，却又猛然转过头向旁边座位看去。

空无一人。真的是幻觉吗？

“啊，这是什么？”酒保拿起了桌子上的一叠东西。我很好奇，不禁拖着喝醉的身体向那边望去。

那是一叠冥币。

（选自 74 期）

团　圆

王宇宽

团圆了，大家都聚在了一起，只是这次团圆没有了笑容。有的也只有那满满的——悲伤。

寒风凛冽地吹着，伴随着空无一人的街道。所有的空间被卷袭了个遍。冬天怕是要大开杀戒了。

院子外的树已经枯得不成样子，那光秃秃的模样，着实单调。院子里也没有任何动静，除了这风。这些倒还好，毕竟我是不怕冷与单调的，我怕的是那屋子。尽管这个屋子站了不少人：父亲母亲，还有各路的亲戚。他们围聚在床头，盯着那个瘦骨嶙峋的老人——我的爷爷。我知道爷爷可能要离开了，但我真的怕那个瞬间——一个人就闭了一次眼便再也没有睁开。满屋子里爷爷的儿孙们不断地说着好话，可是亲情好像没有温暖死神，它还是无情地干了它该干的。爷爷在还清醒的状态时他轮流看着我们每一个人，只是笑，也不说什么，他眼里含着还未滑落的两滴泪，我看着爷爷，不能看下去了，我冲出了屋外去清醒去冷静。最后还是决定再次回屋。那是在爷爷弥留之际，他隐隐约约好像念叨说他两个朋友过来了。随即撒手人寰。大家都悲痛着，却因为乡俗的东西不敢哭出声。我也是红着眼，说不出话来。

我联想过人生总会遇到很多像这样的冬天，它们是干燥与僵劲的，它们在我脑海里浮现的满是死亡的样子，因为我想不到它们一点的好。我同样联想过人生总会插入许多团圆的时刻，它们是欢乐与喜悦的，它们在我脑海里闪烁的满是幸福的样子，因为我想不到它们一点的坏。可怕的是这个冬天遇到了团圆，幸福就在死亡的萦绕下蔓延为浓浓的悲伤。

在整个白事的操办中，我只是呆呆地做着一些事情。白天闲暇时刻也是发呆，甚至傻傻地凝视着被画匠描的那口棺材，花红柳绿的。那些龙啊凤的栩栩如生。我总感觉一些东西是我难以置信的。这就是灵，一种生与死的交汇与触摸——爷爷就静静地躺在里面，他沉睡的地方被一个大木桩扣着，外面的棺身是被活人接触的。我亲眼看见了一切死亡的过程与后事。我无法言表有些感觉。死是什么东西，仅仅就是一个意识的消亡和灭绝么，尸身的静谧，外人的喧嚣，家人的团圆，用所谓的场面撑起一个宣告，这算什么？我不知道如何回答。

就在爷爷下葬的前夜，一场大雪吹满了整个村庄，厚厚地积了一层。这场雪太突然，爸爸他们看见了，互相说着一种我无法理解的层面的解释。但这解释牵涉到爷爷。我不想相信这个层面。但我把这雪视作爷爷的慈爱。雪儿轻轻地亲吻着我的额间，我伸出手去接那飘零的雪，雪花片儿真的好大，一撮便软软地化了水。我晓得我此刻的欢乐，它不会与外界渲染的悲痛相冲突，但无限的想念又与之俱生。在这雪片的铺就下，我懂得了死亡——它不是一个触而怕之的话题，毕竟，死亡总会降临，如果用严肃去修饰它的话，那它太过沉重。自然事物的毁灭也一样，是一瞬间的事，就像眼前的雪花，在体温下消失，但不会有人为它们筑冢，他们的死亡多了几分安静。人却不同，有着血脉的传递，岁月的积淀，付出的酝酿……当这一切都被一场所谓的死亡给终结，逝去的人会不会想要一份安宁，毕竟人间不会停歇，至少一直在永恒地运动。纷繁的基调可能会在那个死亡的时刻定格。我想爷爷是不是太过劳累。

雪仍旧下个不停，我还是静静地静静地睡着了。我不知道自己睡了多久，只是听着外面一阵喧闹，来来往往的人很多，隔了一会，炮鸣声，敲锣打鼓声，唢呐声相继地奏了起来，我的精神似乎没有那么高昂。当麻绳牵在手里，木头扛在肩上，这些都连着爷爷的棺椁，我知道这应该是最后一次与爷爷的接触了，随即意识也渐渐明澈。北方的寒冷它不会给人湿的感觉，它的干燥，它的强势，都使得今天的仪式十分利落。就像我，在那木棺被厚土所覆盖的时间里，我没有掉下一滴眼泪。哭泣流泪是告慰亲情最感人的形式。而我，没有承载这样的压力包袱。爷爷的走该是轻松的，该是没有遗落的。我的按捺，对情绪的按捺或许是最好的方式。

法事结束了，我吊着的精神垮了一大半。到了家，我的泪还是簌簌地流了下来。

想来也是这样，那时我掂起书包拼命地向家奔跑，我想过这是为了团圆，于我，于爷爷都是。满足的是我，满足的是他。人群的聚散由不得我们，以后的一次相见或许得间隔一辈子吧，但我必须执着。可倏忽间我只觉得身上的热气渐渐地散退，不是衣物可以抵御得了的，身体冰冷得同这天气一般。原来执着那么得不实际，便同今天的情形一样，也如同后来的日子。

十几年的时光流走了，如今再回家发现家里少了爷爷辈的老人，却逐渐添了不少孩子。我不晓得该不该庆幸他们的出现。孩子们什么都不懂，懵懵傻傻的，和我都是隔了一辈的。他们怕生，见到我都不敢说话。尽管哥哥嫂嫂们也笑着让他们叫两声叔叔。我不知为什么总觉得这样的场景渐渐地少了几分暖意。孩子们也是在一边瞎闹着，我和哥哥们攀谈起来也少了几分滋味。仿佛那股血缘纽带的韧度又降了。没过多久，大家都掏出手机，面对那发光的屏幕看个许久。他们的面孔就在这种沉默中发光，又在这种沉默中黯淡。亲疏向来不是能被保存完久的，没有了长辈的链接，它流走的速度更快。看着熟悉的人却又陌生的景，追忆油然而生——同样是见面，爷爷奶奶在时都是一把来拥抱我们的，哥哥们也都会过来围着自己。然后是一桌只待亲情的宴席，大家互相举杯，共祝长辈，共愿晚辈。少小总是浸泡在血缘的欢愉中，爷爷和我们这些小辈之间一直攒着一根线，不会分散，不会割舍。年月酝酿的久了，醋会变得更酸，但亲情酝酿了三辈甚至更久以后，我无法确定它的鲜醇，我怕它的变质。

许是烟火看得多了，闹得人眼花缭乱的，但听觉却愈发敏锐起来。外面鞭炮噼噼啪啪地响个不停，每一声响都好像在呼唤，呼唤幸福。家里同样也是如此，舅舅呼唤着每个晚辈的名字，呼唤大家就座进餐。看似美好的场景在被誉为团圆的节日中显得格外诱人。

我晓得每个团圆的时刻都不会缺少长辈，比如爷爷，就在我旁边的空位子上，在我醉意的瞳孔里。

爷爷的遗像前摆着美味的吃食和晚辈们敬过去的酒。那香炉上空轻轻浮升了几缕青烟，平平的，稳稳的，散发的满是鲜香。我想大家都团圆了吧。

（选自 74 期）

记　恨

沈跃进

一

“你爱不爱我，我们会永生永世在一起，你会不会跟我好?”

“哪里有这么多，几生几世的啦?”男人漫不经心地吐着烟圈，一圈一圈飞出窗外，然后发出寂寥的回响。

“究竟，你爱不爱我，是不是背地里和别的女人厮混?”她慢慢地站起来，披上大衣。不知是几时，窗外稀稀落落地下起雨来，打在老虎天窗上，灰蒙蒙的天空在她的眼睛里蠕动着。她不知道该去和他说些什么，或许，本来就没有必要说什么，她需要做的只是沉默着，拖沓着。

“我说，你是不是哪里有毛病，要去见一见精神医生了，苏为水?”他怒气冲冲地从床边站起来，披上西装，即使是发怒，他究竟还是一个优雅的男子。“告辞。”他轻轻戴带上礼帽，转身关上门，不一会儿，木质的楼梯便发出了清脆的踢踏声。她终于觉着自己要失去他了，急急忙忙从窗边奔到门外，“赵为冰，从这栋楼里走出去你就永远不要回来!”

然而，他终究还是走出这弄堂。因为受到了惊动，屋檐下的麻雀一下子全部飞了起来，在逼仄的黑瓦之间，显得颇为壮观。在一个落雨的黄昏，如同在巷间拉开了一抹轻柔的黑色丝巾。几个孩子在巷口骑着自行车，你追我赶，屋里飘出阵阵扬琴声，荡漾在斑驳的木制雕花上。

一个报童带着一瓶老酸奶急忙赶来，“陆太太，你的酸奶还有报纸到了。”不过，苏为水的心思早已不在这老酸奶上，这酸奶的味道形同钙乳，报纸也湿淋淋的，散落着梅雨季节独有的霉味和狭隘的市井气。“谢谢。”良久，她渐渐回过神来。

“再见。”报童的背影渐渐消失在小巷深处，空气里浮动着劣质古龙水的味道。她不禁想起他的身上古龙水味，他的发胶水味。他撩拨女人，尽管她知道他是欢喜她的。直到多年以后，她还记着那个阳光明媚的下午的偶遇，以及他们细碎而缠绵的情语。

她不禁又要暗暗责骂自己的用情和天真了。或许，她真的只是那些陪着男人们过夜的、买醉的女人。或许，她与他一样，都只是在人间做客的轻薄浪子。不。她苏为水，绝对不会是那样的。或许，她也应该像他一样，尝试一下不同的人，为什么她不能允许自己去爱其他人呢？或许，她不必这么亏待自己。

别样亦可。雨声愈发大了起来，一个仆役在楼下避雨，对面屋子里还有孩子哭泣。一户人家的棺材等着出殡，老爷子和他的三个儿子闹得不可开交。

时间如是流逝，街巷永远太平。

天色向晚，今夜，她又要一个人在弄堂里过活。她又要像往常一样打开收音机，紧接着周璇的《天涯歌女》便如同夜夜准时抵达的月光缓缓流出来。不过，这一次似乎不太一般，“渴望一阵笑容，期待一阵春风，你便刚刚经过……”这一次是陈珊妮的调子。“赵为冰先生恭祝苏小姐生日快乐，健康美丽。”

她知道，他终究还是要她的。邻屋的新婚夫妇又开始聒噪起来，抖落下一阵细细簌簌的微尘声，紧接着她的床板开始晃动，邻屋有一下没一下地龙吟细细。男欢女爱愈发凸显出她的落寞、窘迫。她想着两段肉体的春光乍泄，在灯火的掩映下发出空洞的回响，如同空虚的阳光落入虚空的墓园。

整整一夜，也没有电话来，他该是对她心灰意冷了罢？

翌日，午夜，一切都静悄悄的。

一道急促的电话铃声划破了夜的静谧。她拿起电话，在冗长的沉默后，电话的另一端一个低沉的声音似乎欲言又止，“我……我……”她知道，是他。

她一句也没说，只是静静地站在电话旁，听着他欲言又止的声音穿过空气，叹息，到达她的耳里。

二

他站在月台上，天色微明，头颅望向上方空洞虚无的幻景。站台上人头攒动，良莠不齐，颇有些吵闹。

突然，有人从背后重重地拍了他一下，让他感受到一种火辣辣的疼痛。他忍不住回过头来，破口大骂。

“神经病，作死啦。”他一把揪住了他的衣领，好生一看，原来是大学时的同窗既白。他近日闻得他因为赛马押注得到了一笔不大不小的闲财。

“呀，冰，你不认识我了！”既白略带调侃地笑了笑，“娶了一个漂亮老婆就忘了好兄弟我了！”一听到老婆，为冰的脸慢慢黯淡了下来。既白不明就里，“怎么了，小两口闹矛盾了？你此番是要去哪里呀？”

为冰感到一丝为难，他不知道该不该告诉他。他早已不再欢喜自己的妻子，一切都只不过是逢场作戏。如同夜孔雀在轻盈的枯枝败叶层层堆叠的世界里，在沉重而悠长的白昼里晕头转向。露水在暴烈的阳光下燃烧，如同短暂的断裂的爱情逝去得无影无踪。还未等他开口，既白使用一种半开玩笑半真实的语气告诉了一个让他将信将疑的事件，“有人说，你的漂亮老婆在最近几个晚上一直和一个陌生男人厮混。”

“真的?”

“千真万确。你原可以不用这么频繁地出差的。”

“你知道这是我的本职工作。最近她一直在加夜班，下班过后，我们一直手牵手走在思南路上。你知道凌晨一点的思南公馆是什么模样吗？那简直……哇哦……”

“人力车夫，黄包车，安全实惠，安全实惠……”远远的，只见一个短小精干的车夫扯着山东腔几个小跑稳稳地来到了他们的面前。“先生，需要乘坐黄包车吗？一个大洋，我可以带你们去任何你们中意的地方。”

“不了，师傅我们非常感谢你……我们是要离开这里。”

“嘿嘿，我说多少人挤破了头流了血挂了多少彩才可以进来，你们非要出去。”

“非常感谢。”为冰礼貌地一笑，车夫见不可强求，便笑了笑，露出一口大白牙缓缓离开了。

转瞬间，一位身着黑色西装的绅士突然被乞丐用小刀刺伤。乞丐怒目圆睁，步步紧逼。人群突然如炸药桶般爆开，可大都畏畏缩缩，隔岸观火。

其实，人类的悲喜原原本本就不相通，自古亦然。

“你丫的，给我还钱啦，把钱还给我……”

“你认错人了，不是我。”

“我不可能认错的，这个香水的味道，这个发胶水，我不可能忘记的。”

“可是，先生，这真的不是我。”

“骗子，杀人犯。”乞丐拿起早已准备好的小斧头，准备向他扔去，路人急忙拉住他，“放开我。”

他终究被拖走了。

嘹亮的汽笛声渐渐开始升起，长长的车厢默默然驶入站台，太阳愈来愈高，站台内的一切一时明白起来。这是一辆崭新的漂亮的绿皮火车。天然纯真，雪白的窗帘随着晨风飞来飞去，窗内窗外的人都一样在交谈，仿佛一谈就可以一整天，他们在行程中交换着彼此的记忆，如同一个梦跌入另一个梦一样，人们仿佛身穿节日盛装，不远处的江水拍岸，在石头上敲打出一个一个细小得如同弹孔一样的凹痕，伐木阵阵，大地上一时多出许多茫然不知所措的眼睛。

“嘭……嘭……”一个便衣男子掏出手枪对准一个身着粉色西装的男人连开两枪。男人一声不响地倒在地上，太阳穴血流不止。人群如同受惊的鸟兽一般四散开去，同时又有几个枪手互相开枪，便衣男子狡猾地在人群中隐去，于是枪手们便开始对准人群开枪，随着流弹在空中华丽丽地流动，人群也一排排开始倒下。站台一时血流成河，玻璃渣子掉落在地，发出清脆的声音，人群中满是恸哭、呻吟与哀叹。

为冰不顾一切地奔跑着，他的眼神跌入到那些空洞的呐喊与恸哭中，他一步并作三步，踏上的火车的台阶。就在这刹那，流弹击中了他的脊椎骨。

为冰永远倒在了朝阳初升的站台上。

不知过了多长时间，火光开始在车站之中蔓延开来。为冰艰难地挪动着血流如注的躯体，向不远的电话亭缓慢进发。他觉着他似乎还有很多很多话，很多很多的话要说。

他想起那个碎薄荷般甜美的夏日，她穿着绿色长裙，微弱的阳光穿过彩绘玻璃忽明忽暗，衬托出她迷人的曲线。那个时候，他还在一家买办机构工作，大钟一下一下摇晃着，预示着黄昏的到来。

长夜来临，一切静悄悄的，只有野火灼烧木头时发出毕毕剥剥的声音。

“5……4……2……6……”他用残缺的带着血垢的手指打通了她的号码。

“我……我……”他自知命不久长，可笑的是，他竟然不知道从何说起，“我，我……”

而她只是沉默，悠长的沉默。故乡辽阔的旷野，火车在马群之中隆隆穿过后也是如此安谧。那时候人们就爬上屋顶，私订终身。或许，他早就该休息休息了，索性就没再起来。

他也不想再多说一些什么，于是就慢慢闭上了眼睛。

一个月后，在清理车站时。人们惊奇地发现，一个尸体手握电话，半跪着，一群又一群乌鸦从天而降。

三

亲吻的间歇是空虚的。两片薄薄的红唇也是空虚的。

早晨，雨雾大作，越过汩汩河流中溯洄的鱼群，人们在蓑衣之下披着节日盛装。雷声阵阵，我面对着你不知如何对你说起，“你……星期日……小说……”

疯子骑着奔马，狼群在身后追逐，他点燃自己，跳上风车挥舞长剑。谷仓坍塌，麦秸散落一地。狼群一拥而上，把他吃个精光，最后只剩下一架白色的骸骨。疯子的子孙用火把点燃仓房，火光熊熊，奔狼于是散去。

他们，再也不愿意同死神与他的傀儡们做伴。

中午，太阳照常升起，他拿起羽毛笔不知疲倦地开始书写，教堂的钟声也开始升起。他点燃篝火把谎言烧掉，赤着脚围着篝火唱歌。

“你没有说到疯子也可以写东西，也可以唱歌！”她一笔一笔用小楷工工整整地誊抄着他凌乱的手稿，“你真的不适合写小说啦，上次还大言不惭，说要尝试什么武侠小说，你连一个普通的故事也编不好……”

“我有说写武侠小说吗？”

“陆太太，你瞧这个男人，上次还信誓旦旦地嚷嚷要写，原来也是胡说……”

“苏小姐，这个周先生呐，现在不也是在胡说了，啊，我先去到厨房看一看糯米鸡烧得如何了……”说着，穿着旗袍的胖女人一扭一扭走进厨房去了。

“总比你要写什么情色小说要好得多了，恩恩爱爱，打打闹闹，死去活来，萍水姻缘啦……”

雨还下着，匆匆的忙忙的，许许多多的人来来回回的，旋转着。人们把漂亮的伞骨张开，又收敛，水珠一朵朵地升起来，又一朵朵地落下去，不一会儿又连着伞一起消失了。他们的背影，仿佛还很遥远，远远的就像一个从未燃烧就迅速枯奄的梦境。

荞麦花一枝一枝失了心地开放，如同一枝枝绚丽的焰火。远处的群山活起来，孤儿院活起来。一切都慢慢活起来，风活起来。

风即是旗。三十年的阳光照得她睁不开眼睛。

她将花瓶里的花朵一朵一朵拔出来，倒出水祈祷。又将蜡烛一根接着一根熄灭，扔向黑白的空中，瓦片一片接着一片掉落，玻璃随着墙纸一片又一片碎裂。远方，一辆漂亮的绿皮火车经过槐树，那槐树下有一个大大的树洞。

小时候，有人说，有什么不可以说的秘密只要站在树洞前在心里默念就永远不会有人知道。人的心病也会慢慢痊愈。

她时常也会对着大槐树的树洞哭泣，大雨倾盆的时节。这样，就可以将所有梦中的创伤慢慢抚平，一个月后，就如同火消融于火，水消融于水，眼睛跌入另一个流泪的眼睛一样忘记得无影无踪。

或许他永远不会回来，或许他明天就会回来。

“如果，你真的欢喜我，你会不会跟我说，我们一起长长久久。”

“如果，我说了，你愿不愿意跟我长长久久？”

“我们好像从来没有走得这么近过。”

“不，我们现在比什么时候都遥远。”

尾声

幸福的人必将永远幸福，而那些不幸的人终究得不到鸡零狗碎的慰藉。

所有的记忆终有一日都要烟消云散。在那些阳光灿烂的日子里，隔着玻璃纸懒懒地晒着阳光的剪报，终有一日，在那些飞舞的虫蝇间也会变成一地鸡毛。我们在某一地点某一时刻总会擦肩而过，一分钟的潜入也总不够那些年朝夕妄想，来日方长。

连所谓的悲喜，也并不总是货真价实，真真切切了。

（选自75期）

编后记

季节风吹，三十而立。

这本30万言的纪念文集，是我们送给《季节风》和“季节风人”的一份生日礼物，也是我们回报给所有关心支持《季节风》的领导、老师和朋友们的一片感恩之心！

1998年秋天，我与《季节风》相识，成为她的作者；次年成为副主编，和陈东主编一起，为她四处奔忙；2002年夏天毕业留校，成为她的指导老师，为她投注了大量的时间和精力，当然也“偷偷”寄寓了我自己对文学、对创作、对学生、对学校的情意。曾有学生戏言，“流水的季节风，铁打的江老师”，我把这理解为一种肯定和鼓励。其实，只有《季节风》才是“铁打的”，历经30年的风吹雨打，时代变迁，人事更迭，她依然昂首挺立，她已经成为这所百年老校里不可忽视的一道风景，已经成为文学院文化育人的一个品牌。而我，只不过是流水。

文字比人活得更长久，更真实，也更值得珍惜。翻翻这本纪念文集，或许也就明白了。这些青春的文字，记录着青春的浪漫，铭刻着一届又一届季节风人的生命情思，也收藏着30年风云变幻的家国记忆。作为主编，在这里不得不说的有两点：一，因为文集的规模有限，面对前后30年、多达三四百万字的文字总量，我们只能尽可能地从现存期刊中每期择取一些相对有代表性的、文学性较强的篇章。弱水三千，只能取一瓢饮，挂一漏万是不可避免的，只能祈求各位读者（尤其是“季节风人”）的谅解。二，尽管去年下半年我们就启动了编辑事宜，但由于个人事务实在繁多，精力有限，再加上其他因素，所以一切都进展得并不太顺利，虽经过几次删改、编校，但错讹之处估计还有，也只能恳请诸位原谅。

我深知，《季节风》虽然只是一份学生文学刊物，但是在她30年的发展中，却得到了学校和文学院历任领导的大力支持、高度肯定。没有他们的关注，《季节风》不会有今天的发展。特别感谢学校团委将文集的出版列入安庆师范大学国家大学生文化素质教育基地工作计划，并提供经费支持；同时感谢对我个人的信任，委以主编之职。编选文集以来，我一直惴惴不安，生怕因编选不当等原因伤害这一文学教育品牌，对不住各级领导、师生和“季节风”人的期待。

最后，感谢合肥工业大学出版社朱移山博士的辛勤劳动，给予家乡高校文学事业的莫大支持！感谢以刘云、潘显玲为主编的近两届季节风编辑部所有同学，帮我分担了搜集、整理、编辑、校对等许多繁杂工作！

冬天来了，春天还会遥远吗？让季节风继续吹吧，让我们继续写吧……

江　飞

己亥年十月廿九日

图书在版编目(CIP)数据

风继续吹/江飞主编.—合肥:合肥工业大学出版社,2019.12
ISBN 978-7-5650-4820-3

Ⅰ.①风… Ⅱ.①江… Ⅲ.①中国文学—当代文学—作品综合集
Ⅳ.①I217.1

中国版本图书馆 CIP 数据核字(2019)第 299809 号

风继续吹

江 飞 主编 责任编辑 朱移山

出 版	合肥工业大学出版社	版 次	2019 年 12 月第 1 版
地 址	合肥市屯溪路 193 号	印 次	2020 年 3 月第 1 次印刷
邮 编	230009	开 本	710 毫米×1010 毫米 1/16
电 话	人文编辑部:0551-62903310	印 张	23
	市场营销部:0551-62903198	字 数	410 千字
网 址	www.hfutpress.com.cn	印 刷	安徽昶颉包装印务有限责任公司
E-mail	hfutpress@163.com	发 行	全国新华书店

ISBN 978-7-5650-4820-3 定价: 68.00 元